Diogenes Taschenbuch 21492

de
te
be

Hartmut Lange

Die Waldsteinsonate

Fünf Novellen

Diogenes

Die Erstausgabe erschien 1984
im Diogenes Verlag
Umschlagabbildung: Edvard Munch
›Zwei Menschen (Die Einsamen)‹
Farbholzschnitt 1899

Veröffentlicht als Diogenes Taschenbuch, 1987

60/87/8/1
ISBN 3 257 21492 8

Für Ulrike

Die Welt des Glücklichen ist eine andere als die des Unglücklichen.

Wittgenstein

Inhalt

Über die Alpen

Meine Adresse weiß ich nicht mehr: nehmen wir an, daß sie zunächst der Palazzo del Quirinale sein dürfte.«

Das letzte, dessen er sich erinnern konnte, war ein Gefühl, unaufhörlich zu wachsen, ein Gehoben-Werden jenem Licht zu, das er vom Engadin her kannte. Es war ein inwendiges Ausufern ins Unendliche, und doch konnte er von der Vorstellung nicht lassen, bei aller Entfesselung, die der Geist an ihm vornahm, auf irgendeine Weise gekreuzigt zu sein.

Zwei Tage vorher war er noch mit irdischen Verwicklungen beschäftigt, er spürte dieser und jener Fährte nach, die seine Existenz zu bestätigen schienen. Es waren Nachrichten aus Paris, Kopenhagen, St. Petersburg, aber sie konnten ihm, dem Verhungernden, keine Nahrung mehr zuführen, und so schrieb er jenen denkwürdigen Satz:

»Ich halte ernsthaft die Deutschen für eine hundsgemeine Art Mensch und danke dem Himmel, daß ich in allen meinen Instinkten Pole und nichts anderes bin.«

Man schrieb die ersten Januartage des Jahres 1889. Das Wetter in Turin war strahlend, aber doch von jener Gebrochenheit, die dem italienischen Himmel aufgenötigt wird, wenn die Sonne den Horizont nicht mehr hinter sich lassen kann. Die Enge des Zimmers, das ihm zugewiesen worden war, deprimierte ihn nicht mehr, da alle Dinge, die er wahrnahm, aus ihm selbst zu kommen schienen, so auch die nachlässigen Handreichungen des Cameriere während der täglichen Mahlzeit und die Blicke der Passanten, wenn er die Straße zur Osteria überquerte.

Er war nun gesichert. Er war in der Zuversicht, Gott zu sein, Ursprung und Einheit aller Dinge, und er war entschlossen, von dieser Zuversicht Gebrauch zu machen, wann immer es ihm beliebte. Denn dieses Belieben war es ja, nach dem er sich gesehnt hatte, wenn die Dinge um ihn her sein Selbstgefühl auf hartnäckige Weise in Frage gestellt hatten, so daß er gezwungen war, dem vorzubeugen, indem er sich in vollkommener Einsamkeit, den Blick auf Schneefelder gerichtet, hoch in die Lüfte erhob, in der Hoffnung, man würde soviel Auftrieb letzten Endes doch anerkennen müssen. Und wie oft war er gezwungen, wenn diese Anerkennung ausblieb, am eigenen Bewundern ein Genüge zu haben.

Nun brauchte er keine Bewunderung mehr, er war die Bewunderung selbst. Briefe waren noch zu schreiben, Botschaften übermütiger Gelassenheit,

Nachrichten darüber, daß er alles, was ihn sterblich und also verwundbar machen konnte, hinter sich gelassen hatte.

»Ah, Freund! Welcher Augenblick! – Als Ihre Karte kam, was tat ich da... Es war der berühmte Rubicon...«

Er ging die vier, fünf Schritte in seinem Zimmer auf und ab wie jemand, der sich darin gefällt, nicht durch die Wände zu gehen. Die Stiege nahm er behutsam, mit durchgedrückten Knien, den Kopf hoch erhoben, er hätte fliegen können, aber dies wäre ihm billig erschienen. Und so ging er auch die Straße entlang, Schritt für Schritt, jedem Hindernis fast bis zur Umständlichkeit ausweichend. Er wollte die Passanten bitten, ihr zustimmendes Lächeln zu unterlassen, ihm fiel aber immer wieder rechtzeitig ein, daß er es selbst war, der sich begegnete, oder daß zumindest alle Dinge den Schein ihrer Unabhängigkeit nur wahren konnten, weil seine Bescheidenheit es verlangte. Dies hatte er notiert, aber nun war auch diese Notiz der Post übergeben.

Vor dem Palazzo Carignano sah er in das Gewimmel, und während er prüfte, ob es der Mühe wert war, diese Ansammlung menschlicher Unerheblichkeiten erschaffen zu haben, entdeckte er ein Pferd und wie dieses, da der Karren, den es ziehen sollte, zu schwer war, auf den vorderen Hufen ausrutschte, und wie der Kutscher, erbittert vor Wut, mit einer Peitsche auf die Kreatur einschlug und wie sie bei jedem Versuch, das Unmögliche, das man von ihr erzwingen wollte, doch noch zu leisten, hoffnungsloser und endgültiger auf den Knien zusammenbrach. Es war ein Bild des Jammers.

Er ging auf den Kutscher zu und wollte ihn energisch zurechtweisen, wie er dazu käme, ein Tier, das in jeder Hinsicht höher stünde als er, derart zu quälen und ob er nicht wisse... Aber plötzlich schien ihm das Gefühl der Allmacht, jenes Ausufern ins Unendliche wie das Spannen einer Feder, die, je mehr man sie dehnt, an Kraft und Widerstand zunimmt, bis sie jenen Zustand erreicht, wo sie zurückschlagen muß. Er konnte den Blick von der Peitsche nicht mehr wenden, das verzerrte Gesicht des Fluchenden, dieses unnachgiebige, bis in den äußersten Willen angestrengte Wüten, bäumte sich vor ihm auf wie eine Wand. Nun sank sein Mut, der eben noch alle Grenzen überstiegen hatte, ins Unerhebliche. Er begann zu schluchzen, warf sich dem Pferd um den Hals, wobei er ins Stolpern kam, und als einige Männer ihn fassen wollten und als auch der Kutscher, ernüchtert durch die überfallartige Verzweiflung des Fremden, ihm hilfreich die Hand reichte, stieß er Schreie der Empörung aus. Er verfluchte die Welt, nannte das Tier seinen Bruder und hing noch haltloser, noch unlösbarer mit dem Pferd verbunden, an dessen Hals, und jeder sah, daß hier jemand ein für allemal die Fassung seines Lebens verloren hatte.

Man brachte ihn auf sein Zimmer. Er war immer noch außer sich, konnte aber die Fragen, die man ihm nach Herkunft, Alter, Beschäftigung stellte, klar beantworten. Überhaupt schien es unnötig, sich um ihn, der immer wieder versicherte, er brauche Schlaf, einen tiefen, ausgiebigen Schlaf, sonst nichts, weiter zu kümmern. Eine halbe Stunde später lag er mit weit von sich gestreckten Armen reglos da, er atmete tief, ruhig, als wäre es ihm gelungen, seine übermäßige Wachheit noch einmal zu besänftigen.

Was träumte er? Unwichtig. Vielleicht sah er etwas Herbstliches. Oder ein Boot, das vom Ufer weggestoßen wurde. Ein, zwei stumme Zypressen... Er schrie auf, sprang vom Bett, und als er die Augen öffnete, als er das dämmrige Licht sah, das durch die kleinen Fenster in seine Stube eindrang, wußte er, daß er gestorben war. Er stand ganz still. Für Augenblicke nichts weiter als Erleichterung. Vorbei. Et in arcadia ego. Er hatte auch das letzte Problem hinter sich gelassen: Die Zeit. Ein Lächeln, ein zustimmendes Nicken. Aber wer war er? Auch die Ewigkeit hatte einen Namen.

Er lief zu dem Stummen Diener, an dem seine

Jacke hing, riß die Dokumente aus der Tasche. Die Hände zitterten ihm, als er sein passeport auseinanderfaltete, und was er nun lesen mußte, war allerdings entsetzlich. Da stand in einer steilen, allzu deutlich gehaltenen Schrift ein Name, den er kannte: FRIEDRICH WILHELM NIETZSCHE!

›Da hast du sie‹, dachte er und spürte einen Schlag und wie ihm ein eisernes Viereck (war es ein Spaten?) langsam, aber unwiderruflich durchs Gehirn zog. ›Da hast du sie, die ewige Wiederkehr des Gleichen, die du dir gewünscht hast. Und nichts wird sich ändern! Dieselbe Hölle der Einsamkeit!‹

Ihn fröstelte. Er rief nach dem Wirt, verlangte ein Glas Wasser, ließ es aber zurückgehen, weil es nicht durchsichtig genug war. Ein neues Glas Wasser! Dies trank er wie ein Fiebernder in ein, zwei Zügen leer, dann wies er schon mit hilfloser Geste auf seinen Magen und teilte dem Wirt mit, er hätte sich überanstrengt.

Auf dem Hof, den er nur mit Mühe, beide Hände gegen den Leib gepreßt, erreichte, mußte er sich übergeben, und es war ihm, als würde er in ein Meer von Übelkeit getaucht und als könne er diesen Zustand keine Sekunde länger ertragen. Er preßte den Ärmel seiner Bluse gegen den Mund, weil er wußte, daß heftige Konvulsionen folgen würden, dabei fiel sein Blick auf einen leeren Blumenkübel. Nun erst bemerkte er, daß ein Kind in unmittelbarer

Nähe auf eben diesem Kübel saß und ihn mit großen Augen ansah, unbeweglich, gebannt vom Elend eines Erwachsenen. Er vergaß seine Beschwerden, war nun seinerseits gebannt von dieser ruhigen, selbstverständlichen Art zu staunen, er nickte mit dem Kopf und sagte:

»Ganz recht. Ja, so machen wir's. Die Welt ist verklärt und alle Himmel freuen sich.«

Dann wandte er sich ab. Wehmut überfiel ihn, Selbstmitleid, seine Augen füllten sich mit Tränen. Er ging, so wie er war, ohne Jacke, die Ärmel seiner Bluse halb aufgekrempelt, in jene Osteria, in der er seit Tagen nur noch Wein und Brot, hin und wieder ein Glas Wasser zu sich genommen hatte.

Auf der Straße zeigte er sich beeindruckt darüber, daß ein derart unschuldiges, voraussetzungsloses Staunen, wie er es eben erlebt hatte, überhaupt möglich war und daß er den Zustand des Kindes an sich selbst nie erfahren hatte. Er hielt Ausschau, ob ihm das gleiche Erlebnis im Gedränge des Marktes, den er überquerte, noch einmal begegnen würde, aber er fand nichts.

In der Osteria setzte er sich stumm an einen Tisch, und als der Cameriere ihm mit einem Lächeln, ohne zu fragen, alles Gewohnte, die gefüllte Karaffe, die Schale mit dem Brot, das Salz, vorsetzte, fühlte er sich wie ein reumütiges Kind, das nach einer langen, langen Zeit der Widersetzlichkeit Abbitte zu leisten gewillt ist.

»Mein Herr«, sagte er, »was ein Genie seinem Zeitalter übelnimmt, übelnehmen muß, ist nicht das Unverständnis, sondern das geringschätzige Lächeln, das dieses Unverständnis begleitet. Ich habe Bücher geschrieben, so tief, so in Sprache abgefaßt, ich verbeuge mich vor mir selbst, ich habe keinen Bedarf nach fremden Verbeugungen. Aber das gewisse Lächeln, mein Herr, dieses gewisse Lächeln hat mich zum Hammer greifen lassen.«

»Certo, certo«, antwortete der Cameriere und ging fort. Nietzsche wollte dessen Hand ergreifen, faßte aber ins Leere. Einen Augenblick lang verharrte er in dieser Geste der Ergebenheit, die ihm verhaßt war, Rücken und Kopf gebeugt, die Augen halb geschlossen, dann richtete er sich auf.

»Ecce homo! Ein Talent haben ist nicht genug, man muß auch eure Erlaubnis dazu haben, wie, meine Freunde!« rief er höhnisch und musterte alle, die in dem engen Raum saßen, in einer Weise, als hätten sie sich ihm gegenüber durchaus zu verantworten.

Man sah ihm zu oder tat doch zumindest alles, um einen offenbar gereizten Gast, dessen Sprache niemandem geläufig war, freundlich zu behandeln. Dies bemerkte er. Er wollte noch etwas sagen. Er wollte darauf hinweisen, daß er bereit sei, nicht immer nur über sich selbst zu reden. Er liebe sich nicht so sehr wie es den Anschein habe. Er bewundere vielmehr die stillen, zarteren Naturen, jene, die lieber vergehen, bevor sie sich unter die Erde lächeln lassen, die in der Einsamkeit ihren Peinigern Werke hinterlassen, die diese dann, jetzt im Lächeln der Anerkennung, als Produkt ihrer Verständigkeit anpreisen. Diese Naturen, wollte er sagen, sind ausbeutbar, ja ihre stille, zarte Demut ist geradezu ihre List und Rache, da sie durch das Eigenlob ihrer Ausbeuter wieder auf diese Welt zurückkommen. Sie geben sich aus Klugheit von vornherein auf, sie leben nach ihrem Tode, sie würden niemals einen Hammer in ihre Hände nehmen, aber er hatte nicht die Kraft, über das Lächeln seiner Peiniger hinwegzukommen!

Dies wollte er sagen, aber er schwieg.

Auf der Straße fuhr ein Landauer vorbei, der von Kindern umringt wurde, und das Geschrei, das sich über den Anblick eines solch aufgeputzten Gefährts, es war eine Hochzeitskutsche, erhob, ließ die Pferde ängstlich werden, die, unter den anfeuernden Rufen ihres Herrn, irritiert und beunruhigt vorwärtstänzelten.

Er sah hinaus, aber mit verständnislosen Augen. Er wirkte verloren, wie beziehungslos zu der ihn umgebenden Szenerie, ihn bedrückte das Links und Rechts, die ihn fast berührende Anwesenheit der

Gäste. Er kämpfte gegen eine Verspannung in der Gegend des Nackens, weil er fürchtete, diese Unpäßlichkeit würde, wie so oft, zu einem Krampf ausarten und seine Augen behindern. Er wußte, daß dieser Kampf aussichtslos war, wenn er jenes Gefühl, minderwertig zu sein, das ihm durch die Nichtachtung seiner Zeitgenossen aufgezwungen worden war und das seiner Selbsteinschätzung auf das heftigste widersprach, nicht loswerden konnte. Aber dieses unsichtbare Tier, das ihm Augen und Nacken verspannte, das sich von seiner Eigenliebe losgerissen und gegen ihn sich gerichtet hatte, das er in unzähligen Reflexionen, aber auch durch Spott und durch den Hinweis auf dessen Nichtigkeit, ja Grundlosigkeit, nicht hatte bändigen können, dieses Tier drohte nun wieder anzuwachsen.

Er verließ die Osteria, um sich Bewegung zu verschaffen, ging aber nur wenige Schritte und betrat eine Kirche. Die Dunkelheit, die von schmalen, bleigefaßten Fenstern und einigen brennenden Kerzen erträglich gehalten wurde, war ihm angenehm. Er blieb in der Nähe des Portals stehen und sah, wie eine Bäuerin mit fast am Boden schleppenden Röcken, das Gesicht fest eingeknotet in ein schwarzes, wollenes Tuch, zum Weihwasserbecken trat, hineinfaßte, um sich mit nassen Fingern zu bekreuzigen. Sie sah kurz zu ihm hin, aber es war ein Blick ohne Bedeutung, denn sie ging schon zu einer der Bänke, beugte die Knie, um den Marienaltar zu grüßen, senkte den Kopf und betete.

Wie lange dies ging, wußte er nicht. Er sah nur immer auf die gebückte Gestalt, und das ruhige Verharren der Frau zog ihn unwiderstehlich an. Er beneidete sie um ihre Demut und hatte gleichzeitig Angst, etwas zu verlieren. Er fühlte sich leer, matt, wollte sich setzen, wagte aber nicht, auf eine der Bänke zuzugehen.

›Dies‹, dachte er, ›kann unmöglich die Wiederkehr meinesgleichen gewesen sein. Man hat mich betrogen. Ich war mehr als ich jetzt bin.‹

Und er begann zu suchen: Worin war er einst unverwechselbar? Was hatte ihm das Leben erträglich gemacht? Hatte es einen Ort gegeben, an dem man verweilen konnte? Was hatte er getan, um dessentwillen es sich lohnte, es noch einmal zu tun?

Er stürzte ins Freie, hastete die Trottoirs entlang, wobei er von der Vorstellung nicht loskommen konnte, er müsse Raum gewinnen, er würde erstikken, wenn er jenes Etwas, das auf seinem Gedächtnis lastete, nicht von sich warf. Er wollte auf sein Zimmer zurück. Er überquerte die Piazza Carlo Alberto, erreichte das Tor mit dem Lorbeer, aber es gelang ihm nicht, das Eisen, mit dem er klopfen mußte, damit man ihm öffnete, zu berühren. Er lief noch einmal um das Haus, das ihn beherbergte, sah das Fenster zu seinem Zimmer, konzentrierte all seine Sinne, um das Eisen doch noch zu fassen. Er tat es heftig, mit solcher Ungeduld, daß das Tor aufgesprungen wäre, hätte man ihm nicht rechtzeitig geöffnet.

»Ja, ja«, sagte er, »ja, ja« und ging weiter.

Auf den letzten Stufen der Stiege mußte er innehalten. Er rang nach Atem, Schweißperlen fielen ihm von der Stirn. Aber er sah die Sonne. Ja, es war die Sonne, die ihm durch den Türspalt entgegenfiel. Ein letztes Aufbäumen, ein unwiderrufliches Drängen mit der Schulter gegen das harte Holz, ein Schmerz – dann gab alles nach … Er stand mitten im Zimmer.

»Gut, daß du gekommen bist«, sagte eine schwarze, hochaufgerichtete, in allen Mitteln der inneren und äußeren Beherrschtheit formvollendete Gestalt, die auf dem Kanapee saß und die, obwohl sie lächelte, ganz unverkennbar und ohne daß man diese Tatsache zu überprüfen genötigt war, auf böse Weise faszinierte.

»Gut, daß du gekommen bist«, sagte sie, und Nietzsche bemerkte, daß er sich getäuscht hatte: Es gab keine Sonne, es war längst Nacht geworden.

Der Fremde rauchte, führte die Zigarette, die er in der linken Hand hielt, in regelmäßigen Abständen zum Mund, zog daran mit einer Miene eisigen Gleichmuts, und man sah, daß er die Lebensmitte bereits überschritten hatte. Die kurzgeschnittenen Haare waren in einer Weise frisiert, daß sie glatt auf dem schmalen, langgestreckten Schädel zu liegen kamen, das Gesicht war ebenmäßig, aber mit etwas zu scharfer Kontur, die Augen wirkten flach, ohne Güte, oder besser: Hier zeigte sich am deutlichsten, daß dieser Mann entschlossen schien, seinem vorgefaßten Willen, was dieser auch immer zu bedeuten hatte, bis zum Letzten Geltung zu verschaffen.

»Du bist Zarathustra«, sagte Nietzsche.

»Nein«, sagte der Fremde, »ich bin nicht Zarathustra.«

»Aber du willst mich in das Engadin zurückholen!«

»Nein«, sagte der Fremde, »vergiß das Engadin.« Er zog ein silbernes Etui aus seiner Jackentasche, das er mit langen, feingliedrigen Fingern öffnete, und während er noch die halbaufgerauchte Zigarette an der Innenseite des Deckels ausdrückte, löste er schon eine neue aus dem Gummiband. Ein hartes Zuschnappen, ein rasches Zurückgleitenlassen des Etuis, der Griff nach dem Streichholz.

Nietzsche sah ihm zu, sah die kleine Flamme und wie diese ihm alle vertrauten Gegenstände wieder vor Augen brachte und zurechtrückte. Er fühlte sich geborgen in der selbstverständlichen Ruhe und Sicherheit dieses Fremden, er hätte mit ihm eine Ewigkeit so dasitzen können.

»Ja, mein Herr«, sagte er, »das Engadin! Man schwärmt davon, aber wer hat sich die Mühe gemacht zu prüfen, wie meine Welt eigentlich aussieht? Ich sehe hinunter, über Hügelwellen, gegen einen milchgrünen See hin, links Felshänge, Schneefelder über breiten Waldgürteln, rechts hoch über mir zwei ungeheure, beeiste Zacken – alles groß, still, hell. Unwillkürlich, was wäre natürlicher, stellt man in diese reine, scharfe Lichtwelt griechische Heroen. – Vorbei. Et in arcadia ego. Verstehen Sie meine Einsamkeit? Ich kam aus Naumburg. Kennen Sie Naumburg? Mein Vater war Pfarrer. Kennen Sie das Christentum? Mein Lehrer war Ritschl. Kennen Sie die herkömmliche Philologie? Kennen Sie Leipzig? Dann kennen Sie die menschliche Steppe. Mein Herr, Napoleon war gestorben, mit Mozart war die Musik von mir gegangen, ich habe Wagners Arien getrunken wie ein Verdurstender Wein trinkt, und doch sind meine Lippen verdorrt. Der Rest war rasender Kopfschmerz.«

Für längere Zeit blieb alles still. Nietzsche saß unbeweglich und sah auf das Kanapee, und die Dunkelheit war derart, daß er nicht wußte, ob er sich noch in Gesellschaft befand. Hoch über seinem Kopf, weit in der Luft, ging ein Donner in schwachen Wellen wie bei einem Gewitter, dessen Kraft gebrochen war.

»Ich bitte um Entschuldigung«, flüsterte er, »ich wollte niemanden kränken. Ich wollte eigentlich nur über das Engadin sprechen und über ein gewisses Gefühl ... Mein Herr, kennen Sie dies Gefühl: Man bittet um Salz, bekommt aber doppelt und dreifach Pfeffer? Man wird gesund, findet aber keinen Ausweg aus dem Spital? Man möchte heiraten, aber die Welt hat die Regeln des Aufgebots vergessen? Es ist dies ein Gefühl, mein Herr, an dem ein Mensch wahnsinnig werden kann.«

Der Wirt kam, brachte eine brennende Kerze, fragte den bewegungslos Dasitzenden, ob ihm nun wohler sei oder ob er nach einem Arzt rufen solle. Er bekam keine Antwort. Als er das Fenster, das einen Spalt weit geöffnet war, schließen wollte und dabei in die Nähe des Kanapees trat, bat Nietzsche ihn, indem er die Hand hob, stehenzubleiben. Man möge ihn als Gefangenen betrachten, sagte er, und die Tür sorgfältig gegen ihn schließen, denn er hätte das Verbrechen begangen, über den Menschen nachzudenken.

Der Wirt verließ das Zimmer.

»Vergiß, daß du ein Mensch bist«, sagte der Fremde. »Hör auf zu denken. Wer über den Menschen allzu gründlich nachdenkt, endet im Wahnsinn.«

»Aber ich bin ein Problem«, sagte Nietzsche. »Und was für mich gilt, muß ebensogut für die anderen gelten.«

»Der Mensch ist kein Problem«, sagte der Fremde, »er ist das Unmögliche.«

Nietzsche versuchte, sein schemenhaftes Gegenüber mit hellwachen Augen zu fassen, aber auch jetzt, im Schein der Kerze, sah er nichts anderes als formvollendete Kälte und wie der andere, während er ihn ansah, den Blick auf eine Weise erwiderte, die ihm das Gefühl gab, überflüssig zu sein.

Dies konnte er nicht ertragen. Er stand auf, prüfte, ob die Bretter unter seinen Füßen ihn hielten, er hatte Angst ins Bodenlose zu fallen. ›Denn wo der Mensch das Unmögliche ist‹, dachte er, ›beginnt der freie Fall.‹

»Ich muß mich halten«, rief er und gegen den Fremden gerichtet: »Du hast nicht das Recht, mir Vorwürfe zu machen, weil ich mir das Unmögliche abverlangt habe.«

Er stürzte zum Kanapee, entschlossen die impertinente Unnahbarkeit des Fremden zu brechen.

»Du bist ein Träumer«, rief dieser noch und lachte. »Du wirst deinen Zarathustra nie von Angesicht zu Angesicht schauen.«

Aber dann war er schon ausgelöscht, und Nietzsche saß selbst als der andere da, saß mit angehaltenem Atem und versuchte, nicht mehr zu denken. Er hörte sein Herz schlagen, und ein Gewisper, tief, ganz tief unten in seiner Mitte, flüsterte ihm zu, daß sein Denken durchaus kein Geringes sei und daß er mit seinem Zarathustra das Unmögliche möglich gemacht hatte. Er hörte alles genau und mit wachsender Aufmerksamkeit, wollte aber nichts davon zulassen. ›Noch nicht‹, dachte er. ›Sie sollen nur kommen, meine liebsten Gedanken, ich werde die Tür gegen sie zusperren. Es soll ihnen nicht erlaubt sein, mich wieder auseinanderzureißen.‹ Und er hielt seinen Kopf zwischen beide Hände wie zwischen eiserne Klammern gepreßt. Aber die Stimme, ach jene Stimme, die er allzu gut kannte, wurde lauter und flehte in einer Weise ...

»Ich bin Zarathustra,« rief es, »kennst du mich nicht mehr? Hast du vergessen, wie glücklich wir waren? Töte mich nicht! Ich bin Ein-aus-dem-Gedanken-Geborener!

Oh Lebens Mittag! Zweite Jugendzeit!
    Oh Sommergarten!
Unruhig Glück im Stehn und Spähn und Warten!
Der Freunde harr ich, Tag und Nacht bereit,
Der neuen Freunde! Kommt! 's ist Zeit! 's ist Zeit!

Dies Lied ist aus – der Sehnsucht süßer Schrei
    Erstarb im Munde:
Ein Zaubrer tat's, der Freund zur rechten Stunde,
Der Mittags-Freund – nein! fragt nicht, wer es sei –
Um Mittag wars, da wurde Eins zu Zwei ...«

Er wollte die Hände lösen. Alles, was ihn eben noch bleischwer niedergehalten hatte, begann nach oben zu drängen. Der Kopf, eben noch ein allzu enges

Gefäß, weitete sich inwendig. Aber nun fiel ihm ein, daß er seine liebste Erfindung aus Not geboren hatte, aus übermächtiger Sehnsucht nach Nähe zum Menschen, und daß er die Einsamkeit, unter der er litt, derart eindringlich, unwiderruflich predigen ließ, weil man ihm diese Nähe verweigert hatte. Und die Jahre vergingen. Die Zeit konnte ihn nicht heilen. Und doch mußte er, bei Strafe des Untergangs, die ihm gemäße Art der Genesung finden.

»Oh«, rief er, »oh! Warum muß man sich immer und immer wieder einen Freund erschaffen? Gibt es denn keine Möglichkeit, ein Mensch unter Menschen zu sein? Oder man wird zum Verbrecher«, fügte er hinzu. »Da man in diese Welt nicht paßt, vielleicht macht man sich diese Welt passend? Auch eine Möglichkeit, vielleicht die kürzeste.«

Ja, da war sie wieder, die Lust, mörderische Gedanken gegen all jene auszuschicken, die ihm das Leben unerträglich gemacht hatten. Er wollte den Fremden zurückholen, den er eben noch ausgelöscht hatte, er wollte mit ihm eine Möglichkeit zur Flucht aus seinem Verhängnis besprechen. Ob man den Menschen durch Mord bessern könne, wollte er wissen, und ob der Wunsch, den er jetzt öfter verspüre, nämlich mit diesem und jenem Verbrecher einig zu sein, etwas Ehrenrühriges hätte? Und ob man wisse, daß er mit all seinen Gedanken der Welt lediglich einen neuen Begriff hatte geben wollen: den eines anständigen Verbrechers.

Aber der Fremde antwortete nicht mehr, und dies machte ihn besorgt. Er begann sich zu verbeugen, leicht, freundlich, in Richtung gegen den Stuhl, dann gegen die Tür hin, und bat ihn wiederzukommen. Er entschuldigte sich für seine unangemessene Gereiztheit. Er wäre nun, versicherte er, vollkommen von der Unmöglichkeit seiner Existenz überzeugt, besonders aber davon, daß das Alleinsein keine Art zu leben genannt werden könne, und daher hätte er jetzt, nachdem er so vermessen gewesen sei, das Unmögliche doch wieder einmal zu wagen, den Wunsch nach angenehmer Gesellschaft.

Er bekam keine Antwort.

Mondlicht fiel ins Zimmer, die Schatten der Möbel umstanden ihn stumm, wie unverrückbar, und auch er selbst bewegte sich nicht mehr. Er sah den Mond und wie dieser seine Leblosigkeit mit selbstverständlicher Ruhe zur Schau trug. Er übersah die Dächer der Stadt bis zum Fluß, den Corso Regina Margherita und den Dom, der wie ein schwarzer Fels hoch aufragte, dahinter, ganz im Dunkeln, ganz unbestimmt, einen Wald Zypressen. Über allem aber lag wie ein steinernes Grabmal der Mond, und immer wieder war es der Mond, der ihn daran erinnerte, daß diese Welt auch und vor allem durch ihre Leblosigkeit bezaubern konnte.

›Warum sind meine Wünsche immer nur auf das Leben gerichtet‹, dachte er. ›Der Tod ist die Harmonie der Dinge.‹

Und nun schien ihm die Reglosigkeit, in der er verharrte, der einzige Zustand zu sein, in dem man überdauern konnte. Die kalte Luft, die plötzlich durchs Fenster eindrang, tat ihm wohl, und für Augenblicke war ihm alles, was er fühlte und sah, ununterscheidbar miteinander verwoben. Er wurde müde. Es verlangte ihn danach, einfach so dazustehen und mit geöffneten Augen zu schlafen.

Dies ging eine Stunde und länger, und als der Mond gegen Westen hin über dem Gebirge verschwunden war, stand er immer noch da, und alle Konturen, die Mühe hatten, sich gegen die Dunkelheit, die nun herrschte, zu behaupten, verwandelten sich vor seinen Augen ins Unwirkliche.

Er sah einen See, schwarz, abgründig tief und fühlte, daß er sich auf einem Boot befand und wie dieses sich unter leichtem, angenehmem Schaukeln auf eine Mitte zubewegte, die von uralten Bäumen umstanden war. Vor ihm saß eine Gestalt, die mit sanften, aber nachdrücklichen Bewegungen ruderte, und er wunderte sich, daß er ihr Gesicht nicht sehen wollte, obwohl sie es ihm ständig zugewandt hielt. Als er sich der Mitte näherte, versuchte er, durch das dichte Geäst hindurch zu ergründen, wohin man ihn ruderte. Aber er sah nichts, und dies genügte ihm. Er berührte das Wasser, ließ es durch seine Finger gleiten, beugte sich über das leichte, ach allzuleichte Boot, das ihn davor bewahrte zu fallen, und wollte nichts weiter als diese Fahrt, auf ein Ziel zu, das es nicht gab, das aber auf geheimnisvolle Weise von Bäumen umstanden war.

»Ariadne«, flüsterte er, »ich liebe dich.« Und: »Ich suche nach einer Ewigkeit für Jegliches. Warum sollten die kostbarsten Salben und Weine für immer verloren sein. Das Meer spült sie wieder heraus.«

Am nächsten Morgen saß er am Fluß und erkundigte sich nach dem ruhenden Gewässer. Es gäbe hier kein ruhendes Gewässer, antwortete man ihm, aber er nickte immer nur mit dem Kopf und sagte: Doch, doch, es läge ja zum Greifen nahe, und wann endlich das Boot käme, wollte er wissen.

Man zuckte mit den Achseln und ließ den Verwirrten, so wie er war, die Haare aufgeweht, den Mantel mit verdrehten Ärmeln über der Schulter, am Ufer gewähren. Er aber tat, als ginge ihn, was in seinem Rücken passierte, nichts an, und kauerte mit angezogenen Knien, auf denen die Ellbogen ruhten, wie versteinert, wie in nicht rückgängig zu machender Abwesenheit, an der äußersten Grenze des Ufers.

Die Zuversicht, die er während der Nacht gewonnen hatte und die ihn auch jetzt noch, nach einem kurzen, bewußtlosen Schlaf, gefangenhielt, wurde durch eine neue Irritation aufgezehrt, gegen die er sich wehrte.

Es begann damit, daß er fror und ein Zittern seiner Hände nicht unterdrücken konnte. Es beunruhigte ihn, daß der Fluß sein Wasser so rasch an ihm vorbeidrängte, und das Glitzern auf den Wellen tat seinen Augen weh. Er wollte sie nicht schließen und sah immer intensiver, immer ungehaltener auf jene tausend Irrlichter, die von der Sonne angefacht und wieder ausgelöscht wurden. Warum wollte das Gewässer nicht stillstehen? Dies empörte ihn. Er wollte mit beiden Fäusten in die Wellen greifen, um sie anzuhalten, er drohte der Sonne, er würde sie ausblasen, wenn sie es nicht unterließe, seine Augen zu belästigen. Dabei erhob er sich und spürte wieder, wie er wuchs, und wunderte sich darüber, daß andere dies Gefühl, bis ins Grenzenlose bedeutend zu sein, nicht teilen wollten. Er wünschte Zeugenschaft, sofort und ohne irgendwelche Ausflüchte. Man sollte ihm zusehen, dem Augenschein trauen, dann würde man bestätigen müssen, was er jetzt sage: Es bereiteten sich in ihm ungeheure Dinge vor!

Dies rief er einigen Fischern zu, die damit begannen, ihre Netze am Flußufer abzustecken. Sie beachteten ihn nicht, aber er wollte sich Gehör verschaffen.

Er verließ die Wiesen über eine steinerne Treppe,

erreichte die Stadt und rief in den Straßen nach dem Fremden, immer nur nach dem Fremden, von dem er behauptete, dieser müsse sich ganz in der Nähe aufhalten, denn er hätte ihn, Friedrich Nietzsche, eben noch durch seine Anwesenheit geehrt. Er müsse ihn finden, versicherte er, denn dieser Mann hätte ihm Dinge gesagt, die, wenn er sie ausplaudern würde,durchaus geeignet seien, der Welt brennende Fackeln aufzusetzen.

Ob man sich der Konsequenzen bewußt sei: Der Mensch ist das Unmögliche und damit eine Sache der Form. Gut oder Böse, man entscheide sich! Die Güte sei der Welt abhanden gekommen, aber der Fremde sei durchaus jemand, man solle ihm nur ins Gesicht sehen, der den Willen zum Bösen bis in jene Ruhe hinein verfeinert hätte, die selbst durch den eigenen Untergang nicht mehr zu erschüttern sei. Dies hätte ihn beeindruckt. Er selbst habe sich, da die Deutschen ihm jede Form zu leben verweigerten, für den Wahnsinn entschieden. Aber man solle deshalb nicht gering von ihm denken. Auch der Wahnsinn trage, und dabei wies er auf seinen Mantel, die Attribute der Gewalt und der rücksichtslosen Verneinung all dessen, was seiner Form nicht angehört, offen zur Schau. Ja, er erwäge, ob der Wahnsinn nicht der einzig mögliche Weg sei, den Menschen in sich zu überwinden. Er habe versucht, über andere Möglichkeiten nachzudenken, aber man solle ihm glauben, wenn er sage: Man kann auf dieser Welt kein Mensch unter Menschen sein!

Man riet dem seltsamen Passanten, ruhiger zu werden, wobei man seinen euphorischen Eifer ratlos zur Kenntnis nahm. Er dankte, aber wie jemand, der nicht einsah, warum dies nötig sein sollte, und jede Berührung, jedes freundliche Wort schien ihm überflüssig. Auch die Gesellschaft des Fremden fand er kaum noch der Mühe wert.

Wenig später, in der Nähe der Kirche, die er gestern betreten hatte, jetzt aber unbeachtet ließ, war es ihm, als würde der Fremde folgen, in der Absicht, ihn mit den Händen zu berühren. Aber dies interessierte ihn nicht mehr. Was sollte jener ihm sagen, das er nicht schon wußte? Ihm, der wieder in der Zuversicht war, Gott zu sein, Ursprung und Einheit aller Dinge!

Er ging schneller und schneller. Wie lange dies dauerte, wußte er nicht. Er bemerkte nur, wie eng Turin war und daß er die Stadt, die er liebte, aber offenbar überschätzt hatte, mit drei, vier Schritten von ihrem Anfang bis zu ihrem Ende durchmessen konnte. Mitunter hatte er den Eindruck, er ginge im Kreis, damit die Beengtheit, die ihn störte, einigermaßen gemildert wurde. Aber dann fand er doch, man bewege sich im Quadrat besser.

Er wußte, man schrieb die ersten Januartage 1889. Auch er fand das Wetter strahlend, aber die Gebrochenheit, die dem italienischen Himmel aufgenötigt wurde, weil die Sonne den Horizont nicht mehr hinter sich lassen konnte, fand er skandalös. Dies wollte er bessern. Aber nicht heute, später, später.

Am folgenden Tag kam Overbeck, um den kranken Freund abzuholen. Nietzsche wehrte sich heftig, denn er sah keinen Grund, über die Alpen nach Basel zu reisen. Man bestand darauf.

Als er das Gebirge sah, war es ihm, als näherte er sich einer Wand, hinter der es nichts mehr gab, um dessentwillen es sich lohnte, so übermäßig besorgt zu sein. Er wurde ruhiger. Aber es war der Beginn jener Ruhe, in der die Gedanken sterben.

Die Waldsteinsonate

Franz Liszt starb am 31. Juli des Jahres 1886, an die näheren Umstände hierzu konnte er sich nicht erinnern. Er fand sich allerdings im Vollbesitz seiner Sinne und geistigen Gaben auf einer Straße wieder und ging zielstrebig – wohin, dies bedeutete ihm eine Einladung, die er in der Tasche hielt, eine Einladung mit der lapidaren Bemerkung: »Frau Magda G. bittet um Ihren Besuch im Bunker der Reichskanzlei, und zwar für den 1. Mai 1945.«

In der Reichskanzlei, offenbar waren dies Räumlichkeiten unter der Erde, fand er sich auf einem Stuhl sitzend wieder, ohne zu wissen, wie er so rasch und ohne alle Umstände hierher gekommen war. Er musterte den Raum, der hin und wieder, in unregelmäßigen Abständen, von Detonationen erschüttert wurde. Er sah einen langen Eichentisch, darumherum Stühle mit hohen, gepolsterten Lehnen, dann eine Büste, einen männlichen Kopf darstellend, von eben der Farbe wie sie der Kalk hatte, der aus Rissen von den Wänden rieselte. Dieser Kopf zog ihn unwiderstehlich an. Aber nun sah er schon in einer äußersten Ecke, ihm schräg gegenüber, ein Pianoforte, dessen schwarzer Lack von staubigem Mörtel und von Stücken Mauerwerk dicht übersät war.

Dahinter, auf einem Hocker, ganz in ängstlicher Haltung, ganz in sich zusammengesunken, aber den Blick doch mit fragender, fast flehender Aufmerksamkeit auf den Neuankömmling gerichtet, saß eine Frau mittleren Alters. Sie hatte ihr blondes Haar im Nacken zu einem Knoten gebunden, sie hielt ihr Gesicht etwas zu sehr erhoben, hier und da zeigten sich rötliche Flecken.

»Ich freue mich, daß Sie gekommen sind«, sagte sie kaum hörbar. »Nicht wahr, Gräfin d'Agoult war die Mutter Ihrer Kinder.«

Liszt war verwirrt, da er so unerwartet, auf direkte Weise und von einer Frau, die er nicht kannte, von der er aber annehmen mußte, daß sie litt, an frühere Umstände erinnert wurde. Dann, nach Augenblicken der Unentschlossenheit, die zu der Würde seines Alters einen merkwürdigen Kontrast bildeten, erhob er sich und ging auf das Pianoforte zu.

»Warum weinen Sie, Madame?« fragte er. »Um Gottes willen, warum weinen Sie?«

Und als er die Arme ausstreckte und fast schon versucht war, da sie nun aufschluchzte, ihre Hände zu ergreifen, erstarrte er in seiner bemühten, freundlichen Bewegung, denn nun stand in der Tür, die mit einem unangenehmen, metallenen Klirrton geöffnet und wieder geschlossen worden war, ein schmächtig wirkender Mann, der ihnen mehrmals und mit heiterer Selbstverständlichkeit zunickte.

»Reden Sie mit ihm«, rief die Frau und umklammerte Liszts rechte Hand. »Er will, daß ich meine Kinder umbringe.«

Aber gleichzeitig schämte sie sich, ihren Mann, der in der Tür stand und um Haltung bemüht war, vor einem Fremden, auch wenn dieser Franz Liszt hieß, zu desavouieren.

»Ich behaupte nicht«, fügte sie hinzu, und ihr Gesicht war tränenüberströmt, »ich behaupte nicht, daß dies nicht auch mein Wunsch wäre. Aber Sie verstehen, ich wünsche etwas, das ich unmöglich ausführen kann.«

»Es bleibt keine Zeit, der Arzt wartet«, sagte Josef G. und lächelte. »Ich bin sicher, der unsterbliche Franz Liszt wird dir genügend Kraft geben, das Unvermeidliche zu tun.«

Damit ging er auf seine Frau zu, umfaßte sanft ihren Ellbogen und führte sie, die kaum widerstrebte, zur Tür, und Liszt bemerkte, daß ihn eine Mißbildung, ein zu kurzes Bein, beim Gehen hinderte.

»Sie wollen Ihre Kinder töten?« fragte er, und das Ehepaar wandte sich um und sah die erschreckte Güte im Gesicht des Ehrwürdigen und daß dieser wie ein Priester gekleidet war.

Es folgte eine Detonation, derart heftig, daß man fürchten mußte, sie würde sich bis ins Innere der Erde fortsetzen. Das Licht verlosch, und als die Glühbirne, die an der Decke des Zimmers angebracht war, wieder aufflammte, war Liszt allein. Er wußte nicht, ob er dem Ehepaar, das offenbar hinter der Tür verschwunden war, folgen sollte und versuchte, die Umstände, in denen er sich befand, zu begreifen.

›Aber wie denn‹, dachte er, ›es ist unmöglich, daß man mich in dieses Haus bittet, damit ich Zeuge eines Verbrechens werde. Ich muß mich verhört haben!‹

Und die Zurückhaltung, die er ein Leben lang eingeübt hatte, das Unverbindliche im Betrachten der Welt, wie sie sich auf Konzertreisen darstellte, die Unmöglichkeit, als vielgefragter Virtuose die Gewohnheiten seiner Gastgeber zu durchschauen oder auch nur wahrzunehmen, dies alles hinderte ihn auch diesmal daran, sich um sein Erstaunen gründlicher zu kümmern.

Er beschloß, den Lauf der Dinge abzuwarten. Er setzte sich, nachdem er die Tastatur, den Mörtel nicht achtend, freigelegt hatte, hinter das Pianoforte und spielte die ersten Takte der WALDSTEINSONATE bis zu jenem Triller, der den düsteren, melancholischen Auftakt ins Heitere zu wenden versucht. Dies tat er wieder und noch einmal, als würde er zögern, die Kostbarkeit, die er so oft durch seine Hände hatte entstehen lassen, preiszugeben. Aber er spielte, sowie sich seine Selbstvergessenheit festigte, weiter, und zuletzt herrschte jene Magie, eine Ununterschiedenheit zwischen Künstler und Instrument, die nur der Virtuose geltend machen kann.

Wieder öffnete sich die Eisentür, sanfter als beim ersten Mal, und Frau G. kehrte in den Raum zurück. Liszt war es, als hörte er hinter dem Korridor, den die Tür verdeckte, Kinderstimmen und wie diese, offenbar im Spiel miteinander, lachten, aber es war vage und unbestimmt und so fern, daß er nicht wußte, ob er sich getäuscht hatte.

»Wie wunderbar Sie spielen«, sagte Frau G. und setzte sich auf einen der Stühle, die um den Eichentisch gruppiert waren.

»Ich danke Ihnen, Madame«, antwortete der Pianist, unterbrach sein Spiel und verbeugte sich gegen sie.

Die Stille, die nun folgte, dauerte etwas zu lange. Frau G. blickte zu Boden und sagte leise, wie zu sich selbst und wie, um das entstandene Schweigen zu entschuldigen:

»Denken Sie nicht schlecht von meinem Mann. Er liebt die Kinder ebenso wie ich. Aber auch er möchte ihnen das Leben ersparen.«

»Madame, wovon reden Sie?« sagte Liszt und sah

auf jene bis zur Erschöpfung einsam wirkende Frau, die man weder alt noch jung, weder schön noch häßlich, weder anziehend noch abstoßend, aber in ihrer endgültigen Traurigkeit anrührend nennen mußte und die nun seinen Blick erwiderte. Dabei hielt sie den Kopf hoch erhoben, sie preßte ihre Hände gegeneinander, um Halt zu finden, aber es waren die Augen, diese geweiteten, in äußerster Erregung hilflos wirkenden Augen, die verrieten, daß hier jemand Anstrengungen unternahm, obwohl er wußte, daß er jeden Anlaß hierzu längst hinter sich gelassen hatte.

»Ich möchte Sie bitten, sich meiner Kinder anzunehmen«, sagte sie. »Ich mache mir Sorgen, was aus ihnen werden wird, wenn sie gestorben sind. Sie sind ja noch so jung. Ich weiß«, fügte sie hinzu, »wie gütig Sie sind, und ich hoffe sehr, daß Sie die Kinder nicht unbeachtet lassen.«

Liszt starrte auf ihr Haar und bemerkte, daß sich eine Strähne, die mit einer Klammer befestigt war, gelöst hatte und nun über ihre Schläfe fiel und wie sie diese Nachlässigkeit unbeachtet ließ. Er konnte nicht umhin, die Anmut, die trotz aller Verzweiflung für einen Augenblick entstanden war, zu bewundern.

»Aber Ihre Kinder leben«, sagte er. »Und sie haben eine Mutter, die unmöglich wünschen kann, daß es anders wäre.«

Sie antwortete nicht.

Er wollte sie bitten, ihre, wie ihm schien, unverständlichen Worte zu erklären, aber nun stand Josef G. in der Tür, offenbar in der Absicht, seine Frau, deren Zustand er mißtraute, nicht aus den Augen zu lassen.

»Wer sein Haus nicht mehr retten kann, für den wird es zum Scheiterhaufen. Wer sich und seine Kinder opfert, adelt den Untergang«, sagte er. Dabei ging er zum Eichentisch, setzte sich, suchte die Nähe seiner Frau, und zwar so sehr, daß sie einander mit den Schultern berührten.

Wie lange sie so dasaßen, wußte Liszt nicht zu sagen. Er sah immer nur auf das seltsame Paar, hörte auf die Detonationen, die näher und näher kamen, und sah, wie Josef G., der solche Umstände seit langem gewohnt war und mit Verachtung auf alle äußere Gefährdung zu reagieren pflegte, zusammenzuckte, aber es war ein Reflex seiner Nerven, den er unbeachtet ließ.

Nur einmal, als die Tür, wie aus den Angeln gerissen, ohne daß jemand sie berührt hatte, aufsprang, versicherte er, daß die Einschläge, die von der Artillerie herrührten, die Gesichertheit dieser Räume, man befände sich mehrere Meter unter der Erde, keineswegs gefährden könnten, und daß der deutsche Soldat, obwohl erschöpft, obwohl aus unzähligen Wunden blutend, durchaus noch willens und in der Lage sei, den Feind bis zum Abend aufzuhalten.

Ordonnanzen kamen und brachten Nachrichten, die dieser Zuversicht widersprachen. Niemand, versicherten sie, sei imstande, die umkämpften Straßen, jenes schmale Gebiet zwischen Tiergarten und Voßstraße, das den Mächtigen des DRITTEN REICHES noch verblieben war, länger als ein, zwei Stunden zu verteidigen.

»Es ist gut so«, sagte Josef G. »Wir haben die Welt, da sie in ihrer Schläfrigkeit zu ersticken drohte, mit eisernen Fäusten durchgerüttelt, und wir haben diesen Kampf nicht auf uns genommen, um zu siegen. Was ist schon der Sieg? Er ist billig zu haben, wenn man nicht das ganze Verhängnis herausfordern, das Fatum selbst gegen sich herbeizwingen will.«

Und wieder war es Liszt, als würde er Kinderstimmen hören, deutlicher als beim ersten Mal, ja er glaubte sogar, Unterschiede ihres Alters wahrnehmen zu können. Er erhob sich.

›Die Wahnsinnigen‹, dachte er. ›Sie führen einen Krieg, sie wünschen ihren Untergang. Aber ich muß sie daran hindern, daß ihre Kinder dafür büßen müssen.‹

Er bedankte sich für die Einladung, bedauerte, daß er an der verzweifelten Lage seiner Gastgeber nichts, aber auch gar nichts ändern könne, daß er jedoch bereit sei, auf dem Pianoforte zu spielen, falls man dies wünsche, und daß er nichts dagegen hätte, wenn auch die Kinder... Ja, er würde sich über ihre Anwesenheit geradezu freuen, denn, versicherte er mehrmals und immer drängender, es gäbe für ihn kein größeres Vergnügen, als vor Kindern zu spielen.

»Ja, spielen Sie, spielen Sie!« rief Magda G.

Doch schon hatte Josef G. ihre Hand genommen, hielt sie sanft, aber unmißverständlich fest, lächelte, und Liszt schien es, als würde auch sie für einen Augenblick triumphieren, als seien ihre Augen auf diesen Mann wie auf einen Magier gerichtet, der imstande war, inmitten einer brennenden Festung, den eigenen und den Untergang der Kinder wie einen Sieg erscheinen zu lassen.

Dies beunruhigte Liszt.

»Aber«, sagte er, »Sie werden nicht so unhöflich sein, den Raum zu verlassen, solange ich auf dem Pianoforte spiele. Dies wäre mir in meinem Leben nie begegnet«, fügte er hinzu, und: ›Wenn dieser Krieg in wenigen Stunden beendet sein soll‹, dachte er, ›muß die Musik sie bezaubern. Beethoven! Beethoven wird die Kinder retten. Er ist mächtiger als alles andere‹, dachte er, und: ›Der müßte erst geboren werden, der der WALDSTEINSONATE widerstehen kann.‹

Er begann zu spielen. Aber bevor er dies tat,

musterte er noch einmal, seine Hände lagen auf der Tastatur, die Zuhörer, so wie er es gewohnt war. Es war dies ein Augenblick äußerster Konzentration. Und als er die ersten Takte anschlug, sah er, wie Magda G. von ihrem Mann abrückte, unmerklich, indem sie mit dem geringsten Aufwand an Bewegung ein Taschentuch aus dem Gürtel ihres Kleides zog und es gegen die Lippen führte, und wie Josef G. von dieser Bewegung keinerlei Notiz nahm.

Aber er, Franz Liszt, sah dies sehr wohl und nahm es als Beweis, wie rasch der Zauber seiner Virtuosität zu wirken begann. Das machte ihm Mut.

›Weiter, immer weiter‹, dachte er. ›Die Sonate bewältige ich in dreiundzwanzig Minuten, aber man wird sich wundern, wenn diese kurze Ewigkeit bis zum Abend dauert.‹

Er wiederholte den Anfang, setzte die Akkorde besonders weich, in der Absicht, die düstere Entschlossenheit der beiden zu mildern. Dann unterbrach er, bevor er mit den Variationen begann, sein Spiel, sah aber nicht auf, um niemanden zum Beifall zu nötigen. Minuten später fühlte er sich bestätigt.

Josef G. saß da wie jemand, dem der Zustand der Welt, der ja doch nur sein eigener Zustand war, durch die Musik auf wunderbare Weise wieder zurechtgerückt wurde. Er sah immer nur auf Liszt, auf dessen Hände und sah nicht, wie sehr Magda G., um ihr Gemüt einigermaßen zu bändigen, ununterbrochen mit dem Taschentuch beschäftigt war.

Sie litt unter der Vorstellung, die Kinder könnten sich diesem Raum nähern, obwohl man es ihnen verboten hatte, und sie würden nun, angezogen von der Musik, ach von dieser wunderbaren Musik, die Nähe ihrer Eltern suchen, jene Nähe, in der sie sich so selbstverständlich sicher fühlen durften und die man ihnen nie verweigert hatte. Sie ertrug den Gedanken nicht, daß sie diese Nähe, bevor es Abend werden konnte, dazu mißbrauchen mußte, die Kinder zu hintergehen. Aber auch ihr wurde der Schmerz durch den Wechsel der Akkorde, das Auf und Ab einander widersprechender und sich wieder versöhnender Klangflächen, die den Raum ins Unbegrenzte ausweiteten, auch ihr wurde die Gewißheit des Todes, der so hastig, so unwürdig vollzogen werden sollte, durch die Musik auf wunderbare Weise wünschenswert gemacht.

Liszt konnte ihre Stimmung nicht bessern, aber seine Kunst bannte sie fest in dem Verlangen, es möge sich an ihrem Unglück nichts ändern, ja, sie wünschte geradezu, in der Verzweiflung, die ihr jetzt ebenso unentbehrlich schien wie das Pianoforte, eine Ewigkeit zu verweilen.

»Wie wunderbar Sie spielen!« rief Magda G.

»Ich danke Ihnen«, antwortete Liszt, verbeugte sich aber nicht gegen sie, spielte weiter und war nun fest davon überzeugt, daß auch die Kinder ihn hören mußten, obwohl man sie so gründlich vor ihm versteckt hielt.

Wieder bewegte sich die Eisentür, und ein Mann mittleren Alters betrat den Raum. Er trug eine schwarze Uniform, hatte die Ärmel seiner Jacke bis zum Ellbogen aufgekrempelt, der Kragen war weit geöffnet, die kurzgeschnittenen Haare waren nicht frisiert, in der linken Hand hielt er einen kleinen Koffer. Er schien das Klavierspiel nicht zu bemerken, richtete seine Aufmerksamkeit noch dem Korridor zu, aus dem er gekommen war, antwortete einer Stimme, als wollte er sich irgendeiner Sache vergewissern, dann sah er mit äußerster Ungeduld auf Josef G. Es war der Arzt. Und Liszt spürte, daß nun jemand anwesend war, den er zu fürchten hatte.

›Der gleiche Kopf, den ich dort als Büste stehen sehe‹, dachte er. ›Er ist blaß wie Marmor, ohne Güte, ganz und gar unerreichbar. Er hört die Musik nicht.‹

Dabei sah er auf den Kragenspiegel der Uniform, der mit einem Totenkopf geschmückt war und konnte nicht umhin, die Ununterschiedenheit zwischen Gesicht, Uniform und den Insignien des Todes zu bewundern. Er, der so lange Jahre von der Schönheit der Güte fasziniert gewesen war, hatte nun die Schönheit des Bösen vor Augen, und er fühlte, wie das Spiel seiner Hände, das bisher ohne

Anstrengung, fast wie von selbst, vor sich gegangen war, stockte, und wie er sich dagegen wehrte, indem er die Bässe und die äußersten Höhen über Oktaven hinweg mehrmals gegeneinander anschlug.

Aber der Arzt blieb unbeeindruckt, und Josef G. erhob sich langsam, ging, die Schritte behutsam auf den harten Beton setzend, zur Tür, wobei er immer noch auf Liszt und in Richtung Pianoforte zurücksah, dann, an der Tür angekommen, hob er, wie zum Gruß, seinen rechten Arm mit einer Miene des Bedauerns.

»Ich spiele noch!« rief der Pianist. »Die Regel des Anstands gebietet, daß zuerst der Künstler den Raum verläßt. Madame«, rief er und wandte sich nun an Magda G., »gibt es einen Grund, meinen Vortrag derart zu mißachten?«

Aber sie sah schon zur Tür, sah, wie Josef G. und der Arzt sich entfernten und ließ nun, indem sie versuchte, sich ebenfalls zu erheben, das Taschentuch fallen, das sie so lange umklammert hatte. Sie wollte den beiden nach, aber ihre Knie ertrugen die rasche Bewegung, der sie folgen sollten, nicht, und so fiel sie, kaum daß sie sich erhoben hatte, wieder auf den Stuhl zurück, wobei sie mit dem rechten Ellbogen hart gegen den Tisch aufschlug.

»Helfen Sie mir. Er geht zu den Kindern. Rasch, geben Sie mir Ihren Arm.«

»Nein«, antwortete Liszt und spielte weiter,

immer nur weiter. »Nein«, antwortete er und versuchte seiner Stimme Schärfe zu geben, »solange Sie mir zuhören, kann den Kindern nichts geschehen.«

»Sie irren sich. Wenn ich mich ihrer nicht erbarme, tötet sie der Arzt. Wir sind schuldig. Wir dürfen nicht in die Hände unserer Feinde fallen«, sagte sie, erschrak aber gleichzeitig über ihr Geständnis und wollte es ungeschehen machen. »Nein,« fügte sie hinzu und erhob sich. »Nein«, wiederholte sie fast flehend und ging auf Liszt zu, »wir sind nicht schuldig.«

Dabei kam sie ihm so nahe, daß er sich genötigt sah, sein Spiel zu unterbrechen, und als sie nochmals und nun mit aller Eindringlichkeit von ihm wissen wollte, ob auch er glaube, daß sie nicht schuldig seien, sagte er:

»Madame, ich weiß es nicht. Aber da Sie es sagen, will ich es glauben.«

»Ich danke Ihnen«, antwortete sie und schwieg.

Liszt spürte, wie die Lampe über ihren Köpfen, die Möbel ringsherum, ja der ganze Raum zu schwingen begann und wunderte sich, daß dies in vollkommener Stille vor sich ging. Und da Magda G. immer noch schwieg und in merkwürdiger Unentschlossenheit einfach so dastand und er nicht wußte, wie er dies deuten sollte und ob es angemessen wäre, jetzt weiter auf dem Pianoforte zu spielen, begann er leise und eindringlich zu reden:

»Madame«, sagte er, »Sie sollten mit dem Leben nicht ungerecht sein, und vor allem: Man muß nicht immer und um jeden Preis etwas wollen. Ich hatte zwei Kinder aus erster Ehe, Cosima und Blandine, das heißt, sie waren eigentlich unehelich, ich habe mich aber trotzdem um sie gekümmert. Blandine starb leider sehr früh, aber Cosima war, wie Sie wissen, von Bülows, dann Richard Wagners Frau und starb erst im Jahre 1930. Was für ein langes, ereignisreiches Leben! Natürlich: Auch ich hatte Gründe, unzufrieden zu sein, und ich habe Cosimas Untreue gegenüber von Bülow und ihre Zuneigung zu Wagner nie goutiert, und ich kann auch nicht behaupten, daß die Sorgen, die ich mir um Cosima machen mußte, erheblich waren. Sie, Madame, sind verzweifelt, aber: Keine Verzweiflung, auch jene nicht, die den Tod sehnsüchtig herbeiwünscht, darf uns dazu verführen, alles nur mit eigenen Augen zu sehen. Nichts übersteigt das eigene Unglück, aber: Madame, man muß auch der Welt, und dazu gehören die eigenen Kinder, ihren Lauf lassen.«

Sie hörte ihm zu, bemerkte jetzt erst, wie alt dieser Mann war, ja daß er sich an der Grenze seiner Hinfälligkeit befand, und die bedächtige, fast betulich wirkende Art zu sprechen tat ihr wohl, und daß er das Gewand eines Priesters trug, war ihr nun selbstverständlich. Ob sie seine Worte billigte, konnte er nicht sagen. Sie schien in Gedanken weit,

weit weg zu sein, und auch als eine Stimme zaghaft nach der Mutter rief, schien sie dies nicht zu bemerken.

»Wieviel Kinder haben Sie?« fragte Liszt.

Sie konnte nicht antworten. Sie schämte sich. Es schien ihr unmöglich zu erklären, daß sie sieben Kinder hatte, aber nur eines vor ihrer Fürsorge in Sicherheit war. Auch schien es ihr unvorstellbar, daß man sechs Kinder so verschiedenen Alters und in so kurzer Zeit töten konnte. Die Kleinsten, ja, was wäre daran entsetzlich, wenn man sie nahe bei sich, wie sie es gewohnt waren, einschlafen ließe, dies eine Mal für immer. Aber die Älteren, die schon verständig waren, die voller Mißtrauen nur noch unter neuen, immer neuen Versicherungen, daß ihnen nichts geschehen könne, seit Tagen tapfer in ihrem Zimmer aushielten, wie sollte man ihnen das Äußerste antun, nachdem man versprochen hatte, sie davor zu bewahren.

Sie wunderte sich, daß diese Gedanken, die ihr unerträglich waren, sie nicht niederdrückten und wie so oft dazu zwangen sich hinzulegen, um wenigstens ihr Herz einigermaßen zu beruhigen. Es wurde ihr alles leicht, der Boden unter ihren Füßen bewegte sich wie ein Schatten, und sie erinnerte sich plötzlich an frühe, sehr frühe Umstände, in denen sie vor Glück und gehobener Stimmung hätte vergehen können, und sie mußte rasch, aber doch so, daß

Liszt es nicht bemerkte, mit den Händen das Pianoforte fassen, um nicht zu fallen. Und weil sie dabei lächelte, dies aber nicht billigen konnte und fürchten mußte, die Gewalt über ihre Empfindungen zu verlieren, sagte sie:

»Ich danke Ihnen. Ich muß zu meinen Kindern. Sie hören ja selbst, sie rufen nach mir.«

Liszt wollte ihr behilflich sein. Er hatte sehr wohl bemerkt, daß sie wankte und Mühe hatte, vom Pianoforte loszukommen, aber als er die zwei, drei Schritte ging, die nötig waren, um sie zu erreichen, verfing er sich mit den Schuhen im Saum seiner Soutane, konnte gerade noch verhindern, daß er stolperte, und als er nach dieser Ungeschicklichkeit mit einem Wort der Entschuldigung endlich seinen Arm anbieten wollte, war sie verschwunden. Er starrte auf den Korridor, dessen eiserne Tür weit geöffnet war, wie auf einen Abgrund, der aus der Welt führte, und nun fiel ihm ein, daß er es versäumt hatte zu spielen.

»Warten Sie«, wollte er rufen. »Entschuldigen Sie meine Nachlässigkeit! Lassen Sie die Kinder, es geht weiter! Wir sind mit der Sonate noch nicht am Ende!«

Aber er ahnte, wie nutzlos dies alles war, brachte nur hastig und halblaut etwas Unverständliches über die Lippen und stand da, wie jemand, der zusehen mußte, wie ein Unglück, dessen Entstehen er hatte verhindern wollen, gerade durch ihn und, wie er glaubte, durch seine Geschwätzigkeit, möglich geworden war. Er fühlte seinen Rücken kalt werden und wie ihm die Hände, diese kostbaren, zur äußersten Disziplin erzogenen Hände, zu zittern begannen und wie er dem panischen Verlangen nicht folgen konnte, sofort, unwiderruflich, zum Pianoforte zurückzugehen, um das Versäumte nachzuholen. Aber dann erreichte er doch, wobei er den Eindruck hatte, er würde sich über Arme und Beine hinweg zu dieser Anstrengung zwingen, die Tastatur und begann zu spielen.

›Gott sei Dank‹, dachte er, ›dies Instrument bringt, wenn man nur darauf zaubert, alles zum Schwingen.‹

Und wirklich: Das schlechte Gewissen, das ihn trieb, die verzweifelte Hoffnung, er könnte, wenn er nur überall zu hören wäre, alles Lebendige unter dieser Erde wieder zurück in seine Nähe zwingen, aber auch die Vorstellung, die Kinder könnten, wenn er nicht spielte, in ihrer Not vor Entsetzen aufschreien, und er wäre dazu verdammt, es zu hören, dies alles brachte ihn dazu, mit dem Adagio derart erregt und hochauftürmend einzusetzen, daß es schien, als würden der allzu enge Raum, die eiserne Tür, aber auch der Korridor wie durch die Wucht einer Posaune auseinandergesprengt. Aber dabei ließ er es nicht bewenden.

»Wagen Sie es nicht!« rief er, »wagen Sie nicht, den Kindern etwas anzutun! Es sind Geschöpfe Gottes!« Und: »Ich maße mir nicht an, über die Welt zu urteilen, ich bin ebenso gering wie Sie, aber: Wer seine Kinder mordet, der soll in Ewigkeit weder leben noch sterben, weder Vater noch Mutter genannt werden!« rief er.

Und je mehr er die Stimme hob, je vorbehaltloser seine Drohungen wurden, je unbedingter er wünschte, das Unglück der Kinder, koste es was es wolle, zu verhindern, desto deutlicher spürte er, daß seine Kraft für so viel Zorn nicht mehr ausreichte. Eine Weile schien er sich zu behaupten, bis ein Husten, den er nicht unterdrücken konnte, ihm so sehr den Atem nahm, daß er sich vom Pianoforte abwenden mußte, wobei er mit der rechten Hand, die linke lag schon kraftlos auf der Tastatur, den Fortlauf der Sonate aufrechterhielt.

Er keuchte, rang nach Luft, konnte die Schwäche, die ihn überfallen hatte, nicht wieder loswerden. Er hoffte, daß sich jemand zeigen würde und daß, wenn dies zuviel verlangt war, wenigstens eine Stimme, die ja nicht ihm gelten mußte, sich hören ließe. Aber es blieb alles still.

Er klappte das Notenpult zurück, schloß das Pianoforte.

›Gut‹, dachte er, ›gut. Dann habe ich meine

Schuldigkeit getan, und nun sind alle Himmel verschlossen.‹

Er saß da, zusammengesunken, den Kopf gebeugt, die Hände ruhten auf den Knien, und während sein Atem langsam ruhiger wurde, überkam ihn ein Gefühl von Gleichgültigkeit. Er dachte an die Gräfin d'Agoult und daß er zu ihrem Begräbnis nicht gekommen war.

Daran dachte er jetzt. Und auch, daß er der WALDSTEINSONATE zuviel, ja das Unmögliche, zugemutet hatte.

Über der Erde, dort, wo man dem Himmel sieben, acht Meter näher war, begann der Frühling. Die Kastanien blühten. Sie hatten Mühe, sich gegen den Geruch, der über der brennenden Stadt lag, zu behaupten.

Im November

Als sie Berlin etwa eine Meile hinter sich gelassen hatten, als die Kiefern immer enger gegen das Gefährt heranzudrängen schienen, als der Nebel, der gegen die Scheiben schlug, sich immer noch nicht lichten wollte, sah er das erste Mal hinaus. Er sah die Böschung und daß der Kutscher die Pferde etwas zu sehr in die Nähe des Grabens führte, aber er hatte kein Gefühl der Unterschiedenheit zwischen dem Gefährt, in dem er saß, und dem Wald, der unbestimmt und halbdunkel hinter dem Graben aufragte. Dies machte ihn unruhig.

Er wunderte sich, daß Madame Vogel so gelöst, so selbstvergessen an seiner Seite saß, indem sie, soweit es ging, gegen die Tür hin von ihm abgerückt war, um nun, solange diese Fahrt auch andauerte, in ein und derselben Haltung bewegungslos zu verweilen.

Vor kurzem noch hatten sie, bevor sie die Kutsche bestiegen, einander versichert, wie hartnäckig ihre Heiterkeit war und daß sie auf dieser Fahrt dafür sorgen müßten, nicht zu sehr in die Nähe des Übermuts zu geraten. Aber nun, da die himmelverhangene Düsternis ihn bedrängte, da die Welt der

Erscheinungen, an der er litt, sich ihm durchaus nicht, wie sonst, bis zur Ermüdung, ja bis zum Überdruß seiner Sinne zeigen wollte, nun sah er keine Grenze mehr, die man hätte überschreiten können.

Madame Vogel bemerkte seine Unruhe. Der Schal, den sie trug, bedeckte beinahe ihr Gesicht, sie lächelte, als sie auf seine Frage, ob die Sonne nicht scheinen werde und ob es möglich sei, bei diesem Wetter das gemeinsame Ziel zu erreichen, antwortete: Es sei ja noch früh. Es sei kein Regen, und für einen Augenblick, dafür verbürge sie sich, würde die Sonne schon scheinen.

Dies ließ er sich gern sagen. Dabei war er versucht, ihre Hände zu fassen, bemerkte aber, wie sie diese vor ihm versteckt hielt, so, als würde sie dem Versprechen, das sie einander gegeben hatten, nämlich sich nicht zu berühren, mißtrauen.

Sie wirkte zuversichtlich, und er wußte, sie war fest davon überzeugt, daß ihre Natur, die sie immer noch willig ertrug, ganz und gar ohne Bedeutung war. Und wie wenig sie dies zum Anlaß ihres Kummers nahm! Und daß sie sterben wollte, ohne besondere Gründe geltend zu machen! Dafür bewunderte er sie. Und er zog, rascher als nötig, seine Blicke zurück und sah auf das Polster, mit dem die vordere Wand der Kutsche bespannt war.

Eine Elster folgte dem Gefährt. Sie erhob sich und

flog, sobald der Kutscher die Pferde an dem Ast, auf dem sie saß, vorbeigeführt hatte, immer wieder voraus, setzte sich, wobei sie unruhig mit dem Schwanz hin und her wippte. Madame Vogel, auf deren Seite dieser Vorgang geschah, bemerkte das Tier, das ununterbrochen zeterte, und wies mit der Hand ins Freie, solange die Elster durch das Fenster, bevor sie aufflog, zu sehen war. Er folgte ihren Blicken, bemerkte, wie angenehm ihr diese Ablenkung war, konnte aber das Tier, ohne daß er sich zu sehr über ihre Schulter hätte hinwegbeugen müssen, nicht sehen, und da er dies nicht wollte, ließ er sie mit ihrer Beobachtung allein.

So fuhren sie dahin, spürten, wie der Kutscher, den sie gebeten hatten, zügig zu fahren, die Pferde immer wieder antrieb, bis diese eine gute Weile durchgehalten hatten, dann durften sie sich bei langsamerer Fahrt ausruhen. Man passierte ein kleines Gewässer, dessen Brücke beschädigt war, und nun hatten beide für Augenblicke, als die Kutsche darüber hinwegging, als ein Rad zwischen die Bohlen geriet, das Gefühl zu schleudern. Sie umfaßten, jeder für sich, die Griffe an ihren Türen, um nicht gegeneinanderzufallen. Und die Fahrt ging weiter, eintönig, ereignislos, wie sie begonnen hatte.

Nur einmal, als sie die Kiefern hinter sich gelassen hatten und der Kutscher in unmittelbarer Nähe eines Gevierts, auf dem man den Wald gerodet und

Wintergetreide angesät hatte, plötzlich, die Pferde waren kaum zum Stehen gekommen, vom Bock sprang und fluchend ein Hindernis, das die Straße versperrte, zur Seite räumen wollte, um dann, als ihm dies nicht gelang, für Minuten im Unterholz zu verschwinden, für dies eine Mal überkam sie eine unerklärliche Angst.

Es begann damit, daß Madame Vogel, weil das Gefährt ohne ersichtlichen Grund, wie sie meinte, so plötzlich stillstand, von der Vorstellung nicht loskommen konnte, sie seien außerhalb der Zeit, sie würden ihr Ziel nie erreichen, und sie müßten, da der Kutscher die Flucht ergriffen hätte, ewig in dieser Enge nebeneinandersitzen.

Dies sagte sie ihm, und er erwiderte, ohne den Sinn ihrer Worte zu erfassen: Ja, ja, auch er hätte in letzter Zeit daran gezweifelt, ob ihn der Tod erlösen könne und ob er, gesetzt er würde die Pistole gegen sich richten, dazu verdammt sei, nach der kurzen Seligkeit des Sterbens wieder zu leben. Mitunter, fügte er hinzu, fühle er sich wie jemand, der gezwungen sei, von einem Zimmer ins andere zu gehen und dem ein Gott die Gnade des Todes, wie dem Tantalus das erlösende Wasser, vor die verdurstenden Lippen bringe, aber es sei ihm unmöglich, davon zu trinken!

Eine halbe Stunde später sahen sie die Havel. Die Sonne hatte den Nebel durchbrochen, und nun lag alles, die Wiesen, das Ufer, das schwarze Geäst der Erlen, klar vor ihren Augen, und sie konnten sich nicht sattsehen. Er öffnete die Tür, zeigte auf das Wasser und sagte:

»Sehen Sie, dies ist ein Anblick, geschaffen, um zu sterben. Hier hat der Mensch eine Grenze und vor allem: Ich muß die Natur sehen können, wenn ich mich in ihre Arme begeben soll.«

Sie sah mit ihm hinaus, sah, wie unbestimmt die Farbe des Wassers war, dort, wo der Nebel Schatten auf die Oberfläche warf, und wie die Wälder von ihren Höhen herab bis an die Ufer, ja darüber hinaus, in die Tiefe zu drängen schienen. Aber sie fröstelte bei diesem Anblick. Und als er fragte, ob es nicht wünschenswerter sei zu ertrinken, in all dieser Schönheit, ganz still, ohne daß jemand sie sah, zu ertrinken, zog sie den Schal enger und sagte: Nein. Sie traue dem Wasser nicht, und der Abschied vom Leben dürfe keinesfalls länger als eine Sekunde dauern.

Da könne er sie beruhigen, sagte er noch, bevor er die Tür wieder schloß. Das Gasthaus befände sich in unmittelbarer Nähe des Ufers, und man könne ja, um wenigstens den Blick auf das Wasser nicht zu verlieren, ein paar Schritte auf die Anhöhe hinaufgehen. Damit war sie zufrieden.

Als sie Stimmings Hof erreichten, sprangen ihnen zwei Hunde entgegen und kläfften derart hartnäckig, daß Madame Vogel außerstande war, ins Freie zu treten. Der Kutscher löste, nachdem er die Hunde vertrieben hatte, das Gepäck, darunter das Felleisen, aus der Halterung und gab alles einer Bediensteten, die einen Augenblick unschlüssig dastand und zusah, wie der Fremde seiner Begleiterin beim Aussteigen behilflich war, indem er ihr die Hand reichte, und wie beide einige Schritte auf den Kutscher zugingen und wie der Fremde, nachdem der Kutscher gefragt hatte, ob und wann er wiederkommen solle, antwortete: Dies sei unnötig, sie hätten vor, eine Ewigkeit hier zu verweilen. Der Kutscher bekam seinen Lohn und war entlassen.

Die Bedienstete wollte den beiden vorausgehen, um sie in das vordere Gebäude, wo ihre Zimmer lagen, zu führen, bemerkte aber, daß man ihr nicht folgte und daß das Paar in der Mitte des Hofes bewegungslos, mit einem Ausdruck von Fremdheit, dastand, so als hätte es sich verirrt.

Beim Mittagessen, das spät, erst gegen drei Uhr eingenommen wurde, wirkte Madame Vogel überaus heiter, und er sprach mit Stimming, der sich zu ihnen gesetzt hatte, über die Jagd, das Wetter, die Franzosen, wobei er, kaum daß er gegessen hatte, ununterbrochen mit seiner Tabakspfeife beschäftigt war. Man trank Wein. Madame Vogel bekam, vielleicht weil sie zu nah am Ofen saß oder weil ihre Nerven durch den Wein etwas zu sehr in Aufregung geraten waren, gerötete Wangen, und Stimming, der gern und manchmal ohne besonderen Grund lachte, hatte seine Freude daran, ihr das Glas, kaum daß sie es ausgetrunken hatte, mit einer charmanten Bemerkung wieder zu füllen.

Dies alles dauerte bis zum Einbruch der Dunkelheit, dann schien das Gespräch zu stocken. Madame Vogel erhob sich und sagte in einem Ton, als wäre sie in Gedanken nicht mehr anwesend: Es sei nun genug, man möge sie auf ihr Zimmer gehen lassen. Und auch er, als hätte er auf diesen Augenblick gewartet, ging, ohne ein Wort der Erklärung, zur Tür und fragte, ob man ihnen Feder und Tinte auf ihre Zimmer bringen könne und ob ein Bote bereit sei, einige Briefe nach Berlin zu befördern.

»Aber ja doch«, antwortete der Wirt.

Wieviel Zeit denn der Bote, gesetzt, er würde sich nicht beeilen, nötig hätte, um Berlin zu erreichen, wollte Madame Vogel wissen.

»Vier bis fünf Stunden«, antwortete Stimming.

Man bedankte sich für die Auskunft und ging hinauf.

Die Zimmer waren kalt und mit dem Nötigsten möbliert. Eine Buche, die vor den Fenstern hoch aufragte, hinderte sie daran, ins Freie zu sehen, aber er, während sie schon an einem kleinen Tisch neben dem Paravent saß und die Schreibutensilien erwartete, versuchte dennoch, indem er ein Fenster öffnete und sich hinausbeugte, zu prüfen, in welcher

Richtung sie am nächsten Morgen gehen müßten, um das Havelufer zu erreichen.

Die Bedienstete brachte brennende Kerzen, Feder und Tinte, und nun verließ er, indem er Madame Vogel versicherte, sie könne sich Zeit lassen, er würde wohl, um seine Briefe zu schreiben, eine halbe Nacht opfern müssen, ihr Zimmer, und zwar nicht, wie es ihm möglich gewesen wäre, durch die Tür, die beide Räume miteinander verband, sondern über den Korridor. Madame Vogel gab der Bediensteten Geld, wartete, bis diese sich wieder entfernt hatte, prüfte, ob die Tür zwischen den Zimmern verriegelt sei und begann zu schreiben.

Ihre ersten Zeilen gingen an den königlichen Rendanten, den Vater ihrer Tochter, und es drängte sie, besonders diesem Mann ihren abenteuerlichen Abschied zu erklären. Aber was sollte sie ihm sagen? Daß ihr das Leben gleichgültig war, so sehr, daß alle Gesichertheit, alle wünschenswerten Umstände, die sie durch die Heirat mit ihm erlangt hatte, dies nicht mildern konnten? Daß sie imstande gewesen war, ihr Kind ohne ein Wort des Abschieds, heimlich, in aller Hast, nachdem sie den Vater belogen hatte, mit einem ihr fast unbekannten Mann zu verlassen? Daß sie, nachdem sie sicher wußte, was Gott mit ihr vorhatte, so hochmütig war, ihr Schicksal freiwillig in die Hände eines Mörders zu legen?

Ach, ihre Hand blieb, während sie dies hätte schreiben sollen, kraftlos auf dem Papier liegen. Sie fühlte sich matt, auf unwiederbringliche Weise ratlos. Sie fand keine Gründe, wie sie ihren Wunsch, sterben zu wollen, hätte verteidigen können. Ja, sie fand, daß sie, da sie dies nicht konnte, berechtigt war, den Zustand des Lebens schon jetzt, einen Abend vor ihrem Tode, nicht mehr gelten zu lassen. Und so schrieb sie hastig ein paar Zeilen an die Freundin, in denen sie bat, um Paulinchen, ihre Tochter, besonders besorgt zu sein. An Peguilhen aber schrieb sie:

»Mein sehr werter Freund! Ihrer Freundschaft, die Sie für mich bis dahin immer so treu bewiesen, ist es vorbehalten, eine wunderbare Probe zu bestehen, denn wir beide, nämlich der bekannte Kleist und ich, befinden uns hier bei Stimmings auf dem Weg nach Potsdam in einem sehr unbeholfenen Zustand, indem wir erschossen daliegen und nun der Güte eines wohlwollenden Freundes entgegensehen, um unsere gebrechliche Hülle der sicheren Burg der Erde zu übergeben.«

Dies schrieb sie. Aber bevor sie den Brief beenden konnte, fiel ihr ein, daß er, Kleist, im Nebenzimmer auf Papier und Tinte wartete. Wie lange sie ihn dazu durch ihre Unentschlossenheit, ihr Zögern genötigt hatte, wußte sie nicht zu sagen. Sie erhob sich, brachte ihm alles, was er brauchte, sah, während sie die Tür öffnete, daß er mit seinen Pistolen beschäftigt war, die auf dem Bett ausgebreitet dalagen und daß er nichts unternahm, um diese vor ihren Blicken zu verstecken. Sie blieb nur einen Augenblick, gab vor, als er sie aufforderte, bei ihm zu bleiben, daß sie müde sei und im Kopf durch den Wein durcheinandergeraten, und nachdem er sie mit der Bemerkung, daß er dies bedaure, verabschiedet hatte, fragte er plötzlich:

»Wohin soll ich die Pistole gegen Sie richten?«

»Ins Herz«, antwortete sie und ging in ihr Zimmer.

Er stand auf dem Korridor, sah ihr nach und konnte sich, als sie verschwunden war, nicht entschließen, zurückzugehen.

»Das Leben ist viel wert, wenn mans verachtet«, und:

»Nimm dir den Lorbeer ab, den dornigen,
Wir alle wissen ja, daß du gesiegt,«
flüsterte er, und ihm fiel ein, daß es mit diesen Worten, die er in die Welt gesetzt hatte, nicht zum besten bestellt war. Es wollte sie niemand hören.

»Ich bitte um Entschuldigung, meine einzigen Freunde, daß ich mich entschlossen habe, euch zu vergessen. Ja,« fügte er hinzu, »es ist kein Unglück, das Glück verloren zu haben, das erst ist ein Unglück, sich seiner nicht mehr zu erinnern.«

Gegen Mitternacht begann es zu schneien. Er

bemerkte es, als er zu beten versuchte und als ihm dies, obwohl er in seinem Brief an Marie, die Kusine, geschrieben hatte, wie nahe er Gott war, nicht gelingen wollte. Er öffnete das Fenster. Die Flocken wirbelten, von einem sanften Wind getrieben, zu ihm hinein und berührten seine Wangen. Er, der eben noch bemüht war, diese Erde, die ihn nicht tragen wollte, im Gebet zu vergessen, spürte nun, wie angenehm, wie tröstlich diese sanfte, rasch dahinschmelzende Kälte war. Er schloß die Augen.

›Die Natur‹, dachte er, ›ja, die leblose Natur ist es, die uns umarmt. Warum hat Gott es dabei nicht belassen!‹

Er löschte die Kerze, nahm die Pistolen, die er geladen hatte, vom Bett und legte sie griffbereit auf die Kommode, die in der äußersten Ecke des Zimmers stand. Dann ging er ins Freie hinaus. Der Himmel war verhangen, aber hier und da brach der Mond hervor und tauchte den Schnee, der unablässig und immer dichter zur Erde fiel, in ein Licht wie auf dem Theater. Er stand immer nur da, mitten auf dem Hof, hemdsärmlig, ganz und gar ungeschützt, und sah auf das Schauspiel zwischen Himmel und Erde und kam, je länger dies ging, von der quälenden Vorstellung nicht los, er sei davon ausgeschlossen, und die Welt wäre, so greifbar sie sich auch darbot, nichts weiter als eine Laterna magica.

Die Hunde kamen zu ihm und drängten gegen

seine Knie. Er spürte ihr nasses Fell und wie sie mit den Schnauzen nach etwas suchten, das er ihnen nicht geben konnte: Wärme. Sie waren ganz still, und es war ihm unmöglich, sie zu berühren. Er erinnerte sich an den Kutscher und wie dieser die Kreaturen mit der Peitsche vertrieben hatte, und er fand, daß es falsch von Gott war, sie überhaupt erschaffen zu haben.

Und nun überkam ihn inmitten dieser Einöde, das Haar, die Schultern waren ihm eingeschneit, die Hunde lagen zu seinen Füßen, eine grenzenlose Wehmut darüber, daß alles, was er sah und fühlte, sich selbst eingeschlossen, ein vergebliches, unwiederbringliches Bemühen war.

›Ach‹, dachte er, ›was ist dies für eine Welt! Wie kann ein edles Wesen, ein denkendes und empfindendes wie der Mensch, hier glücklich sein! Wie kann er es nur wollen, hier, wo alles mit dem Tode endigt! Wir begegnen uns, drei Frühlinge lieben wir uns, und eine Ewigkeit fliehen wir wieder auseinander!‹

Er verließ den Hof, ging ein paar Schritte auf den Wald zu, der hinter den Stallungen begann, aber die Dunkelheit trieb ihn zurück. Augenblicke später war er wieder in seinem Zimmer. Er klopfte den Schnee von den Kleidern, schloß das Fenster. Und als er nochmals beten wollte, ging sein Flüstern, das er mit gepreßtem Atem hervorbrachte, immer wieder in Schluchzen über. Er forderte Gott auf, ohne Ausflüchte zu sagen, warum er ein Leben, das sinnlos genannt werden mußte, überhaupt zuließ, und warum er ihn, ja immer nur ihn, der wie kein anderer darum bemüht gewesen war, dem Himmel ähnlich zu sein, gehindert hatte, die kleinste Seligkeit einen kurzen Augenblick lang zu ergreifen und bei sich zu behalten. Dies wollte er von ihm wissen. Und immer unter Schluchzen, immer unter dem Versuch, die Stimme, die ihm versagte, und die Gedanken, die sich überschlugen, zurückzugewinnen.

»Warum«, flüsterte er, »warum hat der Himmel mich so sehr vor den anderen ausgezeichnet? Um mich desto sicherer demütigen zu lassen.« Dies schien ihm ungeheuerlich. Darüber kam er nicht hinaus. Er war nun wieder voll Bitternis, und seine Seele, seine ach durch wieviele Kränkungen wund gewordene Seele, trauerte in der Stille des Zimmers unter der stummen, gefühllosen Zeugenschaft der Dinge um ihn her. Er fühlte sich nutzlos, leer wie ein Gefäß, dem man den Boden ausgeschlagen hatte.

Als er seine Fassung zurückgewonnen hatte, begann er zu frösteln. Er spürte die Nässe der Kleider und fürchtete sich vor dem Morgen. Aber sterben wollte er, das war gewiß. Nur wünschte er jetzt, in Gesellschaft zu sein. Marie! Ja, bei ihr würde er sich fühlen wie jemand, der mit unsicheren Knien einen schmalen, unwiderruflichen Steg entlangging, weil er sicher wußte, daß er nicht fallen konnte.

Er erhob sich, wollte den Brief, den er der Kusine geschrieben hatte, nochmals öffnen, aber nun sah er unter der Tür, die zu Madame Vogels Zimmer führte, den schwachen Schein der Kerze hindurchschimmern, und ihm fiel ein, daß er sie vergessen hatte. Er blieb, die Blicke immer auf das Licht gerichtet, stehen, ging dann auf den Korridor hinaus, in der Absicht, ihr diesen Umstand, über den er betroffen war, mitzuteilen, aber er bemerkte, wie unmöglich solch ein Geständnis war und daß es sie kränken mußte. Er hörte ein Geräusch, als würde Madame Vogel damit beschäftigt sein, Möbel zu rücken und wirklich: Als er die Tür öffnete, sah er, wie sie einen Stuhl in Richtung gegen die Wand hin schob und wie sie, weil ihr dies nicht gelingen wollte, außer Atem kam.

»Dort ist eine Tür«, sagte sie, »hinter der Tapete. Es ist mir unmöglich, in diesem Zimmer anwesend zu sein, wenn ich denken muß, es stünde mir jemand im Rücken.«

Er half ihr, den Eingang, den sie entdeckt hatte, mit dem Stuhl zu verstellen, legte noch, auf ihre besondere Bitte hin, einen Hocker und den Stiefelknecht, der an der Wand lehnte, obenauf, sah, wie sie von dem Wein, den sie aus Berlin mitgebracht hatten, hastig trank. Dabei saß sie erschöpft in ihrem Fauteuil und sah ihn aus hilflosen Augen an.

Sie fühle sich, sagte sie, sterbensschwach und könne so unmöglich ihre Entdeckungsreise fortsetzen. Sie habe wieder angefangen, von dem Wein zu trinken, spüre aber keine Wirkung. Ob es nicht möglich sei, jetzt, mitten in der Nacht, einen Kaffee zu bekommen.

Er ging hinunter, sorgte dafür, daß die Bedienstete geweckt wurde und bestellte Kaffee. Als Madame Vogel die Tasse in Händen hielt, sagte sie, es ginge ihr besser, aber sie möchte fort von hier und zwar rasch. Sie käme von der Vorstellung nicht los, daß der Rendant Vogel oder Peguilhen durch diese Tür treten könnten, um sie in letzter Minute an ihrem Glück zu hindern.

Dies sei unmöglich, antwortete er, die Briefe seien noch nicht abgeschickt. Aber, fügte er hinzu, auch er sei voller Unruhe. Auf dem Hof hätte es geschneit, und er hätte im Mondlicht eine Einbildung gehabt, nämlich ... Es sei immer dasselbe. Es käme ihm vor, als könne er weder leben noch sterben, als wäre er von der Welt ausgeschlossen und könne deshalb auch keinen Abschied von ihr nehmen!

Dies sei keine Einbildung, sagte sie, wer den Tod als Weg zur Glückseligkeit entdeckt hätte, von dem rückten die Dinge in seltsamer Weise ab. Sie brauche wieder Papier und Tinte, fügte sie hinzu, sie müsse an ihren Mann schreiben.

»Wenn mein Geist frei ist«, sagte sie, »und ich in den unermeßlichen Räumen über Vogels Schicksal wachen kann, dann wäre auch dem Paulinchen besser geholfen! Aber so«, sagte sie und preßte die Hände, mit denen sie die Tasse hielt, gegen den Leib, »unter diesen Schmerzen kann ich unmöglich einen guten Gedanken fassen.«

Kleist holte aus seinem Zimmer ein Fläschchen mit Rum und goß ihr etwas davon in den Kaffee. Es würde ihr guttun, versicherte er, und als sie wissen wollte, ob er zu seinem Wort stünde und ob die Pistolen, die er bei sich hätte, verläßlich seien, als sie sich gleichzeitig für den Kleinmut, dies überhaupt zu fragen, entschuldigen wollte, drängte er sie dazu, ruhig zu sein.

Gegen fünf Uhr morgens hatte auch sie ihre Briefe versiegelt, lag auf dem Bett, atmete tief und genoß den Umstand, von den Kleidern, die sie beengt hatten, wieder einmal befreit zu sein. Sie schlief ein, wunderte sich noch, daß ihr die Gelegenheit dazu wie eine wünschenswerte Erlösung vorkam, da sie doch in wenigen Stunden sterben wollte. Gegen sieben Uhr bat sie die Bedienstete zu sich, sie solle ihr beim Ankleiden behilflich sein. Kleist ging unterdessen vor ihrer Tür auf und ab, trank hin und wieder aus dem Fläschchen, das er bei sich trug. Überhaupt hatte sich die Stimmung der beiden, als sie sahen, daß es Tag werden wollte, gebessert. Sie bestellten nochmals Kaffee, tranken dazu Rum, und als sie dem Wirt das Päckchen mit den Briefen übergaben und als dieser versicherte, der Bote würde gegen zwölf Uhr von hier abgehen und würde, wenn er sich nicht aufhalten ließe, Berlin gegen vier Uhr nachmittags erreichen, ergriff beide eine feierliche Erregtheit. Nun, dachten sie, würde ihnen der Himmel, wenn nur der Bote mit den Briefen bald abginge, bis zur nächsten Dunkelheit kein Geheimnis mehr sein.

Sie zahlten, was sie schuldig waren, baten darum, daß man für zwei Herren, die gegen Abend aus Berlin hier eintreffen würden, Zimmer bereithalten sollte, und als man fragte, ob auch sie die Absicht hätten, die kommende Nacht über hierzubleiben, antworteten sie nicht.

Gegen Mittag nahm Madame Vogel eine Tasse Bouillon zu sich, dann traten beide auf die Berliner Chaussee hinaus. Sie sahen dem Boten nach, sahen, wie dieser, bevor er in den Wald einbog, sich noch einmal umdrehte, wobei er den Hut vom Kopf nahm, so, als wollte er sich gegen sie verbeugen.

»Nun sind wir aus der Welt«, sagte Madame Vogel, »denn der da«, sagte sie und wies mit dem Finger auf jene Grenze, hinter der der Bote verschwunden war, »hält die Nachricht von unserem Tod in seinen Händen.«

Und Kleist sagte: »Wenn ich vergessen könnte, daß diese Welt nichts, aber auch gar nichts auf meine Person hält, ich würde jetzt Gründe finden, um nachdenklich zu sein.« Und: »Denken Sie nur, diese unendliche Fortdauer! Millionen von Zeiträumen, jedweder ein Leben, und für jedweden eine Erscheinung wie diese Welt. Ich hatte nie etwas mit ihr zu schaffen. Ja, wenn man Tränen schreiben könnte... Doch so...«

Sie schwiegen, blickten in Richtung auf den Horizont, über dem die Sonne kalt und abweisend zu sehen war. Sie fragten den Wirt, ob es möglich wäre, zur Pfaueninsel zu gelangen, und als dieser ihnen den Weg beschrieb, winkten sie ab und baten, daß man ihnen Kaffee ans andere Ufer des Sees, über die Wilhelmsbrücke hinaus, nachtragen sollte.

Sie blieb auf dem Hof, er ging in sein Zimmer hinauf und holte die Pistolen. Als der Wirt, wohl in der Absicht, Madame Vogel zu unterhalten, zu ihr hintrat und ein paar Worte mit ihr wechselte, ging sie lebhaft darauf ein. Aber die Art dieses Mannes mißfiel ihr, und nun überkam sie, da Kleist immer noch nicht zurück war, ein Gefühl von Enge, als bekäme sie zu wenig Atem, als müsse sie sich der lebendigen Nähe dieses Menschen entziehen. Sie erinnerte sich, während jener ununterbrochen mit ihr sprach, an frühere Umstände, in denen man sie, wie jetzt, dazu gedrängt hatte, heiter zu sein und dem Leben, das so liebevoll für sie eingerichtet war, endlich zuzustimmen, und wie ihr dies nicht gelingen wollte und wie betroffen sie darüber war.

Der Wirt ging fort. Sie dachte daran, wie hilflos sie sein müßte, wenn Kleist sein Versprechen bereuen und in letzter Sekunde davon lassen würde, und daß sie unfähig wäre, sich selbst zu töten.

Als er endlich kam, erschrak sie, denn sie sah die Pistolen nicht. Er aber ging lächelnd auf sie zu, bot ihr seinen Arm und sagte:

»Man bringt uns den Kaffee. Wir sollten eine Stelle ausfindig machen, wo wir ihn genießen können.«

Sie schlenderten über die Wilhelmsbrücke, gingen am Ufer der Havel entlang, und nun führte er Madame Vogel, indem er bemüht war, sie die Unebenheiten und den lockeren Sand des Bodens nicht fühlen zu lassen, einen steilen Hang hinauf, der gegen das Wirtshaus am anderen Ende des Sees und gegen die Chaussee hin freie Aussicht gewährte, nur in Richtung Osten war alles durch Kiefern und mannshohe Eichen verstellt. Auf der Höhe entdeckten sie eine Grube, offenbar hatte man einen Baum mit Stumpf und Stiel ausgerodet. Er sprang hinein und zeigte ihr, daß er sich ohne Mühe und ohne den Kopf zu beugen, indem er einfach niederkniete, in eben dieser Grube, wie in einem Grab, verstecken konnte.

Als er sie aufforderte, das gleiche zu tun, weigerte sie sich. Er wollte sie fassen, sie aber wich aus, versuchte lachend mit einem Handschuh, den sie abgestreift hatte, Sand aus seinen Haaren zu klopfen, und so liefen beide, immer unter dem Versuch, einander zu berühren, zum Ufer zurück.

»Der Kaffee«, rief sie und zeigte auf die Bedienstete, die ihnen gefolgt war. Sie ließen voneinander ab, gingen wieder auf die Höhe hinauf, sahen, daß das Mädchen die Tassen auf die Erde gestellt hatte, und nun bat Madame Vogel, die Mühe hatte, ihren Atem zu bändigen, um einen Tisch und zwei Stühle, denn so, versicherte sie, zu ebener Erde, in dem schneenassen Gras, könne sie den Kaffee unmöglich trinken.

Als die Bedienstete fortgegangen war, sagte Madame Vogel, man dürfe niemanden mehr hin und her schicken, es begänne ja schon zu dämmern. Er stimmte ihr zu. Sie sahen, daß die Sonne untergegangen war und daß am Horizont, dort, wo der See und der Wald keine Grenze gegeneinander geltend machen konnten, der Nebel wie eine Wand aufstieg, bleigrau, wo er Wasser und Bäume berührte, feuergelb, wo er dem Himmel am nächsten war. Über ihren Köpfen aber war alles frei, kein Schatten, keine Wolke, und das Blau, das den Glanz des Tages verloren hatte, schien ihnen unendlich zu sein.

»Ach«, sagte er noch, »es muß leer und öde und traurig sein, später zu sterben als das Herz.«

Sie aber sagte, er solle seinen Tod nicht geringschätzen. Nur wenige hätten, wie er, die Bestimmung, bis zu ihrem Ende unheilbar melancholisch zu sein.

Man brachte Tisch und Stühle, sie setzten sich. Als man fragte, ob ihnen kalt sei, antworteten sie, das sei jetzt ohne Bedeutung. Wie lange sie so dasaßen, er die Grube im Rücken, sie an der Längsseite des Tisches, und in die Weite, die sich ihnen darbot, hinaussahen, wußte die Bedienstete nicht zu sagen. Sie wußte nur, daß Madame Vogel ihr die leere Tasse mit der Bemerkung, sie möge sie auswaschen und zurückbringen, hinhielt, und daß er, bevor sie diese an sich nehmen konnte, einige Münzen hineinlegte und sagte, es sei für den vorzüglichen Kaffee.

Sie sei dann gegangen, hätte kaum die Chaussee erreicht, als ein Schuß gefallen wäre. Jessus, hätte sie gedacht, erst springen sie über Stock und Stein, und nun fangen sie an zu schießen! Ein Schwarm Krähen sei aufgeflogen, hätte sich aber gleich wieder gesetzt. Und kaum daß sie auf der Brücke gewesen sei, hätte es einen zweiten Schuß gegeben, und wieder seien die Krähen aufgeflogen, aber sie hätte sich nicht mehr darum gekümmert.

Gegen sieben Uhr abends erreichten Peguilhen und der königliche Rendant Vogel den Stimmingschen Hof. Sie hörten, was der Wirt zu sagen hatte, blieben aber die Nacht über auf ihren Zimmern. Am nächsten Morgen reiste Vogel, nachdem Peguilhen die Toten gesehen hatte, wieder ab. Er weigerte sich, den Hügel aufzusuchen, bat aber, bevor er die Kutsche bestieg, daß man ihm eine Locke aus dem Haar seiner Frau herausschneiden sollte. Beamte trafen ein, darunter der Chirurgus forensis.

Als man die Toten endlich in Ruhe ließ und sie der Erde übergab, schneite es wieder. Ein kalter Wind blies von Nordosten über das Wasser hin. Peguilhen fror, blieb aber unbeweglich stehen. Die Hände, in denen er die Handschuhe hielt, waren ihm gefühllos geworden. Er hörte nicht darauf, was der Pfarrer sprach, warf aber, wie dieser, etwas von dem gelben Sand, der rings um das Grab aufgehäuft lag, hinein. Und ehe er die Särge, die eng beieinander standen, noch einmal sehen konnte, waren sie schon zugedeckt.

Seidel

Ob er damit rechnen könne, wahnsinnig zu werden, wollte er wissen. Der Arzt schwieg und schien amüsiert zu sein.

Aber, sagte er und wollte den Eindruck des Skurrilen, den seine Frage bei dem Arzt hervorgerufen hatte, mildern, aber, sagte er, es sei doch möglich, daß er an seinen Gedanken, die er mit solcher Konsequenz und ohne sich vor ihnen zu fürchten, entwickelt hätte, irre werden müsse.

Welche Gedanken er denn hätte, fragte der Arzt.

Alfred Seidel verzog seine Lippen, wobei er den leichten Krampf, den er in den Mundwinkeln spürte, nicht lösen konnte. Auch war er unsicher, ob das Lächeln, zu dem er einen halbherzigen Anlauf genommen hatte, angebracht war, als er sagte:

»Ich würde gern mit Christus ziehen – gegen die Wahrheit.«

Am Nachmittag saß er in dem Zimmer, das ihm von der Direktion zugewiesen worden war, aß Brot und trank hastig etwas Limonade und war wieder mit seinem Werk beschäftigt. Er beugte sich tief über das Papier, das vor ihm neben der Schreibmaschine lag, und es kam ihm vor, als würden seine Augen, die bis zum Äußersten gespannt waren, vibrieren wie ein zu kurzes Seil, an dem immerfort und mit großer Kraft gezogen wurde.

Es war Anfang November. Ein leichter Regen fiel in die Kronen der Bäume ein, die ihr Laub, obwohl schon verfärbt, immer noch bei sich trugen, und da er, erregt wie er war, keinen Gedanken fassen konnte, erhob er sich, ging hinaus, achtete nicht auf den Regen, der über seine Brillengläser lief, umschritt jenen schmalen, langgestreckten Rasen, den man mit Ziegelsteinen umsäumt hatte, spürte, wie es überall, obwohl der Gehweg frisch geharkt, das Laub in nasse Haufen zusammengetragen war, säuerlich nach Unrat roch, besonders dort, wo er die Anstalt, den langgestreckten, zweistöckigen Klinkerbau, zu passieren genötigt war. Er sah in die Ecken und Winkel der vorspringenden Torbögen, fand aber alles rein und säuberlich.

Die hohen Bäume, unter denen er ging, hätten einen Park abgeben können, wenn man nur die Mauer, die das Ganze umschloß, nicht zu eng gehalten hätte. Wo die Mauer abbröckelte und es keiner Anstrengung bedurft hätte, um darüber hinwegzusteigen, befand sich ein kleiner Schuppen mit Geräten, der fensterlos war, und Seidel wußte, daß in diesem engen Raum, wenn man die Tür, die immer einen Spalt weit geöffnet blieb, schloß, vollkommene Dunkelheit herrschte.

Er ging hinein, tastete nach dem Balken, der, den Dachfirst stützend, die Mitte bildete, und fand eine Schlinge aus schmiegsamem Draht, die er gestern, ungesehen von den anderen, dort deponiert hatte. Er prüfte, ob sie noch so, wie es sein sollte, an einem Nagel, unter einer Öljacke versteckt, dahing, und da dies so war, trat er wieder ins Freie. Er bemerkte nicht, wie mild der Regen war, und daß ein sanfter, fast warmer Wind ihm übers Haar strich. Er hatte Mühe, seine spitzen Schultern zu beruhigen, denen die Last von Mantel und Jackett zu schwer war und die, da er ihnen nicht erlaubte, ihrer Schwäche nachzugeben, zitterten. Er meinte aber, daß er sich ohne jenes Korsett, das er hätte tragen müssen, um seinen rachitischen Rücken zu stärken, besser befand. Er nahm die Brille vom Gesicht, versuchte sie zu säubern, vorsichtig, da sie randlos war und da das Glas, an dem die Bügel eingeschraubt waren, leicht hätte brechen können, aber er verschmierte die Gläser, und nun war ihm die Sicht noch stärker genommen. Trotzdem sah er, daß ein Krankenpfleger im Torbogen stand und ihn beobachtete.

Frech, breitbeinig, mit herablassendem Grinsen stand er da und sah zu, wie jener, der schwächlich, ungeschickt und zerstreut wirkte, immer wieder mit dem Zeigefinger über die Brillengläser wischte und keinen Versuch unternahm, sich dem Regen, der ihm doch Mantel und Schuhe durchnässen mußte, zu entziehen.

Als Seidel endlich, wohl auch, weil der andere ihn derart musterte, unter den Torbogen trat, rechnete er damit, angesprochen zu werden. Er nahm sich vor, höflich, wenn nötig schroff zu antworten, falls der Pfleger ihn, den Patienten, zurechtweisen oder sonst Bemerkungen darüber machen sollte, daß man im Regen nicht spazierengeht. Aber es geschah nichts, und Seidel versuchte, nachdem er auf sein Zimmer zurückgekehrt war, diesen Eindruck, der ihm bedrohlich schien, wieder zu vergessen.

Er umfaßte den Ofen, fuhr sich mit dem Schal, der trocken geblieben war, flüchtig übers Gesicht, zog den Mantel aus, ließ die durchnäßten Schuhe unbeachtet, und als er nun zu seinen Papieren zurückkehren wollte, um den Rest des Abends und, wie er sich vorgenommen hatte, die halbe Nacht daran zu arbeiten, überkam ihn ein Gefühl von Schwäche, das, je mehr er sich dem Tisch näherte, an Intensität zunahm, so daß er zuletzt in dessen unmittelbarer Nähe, aber nicht nah genug, um die Papiere mit den Händen greifen zu können, stehenblieb. Er ließ die Arme sinken, hörte den Wind und wie dieser in heftigen Böen gegen das Fenster, dem er den Rücken zugekehrt hatte, andrängte. Er wußte, die Dämmerung würde nun, im November, unausweichlich, auf herrische Weise, die Stimmung der Tage vergiften und ihn niederdrücken, und er müßte, unfähig einen Gedanken zu fassen, auf ein und demselben Stuhl sitzen, immer unter dem Versuch, jenen unsichtbaren Feind, den »grauen Wolf« wie er ihn nannte, der ihm im Nacken saß, abzuschütteln...

»Doktor«, sagte er zu dem eintretenden Arzt, »Doktor, sehen Sie, ich kann nicht zu meiner Arbeit kommen. Die Arme sind mir wie gelähmt!«

Der Arzt ordnete an, daß man Kaffee bringen sollte und nötigte den Patienten in den Korbsessel, der in der Nähe des Bettes neben dem Nachttisch stand, setzte sich selbst, und dies sollte als vertrauliche Geste gelten, auf die Bettkante.

Man brachte den Kaffee. Seidel sah auf die Hände des Pflegers und wie dieser das Kännchen, die Tasse, die Schale mit dem Zucker mit betonter Langsamkeit vom Tablett nahm und alles dicht vor ihn auf den Nachttisch stellte, und da Seidel nicht aufsah und also nicht bemerken konnte, daß er diesem Mann vorhin schon, während er den Torbogen passiert hatte, begegnet war, ließ er die Ruhe, die ihn bei den Handreichungen überkam, gelten.

Er trank den Kaffee, besprach mit dem Arzt alle möglichen Gründe seines Zustandes. Er sei, sagte er, von schwächlicher Natur und müsse mit seinen

Kräften haushalten. Dies habe er nicht immer getan. Eine rachitische Erkrankung hindere ihn daran, die Körperübungen, die nötig wären, um seinen Zustand zu bessern, auszuführen. Trotzdem könne er mitunter, ohne zu ermüden, Gedanken verfertigen, während ihm Arme und Beine, besonders aber die Gegend im Sonnengeflecht, kalt und gefühllos würden. Dies sei ein Zustand, fügte er hinzu, der ihn besonders jetzt, da eine Jahreszeit ohne Reize und das trübe Einerlei des Winters beginne, daran hindern wolle, tätig zu sein.

Welche Gedanken er denn hätte, fragte der Arzt.

Seidel sah ihn lange an, zwei-, dreimal schien es, als wollte er die Lippen bewegen, aber er blieb die Antwort schuldig.

»Ich möchte niemanden enttäuschen«, sagte er schließlich und beschwerte sich darüber, wie unfähig er sei, an allem, was er unternahm, ein Genüge zu finden und vor allem: Er hätte die Ratschläge seiner Freunde mißachtet und wäre nun wieder mit dem allerschwersten Rüstzeug des Geistes beschäftigt. Es sei ein unendliches Grübeln in ihm, eine Sucht, sich und die Welt, die unerklärbar sei, zu erklären, und dieses Übel würde, bei vollem Bewußtsein, fort und immer fort wuchern wie ein Geschwür.

Schall und Rauch, sagte er, sei die Welt vor den Augen eines ewig Unzufriedenen. Und, fügte er hinzu, die Menschen hätten an der Erkenntnis ein schönes Mittel zu ihrem Untergang.

Der Arzt lächelte und fragte, ob es dies sei, was ihn quäle.

Ja, antwortete Seidel, dies quäle ihn außerordentlich.

Aber, sagte der Arzt, was er da geäußert hätte, sei nur selbstverständlich und nicht der Mühe wert, aufgeschrieben zu werden. Er sei blaß, er müsse sich genügend Schlaf und vor allem frische Luft gönnen. Ob er bereit wäre, mit den anderen Patienten diese oder jene Gartenarbeit zu verrichten.

»Sie wissen, daß Sie freiwillig hier sind und jederzeit wieder gehen können«, fügte der Arzt hinzu.

»Ja«, sagte Seidel, »das weiß ich«, und schwieg.

Als es Nacht war, saß er im Schein einer Lampe und fand, je gründlicher er seine Papiere sortierte und je vorbehaltloser er diesen und jenen Gedanken verbessern wollte, daß er alles gesagt hatte.

»Das Denken ist ein zersetzendes Gift«, schrieb er noch, »es wird mich töten, da es mir nicht gelingt, wie die Lilie auf dem Felde, einfach nur dazusein und zu blühen, ohne zu wissen warum.« Dann löschte er das Licht und versuchte zu schlafen.

Der Wind hatte sich gelegt, und solange Seidel die Uhr, die von irgendwoher schlug, jenes gleichmäßige, klare Geräusch einer Glocke, hören konnte, fühlte er sich geborgen. Es war, als ob eine Macht, die es gut mit ihm meinte, seinen Sinnen schmeichelte, und er gab sich diesem Eindruck willig hin, wartete Stunde um Stunde auf dessen Wiederkehr.

›Warum‹, dachte er, ›ist dies Leben immer nur etwas, das sich selbst nicht genügt? Es ist wie eine Uhr, die man aufziehen muß, weil sie einzig unter der Qual der Angespanntheit ablaufen kann. Wir sind das Unvereinbare‹, dachte er, ›das sich die kurze Dauer von der Geburt bis zum Tod mühsam erkämpfen muß, und wir sind dazu verdammt, dies auch noch zu wissen. Könnte ich mich von meinem Bewußtsein trennen‹, dachte er, ›wie jener Prager Student von seinem Spiegelbild, ich würde der Welt das Beispiel eines Menschen geben, der glücklich ist, weil er sich nicht mehr erkennen kann. Oder wäre ich wenigstens ein Poet, um aus dem Gift meiner überwachen Gedanken Verse zu machen!‹

Aber seine Natur ließ es, so sehr er sich auch bemühte, nicht zu, daß er alles, was er fühlte und dachte, zur erlösenden Form bringen konnte.

Er schlief ein, träumte, daß er vor einem Auditorium damit beschäftigt war, aus seinen Papieren zu lesen. Aber er konnte nichts erkennen, weil es regnete und ihm das Wasser, wie am Nachmittag schon, über die Brillengläser lief. Als er sie mit den Ärmeln seiner Jacke endlich getrocknet hatte, sah er die Buchstaben deutlich vor sich, aber nur für

Augenblicke, denn der Regen verwischte die Tinte, so daß alles, was er sah und was er über Jahre mühsam zusammengetragen hatte, Zeile für Zeile hoffnungslos ineinanderlief. Er wunderte sich noch, daß er darüber nicht erschrak und erwachte.

Die Sonne schien ins Zimmer und ihre begütigende Helle tat ihm wohl. Trotzdem wollte er sich nicht erheben, lag mit unter dem Kopf verschränkten Armen da, betrachtete die Bäume hinter dem Fenster, und nun schien es ihm, als hätte die lichtüberflutete Welt plötzlich einen Sinn, und er bereute, daß er es unternommen hatte, dies anzuzweifeln.

Der Pfleger kam und fühlte ihm den Puls. Seidel bedauerte die Verachtung, die er in dessen Blicken zu spüren glaubte, und war versucht, ihm zu sagen, als dieser das Glas mit dem Thermometer achtlos auf die Papiere stellte, er könne dies ruhig tun, er müsse keine Rücksicht nehmen oder etwa denken, die Papiere seien von Wichtigkeit.

Er fühlte das Thermometer unter der Achsel, sah wie der Pfleger, der ihm den Rücken zugewandt hatte, vor der Schreibmaschine stand und das Blatt, das eingespannt war, herauszog und schamlos genug war, darin zu lesen.

»Sie sollten sich waschen«, hörte Seidel ihn sagen, »und anschließend frühstücken gehen.«

Seidel gehorchte. Im Waschraum zitterten ihm

die Knie, aber er fand, daß er keinen Grund hatte, sich zu beschweren und daß er das demütigende Verhalten des Pflegers durchaus verdient hatte, nur wollte er wissen, warum der Arzt gestern, am frühen Abend, so gelassen sein konnte, obwohl er doch offenbar seine Meinung über die Nichtigkeit der Welt und über die mörderische Kraft des Verstandes teilte.

›Vielleicht‹, dachte er, und sah sich dabei im Spiegel und wie er, das Gesicht mit Seifenschaum überdeckt, ein Bild skurrilen, grimassierenden Erschreckens abgab, ›vielleicht‹, dachte er, ›fehlt mir nur die Würde, ja, die Würde‹, dachte er und mußte rasch das Handtuch fassen, um sich von allem, was ihn entstellte, zu befreien.

Er ging auf den Flur hinaus und fragte nach dem Arzt. Er wollte ihm sagen, wie gut es gewesen war, ihn, Seidel, darauf hinzuweisen, daß er kein Recht hätte, in dieser Anstalt zu sein. Auch wollte er sich für seine anmaßende Frage, nämlich, ob er damit rechnen könne, wahnsinnig zu werden, entschuldigen. Er wollte sagen, wie bereit er sei, mit den anderen, den Gestörten, mit denen er sich im Unglück durchaus nicht messen könne, geduldig im Garten zu arbeiten.

Aber wohin er auch geht, er findet den Arzt nirgends. Und im Zimmer steht immer noch der Pfleger und liest, die rechte Faust auf die Maschine gestützt, in den Papieren. Als Seidel eintritt, hebt er die Augenbraue, und als wäre dies nicht herausfordernd genug, stößt er den Kopf in den Nacken, wartet darauf, was ihm der Patient, den er in unmißverständlicher Weise mustert, nun also zu sagen weiß.

Seidel wollte sich erklären, wollte, was für den Arzt bestimmt war, auch diesem Menschen verständlich machen, aber er fand keine Worte, stand mit herabhängenden Armen, den Blick auf den schmalen, fast fleischlosen Mund des Pflegers gerichtet, da, spürte dessen unversöhnliche Nähe und fühlte sich minderwertig.

›Was für ein Mißverständnis‹, dachte er. ›Offenbar glaubt jener, da er mich nicht versteht, ich werde meiner Gedanken wegen hier festgehalten.‹

Aber hatte er dies nicht gewünscht? Hatte er sich nicht bis vor kurzem danach gesehnt, an seinen Gedanken irre zu werden?

Seidel senkte den Kopf, schwieg hartnäckig, wartete darauf, daß der andere, der grobknochig und einen guten Kopf größer als er, über ihn aufragte, seine herausfordernde Haltung aufgeben und die Papiere endlich aus der Hand legen würde.

Minuten später saß Seidel im Eßraum unter den Insassen der Anstalt, als wäre er ihresgleichen. Er beneidete sie um ihren Zustand, er, der zeit seines Lebens darum gerungen hatte, die Irritation, die

Anzeichen der Verwirrtheit, die jene auf ihren Gesichtern trugen, durch die Mühe des Gedankens erst gar nicht aufkommen zu lassen. Er fühlte sich nicht unwohl, sah, wie sein Gegenüber mit dem Geschirr ungeschickt, aber auch mutwillig hantierte wie jemand, dem es gleichgültig war, ob er die Welt, in der er auf solch unwürdige Weise leben mußte, auch begriffen hatte.

›Diesem‹, dachte Seidel, ›ist das Bewußtsein kein Verhängnis mehr‹, und es war ihm angenehm zu wissen, daß er nun Tag für Tag in dessen Gesellschaft speisen oder das Laub von den Gehwegen harken sollte, und er versuchte, die geistige Unversehrtheit, die er für sich geltend machen konnte, die ihm aber unerheblich schien, zu vergessen.

Am Nachmittag bedeckte sich der Himmel. Die Wolken hatten ein unwirkliches, klares Grau, als müßte es schneien. Ein kaltes Licht, wie durch Kristalle gebrochen, lag über der Stadt.

Seidel, der die Anstalt verlassen hatte, um für die Kranken Zigaretten zu kaufen, bemerkte den Wetterwechsel, die Unbeweglichkeit und Stille, die sich am Himmel vollzog. Er stand am Straßenrand, beobachtete die Strahlen der Sonne und wie diese, da die Wolkenwand aufgerissen war, hier und dort die Erde trafen, aber auf eine Weise, daß man nicht sagen konnte, woher sie nun eigentlich kamen.

›So ist es mit dem Bewußtsein‹, dachte er. ›Es ist wie ein Prisma, das uns in die Irre führt.‹

Ihm gefiel der Vergleich, und er wollte ihn, sowie er in die Anstalt zurückgekehrt war, aufschreiben, obwohl: es schien ihm der Mühe nicht wert. Er hatte Schmerzen im Rücken und beschloß, das Korsett wieder zu tragen. Er ging auf sein Zimmer, trat vor den ovalen Spiegel, der an der Wand, in der Nähe des Ofens, angebracht war, und begann sich zu entkleiden. Als er mit nacktem Oberkörper dastand und das Korsett anlegte und die Schnüre, die an beiden Seiten befestigt waren, zu verknoten begann, erschrak er über seinen mageren Hals, über die allzu große Schwächlichkeit seiner Schultern und war froh, als er endlich das weiße Hemd über dem Kehlkopf geschlossen, die schwarzseidene Fliege unter dem Kragen befestigt hatte. Das Korsett war kalt, ihn fröstelte, aber es ging ihm besser, und er hatte das Gefühl, aufrecht zu stehen.

›Jetzt hätte ich Lust zu reisen‹, dachte er und stellte sich vor, daß es durchaus angenehm wäre, in einem Abteil zu sitzen und zu rauchen und die Landschaft zu betrachten.

Aber er vertrug das Rauchen nicht, und wohin sollte er reisen! So gab er den Gedanken, die Koffer zu packen und zum Bahnhof zu gehen, wieder auf. Er war betroffen darüber, daß dies so rasch geschah und daß er der Versuchung, die ihm eben noch wohlgetan hatte, schon keine Beachtung mehr schenkte.

Wenig später sah man, wie er mit einigen Kranken Geräte aus jenem Schuppen holte, in dem er zwei Tage zuvor die Schlinge aus biegsamen Draht zurechtgelegt hatte. Er verteilte aus dem Päckchen, das er bei sich trug, Zigaretten und war sogar bereit, sich selbst eine zum Mund zu führen, um sich dann, unter allgemeinem Gelächter, hoffnungslos an dem Rauch zu verschlucken. Man war freundlich zueinander, aber ein Wille zur Ausgelassenheit lag in der Luft.

Die Gruppe überquerte den schmalen, langgestreckten Rasen, der mit Ziegelsteinen umsäumt war, und da man sich ununterbrochen mit Harke, Spaten oder Mistgabel, die man in Händen hielt, zu berühren und zu necken versuchte, da man sich die Fäustlinge, die man abgestreift hatte, wie Steine, als wären sie eine Waffe, gegenseitig in den Rücken warf, verlor man das Maß, das man aneinander hatte.

Plötzlich fallen alle übereinander her, ohne ersichtlichen Anlaß, mit hochroten Köpfen, als wären sie Hunde, die durch ein Zuviel an Erregung nicht mehr zu halten sind. Seidel wird zu Boden gerissen, er verliert die Brille, erhebt sich, spürt einen Schlag gegen die rechte Schläfe, schreit auf, eine Welle der Empörung, ein Schmerz, der ihn demütigt, geht ihm durchs Gehirn. Als er die Brille endlich findet und deren Bügel hinter den Ohren zurechtbiegt, ist er allein. Er sieht, wie die Kranken, die voneinander abgelassen haben, die Geräte in der Hand, langsam in Richtung auf die Anstalt dahinschlendern.

Er versucht, das Zittern im Innern seines Gehörs, jenen Aufruhr, den der Schlag gegen die Schläfe verursacht hat, zu besänftigen. Ihm ist, als befände er sich auf dem Wasser, würde fortgetrieben und müßte, da er das Ufer nicht mehr erreichen kann, zusehen, wie alles um ihn her, besonders aber jene dort, mit denen er eben noch einig gewesen war, auf unwiederbringliche Weise von ihm abrücken. Er fühlt sich elend und erinnert sich, daß er als Kind übermütig mit dem Kahn auf einen See hinausgestakt war, bis er in die Tiefe geriet und hilflos in die Dämmerung getrieben wurde, immer gewärtig, daß ihm auf diesem Gewässer, das in unheimlicher Ruhe dalag, etwas Endgültiges geschehen müsse.

Aber es geschah nichts. Und daran erinnert er sich.

›Die Welt ist ohne Geheimnisse, Mensch oder Tier, wir sind auf Gottes Versprechen hereingefallen. Da ist nichts‹, denkt er und sieht, wie die anderen eifrig damit beschäftigt sind, Reisig und Laub in Haufen zusammenzutragen und wie sie ihn unbeachtet lassen. Er sieht den Arzt, der das parkähnliche Geviert vom Eingang her überquert und wie dieser ihm freundlich, ja fast kameradschaftlich zuwinkt. Er spürt, wie erfreut er darüber ist und daß das Zittern in seinem Ohr augenblicklich zur Ruhe kommt. Er spürt und sieht alles sehr genau.

›Dies also ist die Schöpfung‹, denkt er. ›Sie ist so erbärmlich, daß Gott selbst es verdient hätte, als Geistesgestörter in dieser Anstalt einzusitzen‹. Dies denkt er und ist entsetzt.

Als die Glocken der benachbarten Kirche zu läuten beginnen, als er das GLORIA IN EXCELSIS DEO darin zu vernehmen meint, hält er nicht mehr stand. Er schleicht mit eingezogenem Kopf und immer darauf achtend, daß man ihn nicht sieht, wie ein Dieb jenem Schuppen zu, der ihm vertraut ist und dessen Eingang wie immer offensteht. Er tritt ein, schließt sorgfältig die Tür.

»Die Finsternis führt zum Licht wie das Leben zum Tode«, flüstert er und setzt einen Stab unter die Klinke.

Die Heiterkeit des Todes

Wenn der Grunewaldsee zugefroren ist, das Wetter wechselt und ein warmer Regen auf die Eisfläche niederfällt, wenn aus dieser Berührung Nebel entsteht, dicht und träge liegt er da, als hätte er keine Kraft aufzufliegen, wenn dem Himmel der Mond fehlt und die Wege zwischen dem Erlengestrüpp vor Glätte und überflutender Nässe unpassierbar geworden sind, wenn dämmrige Nacht herrscht und niemand ist unterwegs, dann kann es vorkommen, daß eine tote Jüdin an das Ufer tritt und auf eine Wunde in ihrem Nacken zeigt. Unbeweglich mit ihrer Geste des Bedauerns steht sie da und sieht immer nur zur anderen Seite des Wassers, dorthin, wo eine sandige, baumlose Fläche steil ansteigt, wo Abfallkörbe, Bänke, Tische einen Badestrand andeuten und wo ihr Mörder wartet. Unübersehbar, wie beziehungslos zur Szenerie, die ihn umgibt, hebt er die Hand, als wollte er sie grüßen.

Die Wälder, die den See umsäumen, wirken ärmlich und ausgezehrt von der allzu engen Nähe der Stadt. Ein Flugzeug zieht dröhnend, mit aufgeblendeten Scheinwerfern jenem Platz zu, wo es zur Ruhe kommt, ein Käuzchen schreit auf, als wollte es die Stille nutzen, und nun bewegen sich die Liebenden aufeinander zu. Er zögernd, sie aber, indem sie bemerkt, daß er das Eis nicht betreten will, kommt ihm die Strecke über den See hin entgegen, bis zu jener Grenze, an der ein Schilfgürtel, kaum kniehoch, das Wasser vom Ufer trennt und wo er sie erwartet.

Mit dem geringsten Aufwand an Bewegung, wie eingegossen in seine schwarze Uniform, die Augen unter der Schirmmütze versteckt, beugt er sich ihr entgegen und reicht ihr, damit sie im Schilf nicht strauchelt, die Hand. Sie läßt sich willig führen, überwindet, wobei sie ihr Kleid mit der linken Hand zusammenrafft, einen Baumstamm, der faulend im Wasser liegt, und für einen Augenblick scheint sie mit dem Absatz ihres Schuhs irgendwo zwischen dem tauenden Eis und dem Holz hängenzubleiben. Aber sie fällt nicht, und als er sie umarmt, geschieht dies so heftig, daß ihre Füße den Boden verlieren.

Bevor sie sich aus ihrem Kuß wieder lösen, sieht er die Blässe ihrer Arme und daß ihr baumwollenes, ärmelloses Kleid sie vor der Kälte nicht schützen kann. Er knöpft seine Jacke auf, zwängt sich aus dem engen Futter und legt sie ihr über die fröstelnden Schultern, aber so, daß der Kragen die Wunde, die sie im Nacken hat, nicht berührt.

Sie bemerkt seine Behutsamkeit, nimmt die Jacke

dankbar an, hakt sich mit dem kleinen Finger ihrer linken Hand in seinen Gürtel ein, er umfaßt ihre Taille, und so betreten sie, den Mund, die Augen in nie ermüdender Aufmerksamkeit einander zugewandt, jenen Weg, der um den See führt und der den Lebenden vorbehalten ist.

»Aber wie denn!« rufe ich, außerstande, mein Befremden länger zu unterdrücken. »Wie ist es möglich, daß ein Mörder mit seinem Opfer Arm in Arm spazierengeht? Sieht man nicht die Wunde, die jener ihr beigebracht hat!«

Aber was ich auch rufe, es hört mich niemand. Nur er wendet, als müßte er sich einer Täuschung vergewissern, seinen Kopf zur Seite, blickt aber nicht zurück, und so bleibe ich unbemerkt und sehe, wie scharfkantig sein Profil ist und daß Nase und Kinn eine allzu deutliche Tendenz haben, einander zu widersprechen. Doch schon entzieht er mir diesen Eindruck wieder, indem er sich ihrem Ohr zuneigt und offenbar etwas zu sagen hat, das sie erheitert. Sie lacht auf, und ihre Blicke folgen den Bewegungen seiner linken Hand, mit der er kleine Kreise in die Luft malt.

Ich sehe, daß sie Sommerschuhe trägt, kleine Sandalen mit schmalen Riemen, die an den weißen Strümpfen, die sie übergestreift hat, Halt suchen. Langsam schlendern sie dahin, aber es gelingt mir nicht, ihnen zu folgen, weil das nasse Eis, auf dem ich mich fortbewege, meinen Füßen keinen Halt geben will. Als ich sie aus den Augen verliere, fällt mir ein, daß ich ebensogut, statt mich auf diesem holprigen, schwer passierbaren Boden abzumühen, den See betreten könnte, auf dem ich besser vorankomme. Und wirklich: Ich kann die Strecke, die sie mir voraushaben, abkürzen, hole sie ein, und als ich das Ufer, dort, wo der See den Weg fast berührt, wieder betreten will, sehe ich, daß sie stehengeblieben sind und mich beobachten, verwundert darüber, daß ich mir die Mühe mache, ihnen zu folgen.

»Sehen Sie nicht«, sage ich und widerstehe der Versuchung, mit ausgestrecktem Finger auf den Davidstern, den sie an ihrem Kleid trägt, zu zeigen, »sehen Sie nicht, wie unmöglich es ist, mit jenem dort, der Sie getötet hat, Vertraulichkeiten auszutauschen!«

Sie lächelt nachsichtig, will mir nicht antworten, und ich sehe, daß sie näher an ihren Begleiter heranrückt und die Waffe, die er im Gürtel trägt, mit ihrem kleinen Finger fast berührt.

Er aber scheint irritiert zu sein, sieht mich aus mißtrauischen Augen an. Sie flüstert ihm etwas zu, hastig und mit besorgtem Ausdruck: »Auch der Mörder wird erlöst«, und: »Die Schuldigen sind die Schwachen«, höre ich noch, dann lächelt auch er, spürt den Druck ihrer Hand und wie sie ihm bedeutet, meine Anwesenheit durchaus nicht ernst zu nehmen.

›Sie ist zierlich‹, denke ich, ›sie reicht ihm kaum bis zur Schulter‹, und ich wundere mich über die Art, wie sie ihr Haar, ohne daß man die Kämme sieht, aufgesteckt hat, und die Schultern hält sie etwas zu nachlässig. Ich stelle mir vor, daß es eine Sommernacht gewesen sein muß, als sie erschossen wurde, vielleicht weil sie, außer sich vor Erregung, vom Wagen sprang und das schützende Dunkel der Wälder nicht erreichen konnte. ›Und hier, ganz in der Nähe der Straße, der sie entfliehen wollte‹, denke ich, ›müßte sie begraben sein.‹ Wie es dazu kam? Unwichtig. Der Tod einer Jüdin war billig zu haben.

›Aber er‹, denke ich, ›wie kam er dazu, daß sie ihm verzieh! Und wie konnte er, der das Zeichen des Todes an seiner Mütze allein mit der höhnischen Absicht trug, ihr, der Jüdin, zu zeigen, was sie zu erwarten hatte, wie kam er, der bis zum Totschlag Übermütige, dazu, sie zu umarmen!‹

Sie bemerken meine Unruhe, wenden mir den Rücken zu, und ich bin außerstande, ihnen zu folgen und gehe, nachdem das Paar sich entfernt hat, auf den See hinaus.

Es regnet. Ich spüre die Nässe, die meine Schuhe durchdringt, und ein Gefühl der Unruhe darüber, ob mich das Eis, das zu tauen beginnt, noch tragen kann, zwingt mich weiterzugehen. Drüben, auf der anderen Seite, wo das Jagdschloß steht, brennt eine Lampe, aber so schwach, daß sie sich gegen den Nebel, der einen milchigen Schein verbreitet, nicht zur Geltung bringen kann. Ich trete auf die Wiese, die das Schloß nach Westen hin eingrenzt, berühre den Zaun, der mich von der Straße und dem Torbogen trennt, und nun sehe ich die Liebenden wieder, wie sie einander halten und wie die Lampe über ihren Köpfen hin und her schwankt, als würde sie vom Wind bewegt.

›Was für eine Selbstvergessenheit‹, denke ich, und: ›Wie sie sich an seinen Hals festklammert, als wollte sie ihre Jugend, um die man sie gebracht hat, im Tode nachholen.‹

Am Boden liegt die Jacke, die ihr von den Schultern gerutscht ist, aber beide lassen sie unbeachtet, immer nur damit beschäftigt, einander nahe zu sein. Und als ich mich abwenden will, um sie allein zu lassen, weil ich mich hinter dem Zaun, der uns trennt, ungebeten fühle, haben sie mich entdeckt. Sie schreckt auf vor Empörung, daß ich es wieder wage, an ihrer Zuneigung Anstoß zu nehmen.

»Er soll uns in Ruhe lassen!« ruft sie und wirft die Hände über den Kopf, wobei sie ihre Finger spreizt, eine Gebärde der Verachtung. Und um mich nicht ansehen zu müssen, wendet sie sich ab und tritt ins

Dunkel. Er hebt die Jacke auf, will ihr folgen, zögert.

»Mein Herr«, sagt er und nähert sich dem Zaun, hinter dem ich stehe, »mein Herr«, sagt er, setzt die Mütze ab und schiebt sie unter die Achsel, bemüht, seinem Äußeren, obwohl er die Jacke in Händen hält, doch noch Haltung zu geben, »ich verstehe«, sagt er, »daß Sie meine Liebe zu der Frau, die ich ermordet habe, nicht billigen wollen. Aber ich habe gebüßt. Und wann, mein Herr, wenn nicht im Tod, soll die Schuld, die wir am Leben haben, endlich einmal beglichen sein?«

Er wendet seinen Kopf zur Seite, und ich sehe, daß er ein Wundmal an seinem Hals hat und daß er gerichtet ist. Hinter seinem Rücken, am Torbogen, neben einer Eibe, wohin das Licht der Lampe nicht mehr gelangen kann, steht die Jüdin. Sie sieht zu uns herüber und mißbilligt seinen Versuch, sich zu rechtfertigen und daß er sich genötigt fühlt, mir, dem Lebenden, seine Wunde zu zeigen.

»Man soll die Toten in Ruhe lassen«, ruft sie, »besonders, wo sie euch überlegen sind!« Und: »Da uns das Leben unglücklich macht, geschehen im Tod die Zeichen und Wunder!«

Dies ruft sie, und er lächelt. Ihm gefällt die Entrüstung, mit der sie ihre Worte setzt. Und daß sie von seiner Schuld nichts wissen will und daß sie jene, die ihn gerichtet haben und es nun bei dieser Buße immer noch nicht belassen wollen, daß sie die Selbstgerechten, die sich auf ihren Namen berufen, so sehr verachtet, dafür ist er ihr dankbar.

»Sehen Sie, mein Herr«, sagt er, »was für eine außergewöhnliche Frau! Sehen Sie«, sagt er, »hätte ich sie nicht getötet, ich hätte sie nie kennengelernt, und sie ist die einzige, die mir verzeiht.«

Ich erröte über dieses Geständnis, und er, als würde er spüren, daß er die Grenze des Zuträglichen erreicht hat, weiß nun nichts weiter zu sagen. Er verbeugt sich gegen mich, als wollte er sich entschuldigen, setzt seine Mütze wieder auf, berührt mit dem Finger, wie um mich zu grüßen, den schwarzen Schirm – und verschwindet.

Wohin ich auch blicke, ich sehe ihn nirgends. Und auch die Jüdin steht, als ich den Zaun überwinde, nicht mehr neben der Eibe. Nur einmal noch kommt es mir vor, als würden beide auf einem Graben, der in den See führt, einander umkreisen und dabei die Arme bewegen, als wollten sie Schlittschuh laufen. Aber ich täusche mich, da ist niemand. ›Es war eine Erscheinung‹, denke ich und bin erleichtert. Denn wäre, was ich gesehen und gehört habe, wahr, dann gäbe es die Heiterkeit des Todes, und ich wünschte, keine Minute länger zu leben.

Stefan Padberg /
Frank Schergel

Currywurst-Kompass Köln

Die Stadt und ihre Buden

Titelabbildungen:
Currywurst = Fotolia © photocrew
Dom-Piekser = © Volker Pecher

1. Auflage Juni 2013

Satz und Gestaltung:
Klartext Medienwerkstatt GmbH, Essen

Umschlaggestaltung:
Volker Pecher, Essen

Druck und Bindung:
Aalexx Buchproduktion GmbH, Großburgwedel

ISBN 978-3-8375-0853-6

www.klartext-verlag.de

Inhalt

Suburbia

Bonn mal anders

Überregionale Empfehlungen

Vorwort

»Lass uns mal was zusammen machen!« Den Satz hat wahrscheinlich jeder schon mal an irgendeiner Theke von sich gegeben. Wir auch. Und dann haben wir uns drei Jahre lang getroffen und rund 70 Pommesbuden besucht.

Die Auswahl der Buden ist einerseits gründlich, andererseits subjektiv und nicht ohne Zufall. Seit Beginn des Projekts haben uns viele Menschen Tipps gegeben (danke dafür!), denen wir gerne nachgegangen sind. Wir sind durch viele Viertel gefahren auf der Suche nach einer Bude, haben Industriegebiete abgeklappert, uns durch Fußgängerzonen gekämpft und Einkaufszentren durchstöbert. Wir fühlten uns bisweilen wie auf dem Raumschiff Enterprise: Wir drangen in Galaxien vor, die nie ein Mensch zuvor gesehen hat. Und das alles in Köln und – hier und da – auch um Köln herum. Dennoch kann uns die eine oder andere Bude entgangen sein. Da hoffen wir auf die zweite Auflage, um das zu korrigieren.

Wir haben die Buden beschrieben, weniger bewertet, denn natürlich ist auch das Geschmacksurteil subjektiv. Ein Blick ins Internet genügt: Da wird eine Bude gepriesen für die weltbeste Currywurst, und der nächste Kommentar beklagt die unterirdische Qualität. Manche Bewertung klingt wie vom Besitzer selbst verfasst.

In der Politik sind in letzter Zeit Vergleiche aus der Welt der Pommesbude populär geworden. Der Kölner Grünen-Fraktionsvize Jörg Frank sagte über das Opernhaus, »das Ding« werde »geführt wie eine Frittenbude«. Der SPD-Kanzlerkandidat Peer Steinbrück bemerkte im Bundestag (November 2012): »Jede Frittenbude im Land wird besser gemanagt als die Energiewende.« Nach unseren Erfahrungen ist das plakative Bild zwar einprägsam, aber falsch. Die meisten Buden werden mit Herzblut und enormem Arbeitseinsatz geführt. Wir sehen es anders herum: Man stelle sich vor, eine Frittenbude würde von den Politikern geführt, die Müllverbrennungsanlagen, U-Bahnen, Flughäfen und Bahnhöfe bauen lassen. Dann bestellst du mittags Fritten für zwei Euro, bekommst deine Portion drei Tage später, hast Saucen drauf, die du nicht brauchst, und zahlst vier Euro dafür.

Auch nach 70 Buden halten wir es mit Diether Krebs: »Kommse vonne Schicht, wat schönret gibt et nich als wie *Currywurst.*« Die Besuche haben Spaß gemacht, und wir haben immer wieder festgestellt: Köln ist schön! Vielleicht nicht im landläufigen Sinne – folgt unserem Currywurstwanderweg, und Ihr findet es heraus! Es gibt viel zu sehen und vielen Menschen zu begegnen zwischen Chorweiler, Mengenich, Meschenich und Rath-Heumar. Selbst in Hürth haben wir ein schönes Gespräch geführt. Die viele gemeinsame Zeit, die wir uns mit der CPM-Forschung in den unterschiedlichsten Geographien Kölns beschert haben, ist sowieso unbezahlbar.

Schließlich danken wir allen, die uns unterstützt, beraten, zur Currywurst begleitet haben, allen voran natürlich unseren zauberhaften Frauen.

Köln, im Januar 2013

Stefan Padberg
Frank Schergel

Einleitung

Die Wurst ...

Eine Stadt, deren Wahrzeichen aussieht wie eine riesige Pommesgabel, muss doch ein Paradies sein für Freunde der Fritten und Currywürste. Davon gibt es in Deutschland einige: 800 Millionen Currywürste sollen hierzulande pro Jahr gegessen werden, also im Schnitt zehn Stück pro Einwohner – das wären in Köln allein ungefähr zehn Millionen. Immer wieder erfreuen uns neue Umfragen und Statistiken zum Thema. Hier ein paar Zahlen: 40,7 Prozent der Männer wollen nicht auf Currywurst oder Hamburger verzichten, gar 73 Prozent interessieren sich beim Essen nicht für Kalorien. Das ist bei Frauen anders, von denen 51 Prozent auf die Kalorien achten. 23 Prozent aller Arbeitnehmer nutzen ihre Mittagspause für einen Besuch im Schnellimbiss, wenn sie ihre Currywurst nicht gleich in der Kantine bekommen. Bekannt ist die Wolfsburger VW-Werkskantine, in der allein angeblich schon 3,5 Millionen Currywürste jährlich verzehrt werden. Entsprechende Zahlen erheben die Kölner Ford-Werke leider nicht.

Trotz der beeindruckenden Zahlen weisen alle Umfragen in eine Richtung: Der Trend geht weg von der Imbissbude. Die Konkurrenz hat zugenommen: Gesundes Essen ist modern geworden, mittags darf es auch mal ein Salat sein, und die Imbissbudenlandschaft hat sich verändert und weit aufgefächert. Dönerbuden und Pizzerias gab es früher nicht. Zwischen der Erfindung der Currywurst durch Herta Heuwer 1949 in Berlin und der Eröffnung der ersten Dönerläden liegen Jahrzehnte, in denen ein Schnellimbiss im Wesentlichen Currywurst, Fritten, Schaschlik und Reibekuchen anbot. Amerikanisches Fast food war unbekannt, Döner ein Fremdwort.

Doch die Krise der Imbissbude ist nicht auf die Currywurst beschränkt. »Ich glaube, Reibekuchen und Schaschlik sterben aus«, sagt Frau Obanovic von Lucky's Snack. Schlimmer geht halt immer.

Die gesamte Gastronomie leidet unter den Folgen der Wirtschaftskrise und nicht zuletzt des Rauchverbots. Die Leute gehen weniger essen, sogar bei den Fritten wird gespart. »Früher haben sie drei Brötchen mitgenommen, heute nur noch eins«, erzählt Jürgen Opper vom Colonia-Grill in Ossendorf, der seine Bude in aller Herrgottsfrühe öffnet, weil das Frühstücksgeschäft noch immer unverzichtbar ist. Imbissbudenbetreiber ist ein hartes Geschäft, oft reicht der Umsatz nicht, um sich Angestellte leisten zu können, und so wird der Tag sehr lang im Dienste der Currywurst. Im Zuge unserer Reise durch den Kosmos der Kölner Currywurst haben wir einige Imbisse verschwinden sehen.

Dennoch: Die Currywurst ist nicht totzukriegen.

Das Publikum hat sich gewandelt. Die Besitzerin des legendären Konnopke in Berlin, Waltraud Ziervogel, erzählte der Zeit.de: *»Unser typischer Gast war früher der Arbeiter. Vor der Arbeit kam er kurz rein und aß 'ne Bockwurst, und nach der Arbeit noch mal. Heute gibt es diesen Arbeiter nicht mehr, entweder hat er keine Arbeit mehr oder kein Geld. Dann der Bezirk: Früher war der Prenzlauer Berg ein reines Arbeiterviertel, heute ist er ein Szenebezirk. Zu uns kommen Architekten, Studenten, Schauspieler, Anwälte, Sozialhilfeempfänger, Arbeitslose, Politiker. Wir haben alles hier.«* Dem Wandel von Currywurstkunden und Stadtvierteln sind wir in diesem Buch nachgegangen.

In schöner Regelmäßigkeit wird in irgendeinem Medium die Frage diskutiert, wer sie denn nun erfunden hat, Frau Heuwer in Berlin oder doch ein findiger Koch im Ruhrgebiet. In Berlin existiert seit 2009 ein Currywurstmuseum, in Neuwied findet alljährlich im Februar das »Festival der Currywurst« statt und inzwischen gibt es sogar Chips mit Geschmacksrichtung Currywurst. Seit Jahren schlufft Olli Dietrich im Fernsehen als Dittsche im Bademantel zu seinem Imbiss. Jon Flemming Olsen, der den Imbisswirt Ingo mimt, hat eine Reise durch die Republik unternommen, in jedem Bundesland eine Bude besucht und das schöne Buch »Frittenhumboldt« veröffentlicht. Interessanterweise heißt die Taschenbuchausgabe »In 16 Tagen um die Wurst«. Offenbar traut man der Verbindung von Bude und Bildung nicht. Ebenfalls im Fernsehen widmete sich eine Castingshow auf Kabel 1 der Imbissbude (»Jumbos Würstchenmillionär«), deren Sieger tourt jetzt mit der »Curry Rakete«.

Zuletzt geriet die Currywurst in die Schlagzeilen, weil sich der Bundesfinanzhof mit dem Steuersatz für Imbissbuden beschäftigen musste. Er urteilte: *»Die Abgabe von Bratwürsten und ähnlichen standardisiert zubereiteten Speisen an einem nur mit behelfsmäßigen Verzehrvorrichtungen ausgestatteten Imbissstand ist eine einheitliche Leistung, die als Lieferung dem ermäßigten Steuersatz unterliegt.«*

Tauchen wir also ein in die Welt der Verzehrvorrichtungen!

Rund um die Uhr kann man in Köln eine Currywurst bekommen: im Studentenviertel bis tief in die Nacht, am Ring bei Wurst-Willy bis morgens um sechs, im Industriegebiet schon ab morgens früh. Es gibt Currywürste in abrissreifen Buden und schicken Lokalen, auf tristen Parkplätzen im Industriegebiet und in charmanten Imbissen in der Innenstadt. Wir haben sie besucht und stellen sie vor.

Doch nicht alle besuchten Buden waren einen Bericht wert: Die Ausfälle ersparen wir dem Leser. In der Mikrowelle aufgewärmte Wurst, Schaschlik mit der gleichen Sauce wie die Currywurst, lauwarme Wurst, die mit den Fingern auf dem Teller zusammengeschoben wird, Gurken, die in der Salatsauce ertrunken sind wie die Archivalien im U-Bahn-Schacht, langweilige CPM (Curry-Pommes-Mayo) in einem Imbiss mit gefühlter Innentemperatur von 50 Grad, öder Baumarktparkplatz mit langweiliger Bude, die völlig durchschnittliches Futter mit muffeliger Bedienung an den Mann bringen will – das alles möchte keiner haben. Konzentrieren wir uns auf das Positive!

... und die Stadt, oder: CCAA und CPM

■ Als Stadt war Köln ursprünglich eine römische Idee. Als Kolonie im hohen Norden hieß es folgerichtig CCAA = Colonia Claudia Ara Agrippinensium, was soviel heißt wie: eine (römische) Kolonie des Kaisers Claudius, einen Altar (Ara) gab es auch und geleitet wurde das Ganze von Feldherr Agrippa.

Die römische Stadt ist noch heute sichtbar, beispielsweise im Straßennetz der Innenstadt, vor allem an der Schildergasse und der Hohen Straße, die also für CCAA schon wichtig waren, für CPM heute aber aus unserer Sicht keine Relevanz erlangten. (Selbstverständlich bietet unser Buch jedoch in beiden Straßen eine Bude.) Im römischen Köln wurde statt Wurst offenbar viel Wild verspeist. Während des jüngsten U-Bahnbaus fand man eine Art Müllhalde nahe dem heutigen Altermarkt (der damals rheinseitig außerhalb der Stadt lag). Dort lagen neben Töpfen und Krügen Knochen von Auerochsen, Braunbären, Wölfen und Elchen. Da die damals nicht von *bofrost* gebracht wurden, sind sie wohl in der Umgebung heimisch gewesen.

Die Römer gingen, das Mittelalter folgte, Köln wuchs räumlich und an Bevölkerung und war im Mittelalter so was wie eine Megacity, eine der größten in der bekannten Welt (die aber für die meisten recht klein war). Die Grenzen der mittelalterlichen Stadt sind heute sehr gut an den Ringen zu erkennen, aber auch an den Stadttoren, die noch stehen (Eigelsteintor, Hahnentor, Severinstor). CPM-mäßig ist hier schon mehr zu holen, nämlich all jene Buden, die im Kapitel Innenstadt erwähnt werden, also elf an der Zahl.[1]

1 Wichtig für die Bedeutung und den Reichtum der Stadt im Mittelalter war die Pilgerei, die sich auf den Diebstahl eines (angeblichen) Teils der Reliquien der Heiligen Drei Könige durch Reinhard von Dassel kurz nach der Jahrtausendwende stützte. Der Kabarettist Jürgen Becker behauptet über den goldenen Schrein, der für die Reliquien gebaut wurde: »Da können se Hühnerknochen

(oben) Das römische Köln (Rekonstruktion). Quelle: Wikipedia/ Nicolas von Kospoth https://commons. wikimedia.org/wiki/ File:Image-Roman_ Cologne,_reconstruction2.JPG

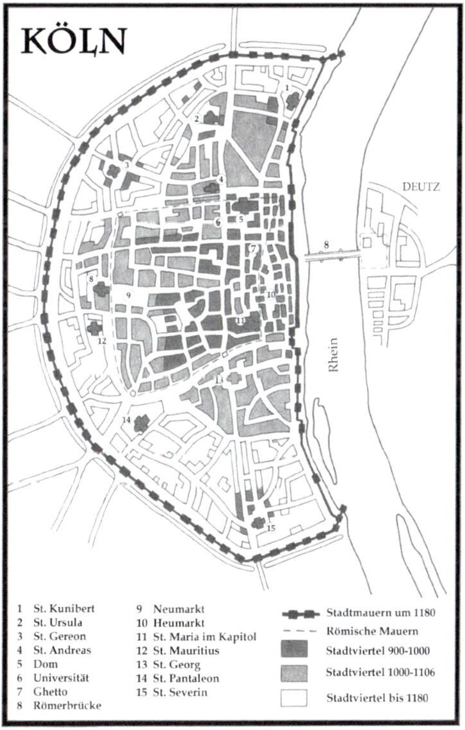

(rechts) Quelle: Köln im Mittelalter www.daniel-joedemann.de

Das Mittelalter endet, eine neue Zeit bricht an mit einer für unsere CPM-Forschung äußerst wichtigen Errungenschaft: Kolumbus – oder eher wohl einer seiner Nach-Fahrer – unternimmt eine weite Reise, um die Kartoffel mitzubringen, ohne die die Currywurst ja alleine geblieben wäre. CM klingt eher nach einer Computerzeitschrift, CPM hingegen lässt augenblicklich das Wasser im Munde zusammenfließen.

Ein paar Jahrhunderte wuchs Köln eher mäßig oder gar nicht – trotz der eingeführten Kartoffel. Die Franzosen brachten die Menschenrechte, enteigneten die Kirchen, die in der Tat einen großen Teil der Stadt besaßen und übrigens vom deutschen Staat bis heute dafür entschädigt werden(!).

CPM-mäßig und auch für die Stadt von konstituierender Bedeutung wurde das 19. und frühe 20. Jahrhundert. Die Dampfmaschine wurde erfunden und von England kam die Industrialisierung nach Europa, in der zweiten Hälfte des 19. Jahrhunderts auch in die Regionen, die heute die Bundesrepublik ausmachen. Maschinen brauchen Platz, das wird dann im allgemeinen Fabrik genannt. Ziemlich klar: Die Dinger müssen außen an die bestehende Stadt angebaut werden, denn innerhalb der Mauern ist es zu eng dafür, so entstanden Ehrenfeld, Nippes, Kalk, Mülheim und wie sie alle heißen; eigentlich können auch Wesseling und Leverkusen dazu gezählt werden, die aber bis heute eigenständig geblieben sind. Die Stadt, wie wir sie heute kennen, ist Resultat dieser Entwicklungen. Und das gilt sowohl baulich, das heißt, was die Ausdehnung der Stadt angeht, als auch sozial, was die Bevölkerungszahl und Vielfalt (Jeder Jeck ess anders!) betrifft.

reintun, in dem Ding wird alles heilig.« Aber von Currywurst war noch nicht die Rede, obwohl mancher Pilger sich sicher gern daran gestärkt hätte. Heute hat sich ein Teil der Pilgerei Richtung Müngersdorf verlagert und folgt über große Teile des Jahres einem eigenartigen zweiwöchigen Rhythmus.

Die Industrien brauchten Arbeiterinnen und Arbeiter, und die kamen zuerst aus dem nahen Umland, also etwa Eifel, Niederrhein, Westerwald und Bergisches Land. Im 20. Jahrhundert waren dann Spanien, Italien, Jugoslawien und die Türkei das, was vorher die Eifel und der Westerwald waren.

Und hier wird es CPM-geschichtlich wirklich richtig wichtig: Die Industriemalocher müssen essen, und zwar am besten fett und lecker, also Currywurst-Pommes-Majo. Geht schnell, kost' nicht viel. Daher sind die Industriequartiere sehr gut vertreten auf unserer Forschungslandkarte (s. S. 128/129).

Die Industrie, die in großem Ausmaß vorhanden war, war denn auch ein Grund für die Alliierten, im Zuge der Befreiung Deutschlands vom braunen Sumpf und den Verbrecherinnen und Verbrechern, die sich Nationalsozialisten nennen, Köln gründlich in Schutt und Asche zu legen. So manche Baulücke zeugt auch mehr als ein halbes Jahrhundert später noch davon, und – es fällt den meisten im Alltag nicht auf – es gibt auch immer noch Einschusslöcher an manchen Häusern, deren Außenfassade seither nicht renoviert worden ist.

Dass die Entnazifizierung eine noch fortwährende Aufgabe ist, haben wir im Zuge unserer CPM-Recherchen leider auch mehr als einmal erfahren dürfen: Die Currywurst wird bisweilen als besonders deutsch (nur für die teutschesten der Deutschen selbstverständlich) hervorgehoben und zur Ausgrenzung anderer kulinarischer Leckerbissen missbraucht und deren Anbieter werden entsprechend erniedrigend rassistisch beschimptt. Da zieht's wohl im Hirn: Die Kartoffel stammt aus Amerika, der Curry aus Indien – reinrassiger Unsinn, die Deutschtümelei. Oder lieben sie Currysauce, weil sie braun ist? Sollten sie nicht besser Bärlauchwurst essen? Wir haben unser Buch jedenfalls absichtlich nicht »Currywurstbudenführer« genannt, um niemanden auf dumme Ideen zu bringen. Döner Alaaf!

Zurück zur Stadtentwicklung: Der Wiederaufbau gelang und Köln wurde auch nicht, wie von einigen geplant, gänzlich umgebaut. Wohl entstanden neue Viertel außerhalb des Rings der Industrieviertel. Diese sind von unterschiedlicher Qualität: zum einen Einzelheimsiedlungen wie etwa bei Pullheim im Westen und zum andern Großsiedlungen, bekannteste Beispiele: Chorweiler im Norden und Meschenisch im Süden Kölns. Diese waren damals sehr modern. Die Wohnungen waren gut ausgestattet, gerade im Verhältnis zu vielen Wohnungen in der Stadt, auch in den gründerzeitlichen Industrievierteln, deren Häuser seit Jahrzehnten nicht renoviert worden waren.

Über die Ford-Fabrik hinaus, die in relativer Nähe zu Chorweiler liegt, gelang es im Umfeld der Wirtschaftskrise Ende der 1960er und 1970er Jahre nicht, weitere Betriebe und Arbeitsplätze in der Nähe der Großsiedlungen anzusiedeln. Resultat war, dass die Menschen, die in den Siedlungen wohnten, vielfach arm und marginalisiert waren. Eine Maßnahme zur Aufwertung seitens der Stadt war es, ausländische Familien anzuregen, hier hinzuziehen. Diese Familien galten als intakt und sollten soziale Stabilität bringen. Der Ruf, den die Großsiedlungen heute haben, hat mithin wenig mit ihrer Geschichte zu tun – und den Alltag dort kennen die meisten Kölnerinnen und Kölner wohl ohnehin nicht. Vermutlich waren die weitaus häufiger auf Mallorca als in Chorweiler.

Wer heute durch Köln – und die meisten anderen Großstädte in den westlichen Industrieländern – fährt, merkt es: Es gibt nur noch wenig, fast keine Industrie mehr, die noch produziert. Der Prozess der De-Industrialisierung hat ein Ursachenbündel, das hier nicht aufgerollt werden soll, wohl aber seine Auswirkungen im Bezug auf die Currywurst-Buden-Entwicklung.

Was hat das Champagner-Angebot in der Bude im Belgischen Viertel mit der Schließung von Industriebetrieben zu tun?

Die Industrie geriet in den Sechzigern bis Achtzigern in die Krise, viele Betriebe schlossen die Tore, viele Menschen wurden arbeitslos, viele große Gebäude standen – und stehen noch – leer.

Gleichzeitig entwickelt sich nach 1968 eine relevante Gruppe von Menschen, die anders leben wollen, als sie es bei ihren Eltern erlebt hatten, nennen wir sie die Alternativen. Gemeint ist ein tendenziell studentisches und post-studentisches Millijöh, Künstlerinnen und Künstler, Musikerinnen und Musiker.

Für neue Wohn- und Arbeitsformen braucht man Platz in der Stadt, und zwar kostengünstig. Ein Weg war die Besetzung leer stehender Gebäude, prominentestes Beispiel in Köln ist sicher die Stollwerck-Fabrik in der Südstadt. Sowohl für das Besetzen als auch fürs Mieten gilt: Große günstige Gebäude stehen in den alten Industriegebieten. Dort stört nur Wenige der Krach aus dem Proberaum, dort ist Platz für groß(formatig)e Kunst, dort können neue Wohnformen Freiräume finden. Dieser alternative Touch steht neben dem mediterranen Flair der Immis, der Eingewanderten. Vereinfacht kann gesagt werden: Das Gemüseangebot des türkischen Ladens und die Kunstaktion in der ehemaligen Fabrik haben einige alte Industrieviertel im Ansehen aufgewertet. Nun ziehen auch Weniger-Alternative, dafür aber besser Verdienende hierher, ins neue Trendquartier. Die Mieten steigen, weswegen manchmal diejenigen, die das Viertel erst attraktiv gemacht haben, wieder wegziehen (müssen). Dieser Aufwertungs- und Verdrängungsprozess wird Gentrifizierung genannt. Der Begriff bezieht sich auf eine Epoche in England, als der Landadel (= gentry) es satt hatte, von den neuen gesellschaftlichen Entwicklungen in den Städten ausgeschlossen zu sein. Er setzte Verwalter ein und zog in die Städte. Das war kaufkräftiges Publikum und in den Städten entstand also auch ein Angebot von Waren und Dienstleistungen, das sich an der neuen Nachfrage ausrichtete. Und hier, die geneigte Leserin ahnt es vielleicht schon, kommt der Champagner ins Spiel. Die historische Parallele: Die neue Attraktivität der alten gründerzeitlichen Industriequartiere zieht auch Menschen wieder zum Wohnen in die Stadt, die in den Jahrzehnten zuvor eher nach draußen (Pulheim etc.) auf die grüne Wiese zogen. Also werden Wohnungen nun renoviert, zum Teil von Miete in Eigentum umgewandelt, also wird aus einem Neptunbad, das einmal als Duschanstalt zur Hygiene der Arbeiterbevölkerung gebaut wurde, ein Healthcenter für Menschen, die zuviel sitzen, und also wird neben der traditionellen Frittenbude nun auch eine stehen, die eben Champagner anbietet und wo der Gast gepflegt sitzen und bestellen kann. Irgendwie muss man sich ja unterscheiden. CPM schmeckt trotzdem, ist also quasi Zeit- und Klassengegensätze überschreitend.

Soviel also zu locker zwei Jahrtausenden Stadtgeschichte und ihrer Bedeutung für das heutige Antlitz der Frittenbude an sich, frei nach dem Motto: Zeig mir deine Buden und ich sage dir, was für ein Veedel do bess!

Innenstadt

Alle Buden innerhalb der mittelalterlichen Stadtmauern

■ Was wir heute Innenstadt nennen, war früher die ganze Stadt, zu römischen Zeiten sogar mehr als das. Die mittelalterliche Stadt umfasste dann alles von den linksrheinischen Ringstraßen bis zum Rhein. Die heutige Innenstadt hat unterschiedliche Funktionen. Zum einen ist sie ohne Frage eine Einkaufscity, vor allem in der Hohen Straße und Schildergasse. Wenn ich mich vom Hauptbahnhof aus aber etwas weiter nach Nordwesten in Bewegung setze, komme ich schnell in die Banken- und Versicherungscity um die Straße Unter Sachsenhausen. Auch große Teile der Verwaltung sitzen in der Innenstadt sowie die romanischen Kirchen als religiöse Zentren. Nicht zuletzt kennen auch viele Nichtkölnerinnen und -kölner die Innenstadt von kurzen Aufenthalten zum Umsteigen am Hauptbahnhof, der direkt neben dem Dom liegt.

Wir beschreiben die CPM-Buden der Innenstadt ausgehend von der »Currywurst« am Hinterausgang des Bahnhofs am Breslauer Platz, durch das Eigelstein-Viertel zum »Metzger-Grill« am Gereonswall, dann den Hansaring entlang nach Südwesten bis zu »Wurst-Willy« am Hohenzollernring. Weiter folgt der Wurstwanderweg der ehemaligen mittelalterlichen Stadtmauer, die heute durch die Ringstraßen sichtbar ist, bis zum Rudolfplatz, um dann, vorbei am »Culux«, in den Mauritiuswall zu »Futtern wie bei Muttern« abzubiegen. Nun wieder nordwärts: über »Frits« an der Ehrenstraße und »Curry B.« auf der Breiten Straße nähern wir uns der Einkaufscity. »Pommes de Luxe« steht mitten im Trubel der Fußgängerzone der Schildergasse, während »Curry & Wurst« einen Standort in der Hohen Straße gewählt hat, der weniger menschenumströmt daherkommt. Noch ein paar hundert Meter und endlich ist der Rhein bei der namenlosen Bude am Rheinauhafen erreicht. Nun nach links, rheinabwärts und noch einmal in die Stadt hinein zum Altermarkt. An der »Bratwurst« ist der Dom wieder in Sicht und die CPM-Innenstadtwanderung nach elf Buden wieder am Beginn angelangt. Wir beschäftigen uns bei dieser Wanderung – hier und auch in den folgenden Kapiteln – zunächst mit verschiedenen Aspekten der Stadtgeschichte und -entwicklung und beschreiben dann die einzelnen Buden ausführlich.

Die neue Bedeutung von Bahnhöfen – zur »Currywurst« am Breslauer Platz

■ Der Aufschwung und das schnelle Wachstum der Städte zu Zeiten der Industrialisierung waren stark verbunden mit der Verbreitung der Eisenbahn und damit auch mit der Errichtung von Bahnhofsgebäuden als »Toren zur Welt«. Bahn, Schwerindustrie (Kohle und Stahl) und Maschinenbau galten lange als die Motoren der Industrialisierung. Doch in der Wiederaufbau-Wachstumsphase nach dem Zweiten Weltkrieg, in den »goldenen Sechzigern«, hatte sich diesbezüglich etwas Entscheidendes verändert: Das Automobil war zu einem Massenprodukt geworden und entsprechend die autogerechte Stadt das neue Leitbild.[1]

Die Bahn erfuhr angesichts der Verlagerung sowohl des Personen- als auch des Güterverkehrs auf die Straße einen dramatischen Bedeutungsverlust, und mit ihr auch die Bahnhöfe. Geplant und realisiert wurden seinerzeit in den Innenstädten eher Durchgangsstraßen wie die Nord-Süd-Fahrt und zahlreiche Parkhäuser rund um die Innenstädte, die mehr und mehr von der Einkaufsfunktion dominiert wurden. Das alles war durchaus nicht unumstritten. Heinrich Böll sprach vom »Autoköln« und zog ins Umland nach Bornheim. Wolfgang Niedecken singt über die Nord-Süd-Fahrt, die die Straße »Unter Krahnenbäumen« durchschneidet: »... ohne Grund weed nit amputiert ...« und spielt so auf die Interessen der Autolobby an.

Die Bahnhöfe wurden von der Stadtplanung nicht weiter beachtet und verkamen auch im öffentlichen Bewusstsein zu einer Art »Un-

1 Es war verbunden auch mit der Idee der Funktionstrennung nach der Charta von Athen, vgl. »Extrawurst«, Oscar-Jäger-Straße.

Orte«. In der Folge dieser öffentlichen Missachtung siedelten sich auf den der Innenstadt abgewandten Seiten der Bahnhöfe oft das Drogen- und das Rotlichtmilieu an (bekannte Lektüre dazu: »Wir Kinder vom Bahnhof Zoo«).

Ende der 1970er Jahre gewannen Überlegungen zur Ökologie und Nachhaltigkeit an Bedeutung. Das galt auch für die Stadt- und Verkehrspolitik und -planung. Somit rückten Bahnhöfe und ihr Umfeld wieder stärker in das öffentliche Interesse, denn die Bahn ist dem Auto hinsichtlich Umweltbelastung stark überlegen.

Die Deutsche Bahn ist zwar nach wie vor zu 100 Prozent im Besitz der Bundesrepublik Deutschland, also gewissermaßen Volkseigentum, aber seit 1994 eine Aktiengesellschaft. Sie verfolgt mithin das Ziel der Gewinnmaximierung. Dazu gehört neben dem Stilllegen (vermeintlich) unrentabler Strecken auf dem Land auch die möglichst profitable Nutzung der bahneigenen Immobilien, vor allem der Bahnhöfe. So erklärt sich leicht, warum der Kölner Hauptbahnhof nun als »Colonaden« mit 11.500 qm Ladenfläche im Prinzip eher ein Kaufhaus mit Gleisanschluss ist und mit der Innenstadt um Kundinnen und Kunden konkurriert. Und ein solchermaßen aufgehübschter Bahnhof braucht dann auch ein entsprechendes Umfeld. Die Städte entdecken – auch im Kontext der Konkurrenz untereinander – das Potenzial, das sich in der Neugestaltung der zentralen Bahnhofsgegenden bietet. Und damit sind wir beim Breslauer Platz. Der hatte und hat sehr wohl noch Potenzial, was die Steigerung seiner Aufenthaltsqualität angeht.

Während die dem Dom zugewandte Seite des Kölner Bahnhofs unlängst komplett renoviert wurde, ist dieser Prozess auf der anderen Bahnhofsseite, am Breslauer Platz, noch im Stocken begriffen. Die Baustelle der neuen U-Bahn ist oberirdisch 2012 immer noch nicht abgeschlossen (die Kritik am Ergebnis jedoch schon laut), das Langzeit-Provisorium Musicalzelt versperrt Sicht und Zugang zum Rhein, die Fahrradstation hat einen »Unter-der-Brücke-Charme«, Provisorien und Unfertiges prägen das Bild.

In einem Architektur-Blog wird folgerichtig die Vermutung geäußert, die Stadt Köln habe in ihrem Stadtplanungsamt schon lange einen »Beauftragten für Hässlichkeit«, der hier am Breslauer Platz sehr aktiv sei.

Alles in allem scheint der Breslauer Platz also der optimale Ort für eine CPM-Bude zu sein: Großer Durchlauf von Menschen, zweifelhafte Aufenthaltsqualität, unklare städtebauliche Zukunft.

Mehr als *eine* City! – zum »Metzger-Grill« am Gereonswall

■ Vom Breslauer Platz geht es nach links entlang der Gleise nach Norden. Nach fünf Minuten erreicht man die Straße Eigelstein. Die Weidengasse führt nach weiteren fünf Minuten davon links ab in Richtung Hansaring. Bevor der geneigte Leser oder die geneigte Leserin zum Metzger-Grill auf dem Eigelstein weiter geradeaus geht, lohnt sich ein Gang durch die Weidengasse sehr.

Wer die wenigen hundert Meter zurücklegt, die die Weidengasse ausmachen, bleibt immer wieder stehen, studiert Schaufenster und Speisekarten. Die meisten Läden und Kneipen sind in türkischer Hand. Daneben gibt es auch ein Reisebüro und einen türkischen Juwelier. In vielen Darstellungen Kölns als Einwanderungsstadt wird die Weidengasse im Zusammenhang mit Migration erwähnt. Präziser müsste eher von ziemlich eindeutigen Zeichen der Sesshaftwerdung gesprochen werden. Die Geschäfte und Restaurants der Weidengasse werden auch von Menschen besucht, die außerhalb des Eigelstein-Viertels wohnen. Sie haben also das, was der Geograph Walter Christaller in den 1930er Jahren Bedeutungsüberschuss nannte und mittels dessen er Zentralität messbar machen wollte. Und dieser Bedeutungsüberschuss (also ein *Mehr* an Bedeutung von bestimmten Einrichtungen als »nur« für die im engeren Umfeld wohnenden Menschen) ist ein Indikator für City-Funktionen. Die Weidengasse kann als eine City für die türkischstämmige Community in Köln gesehen werden, auch wenn selbstverständlich viele andere Kölner, Kölnerinnen und Zugereiste hier speisen und kaufen.

Es ist in vielen deutschen Städten so, dass unter den in den 1960er und 1970er Jahren Eingewanderten die Türkischstämmigen rund die Hälfte ausmachen. Die gezielt über Anwerbeverträge mit den jeweiligen Staaten geförderte Einwanderung von »Gastarbeitern« bezog sich auf viele Staaten: Italien, Spanien, Portugal, Griechenland, Jugoslawien und auch einige nordafrikanische Staaten. Spätestens mit der Ölpreiskrise 1973 hatte die Anwerbung ihr Ende gefunden. Die unqualifizierten Jobs, für die die Menschen geholt worden waren, fielen in großen Teilen weg. Dies führte zu einer selektiven Rückwanderung vor allem von denen, die in ihren Herkunftsländern eine Zukunft für sich sahen. In Griechenland war die Diktatur gestürzt, in Portugal und Spanien wackelte sie bereits, Italien hatte als EG-Land durchaus Perspektiven. In der Türkei regierte hingegen das Militär, das 1971 erst geputscht hatte. Die Situation lud wenig zur Rückkehr ein, weder politisch noch wirtschaftlich. Also blieben mehr Türkinnen und Türken, und ihr relativer Anteil an der Einwanderercommunity stieg. Teehäuser als soziale Institutionen, Läden und Restaurants als wirtschaftliche Institutionen und Moscheen als religiöse Einrichtungen können allesamt als Zeichen der Sesshaftwerdung gedeutet werden, wenn auch in Teilen der Community der »Mythos der Rückkehr« gepflegt wurde, wie es die Migrationsforschung global für Einwanderercommunities beobachtet. Eine Citybildung, wie hier auf der Weidengasse, kann nur erfolgreich stattfinden, wenn es einen entsprechend großen und halbwegs stabilen Einzugsbereich gibt. Dies scheint für Köln und Umgebung gegeben zu sein.

Der Eigelstein ist übrigens die Verlängerung der Hohen Straße als eine der zwei zentralen Straßen der römischen Stadt. Hier marschierten die römischen Soldaten von und nach Neuss.

Der immer noch eher zweifelhafte Ruf, den das Eigelstein-Viertel in Köln genießt, hat mit seiner Vergangenheit als Rotlichtviertel bis 1972 zu tun. Damals war der Eigelstein das typische »Schmuddel«-Viertel »hinter dem Bahnhof«.[2]

Wer es geschafft hat, den verlockenden Angeboten der türkischen Restaurants zu widerstehen, erreicht entweder über den Eigelstein das ehemalige Stadttor, die Eigelsteintorburg, vor der es zum »Metzgergrill« nach links in den Gereonswall geht. Oder aber er biegt, aus der Weidengasse kommend, nach rechts in den Gereonswall ein.

Die Ringe und ihre (Stadt-)Geschichte – zu »Wurst-Willy« am Hohenzollernring

■ Der Weg vom Metzgergrill zu Willy führt den Ring entlang. 1882 wurden die mittelalterlichen Stadtmauern größtenteils geschleift. Bei der Umsetzung der neuen Idee von Stadt störten sie. Das Automobil kam auf und auch öffentliche Mobilität wurde mit der Zunahme der Stadt an Fläche und Einwohnerinnen und Einwohnern wichtiger. Die neue Stadt musste durchlässig sein, da kam die Idee eines Rings gerade recht, auf dem um die Stadt gekreist werden konnte, sodass ein Zugang zum gewünschten Zielort in der lästig eng gebauten alten Stadt schnell erreichbar war.

Kurz hinter der Bahnunterquerung liegt rechts das Hansahochhaus, bekannt durch seinen Nutzer, einen Elektrohandel und Musikgeschäft. Das 1925 fertig gestellte Haus war eines der ersten Hochhäuser Deutschlands, das erste in Köln und damals das höchste in Europa. Bis zum Zweiten Weltkrieg war die Fassade mit fünf schlanken Figuren verziert, die die fünf Kontinente symbolisieren sollten. Dieses Detail macht die Aufbruchsstimmung der 1920er Jahre im Städtebau sehr deutlich.

Einige hundert Meter weiter wird links ein Stück der Stadtmauer sichtbar, das überdauert hat. Wiederum nach einiger Zeit wechselt

2 Musiktipp: Zeltinger: Stüverhoff.

der Ring seinen Namen zu Kaiser-Wilhelm-Ring. Hier ist die Straße repräsentativ platzartig verbreitert, stadtauswärts ist der Turm im Mediapark in Sicht.

Die Ringstraßen gehören streng genommen nicht in dieses Kapitel, da sie als zentrale Achse, als »Rückgrat« der Neustadt geplant und in den 1880er Jahren gebaut wurden. Sie sind als Prachtboulevard dieser Zeit zu sehen. Ohne Frage waren sie eine feine Adresse. Die einzelnen Abschnitte sind bewusst unterschiedlich gestaltet, sodass auf den sechs Kilometern die Breite des Rings zwischen 32 und 130 Metern variiert. Diese Gestaltung ist beim Übergang vom Hansaring zum Kaiser-Wilhelm-Ring sehr deutlich zu erkennen. Die Ringe wurden im Laufe der Jahre von einer repräsentativen Wohnstraße mehr und mehr zu einer Geschäfts- und Bürostraße. Dabei wurde auch Bausubstanz, die aus Sicht der neuen Herren störte, großzügig ersetzt. Fast genau ein Jahrhundert nach dem Bau der Ringe wurde eine Neugestaltung geplant. Der Abschnitt Kaiser-Wilhelm-Ring ist in seiner heutigen Gestalt deren Ergebnis. Er gibt einen Eindruck davon, wie großzügig die Anlage einst geplant war, jedoch stammt keines der hier stehenden Häuser aus der Gründerzeit. Im Zuge der Umbaumaßnahmen wurden 1984 alte Platanen gefällt und die Bahn unterirdisch verlegt. Damals gab es heftige Proteste gegen das Fällen der alten Stadtbäume – ein Konflikt, der sich fast 30 Jahre später um die Bäume nahe des Stuttgarter Hauptbahnhofs wiederholte. In Köln waren es Menschen, die zuvor die Stollwerck-Fabrik in der Südstadt besetzt hatten, die nun an kalten Wintertagen auf den Platanen am Ring ausharrten. Wolfgang Niedecken schreibt darüber in seinen Internet »Logbuch«:

> *»Am Spätnachmittag des 20 Mai 1980 saß ich im Chlodwigeck, als draußen jene Demonstranten vorbeizogen, die in den folgenden Stunden das ›Stollwerck‹ besetzen sollten. Angeführt wurden sie natürlich von Klaus dem Geiger, der mich sah und mit den Worten ›Mensch, Wolfgang, was zum Teufel treibst du denn da in*

der Kneipe? Komm raus, Mann!‹ von der Dame meines Herzens, der späteren Mutter meiner Söhne, wegbefahl, mit der ich ausgerechnet an diesem Tag mein erstes Date hatte.

[...] im Winter '84/'85 [...] erreichte uns eine seltsame Anfrage aus der Heimat: ›Wir haben die Bäume am Kaiser-Wilhelm-Ring besetzt. Ihr müsst unbedingt ein Solidaritätskonzert für Platania spielen!‹ Absender war – na, wer wohl? – Klaus der Geiger. Ich werde dieses denkwürdige Konzert bei Minustemperaturen unter den Bäumen, in deren Kronen die Besetzer in Baumhäusern schon seit Wochen ihre Tage und Nächte verbrachten, nicht vergessen. Vier Jahre nach der Räumung des Stollwercks hatten sich noch einmal Tausende von Leuten zusammengefunden, um Klaus und den anderen Baumbesetzern zur Seite zu stehen. Ich habe sogar einen Song darüber geschrieben (›Gröön enn Platania‹) [...]«[3]

Ein Mitglied der ersten grünen Ratsfraktion in Köln erschien 1985 mit laufender Motorsäge zur Ratssitzung, um gegen die Abholzung der Platanen am Kaiser-Wilhelm-Ring zu protestieren.

Der folgende Abschnitt des Rings ist bereits der Hohenzollernring. »Wurst-Willy« liegt an der Ecke zum Klapperhof. Seine seltsamen Öffnungszeiten erklären sich für den, der es nicht empirisch ermitteln will, mit einem Blick auf die Homepage der Stadt Köln. Da heißt es:

»Clubbing auf den Kölner Ringen

Die Ringe gelten als Kölns Ausgehmeile schlechthin. Nicht nur Domstädter zieht es in den Abendstunden hierher, viele Touristen und Besucher aus den Nachbarstädten kommen vorbei, um bis in die Morgenstunden in den Clubs und Bars zu feiern. Der Vorteil für die Feiernden: Auf engstem Raum befinden sich jede Menge Disko-

3 <www.bap.de/start/aktuell/logbuch/k%C3 %B6ln-17> (1.11.2012).

theken, die von Schlager bis Hip Hop musikalisch alles anbieten, was das Partyvolk begehrt.«[4]

Wer die Menschen treffen möchte, die in diesen Clubs waren, ist bei »Wurst-Willy« richtig.

Kölner Mauern –
zu »Culux« und »Futtern wie bei Muttern«

■ Das »Culux« auf dem Rudolfplatz steht einen Steinwurf weit vom Hahnentor, einem der drei erhaltenen Stadttore der mittelalterlichen Stadtmauer Kölns (die anderen: Severinstor im Süden und Eigelsteintor im Norden).

Von Dom und Rhein aus nach außen gesehen hat Köln im Laufe der Jahrhunderte drei große Verteidigungsanlagen aufzuweisen. Die römische Stadtmauer umfasste mehr oder weniger ein Quadrat und bestand aus 800 bis 1.000 Meter langen Stücken. Die ungleichen Längen ergaben sich durch die Geländeunebenheiten. Die Mauer verlief im Westen von der Straße »Alte Mauer am Bach« (Nähe U-Bahn »Poststraße«) nach Norden am Mauritiussteinweg entlang, Richtung Neumarkt weiter an der heutigen Clemensstraße, dann »Am Laach« und am Chor von St. Aposteln vorbei zur Gertrudenstraße und St.-Apern-Straße bis zum heute noch sichtbaren Römerturm. Von dort aus verlief die nördliche Mauer Richtung Rhein nördlich der Straße »Burgmauer« dann nördlich des heutigen Doms, und endete dort, wo heute die Bahn über den Viadukt in den Bahnhof geleitet wird. Weiter ging's Richtung Süden, etwa entlang der heutigen Straßen »Unter Taschenmacher«, »Bürgerstraße« und »Martinstraße« bis ans Ostende der Straße »Mühlenbach«. Dieser Bach erklärt, warum die südliche Mauer

4 <www.koeln.de/koeln/was_ist_los/nightlife/clubs/clubbing_auf_den_koelner_ringen_581959.html> (1.11.2012).

so ungerade verlief. Diese verlief von hier aus nach Westen entlang des Duffesbachs (nur die Straße heißt Mühlenbach) etwa entlang der Straße »Blaubach«, dann »Alte Mauer am Bach« (Nomen est ...) bis zur »Griechenpforte« – und fertig ist das Viereck, dessen Quartiere die sprachliche Herkunft der Veedel (= Viertel) sind.

Der Verlauf der mittelalterlichen Mauer ist leichter im heutigen Stadtbild nachvollziehbar: Sie verlief an der Innenseite der Ringstraßen. Sichtbar sind noch ein paar Stücke, vor allem aber die oben erwähnten Tore. Bevor die Mauer stand, wurde die mittelalterliche Stadterweiterung durch Wallanlagen gesichert. Diese lassen sich im Stadtbild heute problemlos an den Straßennamen nachverfolgen: Es beginnt im Norden südlich des Ebertplatzes mit dem Thürmchenswall, es folgen der Gereonswall, der Friesenwall und der Mauritiuswall. Hier liegt das empfehlenswerte »Futtern wie bei Muttern«. Jenseits des Barbarossaplatzes wird aus dem Mauritiuswall der Kartäuserwall. Und wie zu erwarten, folgt hinter dem Chlodwigplatz, in dessen Nähe die Gebeine des halben St. Severin liegen, der Severinswall, der den Halbkreis am Rhein vollendet.

Die preußischen Verteidigungsanlagen, der nächste Ring nach außen, wurden zwischen 1870 und dem Beginn des Ersten Weltkriegs ausgebaut. Sie bestanden nicht mehr aus einer Mauer, denn die Angriffstechnik hatte sich gewandelt: Es wurde nicht mehr angerannt, sondern geschossen. Während die alte mittelalterliche Mauer der Industrialisierung und Automobilisierung wich, errichteten die neuen Machthaber eine Reihe von elf Forts und entsprechend zugehörige Schussfelder. Aus letzteren wurden im Laufe der Zeit die Grüngürtel (vgl. »Geißbockheim«). Die Forts sind heute in unterschiedlichem Zustand. Sehr gut erhalten ist das »Fort V«, in dem das Geographische Institut der Universität untergebracht ist.

Heute werden Eindringlinge nicht mehr mit Mauern aus Steinen oder Forts abgewehrt. Das geht diskreter durch die vorgelagerten Grenzen des Schengener Abkommens, also die Außengrenzen der EU, die durch unser aller Steuergelder recht energisch und waffenstarrend verteidigt werden. Die modernen Stadtmauern sind Infrarotkameras und Bewegungsmelder, die Stadtsoldaten heißen Frontex und ähnlich, patrouillieren im Mittelmeer und an der griechisch-türkischen und der ukrainisch-polnischen Grenze. Allein an der EU-Südgrenze im Mittelmeer lassen jährlich über 1.000 Menschen ihr Leben beim Versuch, diese neue Mauer zu überwinden. Wenn sie es doch nach Köln schaffen, gibt es immerhin den Verein »Kein Mensch ist illegal« als Anlaufstelle und Lobby für die Entrechteten.

Citybildung durch Bedeutungsüberschuss –
zu »Frits«, Ehrenstraße, »Curry B.«, Breite Straße, »Pommes de Luxe«, Schildergasse, und »Curry & Wurst«, Hohe Straße

■ »Ich fahr mal in die Stadt« – so oder so ähnlich klingt es, wenn wir sagen, dass wir in die Innenstadt fahren, meist wohl zum Einkaufen. Aber das war nicht immer so. Die Stadtforschung spricht hier von Innerer Differenzierung hinsichtlich der Funktionen einer Stadt. Und dass die Innenstadt bei dieser Funktionsteilung Verkauf und Konsum abbekommt, ist auch kein Zufall, sondern begründet durch die Logik des kapitalistischen Bodenmarkts. Und das kam so: Im Laufe der Stadtgeschichte lagen lange Zeit alle städtischen Funktionen in großer räumlicher Nähe – jahrhundertelang zudem durch Stadtbefestigungen nach außen hin begrenzt. Im 19. Jahrhundert jedoch begann die räumliche Trennung von Produktion und Handel. Wobei die Produktion, vor allem durch das Aufkommen industrieller Fertigung mit entsprechendem Raumbedarf, außen an die Stadt »angebaut« wurde und Flächen einnahm, die dann später nach Köln eingemeindet wurden (Ehrenfeld, Mülheim und Kalk und so weiter). Der Handel verblieb in der Innenstadt, zunächst vor allem in Form von hochspezialisiertem Einzelhandel (wenige, selten zu habende Produkte), heute sehr oft jedoch als Filialen großer, zum Teil internationaler Ketten (McDonald's, H&M, Zara, Pimkey, C&A ...). Diese Ketten können die sehr hohen Bodenpreise

Köln
Fortifikatorische Entwicklung

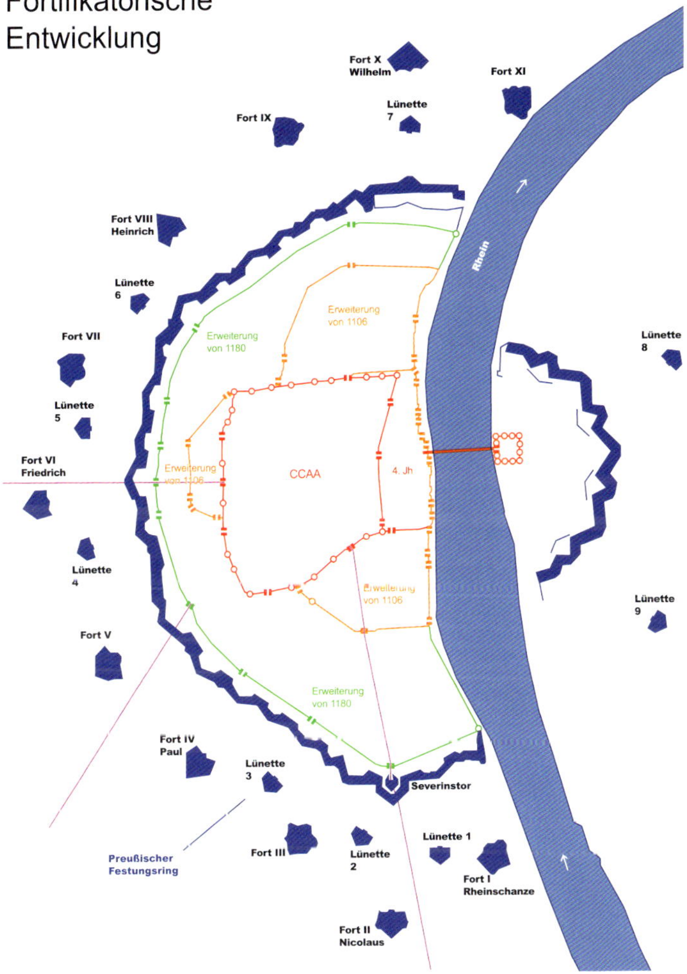

Quelle: Wikipedia/D. Herdemerten
https://commons.wikimedia.org/wiki/File:K%C3%B6ln_Fortifikatorische_Entwicklung.svg

in der Innenstadt bezahlen. Wohnraum ist äußerst selten geworden in den Cities. Zum einen ist er schlicht zu teuer, zum anderen auch unattraktiv geworden. Die Masse der Geschäfte in der City, in Köln vor allem an den Hauptstraßen der römischen Stadt, die wir heute Hohe Straße und Schildergasse nennen, weisen den schon erwähnten »Bedeutungsüberschuss« auf: Die Geschäfte haben für wesentlich mehr Menschen Bedeutung als für die wenigen, die hier wohnen. Das wiederum bedeutet: Die Menschen »fahren in die Stadt« zum Shoppen. Alle Jubeljahre, wenn ich mal am Samstag in der Kölner City war, erinnere ich mich daran, dass ich diese Idee doch wohl noch einmal überdenken sollte – ich finde es unerträglich voll und hektisch. Haben die Leute kein Zuhause? Doch, haben sie, aber sie sind halt (wie ich auch) »in die Stadt gefahren«. Entweder, wie ich, mit dem Zug (deswegen ist der dann auch so voll) oder, wie es noch viel mehr Menschen tun, mit dem Auto. Und letztere müssen ja irgendwo hin. Am Rande der Hohen Straße ist der Platz knapp, also wurden Parkhäuser gebaut, und zwar laut Stadt Köln 30 Stück in der Innenstadt. Darin haben zusammen genau 15.729 Autos Platz.

Die Menschen strömen durch die für die Autos umgebaute Stadt in die City, beziehungsweise an deren Ränder, und stellen ihre Blechkisten in den dafür vorgesehenen Parkhäusern ab, kaufen ein, trinken Kaffee, essen Currywürste, setzen sich wieder in die Blechkiste und stellen sich in die Staus zurück nach Pulheim, Bensberg, Euskirchen … Ein rundum durchdachtes Konzept, was aber nicht ganz unverantwortlich ist für das, was Alexander Mitscherlich schon 1965 als die »Unwirtlichkeit unserer Städte« beschrieben hat und was Heinrich Böll dazu trieb, sein geliebtes Köln als »AutoKöln« zu schelten und 1982 hinaus nach Bornheim zu ziehen. *»Ich glaube, daß alle Städte von den Autos zerstört werden, und ich will mich jetzt gar nicht in lange Spekulationen einlassen, daß eine Art Heimatvertreibung durch die Autos auf Dauer stattfinden wird … Ich glaube, das hängt mit der Ideologie ‚Wachstum' zusammen, und wenn die sich ganz reduziert, wenn das Wachstum* *nur noch aus Autos besteht und Straßen für diese Autos, dann sehe ich da bedenkliche Dinge in der Zukunft.«*[5] Dass die Beziehung Stadt und Auto auch durchaus anders gestaltet werden kann, zeigt die Stadt Zürich einigermaßen erfolgreich. Sie verzichtet absolut absichtlich auf das Bereitstellen von Parkraum, wo es eben geht. Autos sind halt doch nicht immer das, was das Flair von Städten steigert.

Darum ist es am Rhein so schön – am Rheinauhafen

■ Die Römer wählten einen Ort in der Nähe einer Eburonensiedlung am Rhein, um das große Lager zu gründen, aus dem Köln wurde. Schon damals war die Lage am Rhein und damit die Möglichkeit, Menschen und Waren (sprich: zunächst Soldaten und Militärgut) transportieren zu können, ausschlaggebend für die Entscheidung, hier sesshaft zu werden.

Auch im Mittelalter waren Bundesstraßen und ICE-Trassen noch unbekannt, der Rhein als Verkehrsstraße war also nach wie vor unschlagbar – zumal er der längste Fluss Mitteleuropas ist mit vielen Zuflüssen von Basel bis zur Mündung in die Nordsee. Erzbischof Konrad von Hochstaden gewährte der Stadt Köln ab dem Jahr 1259 das Stapelrecht. Das verpflichtete alle vorbeifahrenden Kaufleute, ihre Waren für eine bestimmte Zeit abzuladen (zu stapeln) und in Köln zum Verkauf anzubieten. Und das war gut für Köln. So war ein breites Warenangebot gesichert und Menschen kamen nach Köln, um hier Waren zu erwerben, und das hieß eben auch: Einkünfte für Hotels und Wirtshäuser. Neben den Pilgerreisen zu den Reliquien der Heiligen Drei Könige im Dom (oder dem, was dafür erklärt wurde) war dies eine wichtige Einnahmequelle Kölns, das auch deswegen schon im Mittelalter als Großstadt von europäischer Dimension bezeichnet werden kann (wenn auch hinsichtlich seiner wirtschaftlichen, kulturellen und städte-

5 Viktor Böll (Hg.): Böll und Köln. Köln 1994, S. 209.

baulichen Entwicklung bei weitem nicht vergleichbar mit den Städten des damals maurischen Andalusiens, vor allem Córdoba). Kaufleute, die auf dem Rhein unterwegs waren und partout nicht in Köln stapeln wollten, hatten die Möglichkeit, im südlich von Köln rechtsrheinisch gelegenen Dörfchen Zündorf an Land zu gehen, die Waren per Kutsche oder auf Eselsrücken nach Norden, nach Mülheim zu bringen und dort wieder auf ein Boot zu laden. Diese rechtsrheinische Schleife erklärt, warum das beschauliche Zündorf einen so überdimensionierten Hafen hat.

Die Bedeutung des Verkehrs nahm mit der Industrialisierung stark zu. Auch wenn das Automobil und der voranschreitende Fernstraßenausbau und nicht zuletzt die Eisenbahn dem Transport zu Wasser Konkurrenz machten: Güter der Massenproduktion und die dafür erforderlichen Rohstoffe lassen sich nach wie vor mit dem Schiff am günstigsten (um am wenigsten umweltschädlich) transportieren. Auch der Industriestadt Köln kam die Lage am Rhein also sehr zupass. Ab 1816 fuhren Dampfschiffe auf dem Rhein. Mitte des 19. Jahrhunderts war Köln ein wichtiger Handelsplatz für Getreide und Öl für das mittlere Deutschland. Der dafür erforderliche Sicherheitshafen Rheinaue wurde 1850 fertig gestellt.

Der Hafen entstand, wie sehr oft, indem die dafür beste Stelle am Fluss genutzt wurde. In diesem Fall bot sich eine durch die natürliche Flussbettverlagerung entstandene Insel an.

Im Süden wurde von der Insel eine Verbindung zum »Festland« geschaffen, dann die so erschaffene Halbinsel nach Norden verlängert. Zur Hafenüberwachung wurde an dessen nördlicher Grenze ein Turm errichtet, neben dem unsere hiesige Bude steht. Der Turm lässt den Betrachter an die mittelalterliche Stadtmauer denken, hat aber nichts damit zu tun. Wegen seiner massiven Bauweise heißt er Malakoff-Turm, benannt nach einer Festung auf der Krim. Ab 1855 gab es vom Rheinauhafen aus eine Schiffslinienverbindung nach London und später auch nach verschiedenen Nord- und Ostseehäfen.

Der Rheinauhafen wurde bis 1898 weiter ausgebaut und vergrößert. Am Ende war der mittelalterliche Hafen komplett überbaut. Was heute das Schokoladenmuseum beherbergt, war einst der Sitz des Hafenzolls.

Köln hat heute fünf Häfen, und zwar Deutz, Niehl I und II, Mülheim und Godorf, der in Bälde ausgebaut wird, übrigens nach einem Volksentscheid, der das Projekt ablehnte, aber wegen zu geringer Beteiligung wirkungslos bleibt.

Die industriellen und auch die Verkehrsinfrastrukturflächen werden seit ca. 30 Jahren zunehmend an den Stadtrand verlagert, womit der Rheinauhafen seine ursprünglich Bedeutung verlor.

Was also tun mit dieser innenstadtnahen Fläche direkt am Wasser?

Noch in den 1970er Jahren wurde eine industrielle Basis als erstrebenswert für die Stadt angesehen. Das hat sich grundlegend gewandelt. Heute ist die Stadt eher Ort der Dienstleistungen, möglichst der so genannten »gehobenen Dienstleistungen«, wie sie Computerspezialistinnen und -spezialisten, Beratungsberufe, freie kreative Berufe, Schule und Hochschule, Verwaltung usw. bieten. Um die Angestellten dieser Sektoren konkurrieren die Städte untereinander. Wie tun sie das? Zum Beispiel mit einer gepflegten »River-Side-Operation«. Aus dem Hafen wird ein neues Vorzeigeviertel gemacht, mit Firmenansiedlungen (zum Beispiel Microsoft), schicken Restaurants am Rhein und teuren Wohnungen und Büros, zum Teil in alten Gebäuden des Hafens, zum Teil in Neubauten wie den »Kranhäusern«, die, direkt am Fluss gelegen, architektonisch die Tradition der Hafenkräne aufnehmen. Solche »Flagship-architecture« wird als wichtig angesehen im Kampf der Städte um die feinen (= reichen) Leute. Diejenigen, die vorher in den Fabriken und am Hafen arbeiteten – an die ist hier nicht gedacht. Die ungelernten oder schlecht ausgebildeten, heute oft despektierlich bildungsfern Genannten, die tatsächlich wohl einfach bildungsungewohnt sind, finden heute Arbeitsplätze (wenn überhaupt) in den so genannten niederen Dienstleistungen: Gebäudereinigung, Pflege, Auslieferungsservice, Callcenter, Dateneingabe usw. Und die Südstadt, das (ehemalige) Arbeiterquartier, ist schön sauber durch eine vierspurige Straße getrennt vom Neuen Rheinauhafen, für den zum Beispiel so geworben wurde:

> *»Begleitend zu einem achtgängigen Menü werden Ihnen fünf Winzer aus Griechenland ihre Weine vorstellen und zur Verkostung anbieten.«*

Oder so:

> *»Zur 3. Ausgabe des Marktes LIEBLINGSSTÜCKE der Angewandten Kunst Köln (AKK) erwartet die Besucher wieder Schönes, Außergewöhnliches, Kostbares und Nützliches für Seele und Lebensraum. Präsentiert werden Unikate und Kleinstserien aus den Ateliers und Werkstätten von 16 AKK-Keramikern, Textilkünstlern, Gold- und Silberschmieden sowie neun ausgewählten Gastausstellern.«*[6]

Oder so:

> *»Die Stadt hat mit der Umgestaltung des Rheinauhafens ein sehr großes Projekt in Angriff genommen. Sie hat aber damit ein neues hochattraktives Viertel geschaffen, das nicht nur durch seine Lage – direkt am Rhein und gleichzeitig innenstadtnah – überzeugt. Es ist auch eine gelungene Verbindung zwischen Wohnen und Arbeiten mit einem vielfältigen Angebot an Kunst, Kultur, Gastronomie sowie Gesundheit und Fitness geworden.«*[7]

6 http://www.angewandte-kunst-koeln.de/lieblingsstuecke2012/index.htm (8.4.2013)

7 www.koeln-magazin.info/rheinauhafen-koeln.html (8.4.20123

Der Altermarkt – zur »Bratwurst«

■ Zur Römerzeit lag der Hafen am Altermarkt. Mit den Jahrhunderten versandete die Gegend, der Fluss verlagerte sich nach Osten. Kurz vor der ersten Jahrtausendwende wird der *mercatus coloniae* zum ersten Mal erwähnt. Hier wurden landwirtschaftliche Produkte und Vieh verkauft. Relativ schnell reichte die Fläche dafür nicht mehr aus und so entstand der Neumarkt, der weniger als 100 Jahre später seine erste Erwähnung findet. Mit den Jahrhunderten kamen die Gerichtsfunktion und die Nutzung als Sportstätte für Turniere hinzu. Zur Franzosenzeit hieß der Markt »Le Grand Marché«.

Heute hat der Altermarkt eine wichtige Bedeutung für das Karnevalsjahr: Am 11. November um 11.11 Uhr beginnt die neue Session. Es gibt Musik und meist viel Alkohol. An Weiberfastnacht startet der Straßenkarneval genau hier. Das Historienspiel »Jan und Griet« beginnt in der Südstadt an der Severinstorburg. Der Zug geht nach Norden bis auf den Altermarkt, auf dem dann zu Ehren der beiden getanzt wird.

Die Buden der Innenstadt

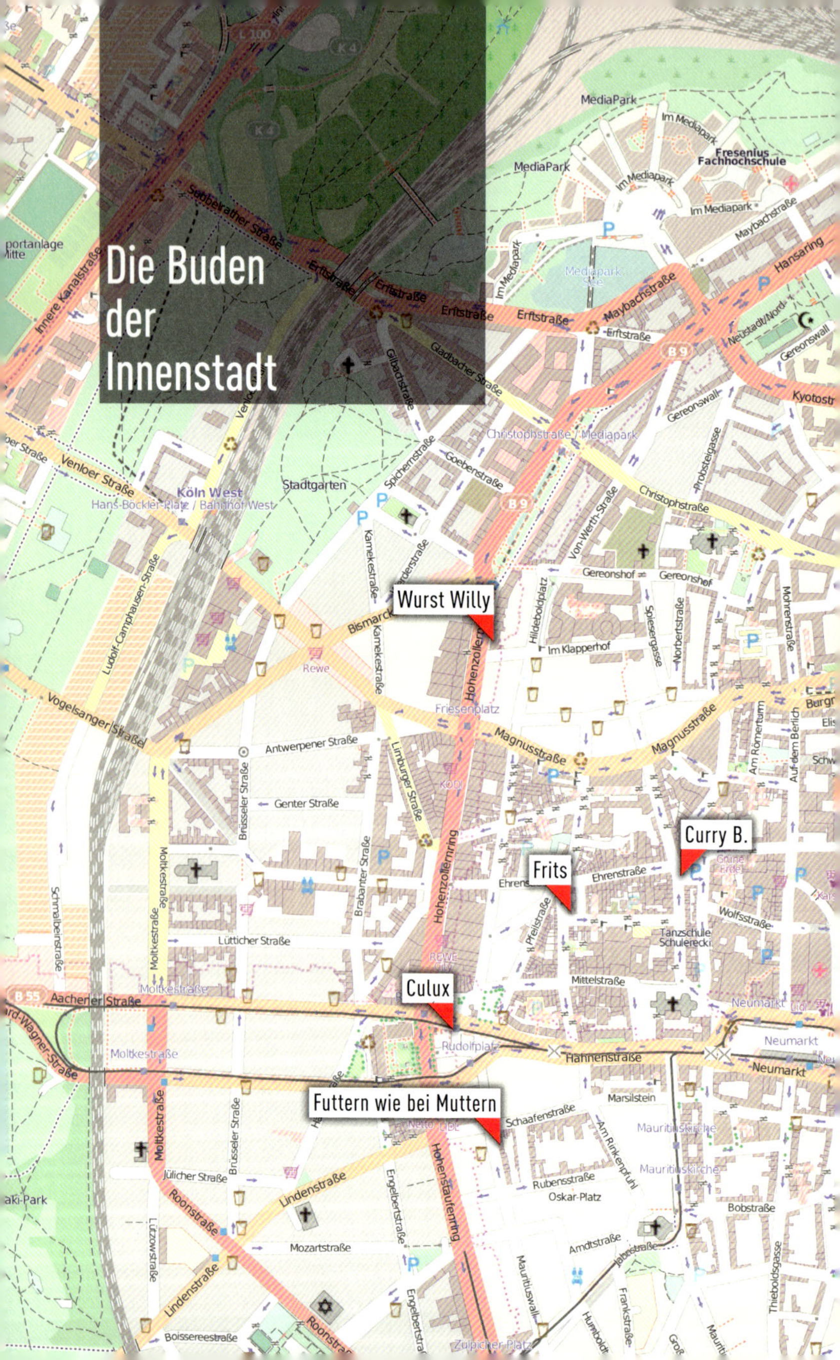

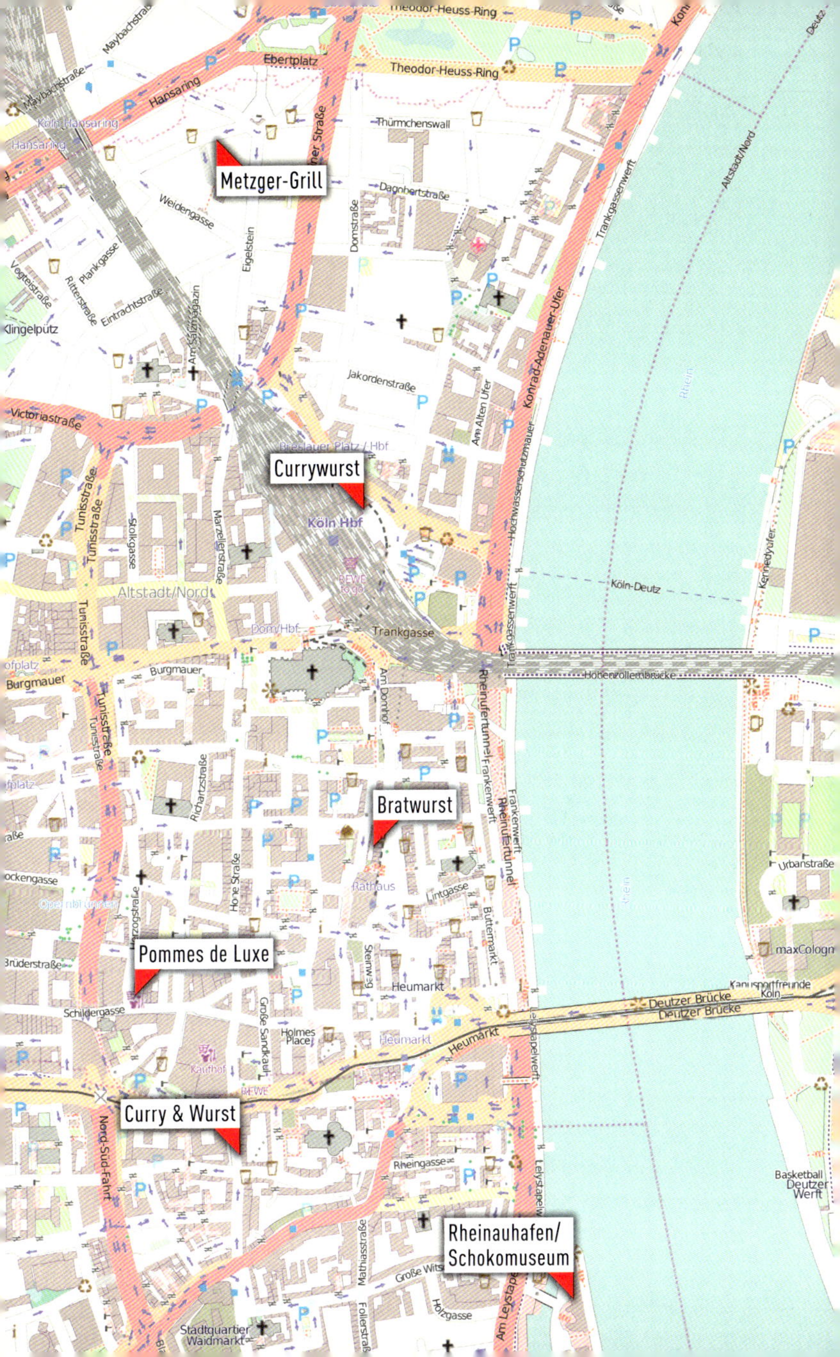
Metzger-Grill
Currywurst
Bratwurst
Pommes de Luxe
Curry & Wurst
Rheinauhafen/
Schokomuseum
Theodor-Heuss-Ring
Ebertplatz
Hansaring
Thürmchenswall
Dagobertstraße
Weidengasse
Eigelstein
Domstraße
Plankgasse
Ritterstraße
Vogteistraße
Eintrachtstraße
Klingelpütz
Jakordenstraße
Am Alten Ufer
Konrad-Adenauer-Ufer
Trankgassenwerft
Victoriastraße
Breslauer Platz / Hbf
Köln Hbf
Tunisstraße
Stolkgasse
Marzellenstraße
Altstadt/Nord
Dom/Hbf
Trankgasse
Köln-Deutz
Kennedyufer
Hohenzollernbrücke
Burgmauer
Am Domhof
Rheinufertunnel
Frankenwerft
Richartzstraße
Hohe Straße
Rathaus
Lintgasse
Buttermarkt
Urbanstraße
maxCologne
Herzogstraße
Brüderstraße
Schildergasse
Große Sandkaul
Holmes Place
Heumarkt
Deutzer Brücke
Kaufhof
REWE
Nord-Süd-Fahrt
Rheingasse
Leystapelwerft
Basketball Deutzer Werft
Mathiasstraße
Große Witschgasse
Holzgasse
Follerstraße
Am Leystapel
Stadtquartier Waidmarkt
Rhein

Currywurst

Es ist lange her, da führte der erste Weg der frisch angekommenen Reisenden zum Bahnhofsvorplatz, Reibekuchen essen. Doch dann wurde der Platz umgestaltet, und zum neuen Konzept passte eine olle Reibekuchenbude nicht, auch wenn sie noch so beliebt war. Also weg damit. Ein ähnliches Schicksal erlitt ein beliebtes Büdchen am Ring, das den Blick zum neuen Mediapark versperrte. Auch weg. Und nun wartet eine fast 20 Jahre alte Currywurstbude auf ihren Abriss: am Hinterausgang des Hauptbahnhofs, am Breslauer Platz. Seit Jahren wird hier gebaut, ein neugestalteter Platz, eine neue KVB-Haltestelle, mal wieder der ganz große Wurf. Dummerweise gehört der Platz der Stadt, der Bahn und der KVB. Da muss man sich erstmal einigen. Dem einen fällt ein, dass noch ein paar alte Kabel in der Erde liegen, der andere weiß noch nicht wohin mit dem Busbahnhof, einen stört das Hotel Kosmos, der nächste verlängert zum x-ten Mal den Vertrag für das blaue Zelt, und so geht es immer weiter. Man kann also davon ausgehen, dass die schlicht »Currywurst« betitelte Bude direkt am Bahnhofsausgang nicht gleich verschwindet, wenn ihr Vertrag im Jahre 2014 ausläuft. Bis der Platz seine endgültige Form erhält (und man plant hier vom Eigelstein bis zum Rhein), wird sie hoffentlich da stehen und die hungrigen Ankömmlinge gut versorgen. Bis dahin kann man an einem der fünf Stehtische essen und dabei die Fortschritte bei der Platzgestaltung begutachten. Die beiden merkwürdigen Glasdächer, die Gleis 10 und die Eingangsbereiche überspannen, sind schon älter, die noch merkwürdigeren, bis zu sieben Meter hohen Säulen, die den Weg in den KVB-Untergrund weisen, sind dagegen neu gebaut. Hier werden auf elegante Weise Moderne und antike Stadtgeschichte verbunden, könnte man als Sinn vermuten, doch das Kopfschütteln überwiegt. Die im Dreieck aufgestellten riesigen Betonsäulen erinnern eher an den Ceaucescu-Palast in Bukarest als an römische Vergangenheit.

Dreht man sich zur Rhein-Seite, sieht man, was hier noch zu tun ist. Links steht das Kommerz-Hotel, im gleichen verblassenden Siebziger-Jahre-Rot wie die Uni-Mensa gehalten, so hässlich, dass es fast schon wieder schön ist, daneben das blaue Zelt, einst für Musicals erbaut, jetzt als Opern-Ausweichquartier genutzt und schon viel länger am Platz als jemals geplant. Abgerundet wird das städteplanerische Debakel durch den Busbahnhof, der so unwirtlich ist, dass man sich freut, wenn man endlich im Bus sitzt und wegfährt. Das ganze Ensemble soll irgendwann in ferner Zukunft durch eine einheitliche Bebauung nebst breitem Boulevard zum Rhein ersetzt werden. Wahrscheinlich feiern vorher der Berliner Flughafen und die Kölner Nord-Süd-U-Bahn ihr zehnjähriges Bestehen.

Zum Glück kann man am Breslauer Platz nicht nur fehlgeleitete Stadtplanung beobachten, sondern auch die Menschen, die sie nutzen: die Reisenden, die sich die Wartezeit vertreiben, die Raucher, die draußen bleiben müssen, die Jugendlichen, die mit ihrer Fast-Food-Beute aus dem McDonald's kommen, den Obdachlosen, der irgendwie seinen Lebensunterhalt bestreitet, die Fahrradfahrer, die ihr Rad irgendwo anketten, weil wieder einmal vergessen wurde, ausreichend Abstellplätze einzuplanen, und natürlich die in drei Schichten arbeitende Bedienung der »Currywurst«, die mit Senf schöne Kringel auf die Bratwürste malt. Die Wurst ist nichts Besonderes, aber die Currysauce: Sie ist tatsächlich curry-gelb, ziemlich asiatisch, schmeckt mild und hat ein feines Curry-Aroma; eine hervorragende Abwechslung zur normalen dunkelbraunen Currywurstsauce. Auch die Pommes sind gut, knusprig, mit ordentlich Salz und Paprika drauf. Wieder mal ein Beleg für die These: Wo die Stadt am schlimmsten, ist CPM am besten.

Currywurst	2,30 €
Krakauer	2,70 €
Pommes	1,60/2,00/2,50 €
Mayo	0,30 €
Schnitzel-brötchen (vom Hähnchen)	1,50 €
Breslauer Platz, 50668 Köln	
Geöffnet	Täglich von 9–1 Uhr, auch an Feiertagen
KVB	Hauptbahnhof, Breslauer Platz

Metzger-Grill Lecker Essen

»Sie werden hier im Viertel keine bessere Currywurst finden«, lächelt Erich Pollatz, dem man sofort glaubt, dass er früher Metzger gewesen ist. Die halben Schweine wird er sich locker unter den Arm geklemmt haben. Zwei Tonnen Würste hat er früher täglich hergestellt in der Großindustrie. Danach hat er als Koch gearbeitet. »Ich bin viel rumgekommen und habe dabei viel gelernt. Wenn man immer im Dorf bleibt, lernt man nix.« Ursprünglich stammt Pollatz aus der Steiermark und hat dann lange in München gelebt. »Die Steirer und die Münchner haben viel gemeinsam«, und so wurde er Bayern-Fan und wäre in München geblieben, wenn er nicht seine Frau Dagmar kennen gelernt hätte. Mit der ging er in ihre Heimat Bad Neuenahr und von dort nach Köln. Nun stehen sie zusammen seit 24 Jahren im Imbiss. Viel Platz ist hier nicht, die Theke füllt fast die ganze linke Hälfte des kleinen, schlauchförmigen Ladens,

rechts ist gerade Platz für zwei Tische, vorne steht einer, das war's. Aber die meisten Speisen werden eh mitgenommen. Viele Stammkunden kommen wegen der Tagesgerichte. »Erich, was gibt's am Donnerstag?« Die Rechtsanwältin, die gerade die Ruccola-Nudeln verzehrt, wird übermorgen wiederkommen. Ihr Kollege hat gerade Fritten gekauft und sich das Wechselgeld in Münzen geben lassen, um die Knackis, die er gleich besucht, mit Zigaretten versorgen zu können. Die Pommes erhalten ihre Zeit zum Knackigwerden, und wer Currywurst dazu möchte, bekommt eine frisch gebratene Wurst: »Die dauern genauso lang wie die Fritten, warum soll ich sie dann nicht frisch machen?« Eine gute Frage, die die meisten Wurstbrater nicht beantworten könnten. Die Wurst wird in einer Art Sandwichtoaster von beiden Seiten gebraten, danach schneidet Pollatz sie per Hand. Darüber kommt eine vortreffliche, dunkelrotbraune, dicke, selbst gemachte Currysauce. Die gibt es auch in scharf oder sehr scharf, doch Pollatz übertreibt es nicht: »Zu scharf darf sie nicht sein, sonst schmeckt man die Wurst nicht mehr.« Das wäre schade, denn die ist wirklich lecker.

Currywurst	2,50 €
Pommes	1,50/2,00 €
Gereonswall 3, 50668 Köln	
Geöffnet	Mo–Fr 12–19 Uhr
KVB	Hansaring oder Ebertplatz

Wurst-Willy

Wer Sehnsucht nach Ärger hat, kann hier schnell welchen bekommen. Der Ring am Wochenende in der Nacht lockt mancherlei Gestalten, die nur darauf warten, ihre Männlichkeit vor ihren aufgebrezelten Mädchen beweisen zu können. Die Mehrzahl der Gäste bei Wurst-Willy ist im oberen Promille-Bereich unterwegs und spachtelt eine Pommes rein, um den Alkohol aufzusaugen. Wenn hier geschredderte Pommeskartons frittiert würden, fiele das dem Großteil des Publikums vermutlich kaum auf. Umso erstaunlicher, dass die belgischen Fritten von Wurst-Willy wirklich gut sind. Sie sind sehr grob geschnitten, kross und lecker und werden vorfrittiert, so wie es sich die Erfinder einst ausgedacht haben. Das hat vor allem praktische Gründe: Es verkürzt die Wartezeit. »Die Leute haben keine Geduld – die besoffenen Leute jedenfalls«, weiß Mehmet Ercanoglu, der hier an vier Nächten die Woche hinter der Theke steht. Doch das Vorfrittieren ist nicht nur praktisch, die Fritten schmecken auch besser. »Ich bin verrückt danach!«, seufzt Ercanoglu, »dabei sollte ich das besser lassen: Ich hab Zucker, ich hab Cholesterin – aber was willste machen?!« Irgendeine Freude muss man sich gönnen in den langen Nächten. Ercanoglus Job ist sicher einer der härtesten in der Imbissszene. Hinter der Theke

hat er kaum Platz, Wurst-Willy ist einer der kleinsten Imbisse in der Stadt. Tagsüber ist die winzige Bude hinter einem Rollgitter versteckt, wenn das abends hochgeht, muss man die Theke wegschieben, um hinein zu kommen. Mit Glück findet man einen Platz zum Jacke aufhängen. In dem gekachelten Räumchen wird jeder Quadratzentimeter ausgenutzt. Es ist kalt, es ist ungemütlich, und die Kunden sind oft anstrengend. »Hier gibt es oft Stress mit Besoffenen, die nicht bezahlen wollen«, erzählt Ercanoglu und berichtet von einer Schlägerei am Vorabend nebenan in der Disco. Kurz vorher waren die vier Schläger bei ihm an der Bude, da waren sie noch friedlich. Ercanoglu selbst bleibt immer freundlich, ruhig und gelassen. Bei Stress denkt er an seine Zeit in Los Angeles, wo er sieben Jahre lang gewohnt hat: »Da scheint zwölf Monate im Jahr die Sonne. Nach dem Aufstehen geht man erstmal eine Stunde schwimmen. Dort sind die Leute glücklich!«

Seit zwei Jahren schuftet er bei Wurst-Willy, er ist Anfang 50 und hat jahrelang seine Tochter erzogen, da kann man sich die Jobs nicht aussuchen. Früher war er Matrose auf einem Containerschiff und lebte insgesamt 16 Jahre in den USA. Sein Bruder hat ihn dann nach Köln gelotst.

Sein Chef bei Wurst-Willy ist Shanjeev Sharma, ein Inder, der neben zwei Buden auch noch im Rosen-Geschäft aktiv ist, Spitzname: Blumen-Bobby. Blumen-Bobby ist seit 2009 der dritte oder vierte Nachfolger vom originalen Wurst-Willy, so genau weiß das keiner mehr. Kurz nachdem er den Laden übernommen hatte, bekam er Ärger mit Schutzgelderpressern, blieb aber standhaft, wie der Express begeistert berichtete, und fing sich dafür Prügel ein. Der Original-Wurst-Willy führte den Laden seit den Siebzigern. Es geht das Gerücht, dass er die Bude Ende der Neunziger aufgeben musste, weil ihm das Finanzamt auf die Schliche kam. Angeblich wurde ihm zum Verhängnis, dass er zwar wenig Würste abrechnete, aber vergaß, auch beim Senf zu schummeln. Seine wenigen Gäste hätten nach seinen Berechnungen literweise Senf essen müssen. Kurz nachdem er die Bude aufgegeben hat, ist Wurst-Willy verstorben.

»Früher war die Ecke hier besser«, erinnert sich Mehmet Ercanoglu, »es gab mehr Clubs und keine Konkurrenz.« Heute gibt es Pizza und Döner in der Nähe und einen Kiosk um die Ecke, bei dem die Getränke billiger sind als bei Wurst-Willy. Nebenan in der Spielhalle sind die Getränke sogar umsonst, »aber dafür musst du spielen. Da verlierst du wegen einer Cola hundert Euro – da kaufe ich lieber eine Kiste!«

So bleibt es bei Wurst-Willy also beim Pommesbuden-Kerngeschäft. Zwar gibt es hier auch Geflügel-Hotdogs, Cheeseburger, Schnitzel und Cevapcici, aber die meisten Gäste ordern Wurst. Die ist zwar Massenware vom Remagen, aber mit der dick eingekochten, sehr süßen, nicht scharfen Sauce trotzdem lecker. Sie wird nachts sogar stündlich leckerer. Allerdings darf man den alten Lehrsatz von Diether Krebs nicht vergessen: »Biste richtig blau, wird dir ganz schön flau von Currywurst!«

Currywurst	2,80 €
Pommes	2,20 €
Currywurst + Pommes + Mayo + Getränk	6,00 €
Hohenzollernring 84, 50672 Köln	
Geöffnet	Täglich von 20–6 Uhr
KVB	Friesenplatz

Culux

17 verschiedene Saucen, 23 unterschiedliche Würste, vier Sorten Fritten und acht Schärfegrade: 12.512 verschiedene Möglichkeiten, Currywurst mit Pommes zu kombinieren, bietet das Culux am Rudolfplatz. Theoretisch kann man also 34 Jahre lang täglich Wurst und Fritten essen, ohne sich zu wiederholen. Danach sieht man aus wie Rainer Calmund – oder hat sich zu Tode gelangweilt. Der Laden ist einfach zu glatt: Das Culux ist der McDonald's unter den Frittenbuden; hier ist das Klo größer als eine normale Bude im Industriegebiet, es gibt Unmengen Tische, einige Angestellte, man ist freundlich, das Essen ist ok, aber es fehlt das gewisse Etwas. Eingeklemmt zwischen Backwerk, Dresdner Bank und KVB-Haltestelle bietet das Culux im Sommer sogar ein paar Plätze draußen mit Blick auf den nicht genutzten Platz vor

dem alten Kino oder auf die KVB-Gleise. Drinnen gibt es zwei Fernseher und auf der Theke liegen Zeitschriften: solides Wartezimmerflair, wenn auch etwas in die Jahre gekommen. An manchen Stellen ist der Laden ziemlich abgerockt: abgeplatzte Fliesen vor dem Klo, Tische mit Macken, uralte Speisekarten. Die sollen allerdings bald ausgetauscht werden, verspricht die Internetseite mit den wunderschönen Worten: »Wir erweitern unser Genuss-Portfolio!« Sehr schön ausgedacht, Werbemensch! Wir erweitern unser Kopfschüttel-Portfolio und lesen weiter: »Aus ›Culux – Curry deluxe‹ wird ›Culux – wie ich es mag‹. Nach 7 Jahren culux und aktuell nun 3 Filialen stellt sich culux neu auf: der neue Claim bringt es auf den Punkt: ›wie ich es mag‹.«

Wird mit dem Satz nicht auch eine Damenbinde beworben? Größer könnte der Gegensatz zu einer Wurstbude im Industriegebiet nicht sein. Der Koch heißt vermutlich bald Head of Sausage Department, die Bedienung wird zum Senior Potato Relationship Manager.

Doch bevor es ans Bestellen geht, müssen hier Entscheidungen getroffen werden. Konkret sieht das so aus, dass man sich aus dem Wust an Wurst eine aussucht, sich durch

Wurst	2,40 €
Pommes	2,40/2,90 €
Saucen	0,60 €
»Culux Complett«: Wurst + Sauce + Fritten + Getränk	7,30 €

Rudolfplatz 7, 50674 Köln	
Telefon	0221/27 09 58 00
Internet	www.culux.de
Geöffnet	Mo-Di 12-23 Uhr Mi-Do 12-24 Uhr Fr-Sa 12-1 Uhr So/Fei 13-23 Uhr
KVB	Rudolfplatz

die lange Liste an Saucen kämpft, dazu einen Schärfegrad wählt und schließlich passende Pommes bestellt. Das dauert. Fast food war gestern.

Wir haben die normale Berliner Wurst getestet mit scharfer Currysauce, dicken Fritten und Fritten mit Haut. Als die French Fries Junior Assistant Managerin dann das Essen bringt, müssen wir fairerweise zugeben, dass die Currywurst nichts dafür kann, was Werbefritzen aus ihr machen. Die Wurst im Culux schmeckt ausgezeichnet. Die dicken Fritten sind etwas labbrig, die mit Haut sind gut, man hat aber schon dutzende bessere gegessen. Immerhin kann man sicher sein, dass man hier echte Kartoffeln verzehrt und nicht irgendeine Presspampe. Trotzdem ist das etwas wenig als Beilage für die »Größte Wurstauswahl Deutschlands«. Für Leute, die sonst gegenüber zu McDonald's gehen, ist das Culux eine schöne Alternative, doch das Herz der Currywurstszene schlägt woanders.

Futtern wie bei Muttern

»Den Geschmack kann man ja leider nicht fotografieren«, bedauert die Thekenfrau, als sie uns mit dem Apparat herumhantieren sieht. Das ist in der Tat schade, denn die Fritten sind knusprig, die Wurst schmeckt gut und die Sauce ist nicht nur ansehnlich dick und dunkel, sondern durch das Curry- und Chilipulver oben drauf auch schön scharf. Sie ist so dick, dass man sie mit der Frittengabel essen kann. Die Frau an der Theke, Tamara Hagen, freut sich, dass es uns schmeckt. Sie steht erst seit kurzem bei »Futtern wie bei Muttern« hinter der Theke, vermittelt aber sofort das Gefühl, hier schon immer hinzugehören. Während sie sich um die Kunden kümmert, werkelt ihr Chef hinten in der Küche. Felix Hessel hat den Imbiss vor fünf Jahren übernommen. Damals hatte er den Kiosk Rubensecke, noch heute laut Internetseite »nicht nur Einkaufsstätte, sondern auch Begegnungsstatte«. Dort hörte er, dass der FwbM-Betreiber verkaufen wollte, und übernahm den Imbiss. Eine Zeitlang versuchte er, den Laden bis abends zu öffnen, doch das lohnte sich nicht. »Hier lief seit 30 Jahren nur Mittagstisch«, erklärt Hessel das Scheitern des Versuchs. Obwohl der Rudolfplatz gleich um die Ecke ist, verirren sich kaum Nachtschwärmer an den Mauritiuswall. Stattdessen bekocht Hessel vor allem Büroleute und Schüler. Wenn die Schule in der Nachbarschaft um 12.30 Uhr Pause hat, ist der Andrang bei FwbM groß. Es gibt viel Konkurrenz in der Gegend, doch wer es gutbürgerlich und günstig möchte, isst bei Muttern. Dabei darf der Mittagstisch nicht mehr als

fünf Euro kosten, hat Hessel festgestellt, sonst bleiben die Gäste weg. »Rinder- oder Sauerbraten gibt es nur, wenn ich das selbst im Angebot bekomme. Gibt es zu lange kein Angebot, mache ich kalkulatorisch die Augen zu und koche es trotzdem.« Doch meistens geht es einfacher zu. Neulich gab es Senfeier, »da hat auf einmal jeder von seiner Kindheit erzählt«, wundert sich Hessel. Die Currywurstwoche, die uns hergelockt hat, gibt es eher selten, Hessel mag die Abwechslung. Eine Tafel im Laden verkündet die Tagesangebote, auf der Theke liegen Zettel mit den Wochenplänen. Die Theke geht über die komplette linke Seite des kleinen Ladens, erst die Kühltheke mit sehr vielen selbst gemachten Salaten, dann die Verkaufstheke mit Platz fürs Geschirr. Auf der rechten Seite des Ladens ist ein Brett als Tisch an der Wand angebracht, mit ein paar Hockern davor. Sogar im Schaufenster kann man sitzen, dort liegen drei Kissen bereit. Vor der Tür unter der markanten schwarz-weiß gestreiften Markise schließlich bilden zwei Tische die Außengastronomie.

Drinnen an der schmalen Stirnwand steht der Getränkekühlschrank. Sehr übersichtlich, der kleine Laden. Hübsches Detail über den Sitzplätzen ist ein Regal mit Kochbüchern, von dem Shaun das Schaf heruntergrinst. Daneben hängt ein Foto, das der Chef in Süddeutschland geschossen hat, ein Graffito: »Currywurst macht oberglücklich.«

Stimmt.

Currywurst	2,50 €
Pommes	1,70/2,10 €
In der Currywurstwoche: Currywurst + Pommes	3,50 €

Mauritiuswall 80, 50676 Köln	
Telefon	0162/6 57 52 58
Internet	info@schade-hessel.de www.schade-hessel.de
Geöffnet	Mo–Fr 11–16 Uhr
KVB	Rudolfplatz

Frits

»Wir waren die ersten!«, sagt die extrem freundliche Bedienung bei Frits nicht ohne Stolz. Einer Schnaps-Idee des Spitz-Besitzers entsprang das Konzept, Champagner zur Currywurst anzubieten. So wurde das Frits vor neun Jahren beim Spitz um die Ecke, in einer kleinen Seitenstraße der Ehrenstraße, eröffnet. Die Kleine Brinkgasse war früher für ihre Rotlichtszene berüchtigt. Heute isst man hier gepflegt seine Currywurst. Das Ecklokal Frits hat eine große, umlaufende Fensterfront mit kleinen Markisen oben dran, Tischen vor der Tür und schönen Details innen drin. Auf ein Fenster ist der Schattenriss eines Mädchens gemalt, die Garderobenhaken sind zweckentfremdete Klemmzwingen und die Lampen sehen aus wie Kuchenbackformen. Die Fritten werden in Papiertüten serviert, die in Alu-Bechern stehen. Zwei Sorten stehen zur Auswahl: »smart und zart«, das sind die dünnen, und »satt und üppig«, die dicken belgischen. Beide Sorten sind großartig. Die Kartoffelherkunft schmeckt man so deutlich wie bei kaum einer anderen Fritte, sie sind sensationell knackig und lecker. Dazu gibt es kleine quadratische Saucenschälchen. Unter 16 verschiedenen Saucen kann man wählen, zum Beispiel die belgischen Andaluz und Samurai auf Mayonnaise-

basis. Die Mayo ist eher cremig als fettig, sehr angenehm. Die Currywurst kommt, wie es in den schicken Buden üblich ist, am Stück auf den Tisch. Es gibt sie in traditionell und verschärft, und beide schmecken lecker. Die Wurst aus Hähnchenfleisch heißt »Vogelwurst«. Steak, Calamaris und Burger gibt es auch noch, aber das ist nicht unser Business. Auch die Getränkekarte ist üppig, Champagner, Alkoholfreies, Wein, drei Sorten Bier und guter Whisky. Dafür kann man sich bei Frits tatsächlich Zeit nehmen, denn die Belüftung ist so stark, dass man keinen Fettgeruch mit nach Hause nimmt. Es gibt recht viele Tische, wobei es schwierig ist, samstags einen freien zu finden. Normalerweise arbeiten zwei Leute pro Schicht im Frits, samstags sind es acht. Wenn man die Wahl hat, sollte man im hinteren Teil sitzen. Dort führt eine Wendeltreppe abwärts. Unten wird gespült. Wenn die Ablage am Ende der langen Theke voll ist, muss der Frittenbäcker die leeren Teller nach unten balancieren. Eine beeindruckende sportliche Leistung, die man sich entspannt ansehen kann. Im Hintergrund läuft elektronische Blubbermusik, und obwohl man nur 25 Meter vom hektischen Einkaufstrubel entfernt ist, sitzt man im Frits in einer anderen Welt, im freudenreichen Currywurst-Kosmos.

Currywurst	2,90 €	Geöffnet	Mo–Do 12–22.30 Uhr Fr–Sa 12–24 Uhr So 14–22 Uhr
Pommes	2,40 €		
Ehrenstraße 43c/Kleine Brinkgasse 50672 Köln		KVB	Friesenplatz, Rudolfplatz oder Neumarkt
Telefon	0221/2 58 95 12		

Curry B.

Plätze kann er nicht, der Kölner. Wer von anderen Städten schwärmt, der spricht oft über die wunderschönen Plätze dort. Dann denkt man an unseren Barbarossaplatz, den Neumarkt oder den Rathausvorplatz und weiß: Köln spielt nicht nur im Fußball in der zweiten Liga. Der Platz, von dem hier die Rede ist, hatte ewig lang noch nicht einmal einen Namen. Nach einem Beschluss der Bezirksvertretung Innenstadt vom Dezember 2012 wird er zum »Willy-Millowitsch-Platz«. Ihn begrenzen die Breite Straße, Ehrenstraße, Gertrudenstraße, Aposteln- und Sankt-Apern-Straße und die Zufahrt zu einem Parkhaus. Mitten drauf muss in den 1970er Jahren ein Raumschiff aufgeschlagen und liegen geblieben sein; anders kann man sich das den Platz füllende Gebäudefragment nicht erklären. Einstöckig, weiß-grau, mit unzähligen Fenstern und einem hässlichen Rohrsystem auf dem Dach, scheint es nur dazu bestimmt, die Menschen von hier in die umliegenden Einkaufsstraßen zu vertreiben. Dabei beherbergt es ein Café und eine Frittenbude: »Curry B.« steht in roter Schrift recht unauffällig über der Markise. Nach links wird die Bude begrenzt durch die Tiefgarageneinfahrt, deren Mäuerchen von ein paar Blumenkästen notdürftig verziert wird. Parallel dazu steht die nie abreißende Schlange der Wurstkäufer. Hat man die Warterei geschafft, steht man vor der Verkaufstheke und

überblickt die komplette bis oben gekachelte Bratanlage: In schlichter, sachdienlicher Einrichtung sind hier zwei Frauen am Werk, eine dreht die Würste und kassiert, die zweite bedient die drei Frittierkörbe. Ein Mann vor der Theke möchte eine Krakauer mit Currysauce, drückt sich aber arg kompliziert aus. Die Frau am Rost hat ihn längst verstanden: »Ich mache aus jeder Wurst 'ne Currywurst!« Ihre Kollegin hat sich gerade Mayo auf den Pulli gekleckert und meint: »Die sollte eigentlich ins Gesicht gehen – soll ja gut für die Haut sein!« Man ist hier also in fachkundigen Händen, doch für großen Verzäll ist keine Zeit, die Schlange hat Hunger.

Die Erwartungen sind hoch, viele Leute loben die Bude, die früher Wurst-Seppel hieß. »Ich kenn' sie alle, auch die in Berlin, Konnopke und wie sie alle heißen – aber der Imbiss hier ist der beste«, schwärmte Bettina Böttinger im Kölner Stadt-Anzeiger. So weit würden wir nicht gehen, aber die Wurst ist tatsächlich sehr lecker und knackig. Bei den Massen, die hier gebraten werden, ist die Gefahr gering, dass die Wurst auf dem Grill austrocknet. Die Currysauce ist sehr süß und so dick, dass sie wahrscheinlich stundenlang vor sich hingekocht hat. Auch die scharfe Variante könnte man an Babys verfüttern, sie hat zwar ordentlich rotes Pulver drauf, aber scharf ist sie nicht. Die Pommes sind in Ordnung, könnten aber besser sein. Eine besondere Schwierigkeit zeigt sich, wenn man seine CPM in Empfang genommen hat. Die Abstellmöglichkeiten sind knapp: Es gibt mehr Mülleimer als Ablagen. So ist die Bude umgeben von Leuten mit Plastikschale in der Hand, sie lehnen am Beton oder hocken auf den Pollern am Straßenrand, die die Autos vom Parken abhalten. Gemütlich ist das nicht, aber kommunikativ. Anzugträger, der Arbeitsmann in blau, Politessen, der Vater mit Kinderwagen, die Studenten schmatzen einträchtig nebeneinander, lächeln über den weltschlechtesten Straßenmusiker, der an der Ecke vor sich hin dilettiert, und helfen sich mit Servietten aus. Ein Autofahrer ruft aus dem offenen Fenster: »Lass mal probieren!« Hier passt das Currywurstklischee tatsächlich, alle Bevölkerungsschichten treffen sich an der Bude. Jeder versucht nach besten Kräften die Mayoflecken auf der Kleidung zu vermeiden, ist vollauf mit dem Balancieren der Frittenschale beschäftigt und bewundert die Kunstfertigkeit seiner Nachbarn in der gleichen Disziplin. Das hat einen großen Vorteil: Man schaut sich den hässlichen Platz nicht an.

Currywurst	2,50 €
Pommes	1,80/2,20 €
Mayo	0,40 €
Currywurst + Pommes	3,90 €
Willy-Millowitsch-Platz Breitestraße 120/Gertrudenstraße 50672 Köln	
Geöffnet	Mo–Fr 11–20 Uhr Sa 11–19.30 Uhr
KVB	Neumarkt, Appellhofplatz, Rudolfplatz

Pommes de Luxe

Die Schildergasse ist kein Ort zum Verweilen. Straßencafés sind selten, die Menschen hetzen von Laden zu Laden. Zwischendurch gibt es schnelles Essen auf die Faust. Wenn man nicht mithetzt, kann man mitten im Gewühl schöne Szenen voller ungewollter Komik beobachten. Pommes de Luxe ist ein (von den Preisen abgesehen) ganz und gar unluxuriöser, holländisch aufgemachter Frittenverkauf auf der Schildergasse, mit einer Verkaufstheke, vor der nebeneinander höchstens drei Leute Platz finden, mit zwei Getränkekühlschränken links und rechts, einem Mülleimer und sonst nichts. Die Kunden stehen geduldig in der Schlange, ordern CPM oder Frikandel und ein Getränk, erhalten ihre Bestellung, und nun geht's los: In der einen Hand die holländische Frittentüte, in der anderen die Cola, stehen sie vor der Bude, drehen sich erstmal im Kreis, suchen – und finden nichts. Kein Tisch, keine Bank, keine Sitzgelegenheit, keine Ablage. Also das Getränk in die Armbeuge geklemmt, die Fritten balanciert, und immer schön aufgepasst, dass nichts auf die Klamotten tropft. Für

den schadenfrohen Beobachter ein wunderbarer Anblick. Im näheren Umkreis gibt es keinen einladenden Ort für den Currywurstesser; zur nächsten Bank ist es weit, bis dahin sind die Fritten kalt. So finden sich immer etliche de Luxe-Kunden in der Herzogstraße gleich um die Ecke ein. Sie sitzen auf den Stufen von C&A oder lehnen vor einem Schaufenster, nutzen Fahrradkörbe als Ablage und versuchen, wenige Meter abseits der Fußgängerzone in Ruhe ihre Pommes zu verzehren. Auf der Litfaßsäule lauern die Tauben, die reichlich Beute machen, weil natürlich immer Pommes hinunterfallen. Dann haben die Viecher ordentlich zu tun, denn die Pommes sind holländisch dick. Die schmecken auch den Tauben, im Gegensatz zur Joppie-Sauce, einer dünnflüssigen Sauce mit Zwiebel und Curry, die wesentlich besser schmeckt als sie aussieht. Die Currywurst schließlich ist leicht überdurchschnittlich, die Krakauer noch besser, passt aber nicht recht zur Currysauce. Die Sauce ist hellbraun, leicht fruchtig, etwas dünn und entfaltet nach einer Weile eine Schärfe, die erstaunlich ist für eine Bude mit so viel Laufkundschaft. Schärfe trauen die meisten Budenbesitzer dem Durchschnittskunden leider nicht zu. Vielleicht ist es aber auch so: Bis der Laufkunde merkt, wie scharf die Currysauce ist, steht er schon vor dem Dom.

Currywurst	2,50 €
Pommes	2,70/3,00 €
Currywurst + Pommes	4,80 €
Currywurst + Pommes + Getränk	6,40 €
Schildergasse 54, 50667 Köln	
Telefon	0221/13 06 87 61
KVB	Neumarkt

Curry & Wurst

Das genaue Gegenteil von Pommes de Luxe findet sich nur 400 Meter weiter. Bei »Curry & Wurst« gibt es reichlich Sitzplätze. Vor der Tür, noch auf dem autofreien Stück der Hohen Straße, zwischen Fußgängerzonengrünpflanze und dem Eisbären der Salatbar nebenan, stehen vier Klapptische, drinnen gibt es noch mal sieben hohe Holztische unterschiedlichster Größe, vom Zweiertisch bis zur großen Tafel für das halbe Büro. Tatsächlich wird »Curry & Wurst« gerne von Büroleuten aufgesucht. Hier ist Platz genug, es ist sehr sauber und die Dunstabzugshaube ist kräftig: Der Laden riecht nicht nach Fritten, und entsprechend auch der Kunde nicht.

Serviert wird auf Porzellan-Schalen oder -Tellern, es läuft leise Hintergrundmusik, in einer Ecke flimmert n-tv, am Eingang hängt ein »Ihre-Meinung-ist-uns-wichtig«-Briefkasten, und die Bedienung ist sehr freundlich – hier soll der Frittenfreund sich wohlfühlen.

Im Dezember 2009 hat Curry & Wurst eröffnet, ein halbes Jahr nach der Filiale in Siegburg am ICE-Bahnhof. Seitdem haben sich die Öffnungszeiten leicht verändert, man macht früher zu als am Anfang. Ab 19 Uhr war nichts mehr los in diesem Teil der Innenstadt. Die Ausnahme bilden natürlich die großen kölschen Feiertage, Karneval und CSD. Dann stehen fünf Leute hinter der Theke, und Fritten gibt es bis abends um zehn.

Wiener
Brezel

Im Biergarten unter Bäumen und grünen Sonnenschirmen sitzt es sich sehr schön, wenn es einem gelingt, die Fahrstuhlmusik auszublenden, die aus den Lautsprechern in den Bäumen dudelt. Man kann die Touristen beobachten, die mit dem gelben Bimmelbähnchen aus der Altstadt ankommen, oder die Familien, die sich nach dem Besuch des Schokomuseums stärken. Für sie gibt es eine sehr große Schüssel Fritten für 4,80. Die Pommes sind lang und dünn und von unterschiedlichster Qualität. Mal durchaus in Ordnung, an anderen Tagen aber auch erstaunlich zäh und kaugummiartig. Die Wurst ist etwas blass, aber ok (ein schönes Detail: das an eine Guillotine erinnernde Schneidegerät), die dicke Currysauce schmeckt gut, leicht süßlich, mit viel Currypulver darüber. Der überaus freundliche Grieche hinter der Budentheke sinniert: »Currywurst ist hier Nationalsport. Viele bestellen die und haben gar keinen Hunger – aus Langeweile?« Vielleicht aber doch aus Leidenschaft – Langeweile muss hier keiner haben: Schoko-, Sport- und Senfmuseum, der lustige Arche-Noah-»Nachbau«, der Rhein – wie kann man sich hier langweilen?

Currywurst + Pommes	4,50 €
Pommes	2,20/3,00/4,80 €
Flammkuchen	5,90–6,70 €
Salat mit Lachs	8,60 €
Rheinauhafen, 50678 Köln	
Geöffnet	Täglich 11–21.30 Uhr
KVB	Severinsstraße

Neustadt

Zwischen Ringen und dem Grüngürtel

■ Die Neustadt ist zu groß, um vom normalen Stadtnutzer im Alltag als ein Ganzes erlebt zu werden. Von ihrer Geschichte her ist sie aber genau das: eine gründerzeitliche Stadterweiterung für wohlhabende Bürgerfamilien aus einer Zeit, in der die Planung der Stadt schon stark an die Verbreitung des Automobils dachte, genau genommen zwischen 1880 und ca. 1905. Die neue Stadt musste das gute Zirkulieren ermöglichen, daher die eindeutige Straßenführung und die immer wiederkehrenden Plätze mit vielen Abzweigen.

Die Altstadt (= Innenstadt) wird von der Neustadt halbkreisförmig umschlossen. Leicht vereinfacht liegt sie zwischen den Ringstraßen und der Eisenbahntrasse. Die Kreuzungen der Ringstraße mit den radialen Ausfallstraßen aus der mittelalterlichen Stadt wurden zu markanten Plätzen gestaltet. Von Norden nach Süden sind dies der Ebertplatz, der Friesenplatz, der Rudolfplatz, der Zülpicher Platz, der Barbarossaplatz und der Chlodwigplatz. Die Ringe als die zentrale Achse der Neustadt werden im Kapitel zur Innenstadt beschrieben, da sie zwei unserer Buden verbinden.

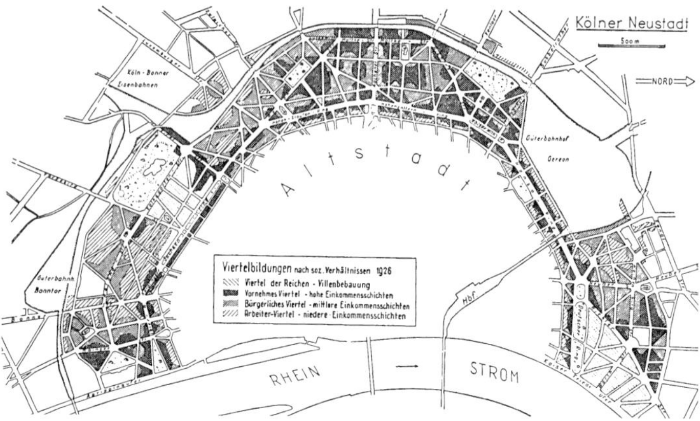

Sozialgefüge der Kölner Neustadt. Quelle: Jansen/Ritter/Wiktorin/Gohrbandt/Weiss (2003): Der historische Atlas. Köln/Emons-Verlag, S. 111.

Die Neustadt untergliedert sich (wieder von Norden nach Süden) in die Teile: Agnesviertel (links und rechts der Neusser Straße), Belgisches Viertel (links und rechts der Venloer Straße), Kwartier Latäng (rund um die Zülpicher Straße) und Südstadt (Bonner Straße).

Der Mediapark – zur »Weltmeisterbude«

Den Anfang von Köln als Medienstadt markiert der WDR, dessen Vorläufer 1926 von Münster nach Köln umzog. Heute beherbergt Köln auch einige private Sender. Die Medienwirtschaft wird seit einem Vierteljahrhundert als zukunftsträchtig gehandelt. Mitte der 2000er Jahre wird geschätzt, dass in Köln 40.000 Menschen in der Medienbranche ihre Brötchen verdienen. In Köln haben sich verschiedene Standorte etabliert. Bekannt ist die Gegend um die Schanzenstraße in Mülheim. Diese liegt in einem ehemaligen Industriegebiet mit überregional bekannten Veranstaltungsorten wie dem E-Werk und dem Palladium. Während sich die Medienbranche mehr oder weniger selbstbestimmt in Mülheim ansiedelte, handelt es sich beim Mediapark um eine geplante Aktion der Stadtentwicklung auf dem Gelände des ehemaligen Güterbahnhofs Gereon. Hier sollte Ende des 19. Jahrhunderts einmal der Hauptbahnhof entstehen. Stadtbaumeister Joseph Stübben konnte sich jedoch nicht gegen die damaligen preußischen Herren durchsetzen und so kam es zum heutigen Standort des Hauptbahnhofs am Dom. Ende der 1980er Jahre wurde das Gelände also neu beplant. Eberhard Zeidler gewann den Wettbewerb, den die Stadt dazu ausgeschrieben hatte. Das bauliche Ensemble, das von der Weltmeisterbude recht gut einsichtig ist, soll eine postmoderne Version des Platzes der italienischen Stadt Siena sein. Um den runden zentralen Platz herum wurde ein künstlicher See angelegt, »Wohnschlangen« mit rund 250 Wohnungen wurden im Süden des Areals errichtet, ein Vier-Sterne Hotel und der weithin sichtbare, nachts bisweilen fast discoartig beleuchtete Köln-Turm mit 150 Metern Höhe. Der Turm wurde 2001 als letztes Stück des Mediaparks vollendet. Im Mediapark haben heute rund 200 Unternehmen ihren Sitz, an die 5.000 Arbeitsplätze gibt es hier. Denen, die nicht hier arbeiten, ist das Ganze an ehesten durch das Großkino Cinedom bekannt. Viele haben sich wahrscheinlich schon einmal in der unterirdischen Parkhauslandschaft verlaufen. Das Viertel hat einen sehr geplanten und künstlich wirkenden Charme, ähnlich wie der neue Potsdamer Platz in Berlin. Eine Integration in die umgebenden Stadtteile der Neustadt hat schlicht nicht statt gefunden.

Das Belgische Viertel: Szeneviertel – zu »Currycologne«, Brabanter Straße

■ Das Belgische Viertel heißt so, weil die Straßennamen an belgische (und niederländische) Städte und Provinzen erinnern. Zwischen Aachener Straße im Süden, Innerem Grüngürtel bzw. Eisenbahntrasse im Westen, dem Mediapark im Norden und den Ringstraßen im Osten liegen die Antwerpener, Genter, Brüsseler, Limburger, Maastrichter, Utrechter, Flandrische und die Brabanter Straße sowie der Brüsseler Platz. Diese Auswahl der Straßennamen deutet auf eine geplante Anlage hin, die im Zuge des Aufbaus der Neustadt ja auch gegeben ist.

Eine im historischen Atlas der Stadt Köln veröffentlichte Karte aus dem Jahr 1926 weist für das Belgische Viertel mittlere bis hohe Einkommen aus. »Vornehmes Viertel« heißt es in der Legende der Karte. Im Prinzip ist das über das Belgische Viertel auch fast 90 Jahre später noch zu sagen. Allerdings ist das Quartier heute eher ein Szeneviertel mit alternativ-gehobenem Touch. Und da diese Bevölkerung offensichtlich nicht aus den Nachkommen der ursprünglichen wohlhabenden Bewohner bestehen, muss es in der Zwischenzeit die für diese Viertel typischen Abwertungsprozesse gegeben haben. In der Regel war dies die Zeit in den 1950er und vor allem den 1960er und 1970er Jahren. Wer es sich leisten konnte, zog ins Einfamilienhaus im Grünen vor die Tore der Stadt. Diese Suburbanisierung der Wohnbevölkerung ließ gerade die innenstadtnahen gründerzeitlichen Ausbauviertel an Bevölkerung verlieren. Es wurde nicht mehr investiert, Sanierungspläne bis hin zum Komplettabriss und Neuaufbau machten die Runde.

Doch im Laufe der Jahre brachten neue, kreative Bewohnerinnen und Bewohner erst eine diskursive und dann eine bauliche Aufwertung in diese Viertel. Heute preist Kölntourismus das Belgische Viertel als die Möglichkeit zum »exklusiven Einkaufsbummel« mit »entspannter Shoppingatmosphäre ohne Großstadtrummel«.

Die Nähe zur Innenstadt und die gründerzeitliche Bausubstanz sind genau das, was im Modell der Gentrifizierung als Ausgangspunkte für einen Prozess der sozialräumlichen Aufwertung gilt. Und so sind es eben die innovativen, alternativen, extravaganten Dinge, die hier das Besondere des Viertels ausmachen, egal ob es um Restaurants, Mode oder anderes geht. Eine Webseite einer Mode-Initiative aus dem Viertel über das Viertel heißt konsequenterweise www.chicbelgique.de. Eine Recherche bei der Deutschen Nationalbibliothek ergibt zum Suchwort »Belgisches Viertel« als ersten Titel: *»Belgisches Viertel[er]leben: Beauty, Wellness, Gesundheit, Gourmet, Home, Multimedia, Relax, Fitness, Money, Handwerk ...; gute Adressen vor Ort/2011«.* Alles in allem passt also der Champagner, der zur Wurst serviert wird, gut zum Gesamtbild des Veedels.

Krieg, Zerstörung und Verfolgung –

zu »Nehring« und zum »Ferkulum«, Zülpicher Platz bzw. Straße, Kwartier Latäng

■ Das Ferkulum muss sich ausgeprägter Konkurrenz erwehren: Zwischen Zülpicher Platz und dem Südbahnhof reiht sich Lokal an Lokal und die angrenzenden Straßen in Richtung Barbarossaplatz sehen ähnlich aus. CPM, geboten auch im Schnellrestaurant Nehring, konkurriert mit Falafel, Gyros, Döner, Spaghetti bis zum Riesenschnitzel. »Vom Viertel in ›sozialer Randlage‹ zum Quartier Latäng« heißt ein Kapitel in Helmut Frangenbergs »Oma Kleinmann: Geschichten und Rezepte aus dem Kwartier Latäng«. Die Straßen links und rechts der Zülpicher Straße haben offensichtlich eine ähnliche Entwicklung wie so viele Gründerzeitquartiere: Die oben erwähnte 1926er Karte des

Sozialgefüges der Neustadt weist für den Bereich mittlere bis hohe Einkommen aus. Nach Krieg und Wiederaufbau hatte das Viertel an Attraktivität verloren. Diese soziale Degradierung durch Investitionsstau (= Nichtrenovierung) führt zu relativ geringen Mieten und die Nähe zur Universität lässt das Quartier dann zum »Studentenviertel« werden. Die Universität mit den großen Fakultäten links und rechts des Grüngürtels ist die drittgrößte der Bundesrepublik. Im Wintersemester 2012/13 waren 44.000 Studierende eingeschrieben.

Der Begriff »Kwartier Latäng« ist eine Anspielung auf das »Quartier Latin« in Paris und somit ein Verweis auf die lokale Kneipen-, Restaurant-, Club-, Theater und Kinoszene des »Ausgehviertels«. Selbstverständlich gibt es noch viel mehr Geschichten als die von Ab- und Wiederaufwertung. Zum Beispiel hieß der Rathenauplatz vor der Zeit der Weimarer Republik Königsplatz. Erst 1922 wurde er umbenannt. Außenminister Walter Rathenau wurde von Mitgliedern der rechtsradikalen »Organisation Consul« umgebracht. Am Rathenauplatz steht die wiederaufgebaute Synagoge, die erst 20 Jahre nach der Pogromnacht als einzige von vor dem Krieg sieben Kölner Synagogen wieder errichtet wurde. Doch auch der Blick auf das Schnellrestaurant Nehring und auf den Bürgersteig davor erinnert sehr deutlich an Naziterror und Krieg. Die Luftangriffe, mit denen Briten und Amerikaner Deutschland letztlich von der Naziherrschaft befreien konnten, zerstörten die Kölner Innenstadt zwischen 1942 und 1945 zu 90 Prozent.

Von 800.000 war die Einwohnerzahl auf etwas mehr als 100.000 nach dem Krieg gesunken, die Vorkriegszahl wurde erst 1959 wieder erreicht. Und auch 2012 sind nicht alle baulichen Lücken der Bombennächte geschlossen. Einstöckige Häuser zwischen vier-, fünf- oder mehrstöckiger Bebauung sind Zeugen der provisorischen Nachkriegsbauten, so wie hier das Schnellrestaurant Nehring. Vor dessen Fassade sind in das Trottoir 19 Stolpersteine eingelassen. Sie tragen die Namen von jüdischen Menschen, die von den Nazis verschleppt, gequält, ermordet oder in den Suizid gedrängt wurden und hier wohnten. In dem

Die Kölner Innenstadt 1945. Quelle: Wikipedia/U.S. Department of Defense, Quelle: wikipedia / https://commons.wikimedia.org/wiki/File:koeln_1945.jpg

Haus, das an der Stelle des Schnellrestaurants Nehring stand, wohnten mithin mindestens 19 Menschen. Die Stolpersteine sind ein Projekt des Künstlers Gunter Demnig. Von 1990 bis 2000 wurden die ersten Steine in Köln, Berlin und Salzburg ohne Genehmigung verlegt. Seither hat sich das Projekt zum weltweit größten dezentralen Denkmal entwickelt. Gunter Demnig hat bis 2012 über 35.000 Stolpersteine verlegt. Außer in Deutschland liegen sie in den Niederlanden, in Belgien, Italien, Norwegen, Österreich, Polen, Tschechien, der Ukraine und Ungarn.

1933 gab es 15.000 jüdische Kölnerinnen und Kölner. Bis dahin waren bereits fast 5.000 aus Köln emigriert. Als Köln am 6. März 1945 befreit wurde, lebten noch ca. 30 bis 40 jüdische Kölnerinnen und Kölner in der Stadt, ca. 11.000 waren ermordet worden.

Die Vereinigung der Verfolgten des Naziregimes/Bund der Antifaschisten VVN veröffentlichte 1986 einen Stadtplan mit dem Titel »Köln unterm Hakenkreuz«. Dort heißt es: *»40 Jahre nach dem Ende des 2. Weltkriegs präsentiert sich Köln allzu gerne als geschichtsträchtige und weltoffene Stadt, die auf eine stolze Vergangenheit von 2000 Jahren zurückblicken kann. Dabei werden gerne die Ubier und Römer, die romanischen Kirchen und der Dom, die Museen, vorneweg das Wallraf-Richartz/Museum Ludwig, und überhaupt der ganze Wiederaufbau nach dem Krieg vorgezeigt. Das was zu diesem Krieg führte, daß auch Köln an den 12 Jahren Nazi-Diktatur teilhatte, wer sie förderte und an ihr profitierte, wer unter ihr litt und gegen sie kämpfte, davon ist kaum oder gar nicht die Rede.«* Ob sich dies ein Viertel Jahrhundert später grundlegend geändert hat, bleibt fraglich. Die Stolpersteine jedenfalls sind sichtbar.

Salierring – zum »Saliergrill«

■ Geschichte und Entwicklung der Ringstraßen sind ausführlich im Innenstadt-Kapitel dargestellt.

Die Südstadt – zur »Metzgerei Schmidt«, Merowinger Straße

■ Südstadt ist eine inoffizielle Bezeichnung, die Teile des zur Innenstadt gehörenden Severinsviertels und Teile der angrenzenden Neustadt rund um den Chlodwigplatz begrifflich vereint.

Die Nachkriegsgeschichte der Südstadt verlief jener des Belgischen Viertels und des Kwartier Latäng sehr ähnlich (spätestens hier kann die geneigte Leserin und der geneigte Leser ahnen, was mit »Allgemeiner Geographie« gemeint ist).

Mit der Industrialisierung hatten sich zwischen Rhein und Severinstor viele kleine Unternehmen angesiedelt, denen bald die dazugehörige Bevölkerung folgte, bestehend aus Arbeiter- und Handwerkerfamilien. Es entstand, wie Fritz Sack in seinem Aufsatz »Stadtgeschichte und Kriminalsoziologie« beschreibt, ein »marginalisiertes Quartier« mit einer sehr dichten Wohnbebauung, die keinen Platz für Parks und Grünanlagen ließ. Die Südstadt blieb im Zweiten Weltkrieg relativ intakt. Die Wohnvorlieben der Wohlhabenden änderten sich ab den 1950er Jahren. Diese Menschen zogen weg aus der Südstadt, denn auch der Komfort und die Ausstattung der Häuser entsprachen nicht dem, was mensch sich leistete, wenn mensch es konnte. Zurück blieben Südstädter aus Überzeugung, oft alte und arme Haushalte. Die Mieten stagnierten oder sanken. Doch die Lage nahe dem Rhein und die trotz allem schöne Altbausubstanz machten das Viertel für bestimmte Bewohnerinnen und Bewohner attraktiv. Studierende, Künstlerinnen und Künstler entdeckten das Viertel in den 1970er Jahren für sich, die im Modell der Gentrifizierung so genannten Pioniere. Neues wurde ausprobiert, zum Beispiel besetzte die Sozialistische Selbsthilfe Köln (SSK) Häuser am Salierring. Ein Mitbegründer der SSK äußerte dazu in einem Interview im Magazin Contraste: *»Wir hatten breite Unterstützung in der Öffentlichkeit bis hin zu Heinrich Böll. Wir kämpften für eine Gesellschaft, in der jeder Mensch einen Wert und jeder Mensch seine Lebenschancen, seine Freiheit und seine Entwicklungschancen hat und natürlich auch Arbeitsmöglichkeiten.«*

Ein paar Straßen weiter wurde dereinst Schokolade hergestellt. 1839 begann die Stollwerck GmbH mit der Herstellung von Hustenbonbons, hatte damit schnell Erfolg und ab 1860 kamen Schokolade, Printen und Marzipan hinzu. Um die Wende zum 20. Jahrhundert war Stollwerck mit an die 3.000 Beschäftigten einer der größten Kölner Arbeitgeber. Durch die Weltwirtschaftskrise der 1930er Jahre, die Zerstörungen des Zweiten Weltkriegs und ein paar Fehlentscheidungen nach dem Krieg geriet das Unternehmen in große Probleme. Die Produktion in der Südstadt wurde stillgelegt und das Gebäude Anfang der 1970er Jahre zum Kauf angeboten. In einem Akt kölschen Klüngels konnten die Verkäufer von der Stadt einen überhöhten Preis erhalten und zusätzlich hohe Unterstützungen für den Neubau einer Produktionsstätte in Köln-Porz einheimsen.

Das Gelände in der Südstadt sollte in eine Mischnutzung umgewandelt werden. Es entstand ein Konflikt darum, wie das geschehen sollte. Dabei vertrat die Bürgerinitiative (BISA) die Position, die alten Fabrikgebäude in Gänze zu erhalten, andere Konzepte sahen Teilabrisse und Neubauten vor. Die BISA hatte viele Unterstützerinnen und Unterstützer, was mit der weit verbreiteten Skepsis gegenüber der Neutralität der offiziellen Entscheidungsfindung für das Neunutzungskonzept als Mischung von Erhalt und Abriss zusammen hing. Das Fabrikgebäude war Ende der 1970er Jahre als »Palazzo-Schoko« zu einem autonomen Sozialen Zentrum geworden und hatte Zwischenmieter wie den Circus Roncalli und andere namhafte Künstler und Musiker. In der ehemaligen Maschinenhalle, dem »Annosaal«, fanden Versammlungen und Konzerte statt. Wolfgang Niedecken, Kopf der Rockgruppe BAP und in der Südstadt zu Hause, spricht im Rückblick von der »Wahnsinnszick in der Schokoladenfabrik«.

Im Mai 1980 beschloss die Stadtverwaltung, die Fabrik größtenteils abzureißen. Reaktion der Bürgerinitiative war die Besetzung des Gebäudes mit bis zu 600 Menschen, Parole: »Macht Stollwerck zum Bollwerk!« Bis Anfang Juli wurde zwischen beiden Seiten ein Kompromiss ausgehandelt, der den Erhalt von zwei Dritteln des alten Gebäudes garantierte. Am 6. Juli 1980 wurde die Besetzung freiwillig beendet. Die Vereinbarung wurde von Seiten der Stadt jedoch nicht eingehalten, heute stehen lediglich zehn Prozent der alten Bausubstanz noch. Das heutige Bürgerhaus Stollwerck gehörte nicht zum Produktionsgebäude, sondern steht auf einem ehemaligen Postgelände.

Auf dem Stollwerck-Gelände wurden Wohnungen errichtet.

Mit den neuen Bewohnerinnen und Bewohnern, unter ihnen auch jene, die die beschriebenen Kämpfe kämpften, kamen auch Cafés, Kneipen, neue Restaurants, Geschäfte, Galerien und Theater in die Südstadt. Das Ansehen des Viertels stieg wieder, das Viertel galt plötzlich als »in«. Hier wollte mensch hinziehen, wenn mensch etwas auf sich hielt und modern sein wollte. So zogen nach und nach auch

Menschen zu, die über höhere Einkommen verfügten als jene, die mit der Degradierung hier geblieben und jene, die zugezogen waren. Letztere mit hohem sozialen und kulturellen Kapital, in der Regel mit guter Ausbildung, aber eben mit geringen Einkommen. Durch diese Entwicklung stiegen die Mieten im Laufe der Zeit an. So geht eben Kapitalismus: Wenn die Nachfrage steigt, steigt auch der Preis. Das passiert potenziell für alle Mieterinnen und Mieter – unabhängig von deren Einkommen. Daher kommt es zu Verdrängungsprozessen der alteingesessenen und auch der alternativen Bevölkerungsgruppe.

Neben den konkreten neuen Mieterinnen und Mietern ist auch die Stadtverwaltung ein wichtiger Akteur bei diesem Wandlungsprozess, den wir Gentrifizierung zu nennen gelernt haben. Sie hat Interesse daran, finanzkräftiges Publikum anzusiedeln, denn diese Menschen konsumieren hier – und sie haben auch weniger »spinnerte« Ideen als diese Alternativen. Also unterstützt die Stadt weit reichende Sanierungsmaßnahmen in der Südstadt, sorgt endlich für verkehrsberuhigte Straßen, baut Spielplätze und Sozialeinrichtungen.

Und die neuen reicheren Bewohnerinnen und Bewohner machen eine Veränderung der Dienstleistungsangebote durch ihre Nachfrage möglich. Aus der Szene-Kneipe wird ein In-Lokal usw. Das Viertel wird ein »gutes Viertel« – und profitiert nach wie vor von seiner bewegten Geschichte. Wer offenen Auges durch die Südstadt geht und auch mal nach oben schaut und sich die Häuser ansieht, der kann die Entwicklungen in den Jahrzehnten gut nachvollziehen. Wer es musikalisch und rockig mag, kann sich die Geschichte auch anhand von drei BAP-Songs erzählen lassen: »Stollwerk-Leed« (1980), »Süüdstadt, verzäll nix« (1982) und »Chlodwigplatz« (2011) berichten aus der Perspektive von Wolfgang Niedecken. Der ist in der Südstadt geboren und aufgewachsen – und kann dennoch als Pionier und Gentrifier gelten. Das Ganze, durch seinen Aufstieg bedingt, sogar in einer Biographie.

Die Buden in der Neustadt

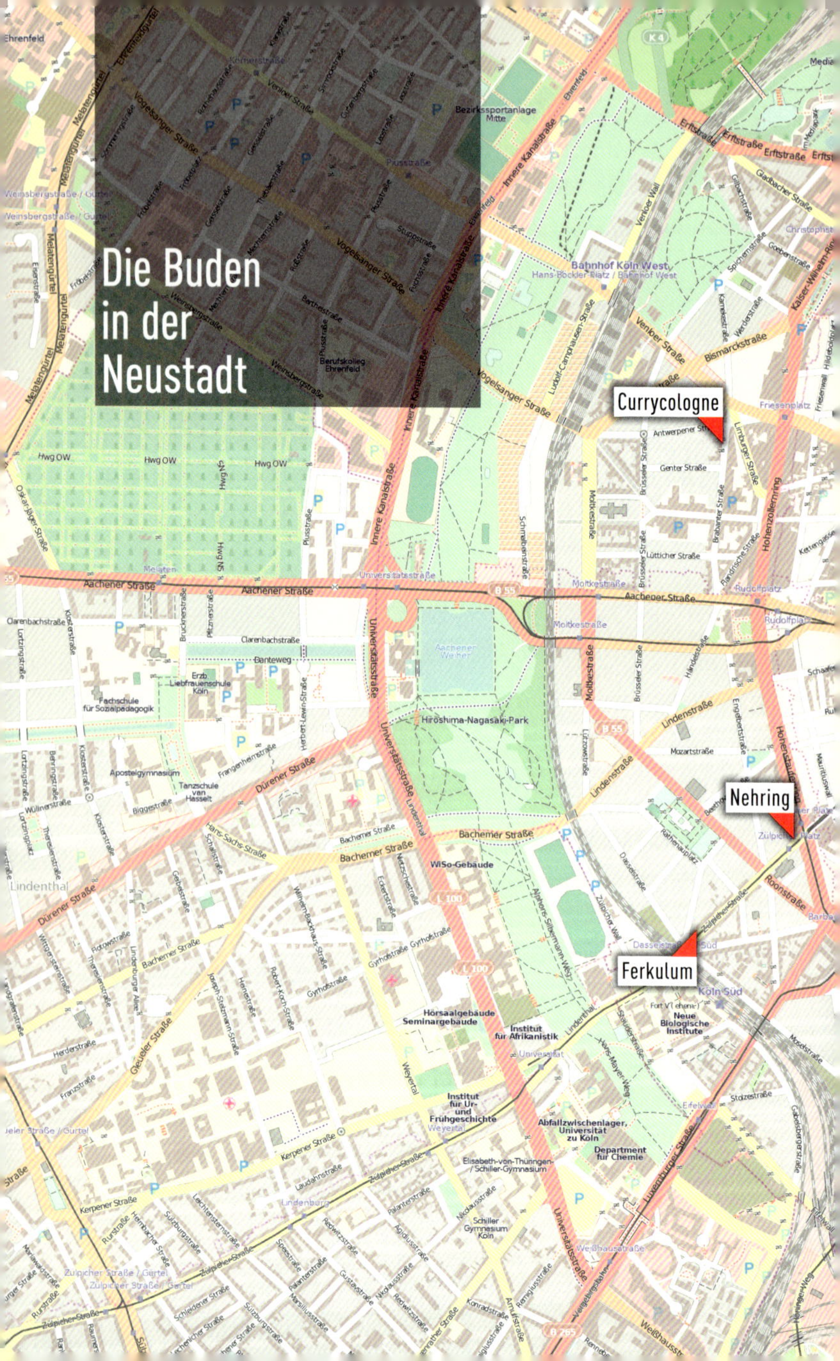

Weltmeisterbude
Saliergrill
Metzgerei Schmidt
Hansaring
Fresenius Fachhochschule
Im Mediapark
Turiner Straße
Thürmchenswall
Dagobertstraße
Machabäerstraße
Gereonswall
Eigelstein
Kyotostraße
Victoriastraße
Tunisstraße
Breslauer Platz / Hbf
Köln Hbf
Goldgasse
Trankgasse
Altstadt/Nord
Dom/Hbf
Appellhofplatz
Burgmauer
Elisenstraße
Schwalbengasse
Breite Straße
Am Hof
Rathaus
Lintgasse
Hohe Straße
Brüderstraße
Schildergasse
Neumarkt
Heumarkt
Cäcilienstraße
Holmes Place
Hohenzollernbrücke
Hochwasserschutzmauer
Rheinufertunnel
Frankenwerft
Deutzer Brücke
Kanusportfreunde Köln
Rheinhallen HDI-Gerling Talanx
Köln-Deutz (tief)
Köln Messe
Köln-Deutz
Kennedyufer
Tanzbrunnen
Auenweg
Opladener
Ottoplatz
Mindener Straße
Deutzer Freiheit
Siegesstraße
Karlstraße
Siegburger Straße
Arminiusstraße
Grabengasse
Benjaminstraße
Basketball
Arnoldsstraße
Mathildenstraße
Am Leystapel
Große Witschgasse
Kleine Witschgasse
Rheinaustraße
Severinsbrücke
Blaubach
Perlengraben
Poststraße
Mauritiussteinweg
Alte Mauer am Bach
Weyerstraße
Altstadt/Süd
Im Zollhafen
Rheinau Sporthafen
Bayenstraße
Severinstraße
Landsbergstraße
Rosenstraße
Quentelstraße
Biberstraße
Zugasse
Josephstraße
Jakobstraße
Humboldt-Gymnasium
Vor den Siebenburgen
Ulrichgasse
Kartäuserwall
Sachsenring
Ulrepforte
Lothringer Straße
Eifelstraße
Volksgartenstraße
Vorgebirgstraße
Merowingerstraße
Severinswall
Ubierring
Alteburger Straße
Agrippinaufer
Katharina-Schulberg-Promenade
Altstadt/Süd
Neustadt/Süd
Bootsverleih
B 51
B 55
B 9

Weltmeister

»Der Weltmeister. Die Cultcurrywurstbude in Köln«, verkündet selbstbewusst die Internetseite der roten Frittenbudenkette. Nun geht es ja bekanntlich in Köln schnell: Nach einem Jahr ist es Tradition, nach zwei Jahren Kult; die Weltmeisterbude gibt es seit 2006 – das muss also Kult sein. Schön sind solche Zuschreibungen nicht, schon gar nicht, wenn sie jemand selbst vornimmt.

Die Weltmeister-Wagen stehen seit langem in Köln auf dem kleinen Platz vor dem »Barthonia-Forum« in Ehrenfeld (noch so eine bescheidene Namensgebung), bei FC-Heimspielen am Stadion und auf einer Brachfläche am Mediapark. Als dort mit einem Neubau angefangen wurde, suchten die Weltmeister einen festen Standort

in der Nähe. Ein paar Schritte weiter, im nächsten Block der Maybachstraße, wurden sie fündig. Nun ist die Bude drin – und auch wieder nicht.

Philip Grube hat das Ladenlokal gestaltet und beschreibt auf seiner Internetseite das »einzigartige outdoor look-and-feel«. Schlimmer Begriff, geniales Design: Der Laden ist so gebaut, dass man sich vorkommt wie an einer Frischluft-Bude. Der vordere Bereich ist völlig offen, weil man die Türen zur Straße komplett zur Seite schieben kann. Drinnen steht ein großer Grill, der von einer umlaufenden Theke mit Barhockern davor eingerahmt ist. Über dem Grill hängt eine beeindruckende Abzugshaube. Die Wände sind bis zur Hälfte mit groben Holzbrettern beschlagen, darüber sind sie himmelblau gestrichen, so dass man wie vor einem Bauzaun sitzt. Als besonderer Gag sind ein paar Gucklöcher eingebaut, hinter denen Bilder und Filme aus Köln gezeigt werden. Wen das nicht interessiert, der kann im Fernseher auf n-tv »die 7 Wunder des Sonnensystems« verfolgen.

Die ganze Bude ist in Rot mit ein wenig Schwarz gehalten, wie die mobilen Weltmeisterbuden auch. Sogar die beiden Frittenbäcker tragen rote Jacken und schwarze Mützen. Ein weiteres schönes Detail ist das Flaschenregal, das einen quadratischen Pfeiler verschwinden lässt.

Soviel zum »Outdoor look«. Das »Outdoor feel« hat den Vorteil, dass man nicht nach Frittenfett stinkt, wenn man gegessen hat; der Nachteil ist, dass man im Winter in der Kälte sitzt.

Ein Unterschied zur mobilen Bude: Hier gibt es Toiletten, die zwischen »mit Würstchen« und »ohne Würstchen« unterscheiden. Wer den Witz nicht versteht, dem hilft das übliche Piktogramm. Mit Würstchen sitzen jedenfalls die meisten an der Theke, denn das Angebot konzentriert sich auf das Wesentliche: Bratwurst, Currywurst und Pommes. Die Wurst stammt aus einer Metzgerei in Bottrop. Ein weiterer Link ins Ruhrgebiet: Eine der mobilen Buden steht bei Schalke-Spielen an der Gelsenkirchener Arena. Das adelt die Weltmeister, schließlich hält sich das Ruhrgebiet für den Nabel der Currywurstwelt. Die Wurst ist jedenfalls gut, kommt allerdings etwas zerfleddert aus dem Häcksler. Die Sauce ist sehr hellrot, mit einer sehr angenehmen, vornehmen Schärfe. Die Fritten schließlich sind von der langen, dünnen Sorte, knusprig und ungeheuer salzig. Das kann man verkraften, schließlich gibt es hier auch Bier im Angebot. Bier vor dem Bauzaun – das passt. Prost!

Die Weltmeister der flexiblen Preisgestaltung			
	Stadionpreis	Ehrenfeld	Mediapark
Currywurst	3,20 €	2,20 €	2,50 €
Pommes	2,50 €	1,50/2,20 €	2,00 €
Maybachstraße 30, 50670 Köln			
Telefon	0177/2 14 44 41		
Internet	www.weltmeister-koeln.de		
Geöffnet	So–Do 10–24 Uhr, Fr und Sa 12–3 Uhr		
KVB	Christophstraße		

Currycologne

Über der Theke, dort, wo sonst die Speisekarte hängt, gibt es bei Currycologne nichts zu sehen. »Wir sind ja eher ein Restaurant. Die Speisekarte liegt auf dem Tisch, ich komme Sie bedienen«, klärt die freundliche Mitarbeiterin auf. »Eher Restaurant« heißt, dass hier alles schicker als in einer normalen Wurstbude ist, was natürlich heutzutage bedeutet, dass hier auch Champagner serviert wird. »Man soll dem Leib etwas Gutes bieten, damit die Seele Lust hat, darin zu wohnen«, wird Winston Churchill zitiert. Der Spruch ziert eine der gelben Wände in dem schlauchförmigen Lokal. Hinten in der Ecke läuft ein Fernseher, dazu hört man Radio. Vorne an der breiten Fensterfront stehen drei Tische, so hat man einen schönen Blick, wer gerade Richtung Friesenplatz unterwegs ist. »Da geht schon wieder der Holger Fach, der arrogante Sack«, beobachtet der gegelte Mann im Anzug neben uns,

der während des gesamten Essens telefoniert und seinem Gesprächspartner diese wichtige Information nicht vorenthalten mag.

Eröffnet hat Currycologne ursprünglich in der Antwerpener Straße, ein paar Meter weiter um die Ecke. Der Vermieter hat dann allerdings den Mietvertrag nicht verlängert und wollte einen neuen Mieter mit ähnlichem Konzept haben. Das zog sich: monatelang waren die Fenster zugehängt, die Renovierungsarbeiten angeblich in vollem Gange. Auf dem Friesenplatz stand all die Zeit bereits ein Werbeschild, und bei Facebook hatte die nicht existente Bude 224 Leute, die den Daumen für sie hoben. Inzwischen ist die Bude eröffnet: Einrichtung gelungen, das Essen weniger.

Zurück zu Currycologne: »Wir zelebrieren Currywurst«, verkündet die Speisekarte. Zelebriert wird normal, fruchtig oder pikant – das sind die angebotenen Geschmacksrichtungen. Auch für die Pommes gibt es nicht nur rot/weiß: Aioli, fruchtige Sauce, Sate, Senf-Honig und diverse Mayo- und Ketchupsorten stehen zur Auswahl. Sehr schön scharf ist die Chili-Mayonnaise, eine feine Variante des Üblichen. Als gesundes Feigenblatt fungiert der Krautsalat, der wenig mit dem üblichen sauren Zeug zu tun hat, das die meisten Buden bieten: Der hier schmeckt hervorragend.

Verhältnismäßig günstig ist der »Deal«: Pommes und Currywurst, Sauce und ein Getränk für 7,50 €. Die dicken Fritten sehen aus wie aufgepumpt, sie sind knackig und irrsinnig heiß. Die Sauce ist lecker, die Wurst ist keine Einheitscurrywurst, sondern hat wirklich Geschmack. Über dem Ketchup ist die Gewürzmischung akkurat verteilt; optisch wie geschmacklich überzeugend und dabei reichlich. Hinterher gibt's Curry-Schnaps, eine Mischung aus Limoncello, Tequila und Curry. Der ist allerdings nur vorrätig, wenn es draußen nicht zu heiß ist, denn er wird bei Zimmertemperatur getrunken. Sonst muss man sich mit Jägermeister oder Ramazotti helfen. Nicht so schick, geht aber auch.

Currywurst	3,00 €
Pommes	2,50/3,00 €
Saucen	0,60 €
»Deal«: Currywurst + Pommes + Sauce + Getränk	7,50 €
Brabanterstraße 42 50672 Köln	

Telefon	0221/5 89 45 56
Internet	www.currycologne.de
Geöffnet	Mo–Do 11.30–22 Uhr Fr+Sa 11.30–23 Uhr So 13–22 Uhr Küche schließt 1/2 Stunde vor Geschäftsschluss
KVB	Friesenplatz

Schnell-restaurant Nehring

Eine Institution im Kölner Nachtleben: der Nehring, ein Familienbetrieb, den es seit über 30 Jahren gibt. Dabei heißt die Familie längst nicht mehr Nehring; das war der erste Besitzer. Der hat den Laden vor Urzeiten Maria Ivkovic überlassen, die ihn immer noch mit ihrem Mann und inzwischen auch mit ihrem Sohn betreibt. Auch fast zur Familie zählt Helga, die seit 28 Jahren dabei ist und die man nie und nimmer auch nur annähernd auf die 74 Lenze schätzen würde, die sie schon erlebt hat. In seinen Anfangszeiten war der Nehring noch auf dem Ring, dort, wo heute die Bäckerei Kamps ist, »aber lecker war es immer!«, sagt Helga.

Nun liegt der Imbiss also auf der Zülpicher Straße, nahe am Venus Celler, der immer wieder Nachtschwärmer ausspuckt, die versuchen, den Alkoholpegel mittels fettiger Fritten in den Griff zu bekommen. Manch einer stärkt sich auch schon vor der Sause, und auch die Polizei hält gerne vor dem Laden, um sich im Nachtdienst zu versorgen.

Bevor man das Lokal betritt, lohnt es sich, den Blick schweifen zu lassen: nach unten, um die Stolpersteine zu würdigen, oder nach oben, über den Nehring – dort ist nichts. Das zerstörte Haus wurde nach dem Krieg nicht wieder aufgebaut, man hat lediglich eine Decke eingezogen, die Seitenwände gehören zu den Nachbarhäusern. Dieses Provisorium hält, wie es in Köln nicht weiter verwunderlich ist, schon sehr lange, Ende nicht absehbar. Für die Zwecke des Imbiss ist der Laden optimal: vorne links die Verkaufstheke mit Blick auf die lecker Hähnchen, vorne rechts drei Stehtische und genau so viele Spielautomaten für den eiligen Gast, hinten durch auf jeder Seite vier große Tische mit Bänken wie in der Kirche. Ganz hinten, ein großes Plus im Imbisskosmos, eine Toilette. Auf dem Großbildfernsehschirm in der Ecke läuft RTL, an der Wand hängen gerahmte Comics mit Imbissbudenwitzen. Der beste zeigt eine Mutter mit Kind. Sie fragt: Möchtest Du einen Bruder oder eine Schwester? Und das Kind quengelt: Ich will lieber eine Currywurst! Ein bisschen Spaß muss sein ... Vielleicht wirkt der Witz erst richtig ab Mitternacht; Nehring schließt erst um drei, am Wochenende sogar um fünf oder später. Brutale Arbeitszeiten, die deutliche Spuren der nachts doch meist

angetrunkenen Kundschaft befürchten lassen. Doch der Nehring ist sauber und ordentlich, die Wände sind halbhoch in einem undefinierbaren altrosa-apricot-beigen Farbton gestrichen, darüber sind sie tatsächlich und immer noch weiß. Auch der Blick hinter die Theke gibt keinen Anlass zur Kritik, schließlich sind schon nachmittags um fünf drei Leute bei der Arbeit, alle schön in weißen Shirts mit roter Schürze. Die Wurst, die sie servieren, ist ok. Gerade haben die Ivkovics eine neue Wurst ausprobiert, aber die taugte nichts, und so sind sie zur alten Sorte zurückgekehrt. Die Sauce ist recht dünn und ohne intensiven Geschmack, aber mit viel leckerem Curry- und Paprikapulver bestreut. Rührt man das unter, schmeckt es gut. Auch die Pommes sind viel besser, als sie bei einem Laden sein müssten, der vor allem vom Nachtpublikum lebt. Und auch die Auswahl ist größer als man denkt. »Nehring – gut bürgerliche Küche« steht auf der Speisekarte, und die bietet Steak und Schweinebraten, Gulasch und Schaschlik und jede Menge Salate, deren Sauce auch eine Menge Alkohol binden kann.

Der Nehring ist keine Imbissbude, zu der zu gehen man sich vornimmt, aber irgendwann, nach einem langen Abend, landet man dort. Das Schöne ist: Dann schmeckt es!

Currywurst	2,60 €
Pommes	1,70/2,20 €
Currywurst + Pommes + Getränk	5 €
Zülpicher Platz 4, 50674 Köln	
Telefon	0221/2 40 42 99
Internet	www.schnellrestaurant-nehring.de
Geöffnet	Mo–Do 11–3 Uhr, Fr–So 11–5 Uhr
KVB	Zülpicher Platz, Linie 9, 12, 15

Ferkulum

Der Zusammenhang zwischen Bildungserfolg und sozialer Herkunft ist in Deutschland höher als in fast allen anderen Ländern. Akademikerkinder werden also vermutlich wie ihre Eltern studieren. Rechnet man dazu noch die Trägheit des Kölners, seine Heimat zu verlassen, dann ist die Wahrscheinlichkeit groß, dass die Eltern der Studenten, die neben dir im Ferkulum ihr Gyros verdrücken, vor Jahren ebenfalls hier gegessen haben. Seit 1978 ist der Laden in griechischer Hand, und das Alter sieht man ihm deutlich an. Patina nennt man das wohl. Die Wandfarbe kennt man nur noch aus längst untergegangenen Raucherkneipen. Der ganze Imbiss hängt voll von Postkarten, die sich im Laufe der Zeit angesammelt haben. Das andere Sammelobjekt im Ferkulum: das Schwein. Dem begegnet man nicht nur in Scheibenform auf dem Gyrosspieß, sondern als Plüsch- oder Gummitier im ganzen Laden. Ein dickes Exemplar sitzt oben auf dem Gyrosgrill, ganze Horden

daneben auf den zwei übereinander gestapelten Mikrowellengeräten. Auf dem Schild im Schaufenster, das auch schon bessere Zeiten gesehen hat, flitzt ein Schwein mit Kochmütze herum, überall im Laden kleben Schweinebilder. Nichts für zarte Gemüter, die von dem Tier nichts wissen wollen, das sie auf dem Teller haben. Aber die Zartheit der Gemüter verschwindet spätestens ab Mitternacht, wenn die Nachtschwärmer aus den umliegenden Kneipen anrücken und den Bierhunger stillen. Die Fritten sind klasse, auch wenn sie blass aussehen, die Currywurst ist in Ordnung, doch der normale Ferkulum-Gast bevorzugt das Gyros, das sich in solchen Mengen auf dem Teller türmt, dass die Fritten verdeckt sind. Auf dem riesigen Spieß hat das Fleisch keine Zeit zum Vertrocknen, zu groß ist der Umsatz. Dann noch einen Batzen Tzatziki drauf, Geld in den Spielautomaten gesteckt und mit dem Tischnachbarn über das Leben philosophiert – das Studentenleben kann herrlich sein!

Currywurst + Pommes	3,80 €
Zülpicher Straße 37, 50674 Köln	
Telefon	0221/21 37 96
Geöffnet	Mo–Sa 11–3 Uhr So 13–3 Uhr
KVB	Dasselstraße/ Bahnhof Süd

Saliergrill

Wenn einst Menschen zum Mars fliegen, sollten sie aufpassen, dass kein Schulpolitiker ihre Koffer packt: sonst haben sie kurz hinter dem Mond nichts mehr zu essen. Als 2005 die Verkürzung der Schulzeit bis zum Abitur beschlossen und sogleich eingeführt wurde, hat keiner der Planer bedacht, dass zwar die gesamte Schulzeit gekürzt, die tägliche Schulzeit dadurch aber verlängert wurde. Auf einmal mussten Schüler über Mittag betreut und, zur allgemeinen Überraschung, auch verköstigt werden. Darauf waren aber die meisten Schulen nicht vorbereitet. Viele haben keine Mensa, und wenn sie eine haben, gilt das Essen bei Schülern eher als uncool. Es gibt keine Köche, meist wird das Essen vom Caterer geliefert und nur noch aufgewärmt. Blöd für Schüler, aber eine wunderbare Ausgangslage für Frittenbuden. Es gibt kaum eine große Schule ohne Bude in der Nähe.

Seit Sommer 2012 ist auch die Fritten-Versorgung für das Humboldt-Gymnasium gesichert: Der Salier-Grill liegt genau gegenüber auf der anderen Seite des Rings.

An dieser Stelle hat schon mancher sein Glück versucht: Kiosk, Bäckerei und Bistro haben über kurz oder lang wieder dichtgemacht, nun versucht es der Saliergrill mit zwei Läden gleichzeitig: Links vom Hauseingang liegt die Frittenbude, ein langer Schlauch mit einem Verkaufsfenster, davor ein einzelner Stehtisch. Hier stehen um kurz nach eins die Schülermassen an, um sich mit Pommes einzudecken. Rechts vom Hauseingang liegt Arson's Pizza, ein hübsches italienisches Bistro, in dem man die Currywurst verzehren kann. Der Vorteil der Konstruktion: Der Kunde bekommt nichts vom Frittenfettgestank mit. Im Bistro sitzt man recht gemütlich, es ist schlicht mit dunkelbraunen Holztischen und -stühlen eingerichtet, an den Wänden hängen dicke goldene Rahmen mit alten Kitschbildern, von der Decke strahlt ein Kronleuchter. Im hinteren Teil des Schlauchs steht eine Kühltheke mit Antipasti. Doch der beste Platz im Laden ist ganz vorne: Man sitzt im Schaufenster und kann beobachten, was am Ring passiert.

Wenn der Koch mit der CPM-Lieferung eintritt, hat man sofort den typischen, herrlichen Currywurst-Geruch in der Nase. Die Sauce ist nicht selbstgemacht, aber dennoch lecker. »Wir sind noch nicht fertig«, sagt der Koch, auf lange Sicht will er die Sauce selber kochen. Jedenfalls hat er ein Händchen für die richtige Fertigsauce, sie ist süßlich, hat eine schöne Konsistenz, und er packt ordentlich Currypulver obendrauf. Die Wurst schmeckt einwandfrei, die Fritten sind knackig – das dürfte den Zuspruch der Schülerschaft sichern.

Currywurst	2,50 €
Pommes	1,50/2,50 €
Salierring 3, 50677 Köln	
Telefon	(Arson's Pizza) 0221/5 80 09 98
Geöffnet	Mo–Fr 11–17 Uhr
KVB	Eifelstraße

Metzgerei Schmidt

Den ganzen Südstadt-Mikrokosmos kann man sich in der Metzgerei Schmidt ansehen. Im Laufe einer Mittagspause kommen hier all die Leute vorbei, die die Südstadt heute ausmachen. Und vor der Theke sind sie alle gleich, Hausfrau, Student, Großmutter und Polizistin werden locker geduzt und freundlich bedient.

Nach über 50 Jahren im Veedel kennt man sich eben. »Hallo Karla, ich nehme mir 'ne Cola«, grüßt eine Stammkundin, die sich hier sichtlich zu Hause fühlt. »Es hat sich nichts verändert, nur dass ich weiser geworden bin«, erklärt die Frau hinter der Theke, die seit 20 Jahren dabei ist.

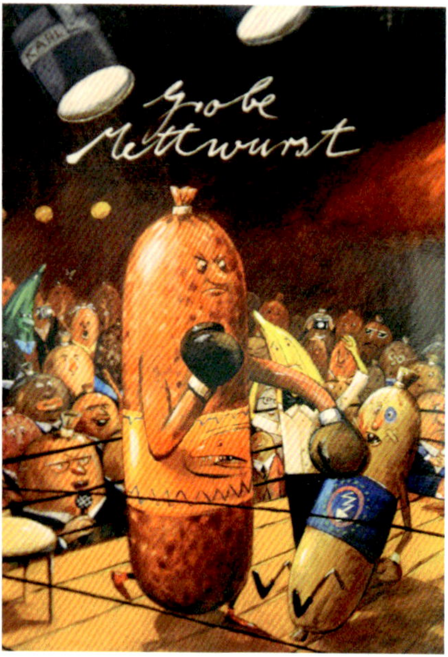

Ein bisschen hat sich aber doch getan in den letzten Jahren, aus der Metzgerei ist ein Imbiss und Partyservice geworden. Im größeren linken Teil des Ladens wurde zwischendurch Obst und Gemüse verkauft, inzwischen stehen dort etliche Tische und Holzstühle wie im italienischen Bistro. Kacheln und Theke erinnern noch an die Metzgerei, an den freien Wänden stehen Weinregale. Auch draußen stehen ein paar Tische, und so ist bei Schmidt richtig viel Platz. Vorne, wo man den Laden betritt, sieht es noch am meisten nach der alten Metzgerei aus. Neben den großen Metzgertheken ist nur noch Platz für ein paar Stehtische im Marmordesign. Wand und Decke schmücken einige Plastikblumen und eine Urkunde, die verkündet, dass Matthias Schmidt beim »Anuga Flönz Cup 89« mit seiner Thüringer Rotwurst die Bronzemedaille gewonnen hat. Das lässt einiges erwarten für die Currywurst. Tatsächlich ist die Wurst, die am Stück auf den Teller kommt, ausgesprochen lecker, und auch die leicht süße Currysauce kann was. Die Pommes sind knackig, sehen appetitlich aus und schmecken gut. Die Metzgerei Schmidt ist in der ganzen Südstadt der einzige Laden, wo man eine schöne Currywurst bekommt. Dagegen sind Burger hip geworden; gerade haben zwei Burger-Läden aufgemacht, denen die Kunden die Bude einrennen.

Auch die Metzgerei Schmidt hat auf den Trend reagiert: Donnerstag ist Burger-Tag. Ansonsten gibt es eine breite Palette von Tagesgerichten, von Leber über Spargel bis Reibekuchen. Die verschwinden allerdings erst einmal in der Mikrowelle – dann doch lieber die frische Currywurst. »Alles, was preiswert ist, wird gegessen«, hat die Chefin beobachtet, »seit dem Euro schauen die Leute mehr auf ihr Geld.« Dennoch ist der Laden voll, vor allem mittags. »Ihr müsst zwischen 12 und 2 kommen – was da los ist!«, schwärmt sie.

Currywurst	2,20 €
Pommes	1,55 €
Merowinger Straße 32, 50677 Köln	
Telefon	0221/31 27 71
Internet	www.partyservice-schmidt.de
Geöffnet	Mo–Sa 7–21 Uhr So 9–21 Uhr
KVB	Chlodwigplatz

Erster Vorortring

Sion
Sonic Ballroom
Biergarten
ThyssenKrupp
Sonic Ballroom
Lichtstr

Ehrenfeld und Co.

■ Im Gegensatz zur Innenstadt und auch zur Neustadt ist der erste Ring der ehemaligen Vororte Kölns schon so weiträumig, dass es für eine mehrtägige Stadtwanderung reichen würde. Das Rad oder die Kölner Verkehrsbetriebe sind hier wohl eher angeraten für Menschen, die vergleichende CPM-Betrachtungen in Relation zur Stadtgeographie unternehmen wollen.

Die Stadträume des ersten Vorortrings sehen zum Teil heute recht ähnlich aus: industrielles bzw. postindustrielles Ambiente. Dort, wo es anders ist, haben wir interessanterweise auch keine CPM-Spuren gefunden. Das ist vor allem im linksrheinisch-südlichen Nobelquartier am Rhein der Fall.

Die Stadtteile weisen durchaus unterschiedliche Entstehungen auf, wenn auch ihre Entwicklung ähnlich verlief. Zum Teil handelt es sich um alte Dorfkerne, die noch Anfang des 19. Jahrhunderts deutlich vor den Toren lagen, zum Teil waren es lediglich Weiler oder Wegkreuzungen, die zu Siedlungskernen wurden, im Fall von Ehrenfeld nicht einmal das, sondern vielmehr die geplante kapitalistische Bodenverwertung durch drei Spekulanten, die im wahrsten Sinne des Wortes den Grundstein für den Stadtteil Ehrenfeld legten.

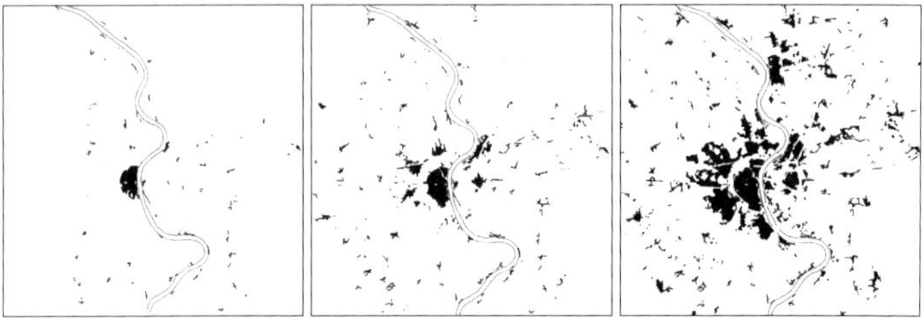

Siedlungsfläche Kölns 1840, 1893 und 1938. Quelle: Curdes, Gerhard und Ulrich, Markus: Die Entwicklung des Kölner Stadtraumes. Der Einfluss von Leitbildern und Innovationen auf die Form der Stadt. Dortmund 1997.

Die Siedlungskerne Kölns wuchsen aufeinander zu und beide räumlichen Ausdehnung überlappten sich zu unterschiedlichen Zeitpunkten, sodass eine Eingemeindung (vgl. Godorfer Imbiss) irgendwann nahe lag, da die Gebiete baulich und funktional zu einem einzigen großen Stadtraum geworden waren.

Die Darstellung der Vororte des ersten Rings erfolgt hier CPM-orientiert. Wir streben also keine Vollständigkeit an, zum Beispiel fehlen Nippes und Riehl – hier haben wir nichts Interessantes gefunden – sowie Bayenthal und Marienburg – die feinen Leute dort scheinen CPM zu verschmähen.

Die Stadtteile des ersten Vorortrings von Nordwesten an im Uhrzeigersinn:

(Riehl), (Nippes), Bilderstöckchen, Ehrenfeld, Lindenthal, Sülz, Zollstock, Poll, Humboldt-Gremberg, Kalk, Mülheim. Die eingeklammerten tauchen entweder im nächsten Kapitel auf oder gar nicht, weil hier keine Wurst zu holen war.

Bilderstöckchen – »Zum ahle Schlupp« und »Hanni«

■ Die Internetseite der Stadt Köln weist die »Akzente« von Bilderstöckchen so aus: »Bildstock, Blücherpark, Gewerbegebiet Robert-Perthel-Straße, Heckhof, Joseph-DuMont-Berufskolleg und Nathanaelkirche«. Also gut, es scheint sich nicht um ein touristisches Highlight ersten Ranges zu handeln, soviel kann bereits jetzt vage vermutet werden. Genauer geht es ja hier um das Gewerbegebiet. Sowas gab es früher nicht – der Satz stimmt an dieser Stelle mal wirklich. Die alten Städte waren in aller Regel wesentlich kleiner, es gab zwar Straßen, in denen, auch durchaus exklusiv, nur dieses oder jenes Gewerbe in den Erdgeschossen der Gebäude ansässig war, aber immer waren dort auch Wohnungen. Doch dann kam die Industrialisierung und die Motorisierung des Verkehrs, erst die Eisenbahn, dann Pkw und Lkw. Und schnell war die Idee geboren, das doch lieber räumlich vom Wohnen zu trennen (vgl. »Athen Marie Curry«). Der Lärm ist doch wohl nicht das, was Menschen um ihre Wohnungen haben wollen. Und also gibt es in unserem Land auch ein entsprechendes Gesetz dazu, das regelt, was ein Gewerbegebiet ist und darf. Im Sinne des Städtebaurechts dürfen hier ausschließlich Gewerbeflächen stehen und nur in Ausnahmefällen dürfen mit dem Gewerbe zusammenhängende Wohnungen in Gewerbegebieten errichtet werden.

Das entsprechende Gesetz im Wortlaut:

»§ 8 Gewerbegebiete

(1) Gewerbegebiete dienen vorwiegend der Unterbringung von nicht erheblich belästigenden Gewerbebetrieben.

(2) Zulässig sind

1. Gewerbebetriebe aller Art, Lagerhäuser, Lagerplätze und öffentliche Betriebe,

2. Geschäfts-, Büro- und Verwaltungsgebäude,

3. Tankstellen,

4. Anlagen für sportliche Zwecke.

(3) Ausnahmsweise können zugelassen werden

1. Wohnungen für Aufsichts- und Bereitschaftspersonen sowie für Betriebsinhaber und Betriebsleiter, die dem Gewerbebetrieb zugeordnet und ihm gegenüber in Grundfläche und Baumasse untergeordnet sind,

2. Anlagen für kirchliche, kulturelle, soziale und gesundheitliche Zwecke,

3. Vergnügungsstätten.«[1]

Die CPM-Forschung verzichtet an dieser Stelle auf nähere Untersuchungen, ob unsere Buden in Bilderstöckchen unter 1. Tankstellen, 2. Anlage für gesundheitliche Zwecke oder 3. Vergnügungsstätte fällt.

1 <www.gesetze-im-internet.de/baunvo/_8.html>

In jedem Fall handelt es sich offenbar um ein »nicht erheblich belästigendes Gewerbe«, was wir bestätigen können. In jedem Fall passen Gewerbegebiete dahin, wo es ohnehin schon laut ist, also zum Beispiel hier wie beim ahle Schlupp dicht neben eine Bahnstrecke.

Sonst noch was hier? Ach ja, unter den Akzenten im Stadtteil war noch der Bildstock. Hierzu weiß das »Große Köln Lexikon« zu berichten, dass die Ursprünge der im Kölner Umland durchaus zahlreichen Bildstöcke im Dunkeln liegen, will sagen: Es gibt keine klare Quellenlage, wer die Dinger warum wohin gebaut hat. Was gesichert scheint, ist, dass die Bildstöcke nach der Christianisierung der Gegend auf römische und germanische Vorgängereinrichtungen gebaut wurden. Im Laufe der Jahrhunderte wurden Bilderstöcke unterschiedlich genutzt: als Gerichtsort, als Feldkreuze, die die Feldfrüchte schützen sollten, als Mahn- und Gedenkmal, als Schutzzeichen, als Prozessionsstation. Je nachdem, welche Heilige oder welcher Heilige darin steht, bieten sie logischerweise spezielle Wirkungen. Wir können also sagen: Bilderstöcke sind so vielseitig wie die Hinkelsteine des Obelix. In Bilderstöckchen hatte der entsprechende Bilderstock, der 1556 das erste Mal erwähnt wurde, die Funktion eines Grenzsteins. Als er 1860 erneuert wurde, war hier noch Feld.

Ehrenfeld – zu »Wurst-Willy 2«, Hornstraße

■ Die CPM-Reise durch die Vororte erreicht ein Off der Stadt: Zwischen dem Gelände des ehemaligen Schlachthofs und den großflächigen Einfalltrassen der Bahnlinien aus Westen und Nordwesten liegt das Kölner Rotlichtviertel in Form von zwei schmucklosen und bunt beleuchteten vielstöckigen Betonbordellbauten. Diese befinden sich hier seit der Auslagerung der Prostitution aus dem Eigelstein Ende der 1970er Jahre. Dieser Umzug ging also von der Schmuddelseite des Hauptbahnhofs hinaus aus dem Zentrum der Stadt in ein Gebiet, mit dem Gewerbe, die auf ihre Adresse achten, nichts anfangen können. Solche Verbannung von ungeliebten, weil nicht repräsentativen Tätigkeiten aus dem Innern der städtischen Zentren hängt zusammen mit den dort potenziell hohen Renditen, die sich durch andere, repräsentative Nutzungen erzielen lassen. Ein Bürohaus oder eine Kanzlei wirft mehr ab als ein Bordell – darf aber kein Bordell in der Nähe haben, sonst kommt die feine Gesellschaft nicht oder vergibt keine Aufträge. Ende der 1970er Jahre war es nicht nur in Köln so, dass die Innenstadt allmählich wieder in den Fokus der Stadtentwicklung geriet. Nachdem in den späten 1950er und 1960er Jahren das Wohnen im Grünen en vogue war und viele Stadtbewohner vor die Tore der Stadt zogen, die Städte in ihren Grenzen gar Bevölkerung an das Umland verloren, ging es nun darum, die Städte wieder attraktiver zu machen. Und da passen Prostituierte auf den Straßen nicht ins Bild. Der Münchener Konstantin Wecker singt nach einer Zeit in der Toskana und der Rückkehr an die Isar: »... die Nutten hams mim Besen auziekehrt« und ungefähr zur gleichen Zeit auch die Spider-Murphy-Gang zum gleichen Thema: »In München steht ein Hofbräuhaus, doch Freudenhäuser müssen raus, damit in dieser schönen Stadt das Laster keine Chance hat.« Und in Köln sollten die Freier vom Dom aus offenbar auch nicht zu sehen sein, also fort damit hinter die Bahnbrücken und in die Nähe des Schlachthofs, da stören sie nicht.

Veedelszentren wie die Venloer Straße – zum »Strohhut«

■ Wenn ein Stadtteil weit genug weg vom Zentrum der Gesamtstadt liegt, bildet sich hier ein eigenes Zentrum aus. Die hier beschriebenen ehemaligen Vororte hatten solche Zentren ja bereits vor der Citybildung in der Innenstadt in unserem heutigen Sinne. Wie sich die Vorortzentren im Bezug zum Innenstadtzentrum entwickeln, hängt von allerlei Faktoren ab. Zum Beispiel von der Frage, für welche Artikel ich als Vorortbewohner lieber »in die Stadt« fahre – oder sie eben um die Ecke im eigenen Veedel kaufe. Diese Konsumentscheidungen haben wiederum viel damit zu tun, wie gut oder schlecht die Innenstadt

für mich erreichbar ist. Je mehr Einkäufe in der Innenstadt – oder auch weit außerhalb in den Shoppingcentern mit Autobahnanschluss (vgl. Hürth) – getätigt werden, desto geringer die Einnahmen in den Vorortzentren. Zeitweise beeinflussen auch bauliche Maßnahmen die Attraktivität der Einkaufsmeilen. So klagten die Ladenbesitzer an der Venloer Straße in den 1980er und 1990er Jahren sehr, als die U-Bahn unter der Straße gebaut und somit eine jahrelange Baustelle installiert wurde. Die gleiche Problematik wird in den letzten Jahren von der Severinstraße in der Südstadt bezüglich des dort aktuellen U-Bahnbaus berichtet.

Trotz all der Probleme ist die Venloer Straße als Zentrum Ehrenfelds nach wie vor eine bedeutsame Einkaufsstraße sowohl für das Stadtviertel als auch im gesamtkölschen Maßstab. Auf zwei Kilometern liegen über 150 Einzelhandelsgeschäfte. Zum Vergleich: Auf der weit bekannteren Schildergasse liegt die Zahl bei 77 Geschäften. Über 5.000 Arbeitsplätze in Handel und Gewerbe bietet der Stadtteil Ehrenfeld, davon eine große Zahl an der Venloer Straße.

Die Stadtteilzentren liegen in Köln gerne an den radialen Ausfallstraßen, die praktischerweise stets im wahrsten Sinne des Wortes richtungweisende Namen tragen: in Nippes die Neusser Straße, in Ehrenfeld die Venloer, in Lindenthal die Dürener, die Severinsstraße fällt aus dem Schema heraus, heißt aber später dann wieder, wie zu erwarten: Bonner Straße. Die Namensgebung mancher zentralen Straßen der Quartiere ist gleich ganz lokal ausgerichtet: »Kalker Hauptstraße«, »Deutz-Mülheimer-Straße«.

Der Stehimbiss Strohhut jedenfalls liegt zentralissimo: an der Kreuzung der radialen Ausfallstraße Venloer Straße mit dem Gürtel, der die Vororte untereinander verbindet.

Immer weniger Industrie im Kölner Nordwesten – zur »Extrawurst«

■ Die größten Industriegebiete Kölns liegen im Rechtsrheinischen. Doch auch im Norden (CPM: Gert's Imbiss, Industrie: Ford) und hier im Nordwesten ist die Stadtlandschaft durch Industrie geprägt. Die U-Bahnstation »Venloer Straße/Gürtel« zeigt auf großformatigen Fotos auf dem Bahnsteig, was hier noch Mitte des 19. Jahrhunderts stand: Weizenfelder. Die Industriegebiete siedelten sich im Osten, Norden und Nordwesten rund um das damals bebaute Köln nach außen hin an.

Welchen enormen Einfluss die Industrialisierung sozial und baulich auf die Stadt, die wir heute kennen, hatte, ist im Einführungskapitel und auch im Text zur Gert's Imbiss beschrieben. Warum aber hat der Einfluss der Industrie in Köln und fast überall in den »Industrieländern« ab den 1960er Jahren so stark abgenommen? Und wie ist dieser Prozess hier in Ehrenfeld/Braunsfeld verlaufen?

Der industrielle Aufschwung – in Deutschland verzögert durch Zerstörung und Wiederaufbau nach dem Zweiten Weltkrieg – basierte auf der starken Spezialisierung und Standardisierung von Produktion und Konsum. Typische Produkte des »Kaufrausches« der Sechziger waren zum Beispiel Kühlschränke, Fernseher und Autos. Symbolträchtig ist die Werbung für den VW-Käfer: »Er läuft und läuft und läuft …« Der Käfer war ein einfaches Auto, das sich viele leisten konnten und das in wenigen Ausstattungsvarianten produziert wurde. Eigentlich war es absehbar: Irgendwann wird jede und jeder, die oder der sich einen Käfer kaufen will, einen gekauft haben. Genauso war und ist es bei

Kühlschränken, Fernsehern usw. Unternehmen, die sich auf die Produktion nur eines Gutes spezialisiert hatten, bekamen zu diesem Zeitpunkt der Marktsättigung ein großes Problem. Weitere Entwicklungen verstärkten die Krise: Gegen die monotone Fabrikarbeit regte sich gewerkschaftlicher und spontaner Widerstand, die erste

Ölpreiskrise verteuerte die Produktion erheblich und es traten andere Anbieter für die erwähnten Güter der Massenproduktion auf den Plan, die aufgrund geringerer Arbeitskosten und Umweltauflagen billiger produzieren konnten (damals besonders Japan, heute China und andere Länder Südostasiens).

Die strukturelle Krise, in die die industriell dominierte Bundesrepublik Ende der 1960er Jahre geriet, ist nach wie vor nicht ausgestanden: Die Sockelarbeitslosigkeit ist seither gestiegen. In der Summe konnte kein Ersatz für die vielen Industriearbeitsplätze gefunden werden. Und alternative Ansätze, Wirtschaft zu organisieren (zum Beispiel das bedingungslose Grundeinkommen) sowie auch die Bereitschaft, den gesellschaftlich gesehen kontinuierlich anwachsenden Reichtum zu teilen, konnten sich bisher nicht durchsetzen. Zu dieser Situation kommt noch die sehr viel schlechtere Absicherung in den Branchen der ungelernten Dienstleistungen, in denen Menschen, die früher in der Industrie arbeiteten, heute teilweise eine Anstellung finden. In den Industrien gab es vergleichsweise starke Gewerkschaften, die für die Arbeiterinnen und Arbeiter Rechte erstritten hatten – in kleinen Pizza-Küchen oder Callcentern, erst recht in der Werbebranche ist schon das Wort Gewerkschaft unbekannt.

Für das Gewerbegebiet Braunsfeld/Ehrenfeld bedeuteten diese Entwicklungen das Brachfallen zahlreicher größerer Gebäude, die heute zum Teil als bekannte Veranstaltungsorte fungieren (Live Music Hall, Underground), zum Teil erst vor kurzem zu Wohnungen umgebaut wurden, zum Teil nach wie vor ungenutzt sind. Arbeitsplätze in der Industrie gingen zu Hunderten verloren und die Struktur der Gewerbe änderte sich hin zu Dienstleistungen. Mitte der 1970er Jahre lag hier der Anteil der sozialversicherungspflichtig Beschäftigten in der Industrie bei zwei Dritteln, Mitte der Neunziger waren es nur noch 50 Prozent und heute werden es noch deutlich weniger sein (die Zahlen sind schwer zu ermitteln, da mitten durch das Gebiet die statistische Grenze zwischen den Stadtbezirken Ehrenfeld und Lindenthal verläuft).

Die »Extrawurst« steht auf dem Gelände einer noch funktionierenden Spedition. Zu Zeiten der Industriegesellschaft und der Massenproduktion waren Speditionen oft nahe den Produktionsstätten angesiedelt, um so die Güter auf die Märkte zu verteilen und umgekehrt Rohstoffe und Halbfertigwaren an die Fabriken zu liefern. In Braunsfeld/Ehrenfeld sank die Zahl der Speditionen in wenigen Jahren mit dem Verschwinden der Industrie erheblich. Die Standorte haben sich verschoben, denn eigentlich sind Internet-Ebay-Amazon-etc.-Zeiten ja gute Zeiten für Speditionen. Da die so gehandelten Produkte jedoch zum allergrößten Teil ohnehin aus Fernost eingeführt werden, ist es besser, einen Standort mit geringeren Bodenpreisen und besserer Verkehrsanbindung, also draußen vor den Städten zu beziehen, an den Autobahnen und Autobahnkreuzen.

Was die Ecke Oskar-Jäger-/Widdersdorfer Straße mit Athen zu tun hat – zu »Marie Curry«

■ Wieder eine der vielen unwirtlichen Ecken, die wir für unsere Recherchen aufsuchen. Eine »Netto«-Filiale mit großem Parkplatz, dahinter eine Brachfläche mit Gestrüpp, auf der anderen Straßenseite ein quadratischer Waschbetonklotz (immerhin kürzlich renoviert), an dem in ca. 15 Fenstern »Zu vermieten« hängt. Am Ende des Nettoparkplatzes schließt sich eine Do-it-yourself-Autowaschanlage an. Weit und breit findet das Auge nichts, das mit dem Begriff »Aufenthaltsqualität« umschrieben werden könnte. Wer plant sowas? Plant jemand sowas? Wie konnte das passieren? »Städte sind zu Stein gewordenes Denken«, heißt es. Welches Denken hat hier im wahrsten Sinne des Wortes Raum gegriffen?

Städte sind immer schon gekennzeichnet durch eine starke Funktionsmischung. Wohnhäuser haben einen Hinterhof, in dem gehandwerkelt wird. Nebenan steht die Schule für das Viertel, davor die Durchgangsstraße nach irgendwo, hinten links der Marktplatz. Diese Dichte fasziniert uns als Touristinnen und Touristen. Auf wenigen Metern ist viel zu entdecken, hinter jeder Ecke wartet eine neue Welt.

An vielen anderen Stellen in diesem Buch ist schon die Rede davon, dass die Industrialisierung die Städte rasant an Bevölkerung und Fläche hat anwachsen lassen. Gerade die Frühphase der Industrialisierung war durch extrem schlechte Wohn- und Lebensverhältnisse der meist zugezogenen Menschen gekennzeichnet. So wie die Industrien von Kapitaleignern gebaut wurden, verhielt es sich vielfach auch mit den Wohnungen. Diese dienten als Kapitalanlagen und sollten den Kapitalisten – pardon: vornehm heißt es wohl »Kapitaleignern« – hohe Renditen bringen. Also wurde mit dem zur Errichtung der Häuser erworbenen Grund »wirtschaftlich« umgegangen, sprich: ein möglichst großer Teil der Flächen wurde bebaut. Exemplarisch für diese Phase des Städtebaus sind die Berliner Mietskasernen mit einigen Hinterhöfen, die nur so groß waren, dass darin eine Feuerwehrpritsche gewendet werden konnte. Die Wohnungen waren klein, die Familien der arbeitenden Bevölkerung waren groß und arm, vielfach wurden die Betten tagsüber an solche vermietet, die noch ärmer waren und gerade Nachtschicht hatten. Die hygienischen Verhältnisse waren schlecht, auch weil die Wohnungen schlecht geheizt und gelüftet werden konnten. Auch gab es in den so entstandenen Vierteln wenig Grün- und Freifläche, so ist auch in Ehrenfeld noch heute relativ wenig Auslauf zu finden.

Die Menschen, die dort wohnten, litten unter den Bedingungen, die Kapitalgeber für die Wohnungen verdienten an den Mieten – und es gab auch Menschen, die sich um lebenswertere, moderne Städte Gedanken machten. Wir schreiben die 1920er und frühen 1930er Jahre und neben der braunen Welle gab es auch gesellschaftlichen und gedanklichen Aufbruch – zum Beispiel die Bauhausbewegung in Weimar (siehe auch: Grillstübchen) und andere Architektinnen und Architekten, Städtebauerinnen und Städtebauer, Künstlerinnen und Künstler, die sich gemeinsam um die Stadt der Zukunft Gedanken machten. Auf dem IV. Internationalen Kongress für Neues Bauen in Athen wurden die Gedanken gebündelt festgehalten in der »Charta von Athen«. Die neue Stadt sollte – endlich! – funktional im Sinne der Bewohnerinnen und Bewohner sein. Eins war klar: Dazu braucht es mehr Platz für alle und alles. Das Auto war dabei, sich zu verbreiten, und wurde als Gewinn individueller Freiheit gedeutet und erlebt. Die Charta von Athen setzt folgerichtig zukunftsgläubig auf die Trennung der Funktionen »Wohnen«, »Arbeiten« und »Erholen« in der Stadt. Diese Trennung bedingt auch eine Verbindung dieser städtischen Teilräume und erzeugt somit »Verkehr«, der als weitere städtische Funktion definiert wird. In Weiterentwicklungen des Konzeptes kommen noch »Sich versorgen« und »Sich bilden« hinzu. Das Konzept wurde später auch »Grunddaseinsfunktionen« genannt. Resultat dieses Denkens ist eine Funktionstrennung und ein extremes Ansteigen des motorisierten Individualverkehrs in den und um die Städte. Konkret heißt das für die

Ecke, an der Marie Currys Doppeldecker steht: In der neuen Stadt in diesem Sinne hat Tante Emmas Laden keine Chance mehr. Denn deren Konzept ist es, auf kleiner Fläche in großer Nähe zu den Kundinnen und Kunden relativ wenige Waren anzubieten. Die »funktionale« Stadt weist dem »Sich versorgen« eigene Flächen zu und fördert somit große Supermärkte. Und dort gibt es dann die Waren auch billiger, weil sie hier von großen Konzernen eingekauft und vermarktet werden. Und die Kundinnen und Kunden kommen idealtypischerweise nicht zu Fuß, sondern mit dem Auto aus einem Teilraum der Stadt, der vornehmlich der Funktion »Wohnen« dient. Und wo sie schon mal hier sind, können sie sich hier auch gleich mit der Dienstleistung »Autowaschen« versorgen. Wer eingekauft und Autogewaschen hat, der ist reif für CPM, daher auch ein wunderbarer Standort für unsere Bude.

Die Ideen der Charta von Athen sind weder an der Ecke Oskar-Jäger- und Widdersdorferstraße eins zu eins umgesetzt noch sonstwo. Besonders im Fall Deutschlands kamen die städtebaulichen Allmachtsphantasien eines »1000jährigen Reiches« und die folgende Zerstörung vieler großer Städte im Bombenkrieg dazwischen. Der Wiederaufbau Kölns war dann jedoch umso deutlicher eine Chance für neue städtebauliche Leitbilder. Ideen, gleich ein neues Köln im Norden der alten Stadt zu errichten, wurden zwar nicht umgesetzt, wohl aber fast reine Wohnquartiere wie Chorweiler und Meschenich und große Autostraßen im Stadtbild. Die Chance, die Quartiere wie Braunsfeld-Ehrenfeld menschenfreundlicher wiederaufzubauen (heute würden wir von nachhaltiger Stadtentwicklung sprechen), wurde nicht genutzt, stattdessen ging man abermals nach den Maßstäben der kapitalistischen Stadtentwicklung vor. Und das entsprach ja auch dem Denken der Städteplanenden: Schön fein trennen, die Funktionen!

Die Aachener Straße und der Stadtteil Braunsfeld – zu »Freund's«

■ Das linksrheinische Köln ist für die Lehre der Stadtgeographie wegen seiner exemplarischen Struktur sehr geeignet: Neben der konzentrischen Ringstruktur weist die Stadt sternförmig in alle Himmelsrichtungen strebende Ausfallstraßen auf. Genau nach Westen verläuft, letztlich in Verlängerung der Schildergasse, also einer der zwei Hauptstraßen des römischen Köln, die Aachener Straße. Sie ist vielen durch zwei große Grünflächen bekannt: den Melatenfriedhof und das Müngersdorfer Stadion. Dazwischen liegt die von uns besuchte Bude. Den Melatenfriedhof, Kölns renommierteste Adresse für das Jenseits, verdankt die Stadt in seiner heutigen Bedeutung der Franzosenzeit (1794–1814). Neben der Enteignung der immensen Besitztümer der Kirche in der Stadt und zahlreichen zivilisatorischen urbanen Errungenschaften (zum Beispiel Straßenreinigung und -beleuchtung) verboten die Franzosen auch Beerdigungen auf den Kirchhöfen innerhalb der Stadtmauer (heute etwa auf der Höhe der Ringstraßen). Aus diesem Anlass wurde der heutige Friedhof Melaten eröffnet. Zuvor, während des Mittelalters, befanden sich hier neben landwirtschaftlichen Flächen ein Krankenhaus für »Aussätzige« und die lokale Hinrichtungsstätte.

Der Stadtteil Braunsfeld müsste eigentlich Brauns Feld heißen. Der Name geht auf einen Unternehmer gleichen Namens zurück, der sich 1862 in der Gegend die Ländereien sicherte, um dort eine Ziegelei zu eröffnen und so von der enormen Dynamik des Stadtwachstums in der Industrialisierung zu profitieren. Wenn die Arbeiterinnen und Arbeiter nach ihrem Wohnort gefragt wurden, antworteten sie, sie wohnten auf »Brauns Feld«, da ihre Wohnbauten tatsächlich auf dessen Ländereien errichten worden waren.

Die großen Profiteure der Industrialisierung, diejenigen, die ihr ökonomisches Kapital einsetzten, suchten und fanden andere Wohngegenden, oft von Grünflächen oder Gewässern umgeben und meist im Westen der Städte; da die Abgase der neuen Fabriken mit dem in unseren Breiten vorherrschenden Westwind nach Osten gelangen, blieben die

Herrschaften also davon unbelästigt. 1895–1898 wurde der Park einer Bankiersvilla in den Stadtwald umgewandelt. Wer nun aber denkt, der Stadtwald sei ein Überbleibsel eines echten Waldes, der ist auf dem Holzweg. Das Ganze war geplant. 1894 erwarb die Stadt das Gelände, 1895 beschloss der Rat, einen Stadtpark anzulegen, und um die Jahrhundertwende waren 2,5 Millionen Goldmark in den Wald gesetzt. Auf der einen Seite wurde mithin privater Grund öffentlich zugänglich und auf der anderen Seite dadurch die Gegend für den Zuzug finanzstarker Klientel noch attraktiver. Es öffneten Lokale gehobener Preisklasse mit Ausflugscharakter und das Villenviertel wuchs.

Im letzten Weltkrieg lag Braunsfeld in der Einflugschneise der britischen Bomber, sodass das Quartier in weiten Teilen zerstört wurde.

Braunsfeld ist heute ein Mischgebiet. Nördlich der Aachener Straße gibt es Industrie bzw. das, was der Industrie folgt (Dienstleistungsbranche oder Brachflächen). Südlich befinden sich Wohngebiete des Bürgertums, und so dauerte es lange, bis sich eine Bude in Braunsfeld etabliert hatte.

Mal nur Wohnen kann schön sein: Lindenthal –
zu »Köln 41«, »Bratwurstmanufaktur« und »Hermeskeiler Grill«

■ Der Stadtteil ist offensichtlich nicht durch Industriebauten geprägt. Wir kommen auf der Reise durch den ersten Vorortring allmählich in die »besseren« Gebiete. Rüttelreime wie »Alles Schlechte dieser Welt kommt aus Nippes, Kalk und Ehrenfeld« gibt es über Lindenthal nicht. Und das aus gutem Grund. Der Stadtteil zwischen Stadtwald und Innerem Grüngürtel ist zwar genauso eine geplante Anlage wie Ehrenfeld, aber es ist ein reiner Wohnvorort. Zwei reichere Herren erwarben in den 1840er Jahren hier Land, parzellierten und verkauften es weiter an Angestellte und Beamte. 1846 stand das erste Haus an der Dürener Straße. Die neue Siedlung war schnell sehr beliebt, denn nur hier und in Marienburg entstanden reine Wohnvororte, die auch noch viel Stadtgrün aufwiesen.

Wer noch nicht genug CPM verdaut hat und eine weitere Grünfläche sucht, der kann ans andere Lindenthaler Ende der Dürener Straße wandern und trifft dort beim Ostasiatischen Museum auf den Inneren Grüngürtel, der hier zwei Besonderheiten aufweist: den Aachener Weiher und eine kleine Erhebung, den Hiroshima-Nagasaki-Park. Letzterer ist ein Schuttberg, der von den Aufräumarbeiten nach dem Zweiten Weltkrieg geblieben ist. Der Park trägt erst seit 2004 seinen Namen. Seit 1985 ist die Stadt Köln Mitglied des »Städtebündnisses mit Hiroshima und Nagasaki zur Förderung der Solidarität der Städte mit dem Ziel der vollständigen Abschaffung der Atomwaffen in aller Welt«. Die Nutzung des Parks ist allerdings weniger durch Friedensveranstaltungen als durch Grillpartys mit Müllbergen auffällig. Letztlich ist es aber ohne Frage meist ein friedliches Ambiente – mit einer braunen Vergangenheit: Der Schutt liegt auf einem von den Nazis 1936–1938 angelegten Aufmarschplatz für bis zu 200.000 Menschen, dem damals so genannten Maifeld. Großkundgebungen wurden hier abgehalten. Nicht nur für Industrie-, auch für Größenwahn war die alte Stadt zu eng und klein. Der Weiher selbst hat das Elend schon gesehen. Er ist eine Teichanlage aus den 1920er Jahren.

Der Aachener Weiher kann Ausgangspunkt für eine erneute Wanderung durch Lindenthal zurück in Richtung Stadtwald sein. Der Verein »Stattreisen Köln« bietet hier auf Nachfrage eine Stadtführung zum Thema »Venedig in Köln« an. Wer will, findet den Weg, fast immer an zwei Kanälen entlang, bei »Köln 41« vorbei, bis in den Stadtwald hinaus. Folgen Sie einfach den Joggenden. Die sind auf den Spuren Konrad Adenauers unterwegs. Der griff nämlich nach dem Ersten Weltkrieg als Oberbürgermeister die Idee wieder auf, eine »schöne« Verbindung zwischen Innerem Grüngürtel und Stadtwald zu schaffen, indem er in Köln eine Art Königsallee à la Düsseldorf plante. 1925 war es so weit.

Etwas weiter südlich verläuft die Zülpicher Straße, die Hauptstraße des Stadtteils Sülz, der immer noch zum Bezirk Lindenthal gehört. Sülz

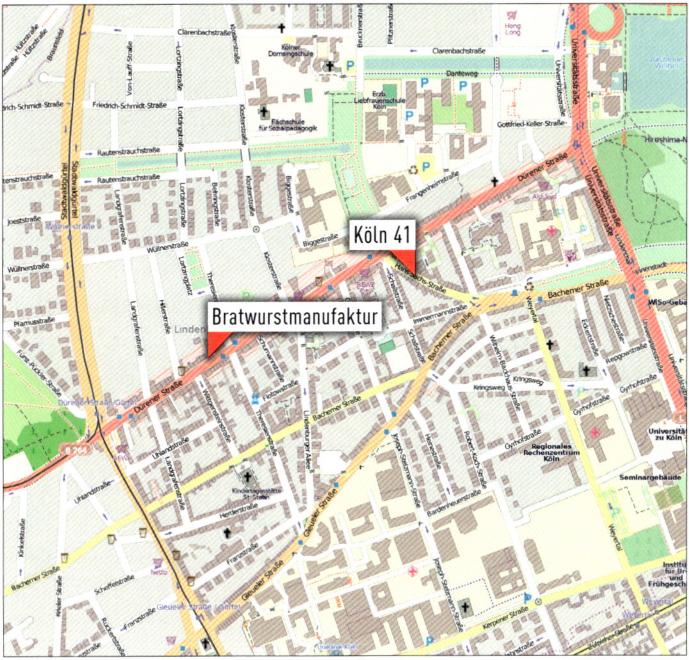

hatte zwar ursprünglich im Gegensatz zu Lindenthal etwas Industrie, davon ist aber nichts mehr übrig und es war auch nie so viel, dass es den Stadtteil baulich geprägt hätte. So ist Sülz ein sehr attraktiver Wohnstandort, der gleich im doppelten Sinne grün dominiert ist: Mit 41,8 Prozent weist Sülz den stadtweit höchsten Anteil an Erholungsfläche aus (ob damit auch die großen Krankenhäuser gemeint sind, haben die Autoren nicht geprüft) – und zum anderen waren die Grünen bei der letzten Kommunalwahl mit über 29 Prozent stärkste Kraft im Veedel. Um den Abschnitt CPM im Grünen fortzusetzen, empfiehlt es sich, über die Redwitzstraße, dann nach rechts in die Nikolausstraße und schließlich in die Münstereifeler Straße wieder stadtauswärts zu gehen. Schon öffnet sich eine nächste Grünfläche, der Beethovenpark. Wer die nächste Stärkung braucht, ist in wenigen hundert Metern nach

Nordwesten am Hermeskeiler Platz an der nächsten Bude. Geradeaus geht es aber weiter über den Lew-Kopelew-Weg; linker Hand ein erneuter Trümmerberg, geht es geradeaus weiter und hinter der Militärringstraße trifft man bald auf die nächste CPM-Gelegenheit.

Militärring, Äußerer Grüngürtel und die Kölner Sportstätten – zum »Geißbockheim«

■ Eigentlich müsste der 1. FC Köln kaum Gegentore kassieren. Denn immerhin ist sein Clubheim an die Stelle gebaut, an der eine massive Verteidigungsanlage aus dem Jahr 1875 stand: das so genannte Zwischenwerk VI b. Es gehörte zu einem Ring von Anlagen, die in der Zeit nach dem Deutsch-Französischen Krieg 1870/71 rund um Köln erbaut wurden. Diese Neubauten wurden damals aus verschiedenen Gründen für notwendig erachtet: Zum einen schritt die Kriegstechnik voran, und da die Geschosse weiter reichten, brauchte es in dieser Verteidigungslogik Schutzfelder vor der Stadt. Zum anderen hatte sich Köln durch Vorortentwicklung wie zum Beispiel das Wachstum Ehrenfelds nach außen erweitert – quasi in Richtung des Feindes. Also wurde ein neuer Festungsring mit 16 Kilometer Durchmesser errichtet. Der Ring bestand aus zwölf Hauptwerken (Forts) und 23 Zwischenwerken, darunter der Ort, an dem heute das Geißbockheim steht. Diese Gebäude wurden durch den Militärring verbunden. Schon 1886 galt diese Investition als veraltet, da die Kriegstechnik erneut brutalere Mordwerkzeuge erdacht hatte und zudem die Luftfahrt irdische Mauern ziemlich bedeutungslos werden ließ. Die Militärringstraße ist heute hingegen immer noch eine wichtige Verkehrsachse Kölns.

Sogar Seen vollziehen die Stadtentwicklung in konzentrischen Kreisen in Köln mit: Der Decksteiner Weiher macht die Biege wie der Militärring. Wer CPM auf der Außenterrasse des Geißbockheims genießt, hat Köln und auch den Militärring im Rücken und schaut über das Trainingsgelände des Clubs hinweg in den Äußeren Grüngürtel. Wenn nicht die nahe Autobahn durch die Bäume rauschen würde, wären wahrscheinlich ab und an die Kommandos der Trainerinnen und Trainer zu hören, die ihre Schützlinge in den Ruderbooten antreiben. Um die Currywurst zu verdauen, empfiehlt sich hier wie vielleicht nirgendwo sonst in der Kölner CPM-Landschaft ein Spaziergang, in dessen Verlauf, fast immer vom Stadtgrün umgeben, die großflächigen und zwischen den Weltkriegen geplanten und angelegten Sportstätten bewundert werden können. Der Decksteiner Weiher selbst, auf den die Post-CPM-Wandererin nach wenigen hundert Metern trifft, ist in den 1920er Jahren als »Mittel zur Ausübung des Ruder-, Segel- und Eissports« angelegt worden. Er wird beiderseits von schönen Kastanienalleen gesäumt.

Unsere CPM-Wanderung geht weiter Richtung Nordwesten und erreicht die weiten Gelände der Stadionanlagen Kölns, die mit Fug und Recht als etwas städtebaulich Besonderes erachtet werden können. Die Geographin Gabi Langen schreibt darüber: *»Sport als Bestandteil urbanen Lebens begegnet uns in der Topographie einer Großstadt an zahlreichen Stellen. Nicht immer erfüllt uns der Anblick einer Sportanlage mit Begeisterung, da die Funktionalität und die pragmatischen Anforderungen an das Sportgeschehen im Vordergrund stehen. Auch wenn von manchen Sportstätten (insbesondere wenn sie menschenleer sind) eine gewisse Faszination auszustrahlen scheint, einen ästhetischen Anspruch der Sportstättenplaner dokumentieren sie nicht. Der Sportkomplex in Müngersdorf bildet hier eine Ausnahme.«*[2]

Bei der Anlage der Müngersdorfer Sportstätten ging es nicht nur um Spitzensport, sondern auch um die Umsetzung der Städtebaupolitik von Bürgermeister Adenauer, der neben dem Inneren Grüngürtel nun einen weiteren, den Äußeren Grüngürtel, in sein Stadtkonzept einbezog. Hier ist Platz für Rudern, Laufen, Radsport, Beachvolleyball,

2 Gabi Langen: Das Müngersdorfer Stadion. In: Kölner Geographische Arbeiten 83 (2004), S. 101.

sämtliche Rasensportarten und vieles mehr, aber eben auch schlicht zum Bummeln und Verweilen im Grünen. Zur Eröffnung des damals größten Sportkomplexes Europas sagte Adenauer: »Nicht müßiges Tun, nicht eitlen Spielern sollen diese Plätze dienen, der zielbewussten Pflege und Stählung des Körpers und des Geistes seien sie geweiht! Hier straffe sich der Muskel, hier weite sich der Blick, hier wachse Mut und Kraft!«[3]

Neben der Förderung des gesunden Lebens in der Großstadt ist Adenauers Stadtentwicklungs-Coup ohne Frage auch als Stadtmarketing zu sehen. Köln sollte über die Sportveranstaltungen Aufmerksamkeit erlangen und Investitionen anziehen.

Zwischen den Zeilen seiner Worte mag die Leserin und den Leser heute (genau wie den Autor dieser Zeilen) ein Unwohlsein über die Kraft-durch-Freude-ähnliche Wortwahl überkommen. Deswegen sei an dieser Stelle unbedingt an Albert Richter erinnert, dem die Radrennbahn neben dem großen Stadion gewidmet ist und dessen Namen sie – allerdings erst seit 1991 – trägt. Köln war in den 1920er und 1930er Jahren eine internationale Radsporthochburg. Die erste Kölner Olympiamedaille überhaupt gewann Toni Merkens im Radsprint auf der Bahn 1936 bei den Nazi-Spielen in Berlin. Albert Richter war auch Bahnsprinter. 1932 wurde er Weltmeister der Amateure, zwischen 1933 und 1939 zweimal Vizeweltmeister der Profis und siebenmal deutscher Meister. Als Profi engagierte er einen jüdischen Manager, Ernst Berliner, der aber bereits 1933 ins Ausland fliehen musste. Richter verweigerte den Hitlergruß, trat international mit dem Reichsadler- statt mit dem Hakenkreuztrikot an und griff das Naziregime verbal unverblümt an.

Silvester 1939 nahm Albert Richter einen Zug aus Köln Richtung Schweiz. Er führte sein Rad mit sich und hatte in den Reifen

3 Stadion Festnummer, Westdeutscher Sport, 16.9.1923.

Grabstein Albert Richters auf dem Melatenfriedhof in Köln.
Quelle: Wikipedia/Factumquintus, https://commons.wikimedia.org/wiki/File:Grabstein_Albert_Richter.jpg

12.700 Reichsmark versteckt, die er dem im Ausland lebenden Kölner Juden *Alfred Schweizer* bringen wollte. Er wurde im Alter von 28 Jahren von der Gestapo in Lörrach gefasst und ermordet. Sein Grab befindet sich auf dem Melatenfriedhof.

Zollstock und »Dr Zoch kütt« – zu »Ralles Grillrevier«

■ Als die Eisenbahn nach Köln kam, war die Stadt zwar das Ziel, aber gleichzeitig auch irgendwie im Weg. Folglich endeten die privatwirtschaftlich betriebenen fünf Bahnlinien Mitte des 19. Jahrhunderts vor den Toren der mittelalterlichen Stadt und auch vor den preußischen Festungsringen, denn die waren ja auch noch im Weg. Im Einzelnen waren dies linksrheinisch die Kopfbahnhöfe der Rheinischen Eisenbahngesellschaft (1839), der Köln-Krefelder Eisenbahn und der Bonn-Kölner Eisenbahn sowie rechtsrheinisch der Köln-Mindener Eisenbahn und der Bergisch-Märkischen Eisenbahn. 1859 wurden der Hauptbahnhof und die Hohenzollernbrücke fertiggestellt. (Wenn ich auf ein Luftbild oder eine Karte schaue, denke ich jedesmal, dass der Hauptbahnhof eigentlich da stehen sollte, wo der Dom steht – oder die Brücke etwas weiter nördlich. So wie es jetzt ist, drehen sämtliche Züge eine Art Ehrenrunde um den Dom.) Erst mit der neuen großen Rheinbrücke kam es langsam zu einer Vereinheitlichung der Bahnlinien rund um Köln. Die Ringbahn außerhalb des Grüngürtels linksrheinisch entstand und damit die Bahnhöfe West und Süd. Wer in den Südbahnhof ein- oder ausfährt (wer also den stets angenehm gefüllten Regionalexpress aus Koblenz oder Emmerich oder gar die Regionalbahn aus Mainz, Bonn, Euskirchen oder Trier benutzt) oder den Südbahnhof vornehm durchfährt (also angenehm sitzt im IC oder ICE aus Hamburg, Amsterdam, Berlin … oder München, Zürich, Frankfurt …), der sieht stadtauswärts gut, dass die Bahnlinie zwischen der mittelalterlichen Stadtmauer (heute etwa Höhe Zülpicher Platz, Barbarossaplatz) und den preußischen Forts liegt. Hier steht nämlich, direkt an der Bahn, einer jener halbrunden Bauten und beherbergt heute das Geographische Institut der Uni Köln.

Die Bahn, die neben Pendlerinnen und Pendlern, Handlungsreisenden, Touristinnen und Touristen auch Güter transportiert, nimmt im Stadtbild einige große Flächen ein. Dies erschließt sich auf der Stadtkarte schnell im Rechtsrheinischen, dort ursprünglich im Zusammenhang mit großen Industrien. Doch Warentransport und entsprechende Auf- und Abladeterminals sind nicht immer in direkter räumlicher Nähe von Industriebetrieben, so zum Beispiel hier in Ralles Grill Revier, im Fall der Güterbahnhöfe Eifeltor und, ganz in der Nähe, Bonntor (letzterer allerdings mit dem Großmarkt gleich um die Ecke). Wer die Bahnstrecke nach Bonn fährt, durchquert den Güterbahnhof Eifeltor und sieht deutlich die heute absolute Dominanz der Container. Diese überdimensionalen Legoklötze sind in Länge, Breite und Höhe an eine der wenigen weltweit geltenden Normen gebunden und haben den Warenverkehr stark revolutioniert. Früher mussten die Waren mit wesentlich höherem Aufwand be- und entladen werden. In der Folge brauchte es entsprechendes Personal und die Züge (Schiffe, Lkws) standen länger als heute mit den Containern, die mit Kränen rasch geladen werden. Entsprechend ändern sich auch die Häfen und Bahnhöfe. Im Falle letzterer kommt die stetige Abnahme des Güterverkehrs auf der Bahn zugunsten des Lkw-Transports hinzu zum Bedeutungsverlust der Güterbahnhöfe. Folgenutzungen wie der Baumarkt gegenüber von Ralle und eben Ralles Bude selber sind das, was hier heute anzutreffen ist – neben vielen Brachflächen, die die Bahn bundesweit hinterlässt.

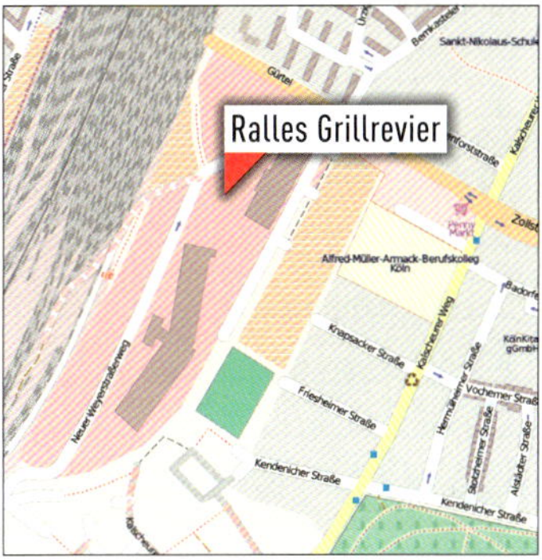

Humboldt-Gremberg – zur »Schlemmerstube«

■ Dass es sich um industriell geprägte Siedlungen handelt, die 1994 als »Stadtteil mit besonderem Erneuerungsprogramm« deklariert wurden, wundert niemanden, der hier seine Currywurst isst. Der Name Humboldt erklärt sich dadurch, dass die im benachbarten Kalk beheimatete *Maschinenbau A. G. Humboldt* das Ganze als Werkssiedlung aufs freies Feld bauen ließ. So etwas gab's mal. Während große Firmen heute gar Dienstleistungen im Betrieb outsourcen, wurde früher für die Belegschaft etwas getan, zum Beispiel Wohnraum gebaut. Die offizielle Webseite der Stadt Köln empfiehlt die Hachenburger Straße/Taunusstraße, um den ursprünglichen Charakter des Viertels zu erfassen.

Unsere Bude liegt an der Poll-Vingster-Straße. Wer mit gefülltem Magen noch ein wenig Sight-Seeing machen will, folgt der Straße nach Südosten Richtung Poll und schlägt sich bis zum Rhein durch. Dort erstrecken sich die Poller Wiesen zwischen Rodenkirchener Brücke und Severinsbrücke. Heute ist dieses Überflutungsgebiet des Flusses für alle möglichen Rasensportarten nutzbar. Der Rasen wird ab und

an per Schaf gemäht. Das ist nicht nur romantisch und ökologisch, sondern kostet die Stadt auch weniger als ein Rasenmäher. Der Ausblick auf das Postkarten-Köln-Panorama mit neu gestaltetem Rheinauhafen auf der anderen Seite (vgl. Innenstadt) und dem Dom ist gigantisch.

De-Industrialisierung und Tertiärisierung – zu »Curry-Karl«

■ »Alles Schlechte dieser Welt kommt aus Kalk und Ehrenfeld«, so jedenfalls der ominöse »Volksmund«. Was steckt dahinter? Als Köln im späten 19. und frühen 20. Jahrhundert zu einer modernen Großstadt wurde, lag dies fast ausschließlich an den neuen Industrieansiedlungen und den entsprechenden Siedlungen für Arbeiter und ihre Familien. Sowohl die Industriegebiete als auch die Wohnsiedlungen schlossen sich außen an die schon bestehende Stadt an, ein Ring von Neubaugebieten ergab sich aus Ehrenfeld, Nippes und rechtsrheinisch Mülheim, Kalk und Deutz. Kalk wurde jahrzehntelang dominiert von der Chemischen Fabrik Kalk, CFK. 1858 wurde das Vorgängerunternehmen gegründet, 1892 entstand der Name CFK. Bis zu 2.400 Mitarbeiterinnen und Mitarbeiter produzierten in der CFK verschiedene chemische Stoffe, vor allem für die Düngemittelproduktion, in den Kriegs(vorbereitungs)zeiten aber auch jeweils Sprengstoff, im Krieg selber vor allem durch Frauen und Zwangsarbeiterinnen und Zwangsarbeiter. Etwas mehr als 100 Jahre später, 1993, beschloss der Hauptanteilseigner der CFK, die BASF (Badische Anilin- und Sodafabrik), die CFK zu schließen. Angeblich war versäumt worden (von wem?), das Werk zu modernisieren, und dadurch war es nicht mehr konkurrenzfähig. Die Schließung des Werks ist in den Zusammenhang der

Deindustrialisierung zu stellen, die in vielen anderen Kapiteln dieses Buches beschrieben und an den jeweils lokalen Beispielen gezeigt wird.

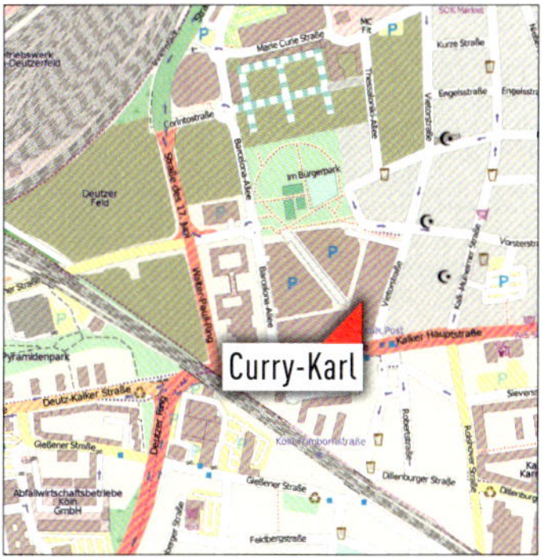

Bis eine neue Nutzung für die immensen Flächen in Erwägung gezogen werden konnte, mussten dort zunächst die durch die jahrzehntelange chemische Industrieproduktion schwer belasteten Böden abgetragen werden. So etwas geschieht übrigens in aller Regel mit öffentlichen Geldern, während die Gewinne, die auf Kosten der Gesundheit der Arbeiterinnen und Arbeiter und der Umwelt gemacht wurden, selbstverständlich unangetastet bleiben. Erst 2001 war die Dekontaminierung des Bodens abgeschlossen und das Gelände bekam einen Straßenanschluss und wurde nach und nach für Neunutzungen erschlossen. Die bedeutendsten sind das neue Polizeipräsidium Köln und das Einkaufszentrum KölnArcaden, in denen sich auch Curry-Karl niederließ.

Durch den Industrieabbau in den 1970er und 1980er Jahren (hier in Kalk sogar noch in den 1990er Jahren) kam es zur »Krise der unqualifizierten Arbeit«. Einfache Tätigkeiten für ungelernte Beschäftigte fielen zu Tausenden weg – und die neu angesiedelten Gewerbe schufen entweder andere, höher qualifizierte Beschäftigungen (hier: Polizei) oder aber schlechter bezahlte und in der Regel prekärere im Dienstleistungssektor (hier: Geschäfte der KölnArcaden). Die betroffenen Gebiete waren schnell geprägt von Arbeitslosigkeit und den Folgeerscheinungen – und erhielten auch schnell einen entsprechenden Ruf (siehe oben).

Doch die KölnArcaden sind bei Kölnerinnen und Kölnern nicht nur unbeliebt. Wenn die Innenstadt zum Beispiel in der Vorweihnachtszeit unerträglich überzulaufen droht, ist die Fahrt ins Rechtsrheinische zum Shoppen ab und an anzuraten. Ob die Arcaden dem um die Ecke gelegenen Kalker Zentrum Kundschaft wegschnappen, ist eher fraglich, denn das Angebot ist schon ein anderes. Andererseits: Shoppen ist Shoppen ...

Bauhaus in Köln – zum »Grillstübchen«

■ Der Stadtteil Buchforst ist von Bahntrassen im Westen, Norden und Osten und von der Stadtautobahn im Süden quasi umzingelt.

Der Name des Ortsteils ist etwas für die Historische Ortsnamensforschung (kein Witz, gibt es wirklich). Aber irgendwie ist es ja auch trivial: Hier war also vor der Besiedlung ein Buchenforst. Das Gelände wurde erst in den 1920er Jahren von einer Wohnungsbaugenossenschaft erschlossen und 1932 eben Buchforst getauft. Wer im Grillstübchen schlemmt, wird nicht auf den ersten Blick vermuten, dass um die Ecke eine architekturhistorisch wichtige und denkmalgeschützte Siedlung steht: die »Weiße Stadt«. Im Zuge von Wohnungsbauten für Industriearbeiterfamilien wurde diese zusammen mit dem »Blauen Hof« erbaut. Der Blaue Hof entstand 1926–27 an der Nordseite der Karlsruher Straße. Die Weiße Stadt folgte 1929–32 südlich der Karlsruher Straße zwischen Heidelberger, Waldecker und Kopernikusstraße. Hier ist an der Ecke Cusanus- und Voltastraße die einzige Kölner Kirche im Bauhausstil zu finden. St. Petrus Canisius wurde von den Architekten Wilhelm Riphahn und Caspar Maria Grod entworfen. Das staatliche Bauhaus wurde von Walter Gropius 1919 in Weimar gegründet. Es galt als Avantgarde der Klassischen Moderne, als Kunst-, Design- und Architekturstil. Gropius' Ziel war es, die Trennung von Handwerk und Kunst zu überwinden und so eine »Gesamtumgebung« zu schaffen, die gut für die Menschen ist. Architektur sollte im Dienste des Menschen stehen und, da dieser auch ein gesellschaftliches Wesen ist, mit der Kunst verbunden sein. Von den Nazis vertrieben, verbreitete sich das Bauhaus in aller Welt. Neben Gropius ist Le Corbusier einer der renommiertesten

Vertreter der Bauhaus-Architektur. In Kölns heutiger Partnerstadt Tel Aviv gibt es die größte Bauhaussiedlung auf dem Planeten. Sie heißt ebenfalls »Weiße Stadt«. Nach der Machtergreifung der Nazis in Deutschland 1933 verdreifachte sich die Einwohnerzahl Tel Avivs innerhalb weniger Jahre. Für die neuen Bewohnerinnen und Bewohner wurde bezahlbarer Wohnraum geschaffen. Da passte der funktionale Bauhausstil, der wegen der vielfältigen Herkunft seiner Vertreter auch »Internationaler Stil« genannt wurde, in mehrfacher Hinsicht gut in die Zeit.

Bauhaus-Architektur war für die weniger Wohlhabenden gedacht, heute ist sie »in« und oft teuer. Es ist kein Zufall, dass der Protest gegen hohe Lebenshaltungskosten und Mieten in Tel Aviv 2011 zu einem wochenlangen Camp auf dem Rothschild-Boulevard führte, mitten im Bauhaus. Wie die ökonomischen Verhältnisse sich in der Weißen Stadt Kölns entwickeln haben, mag die geneigte Leserin selbst auf einem Post-CPM-Spaziergang feststellen. Wer den Verdauungs-Walk in ein nahes Grün fortsetzen will, der kann auf den Kalkberg steigen. Dieser erhebt sich westlich der Weißen Stadt. Es handelt sich dabei um eine Hochdeponie der Chemischen Fabrik Kalk, die 25 Meter über das Geländeniveau aufragt und schon 1973 eingestellt wurde. Zur Zeit plant die Stadt, dort einen Hubschrauberlandeplatz zu errichten.

Industrielle Vergangenheit und was hier daraus wurde:
Mülheim – zur »Wurst-Hütte«

■ Die Stadt Mülheim war während ihres immensen Wachstums in der zweiten Hälfte des 19. Jahrhunderts so etwas wie eine rechtsrheinische Antagonistin Kölns. Von 1850 bis 1900 hatte sich die Zahl der Menschen, die in Mülheim wohnten, verzehnfacht. Das katholische Köln war den evangelischen Glaubensgeschwistern gegenüber seit der Reformation und bis ins 18. Jahrhundert hinein nicht so weltoffen, wie es sich heute gerne gibt. Die Protestanten fanden Schutz und ihresgleichen in Mülheim auf der anderen Rheinseite. Inwiefern dies auch den späteren sehr starken industriellen Aufschwung erklärt, mag der geneigte Leser anhand von Max Webers Werk: »Die Protestantische Arbeitsethik und der Geist der Kapitalismus« gerne selber diskutieren. In jedem Fall kamen weitere gute Bedingungen für das Wachstum der Industrie in Mülheim hinzu, die erklären können, warum hier und nicht im Linksrheinischen die größten Industrieflächen der Stadt entstanden:

- Hier gab es große, vergleichsweise günstige Flächenreserven – das war in Köln weniger der Fall, da zum einen die Verteidigungsanlagen, die heutigen Grüngürtel, Platz brauchten und zum andern Spekulation in Gebieten wie Ehrenfeld den Grunderwerb entweder einschränkten oder stark verteuerten.
- Die Lage am Prallhang des Rheins (= steile Außenseite der Kurve des Flusses) ist für die Anlage eines Hafens sehr geeignet.
- Wichtige neue Eisenbahnlinien erschlossen Anfahrtswege für Rohstoffe und Abtransport von Produkten.

Nachdem die Gemeinden rund um Mülheim in den 1910er Jahren bereits zu Köln gehörten, gab es in Mülheim selber immer noch organisierten Widerstand gegen die Eingemeindung, die dann schließlich am Vorabend des Ersten Weltkriegs dennoch zu Stande kam.

Auch hier im Rechtsrheinischen sind ähnliche städtebauliche Entwicklungen und Strukturen zu erkennen wie drüben in »Köln«: Der Wiener Platz liegt an der Nahtstelle zwischen der Mülheimer Alt- und

Neustadt. Die Altstadt befindet sich vom Wiener Platz aus gesehen rechts (nördlich) der Brücke bis hin zum Rhein, die Neustadt in die andere Richtung links und rechts der Frankfurter Straße bis zum Bahnhof Mülheim. Dass die sozio-ökonomischen Entwicklungen hier nicht die gleichen sind wie im linksrheinischen Köln (stark vereinfacht: die Altstadt wird Einkaufscity, die Neustadt gehobene Wohn- und Büroadresse), hängt mit der geringeren Zentralität Mülheims und mit den wirtschaftlichen Problemen des Stadtteils zusammen.

Wenn Köln-Mülheim in den Jahren 2011 und 2012 in der Presse auftauchte, dann meist im traurigen Zusammenhang mit dem Nagelbombenattentat des 9. Juni 2004. Im Zuge der Ermittlungen gegen die

Naziterrorgruppe NSU wurde deutlich, dass, obwohl es Anzeichen für rechten Terror schon damals in den Polizeiakten gab, die Ermittlungen im Wesentlichen darin endeten, die Täter unter den Opfern und ihren Angehörigen zu suchen.

Die Keupstraße ist funktional so etwas wie die Weidengasse in der Kölner Altstadt. Sie hat mit ihren Läden, Restaurants- und Dienstleistungsangeboten eine überregionale Bedeutung für die türkische Community. Historisch ist die Keupstraße zum Teil eine Werkssiedlung der Firma Felten & Guillaume (Kabel). Aus der Südstadt kommend, suchte diese eine Erweiterungsfläche und baute 1874 in Mülheim. Direkt neben die Fabrik kamen 53 Werkshäuser, von denen 22 heute noch stehen.

Auf der Keupstraße hat sich schon manch eine Konzert- oder Stunksitzungsbesucherin mit Speis und Trank gestärkt, beim Besuch in der Schanzenstraße, wo im E-Werk und im Palladium in Ex-Industrie-

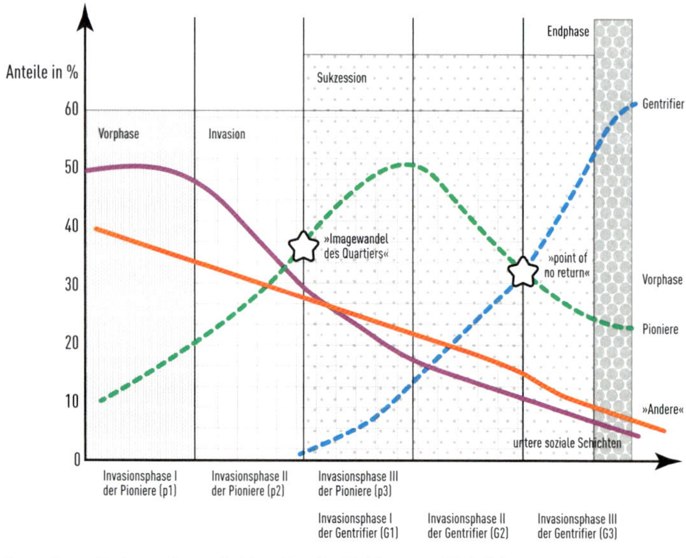

Invasions-Sukzessions-Zyklus (nach: Hoffmeyer-Zlotnik)

hallen beliebte Veranstaltungsgebäude entstanden sind. Auch Fernsehproduktionen haben in den alten großen Hallen ihren Platz gefunden.

Zum Schluss des Verdauungsspaziergangs durch Mülheim noch einmal ein Link ins Linksrheinische: Gründerzeitlicher Ausbau, Industrie macht pleite, Freiflächen und -gebäude entstehen – das sind die gleichen Entwicklungen wie in Ehrenfeld oder zum Teil auch in der Südstadt. Daher macht es auch Sinn, das Modell der Gentrifizierung (vgl. Kapitel Neustadt) zum besseren Verständnis der aktuellen Entwicklungen Mülheims hinzuzuziehen – oder auch dazu, Fragen zu stellen, wie es mit Mülheim weitergehen könnte.

Wo steht wohl Mülheim in diesem Modell? Der »Imagewandel des Quartiers« scheint sich gerade zu ereignen, worauf der Zuzug der Medienbranche und Kreativwirtschaft in der Schanzenstraße hindeutet. Ob die drei »coolen« Café-Restaurants in der Mülheimer Altstadt (»Jakubowski« und »Rosenzeit« in der Mülheimer Freiheit und »Vreiheit« in der Wallstraße) noch Pioniere sind oder schon preislich gehobenen Gentrifier-Bedürfnissen einen Ort bieten, bleibt zu fragen. Die »Wurst-Hütte« hat jedenfalls im Mülheim von heute ihren Platz.

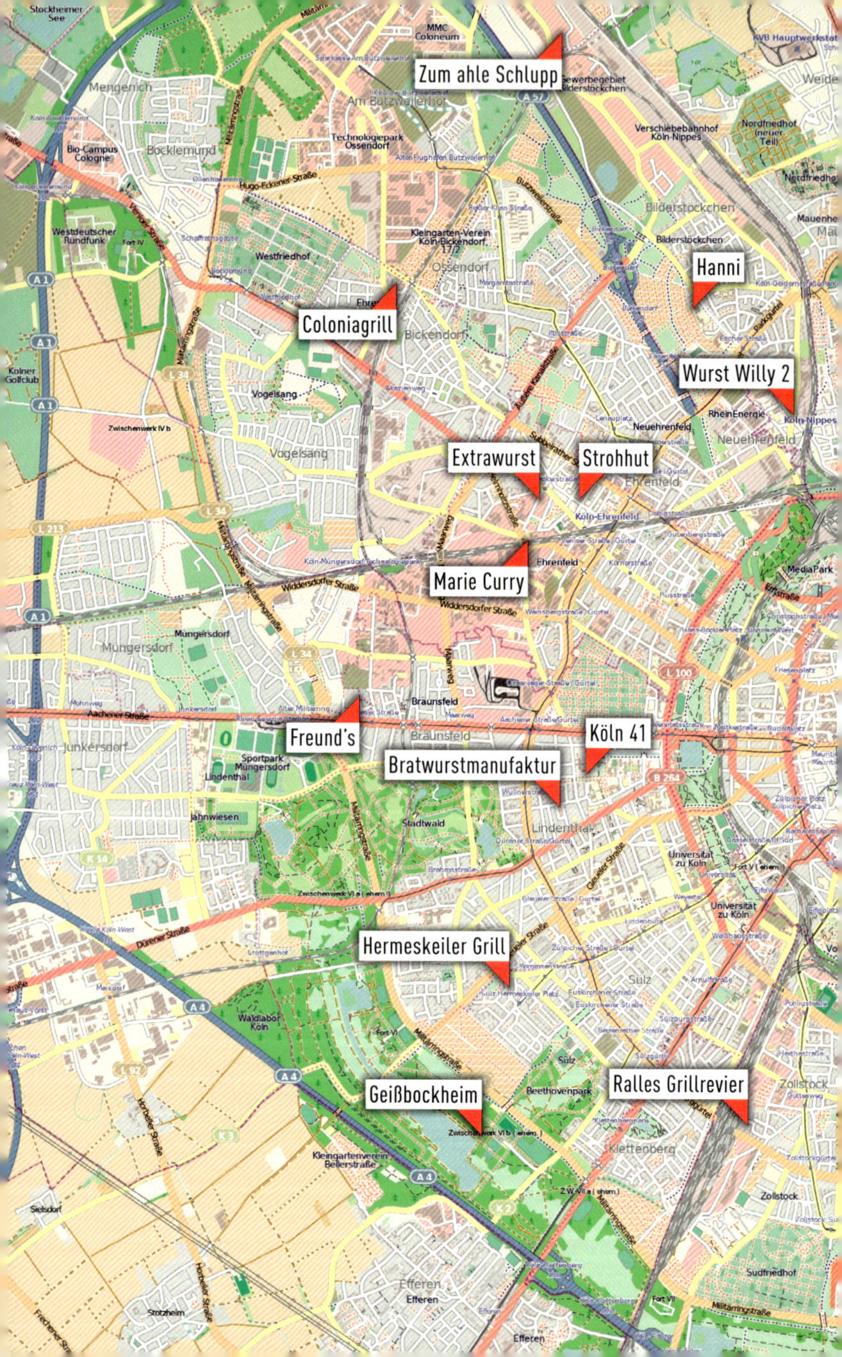
Zum ahle Schlupp
Hanni
Coloniagrill
Wurst Willy 2
Extrawurst
Strohhut
Marie Curry
Freund's
Köln 41
Bratwurstmanufaktur
Hermeskeiler Grill
Geißbockheim
Ralles Grillrevier
Stockheimer See
Mengenich
Bocklemünd
Bio-Campus Cologne
Westdeutscher Rundfunk
Fort IV
Westfriedhof
Technologiepark Ossendorf
Am Butzweilerhof
MMC Coloneum
Gewerbegebiet Bilderstöckchen
Verschiebebahnhof Köln-Nippes
Nordfriedhof (neuer Teil)
Bilderstöckchen
Kleingarten-Verein Köln-Bickendorf 17/2
Ossendorf
Bickendorf
Hugo-Eckener-Straße
Militärringstraße
Vogelsang
Kölner Golfclub
Zwischenwerk IV b
Neuehrenfeld
RheinEnergie
Köln-Nippes
Ehrenfeld
Köln-Ehrenfeld
MediaPark
Widdersdorfer Straße
Müngersdorf
Braunsfeld
Aachener Straße
Junkersdorf
Sportpark Müngersdorf
Lindenthal
Jahnwiesen
Stadtwald
Universität zu Köln
Dürener Straße
Waldlabor Köln
Fort VI
Sülz
Beethovenpark
Klettenberg
Zollstock
Südfriedhof
Kleingartenverein Bellerstraße
Sielsdorf
Stotzheim
Efferen
A 1
A 4
A 57
L 34
L 213
L 92
K 14
K 3
K 2
L 100
B 264

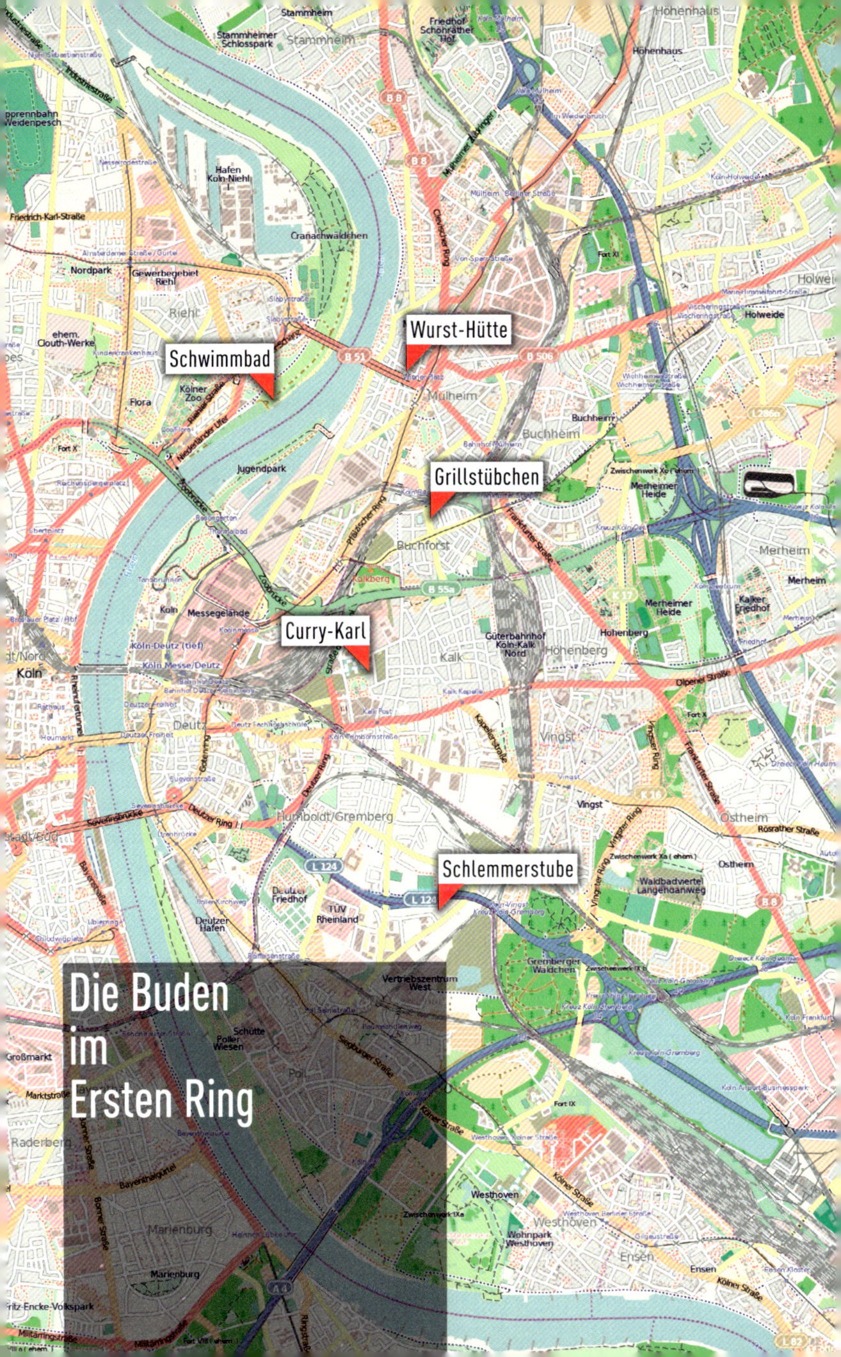
Wurst-Hütte
Schwimmbad
Grillstübchen
Curry-Karl
Schlemmerstube
Die Buden
im
Ersten Ring

Zum ahle Schlupp

Der ahle Schlupp, das ist der neue Chef der Bude in der Nähe des TÜV. »Siggi's Snack« hieß sie früher, und als Michael Goj sie im April 2012 übernahm, bekam sie seinen Spitznamen. Der gelernte Koch wollte sich immer schon selbstständig machen, dann lernte er den Vorbesitzer kennen, und so ergab es sich, dass er seit einem Jahr morgens um 4 Uhr zu seiner Bude fährt, um sie um 5 Uhr aufzumachen. Hier läuft also das Frühstücksgeschäft, und dabei geht es deftig zu: Schnitzelbrötchen, Spießbratenbrötchen, Leberkäsebrötchen und all ihre Freunde beherrschen die Karte. Mittags geht es deftig weiter, wenn die vielen Industriebetriebe ringsum Pause machen und die Fahrlehrer, die mit ihren Schülern den TÜV umkreisen, einkehren. Dann gibt es Schnitzel in allen Varianten und natürlich alles, was zu Fritten passt. Currywurst zum Beispiel, mit einer sehr dicken, süßlichen Sauce, deren leichte Schärfe erst spät kommt. Die Pommes sind dünn und extrem knusprig und mit Paprika bestreut, dazu gibt es Mayo abgepackt in 20-ml-Beutelchen. Ansonsten ist Handarbeit gefragt: Die Wurst wird beim Schlupp von Hand geschnitten, Nudel- und Kartoffelsalat sind frisch, Curry- und Jägersauce selbstgekocht, »und zwar richtig!« Bei Brigitte Greven, die hier seit sieben Jahren arbeitet, schwingt leichter Stolz mit. Sie ist der Typ Buden-Bedienung, der immer einen lockeren Spruch auf den Lippen hat. Kein Problem, mit ihr ins Gespräch zu kommen, und wem das trotzdem schwer fällt, der kann sie auf ihre Leidenschaft ansprechen: das Motorradfahren.

Die Kreuzung, auf der die Bude steht, ist irrwitzig. Enorm breite, menschenleere Straßen, etliche Verkehrsinselchen, auf denen recht alte Bäume stehen, und ein Radweg, der im Wesentlichen zum Parken vor dem ahle Schlupp genutzt wird. Macht auch nichts: Hier kommt man mit dem Auto hin. Fußgänger oder Radfahrer verirren sich kaum ins Gewerbegebiet. Zur seltsamen Umgebung passt auch die dreigeteilte Imbissbude: unten hellblau gestrichen, in der Mitte eine durch-

gängige Fensterfront, oben Wellblech. Hier drin könnte auch der Space Shuttle parken.

Innen ist die Bude sehr geräumig, vier hohe Tische mit Hockern bieten reichlich Platz, und im Winter stehen an beiden Seiten der Theke Heizstrahler. Im Sommer kann man sogar draußen sitzen, unter dem Sonnenschirm auf einem kleinen Holzpodest rechts von der Bude. Das Rauschen des Verkehrs ist ein konstantes Hintergrundgeräusch; man gewöhnt sich rasch daran. Erstaunlich viele Bäume sieht man von hier aus, und den Anhänger einer Textilien-Firma: »Ungerwähs för Kölle«. Nun, jetzt gilt erstmal: Sitze för Fritte.

Currywurst	2,00 €
Pommes	1,40/2,00 €
Robert-Perthel-Straße 30, 50739 Köln	
Telefon	0157/88 24 80 77
Geöffnet	Mo–Fr 5–17 Uhr Sa 5.30–12.30 Uhr
KVB	Robert-Perthel-Straße (Bus, Linie 121)

Imbiss »Bei Hanni«

Solche Buden muss man einfach lieben. Seit 22 Jahren die gleichen Besitzer, zu 90 Prozent Stammkunden, eine bunt zusammengewürfelte Einrichtung, die klassische Imbissbudenspeisekarte inklusive Spießbraten und Schaschlik, schöne Thekengespräche. Gerade kommt ein junger Kerl im Blaumann rein, bestellt, überlegt, bestellt noch etwas, überlegt weiter ... »Wenn der so arbeitet, wie er bestellt, wird er nie fertig!«, bemerkt ein Gast. »Sonst hat er noch das Handy am Ohr und telefoniert mit seinem Liebchen!«, weiß ein zweiter. »Jung: Currywürstchen, Pömmeschen, noch ein Becherchen?«, fragt der Mann hinter der Theke, den hier jeder nur Ferdi nennt. Man kennt sich schon lange, diskutiert über den FC, Gott und die Welt, wie sie im Express steht. Manchmal ist die Konversation auf das Nötigste verkürzt, bleibt aber doch unverkennbar kölsch: »Mayo?« – »Nä!« – »He esse?« – »Jo!«

He essen geht gut, im Laufe der Zeit wurde der Imbiss immer größer. »Wir haben vor 15 Jahren peu à peu ausgebaut, erst hier eine Mauer, dann da eine Bank ...«, erzählt Ferdi. Drei Tische stehen im Anbau, ein Fenster dient als Durchreiche, auf zwei Regalbrettern ist eine schöne Tassen- und Tellersammlung zusammengetragen, auf den Tischen stehen Kunstblumen.

»Täubchen, machste noch einen Kaffee?«, ruft Ferdi seine Frau, die in der Küche werkelt. Der Kaffee ist ziemlich gut für Frittenbudenverhältnisse, die Pommes sogar sehr gut, dünn, knusprig, mit etwas Paprika gepudert. Die Currywurst ist allerdings nur Durchschnitt. Die läuft denn auch nicht gut hier im Imbiss. »Wenn ich fünf Würste am Tag verkaufe, ist das viel.« Die Schüler von den beiden Schulen nebenan essen lieber Baguette, »aber glaubt nicht, dass die hier Schlange stehen«. Natürlich spürt man die Krise auch in der Frittenbude. Dazu kommt, dass 2001 die benachbarten belgischen Soldaten abgezogen sind. Und schließlich blieben auch die Leute von der Rheinenergie-Zentrale am Gürtel weg. »Die Leute am Schreibtisch haben gerechnet: Statt direkt zur Autobahn

fahren die Jungs erst zur Bude, das ist 600 Meter weiter und kostet Zeit. Also haben sie es verboten.« So sind die Zeiten immer schlechter geworden. »Früher sind wir im Urlaub nach den Malediven gefahren«, seufzt Ferdi, »heute geht es nach Belgien.«

Außer den Stammkunden verirrt sich wenig Publikum hier an die Escher Straße. Immerhin hat das Fernsehen die Bude entdeckt, der Tatort und ein Privatsender wollten bei Ferdi drehen. Doch der hat nur abgewinkt, das ist ihm zu viel Gedöns: »Mir geht es schon auf den Senkel, wenn ihr hier zwei Stunden sitzt!« Na gut, dann gehen wir halt. Aber wir kommen wieder!

Currywurst	1,90 €
Pommes	1,20/1,70 €
Escher Straße 235, 50739 Köln	
Telefon	0221/17 56 91
Geöffnet	Mo–Fr 7–16 Uhr
KVB	Escher Straße, Linie 13

Wurst-Willy 2

»Von spät bis früh«, verspricht das Schild von Wurst-Willy 2 in der Hornstraße. Hier im Industriegebiet gibt es erst Currywurst, wenn andere Buden längst geschlossen sind. Dafür heizt der Grill, bis der letzte Nachtschwärmer satt ist. Von denen gibt es hier einige. Auf die kleine Hofeinfahrt, in der die Bude aufgebaut ist, scheint das rote Licht des Pascha hinüber. Früher befand sich die Bude direkt gegenüber dem elfstöckigen Bordell, doch als 1997 ein weiterer Puff gebaut wurde (»Das Bordell«, immerhin auch fünfstöckig), musste der Imbiss weichen. Nun befindet er sich ein paar Meter weiter hinter der Unterführung.

Im Gegensatz zur Frittenbude ist das Pascha an 24 Stunden am Tag geöffnet. Die Pascha-Internetseite wirbt mit 800 Besuchern pro Tag, die von über 100 Damen bedient werden. Deren Stellenbeschreibung klingt dort so: »Deine Leidenschaft ist es, Männern zur Inspiration und Freude zu verhelfen. Dann kannst du gutes Geld im Pascha verdienen«, im »erfolgreichsten und sichersten Bordell Europas«.

Im November 2012 protestierte die deutsche Abteilung der ukrainischen Gruppe Femen vor dem Pascha (wie immer, zur Freude der anwesenden Medien, mit freiem Oberkörper), zwei Monate später legte die »Emma« nach. Eine Redakteurin bewarb sich als arbeitslose Akademikerin um ein Zimmer im Pascha und berichtete über das Innenleben des Bordells. Um einen Eindruck zu bekommen, wie hart der Job für die Frauen im Pascha ist, braucht man allerdings keine Emma, das erfährt man bei Wurst-Willy 2, noch bevor die Fritten verzehrt sind. Zwei Typen erscheinen, um sich vor dem Besuch im Puff zu stärken. Würden sie in einem Film auftreten, würde man den Drehbuchautor auslachen, weil sie jedes Klischee bedienen: Frisuren wie aus dem vorletzten Jahrzehnt, Klamotten dazu passend in weiß und Ballonseide, Gehirn aus der Gemüseabteilung. Der erste Gang bei Wurst-Willy führt an den Getränkekühlschrank. Dann geht es an die

Theke. Einer bestellt Mozzarellasticks, zwinkert seinem Kumpel zu und grinst: »Ist genug Eiweiß drin, wa?!«

Stell dir die beiden noch besoffen und ungewaschen vor, und dann bereite ihnen »Inspiration und Freude«!

Für uns reichen zur Inspiration vorerst Currywurst, Fritten und der Bretterbuden-Charme des Imbisswagens. Auf dem kleinen Hof läuft man auf eine Bretterwand zu, an der eine lange Holzbank befestigt ist. Davor stehen ein paar Stehtische unter einem riesigen Sonnenschirm, der nachts allerdings nur das Rotlicht abhält. Im Winter sorgt ein Heizstrahler dafür, dass Pommes und Gäste nicht einfrieren. Die Pommes sind (wie am Ring bei Wurst-Willy 1 auch) sehr kross, mit leichtem Paprika-Salz-Staub, kartoffelig, lecker. Die Wurst macht aus ihrer Herkunft kein Geheimnis, die Remagen-Schilder sind überall präsent: Remagen – seit 1718 Köstlichkeiten aus Fleisch. Die Wurst ist eher langweilig, die Currysauce ist die sehr süßliche von Hela. Die scharfen Sachen gibt es halt gegenüber. Dafür weist die sehr nette Bedienung auf den Wodka hin. Der »Kompleet Wodka for the Pascha« kostet hier 15 Euro, »drüben zahlst du dafür 100!« Auch der Kalender an der Budenwand stimmt den Besucher ein, er ist ebenfalls vom Pascha. In der anderen Ecke stehen fünf Röhrchen mit Vitamintabletten. Den Service rundet der S-Bahn-Plan ab, der vorne am Wagen klebt. Der wird allerdings kaum genutzt; von zehn Autos, die hier vorbeifahren, sind neun Taxis. Deren Fahrer sind oft Stammkunden bei Wurst-Willy. Am meisten los ist allerdings am Wochenende zwischen 2 und 6 Uhr. Dann machen die Diskotheken der Stadt zu und viele Gäste kommen auf dem Heimweg in der Hornstraße auf eine Wurst vorbei. Wer dann allerdings neugierig auf die Mädels von gegenüber ist, wird enttäuscht: Der Pascha hat ein eigenes Restaurant, wo die Damen speisen. Wer sie sehen will, muss schon rüber gehen.

Currywurst	2,80 €
Pommes	2,20 €
»Menü 1«: Currywurst + Pommes + Caprisonne, Snickers oder Kaffee(!)	5,00 €
»Menu 2«: Currywurst + Pommes + Bier, Wasser oder Apfelschorle	6,50 €
Hornstraße, 50823 Köln	
Geöffnet	Täglich 20–6 Uhr
KVB	Nippes

Colonia-Grill

Das ist genau der Typ Frittenbude, wegen dem wir uns dieses Buch ausgedacht haben: bodenständig und mit großartiger Currywurst mit Pommes. Seit 1999 betreibt Jürgen Opper seinen Colonia-Grill, eine rot-weiße Metallbaracke im Industriegebiet. Vor der Tür stehen zwei Stehtische mit Blick ins Grüne: Gegenüber liegt ein Grundstück brach. Für Unterhaltung sorgen die Lkw-Werbesprüche der vorbeifahrenden oder geparkten Laster. »Rohstoffe für die Zukunft«, »Günstige Reifen kauft man bei uns«; die Matthias-Brüggen-Straße taugt prima zum Abstellen großer Lkws.

Im Colonia-Grill unterhalten zwei Spielautomaten die Gäste, darüber an den Wänden in Holz-Optik hängen klassische Autoposter, ein abgegriffener Playboy-Kalender und ein großes Bild des Brauweiler Dreigestirns aus der Session 95/96. Wenn man genau hinsieht, erkennt man die Jungfrau: Jürgen Opper. »Seitdem hab ich

15 Kilo abgenommen – der Stress!«, erklärt Opper. Den Grill macht er seit drei Jahren allein, und nebenbei betreibt er seit 20 Jahren einen Partyservice. Der Grill lief früher besser, die Krise schlägt sich nieder, und viele Firmen sind weggezogen. »Früher kamen die Möbelpacker vor der Arbeit und die Damen vom Gewerbe nach der Arbeit. Bis 9 Uhr war hier kein Durchkommen, so voll war das!«, erzählt er. Das ist eine ganze Weile her, inzwischen hat Opper die Öffnungszeit eine Stunde nach hinten verlegt und macht erst um halb sieben auf. Die Frühstückskarte gilt immer noch: Rührei mit Schinken für 2,60, diverse belegte Brötchen ab 1 Euro. Müsli steht zwar auch auf der Karte, doch der Preis fehlt: »Das isst doch keiner von den Arbeitern!«

Mittags gibt's Spaghetti à la Chef für sensationelle 2,60, aber das Größte sind Currywurst mit Fritten: Die Pommes sind schön kross, mit Salz und Paprika gewürzt, die Wurst bekommt doppelt Pulver: erst Paprika, dann Oppers selbst gemachte Sauce, obendrauf Currypulver. Ergebnis: spitze! Eine Reise wert.

Currywurst	2,10 €	Telefon	0221/5 70 30 13
Pommes	1,30/1,80 €	Geöffnet	Mo–Do 6.30–15 Uhr Fr 6.30–14 Uhr Sa + So geschlossen
Matthias-Brüggen-Straße 18, 50827 Köln		KVB	Wolffsohnstraße

Coca-Cola
Colonia GRILL
Schnellimbiss
Fruhstuck
Tagesmenu
OPPER'S
PARTY SERVICE

»Strohhut's Eck«

Ehrenfelds zentrale Stelle – von Platz kann man hier nicht sprechen – ist die Kreuzung Venloer Straße/Gürtel. Hier treffen sich drei Bahn- und drei Buslinien, die KVB-Haltestelle dominiert alles. Schön ist es woanders. Man bleibt nur, bis die nächste Bahn kommt. An der einen Kreuzungsecke befand sich früher ein traditionelles Herrenbekleidungsgeschäft. Die Reklame oben am Haus ist erhalten. Heute ist hier ein Dönerlokal. An der zweiten Ecke gab es früher eine traditionelle kölsche Eckkneipe. Heute ist hier ein Dönerlokal. Und daneben noch eins. An der dritten Ecke war früher ein traditioneller Imbiss. Heute ist hier McDonald's – und den traditionellen Imbiss gibt es immer noch: den Strohhut. Alles in allem: Wer in Essen auf der Hand investieren will: Hier scheint's zu laufen.

Seit 53 Jahren schon gehört der Strohhut zu Ehrenfeld wie der Geißbock zum FC. Der damalige Gründer war früher mit einem Eiswagen durch Köln gefahren, immer mit einem Strohhut auf dem Kopf. Aus seinem Spitznamen machte er den Namen des Lokals. Als er zehn Jahre später starb, übernahm Günter Schönewald, der bis heute dabei ist. Das Haus gehört noch den Nachfahren des Strohhut-Gründers. Anfangs war der Strohhut ein Restaurant, richtig groß, sogar mit eigener Schlachterei. Mitte der Siebziger war Schluss: McDonald's ging in Deutschland auf Expansionskurs. Der Standort in Ehrenfeld war so verlockend, dass sie ordentlich Geld auf den Tisch legten. Günter Schönewald überließ das Restaurant dem Goldenen M und behielt den Imbiss, »seitdem leben wir in friedlicher Koexistenz«, erzählt sein Sohn Jürgen, der seit sechs Jahren beim Strohhut mitmacht. »Wir haben sogar einen Hof zusammen. Oft kommen Familien hier her: Papa und Mama essen bei uns, drücken den Kindern Geld in die Hand, und die essen bei McDonald's.«

Dort können sie sitzen, im Gegensatz zu ihren Eltern. Beim Strohhut wird durch ein großes Fenster verkauft, davor stehen drei runde

Stehtische, immerhin überdacht. Die alte Leuchtreklame »Strohhut's Eck« wäre ein Fall für die Sammlung von Hermann Götting, dem Kölner Original, das Alltagsgegenstände sammelte, die das Stadtbild prägten. Götting starb 2004, auf eine Präsentation seiner Sammlung warten wir immer noch.

Schlicht wie die gekachelte Fassade ist beim Strohhut auch die Speisekarte: Unter »Speisen« stehen Frikadellen, vier Sorten Wurst und drei Saucen, unter »Getränke« Colafantawasser. Das braucht nicht viel Platz, und so erinnert die Inneneinrichtung an ein altes Schwimmbad: gekachelt bis oben hin, aber wenig drin. Die Damen, die seit gefühlten Jahrzehnten hier arbeiten, tragen schöne weiße Kittelschürzen wie in den 1960er Jahren.

Ein kleiner Zettel im Fenster weist auf die Attraktion des Strohhuts hin: »Unser Schlager ist das Selbstgemachte: Schaschlik und Reibekuchen«, sagt Jürgen Schönewald. Die Glanzzeiten des Strohhuts liegen in den Zeiten, als die Bahn noch oberirdisch fuhr. Mit der Eröffnung der U-Bahn 1989 ging der Umsatz merklich zurück. Der Imbiss trägt sich noch, aber wichtig ist er heute vor allem als Produktionsstätte.

Hinten drin wird der Reibekuchenteig produziert, den die Schönewalds verkaufen, unter anderem für den Weihnachtsmarkt im Stadtgarten.

Vor 20 Jahren gab es gegenüber auf dem Parkplatz der Rheinlandhalle einen kleinen Konkurrenzbetrieb, der Reibekuchen herstellte. Als der Besitzer aus Altersgründen aufhörte, übernahm der Strohhut. Dann wurde eine Verordnung beschlossen, nach der die Bude eine Abluftanlage gebraucht hätte, die über das Nachbarhaus hätte ragen müssen: ein fünf Geschosse hoher Schornstein. Das war zu teuer, also wurde die Bude dichtgemacht. Sie ist längst abgerissen, Reibekuchen gibt es nur noch in »Strohhut's Imbiss«. Auch wenn das bis heute das Kerngeschäft der Bude ist, haben wir natürlich die Currywurst gegessen. Die stammt von Remagen, ist also die übliche Standardwurst. Die Sauce ist eine vom Chef verfeinerte Fertigsauce, süßlich, mit schöner Curryfarbe, lecker. Die Pommes sind gut, dünn, knusprig – das müssen sie sein bei der Konkurrenz nebenan.

Steht man mit den Fritten am Verkaufstresen oder am Tisch, muss man eines beachten: »Tauben füttern streng verboten«, mahnt ein Schild im Fenster. Den Tauben ist das egal, sie finden genug, was von den drei Stehtischen hinunterfällt. Angst vor den vielen Leuten hier an der Ecke haben die Flugratten nicht. Was soll's – auch sie gehören zum Stadtbild, wie die KVB und eben der Strohhut. Wer Ehrenfeld kennen lernen will, sollte beim Strohhut anfangen.

Currywurst	2,20 €
Pommes	1,20/1,80 €
Reibekuchen	0,80 €
Venloer Straße 371, 50823 Köln	
Telefon	0221/51 82 93
Geöffnet	Mo–Fr 11–19 Sa 11–16 Uhr
KVB	Venloer Straße/Gürtel oder Bhf. Ehrenfeld

Extrawurst

»An der Damentoilette unten, da müssen wir ’n Kanal finden«, brummt der Monteur ins Telefon, während er sich intensiv mit seiner Currywurst mit Pommes beschäftigt. Neben ihm stehen die Kreativen vom gegenüber liegenden Vulkangelände, die sich zwischen zwei Kreativlösungen für kreative Kreativfirmen schnell eine kreative Currywurst reinschlagen. Dabei wird eifrig der FC-Bericht im Express studiert. Die vier Hocker unter dem Wellplastikdach der Extrawurst quietschen wie die Fahrradklingeln. Drei Stehtische gibt es in dem Bretterverschlag auf dem Hof der Spedition Breuer, durch die große Fensterfront hat man einen wunderbaren Blick auf den Parkplatz, auf einen Schrottplatz nebenan, auf Container und riesige grüne Tanks. Neben der Aussicht überzeugt die Dekoration aus Efeu und Blumen, beides unverwüstlich aus Plastik, und rotweißen Köln-Fähnchen. Kurz gesagt: Dies ist die klassische Wurstbude im Industriegebiet.

Die Inhaberin der Extrawurst, Birgit Schröder, ist eine gelernte Köchin aus Lüchow-Danneberg, die der Liebe wegen nach Köln kam. Ihr Mann ist der Spediteur Breuer, was die Verwunderung über die Wahl des Standortes ihrer Bude erlahmen lässt. Zunächst hatte sie als Diät-Köchin in einem Altenheim gearbeitet, doch die Zustände dort fand

sie so schrecklich, dass sie in die Selbstständigkeit geflohen ist. Nach acht Wochen mit ermüdenden Diskussionen mit dem Bauamt konnte sie dann 2004 endlich ihre Bude eröffnen. Nun steht sie hinter ihrer Theke und verzällt mit Kreativen und mit Handwerkern gleichermaßen. Zur Zeit unserer Erhebung waren 95 Prozent der Kunden männlich, und 80 Prozent aßen Currywurst mit Fritten. Die Sauce ist schön fruchtig, die Wurst ok. Außerdem kann man eine »Bläck Woosch« ohne Darm sowie Brat- und Brühwurst aus Geflügelfleisch essen. Zur Erinnerung für Immis: Bläck heißt nackt, nicht schwarz. Die Fritten sind groß und mit Paprikapulver gewürzt, den Kunden gefällt's, der Laden brummt. »Heute ist gar nicht so viel los«, stellt Birgit Schröder fest, »montags haben die Leute noch was vom Wochenende übrig. Ab Mittwoch ist es richtig voll.« Gefährlich nah vor dem Fenster rangiert ein Lastwagen; während der eine oder andere Gast zusammenzuckt, bleibt Schröder gelassen. Sie hat sich daran gewöhnt. »Neulich ist mal einer reingekachelt.« Doch die Bretterbude ließ sich schnell reparieren, und dem Plastik-Efeu hat es auch nicht geschadet. Alkohol gibt es nicht in der Extrawurst (»das hier ist ein Speditionshof!«), und so kann man hoffen, dass kein Fahrer im Suff die Bude komplett zerlegt. Es wäre schade drum!

Currywurst	2,30 €
Pommes	1,40/2,10 €
Schaschlik	2,90 €
Täglich wechselnde Gerichte	5–6 €
Oskar-Jäger-Straße 173, 50825 Köln	
Telefon	0221/95 44 36 99
Geöffnet	Mo–Fr 10–16 Uhr
KVB	Venloer Straße/Gürtel

Marie Curry

November 2010, in der Nähe des Müngersdorfer Stadions: Scharen von Fußballfans ziehen ins Stadion, noch gutgelaunt, obwohl es gleich die obligatorische Klatsche gegen Gladbach geben wird. Am besten ist die Stimmung auf einem Parkplatz am Kirchweg gegenüber der Haltestelle Junkersdorf. Ein paar Freunde stehen vor einem roten Doppeldeckerbus an einem Stehtisch und feiern. Sie haben sich gerade ihren Traum verwirklicht: Der Doppeldeckerbus ist eine Imbissbude, und zwar die mit Abstand schönste in Köln. Für 30.000 Euro haben sie den alten Londoner Bus gekauft, noch weitere 70.000 reingesteckt,

und nach sieben Monaten Umbauzeit steht er nun auf dem Parkplatz eines befreundeten Notars. Der Bus ist fahrtüchtig (und bringt es immerhin auf 63 km/h), doch wenn er im Budenmodus ist, darf er nicht auf öffentlichem Gelände stehen. So sucht man sich private Standorte, bevorzugt große Parkplätze mit Publikumsverkehr. Der Charme des Busses wirkt, schnell hat sich Marie Curry etabliert.

Fester Standort ist inzwischen der Netto-Parkplatz Widdersdorfer/ Ecke Oskar-Jäger-Straße. Schräg gegenüber befindet sich die Werkstatt, in der der Bus umgebaut wurde. Allerdings ist der Bus oft vermietet, Marie stand zum Beispiel eine Woche lang in Düsseldorf, als dort der Eurovision Song Contest veranstaltet wurde. Also klaffte anfangs dann eine große Lücke auf dem Parkplatz an der Widdersdorfer. Doch der Erfolg brachte Nachwuchs: Seit Mai 2011 gibt es eine kleine Marie-Curry-Bude (der »Roadrunner«), die zuerst auf dem Parkplatz beim Praktiker in Poll stand, doch sich inzwischen mit dem Bus in Braunsfeld abwechselt. Ein weiteres halbes Jahr später wurde ein zweiter Doppeldeckerbus in Betrieb genommen, diesmal in Silber (die »Silver Lady«), und diesmal nicht als Imbissküche, sondern als reine Sitzgelegenheit. Marie Curry hat auch ein zweites Standbein bekommen, am Parkhaus Brückenstraße in der Innenstadt. Doch zurück zum Original-London-Bus:

Die Küche und die Theke befinden sich im Erdgeschoss, geht man die Wendeltreppe hoch, hat man viereinhalb Tische mit roten Bänken, in denen Wassertanks versteckt sind, um den Bus unabhängig von Wasseranschlüssen zu machen. Gute Idee: Zum Netto sind es 85 Meter. Oben im Bus ist die Aussicht herrlich, Braunsfelder Industrie vom Feinsten.

Zur einen Seite kann man Bagger zählen, Richtung Innenstadt ist der Colonius zu sehen, die Eisenbahnbrücke über die Widdersdorfer führt seit langem ins Nichts, ein altes Fabrikgebäude steht schon ewig leer. Gegenüber schaut man auf eine Tankstelle, vor der Tür auf eine riesige Waschanlage. Auf der anderen Seite der dicken Kreuzung kann

man Autos mieten. Hier stand eine Zeit lang eine andere Frittenbude, doch Marie hat sie vertrieben. Die Musikbeschallung im Imbissbus übernehmen die Autos, die an der roten Ampel stehen. Während man die Wurst genießt, kann man Autofahrern vor der Waschanlage beim Wienern ihrer Karossen zusehen. Da möchte man Taube sein.

Erfreulich ist, dass man nicht nach Frittenbude riecht, wenn man den Bus verlässt. Obwohl man direkt über der Küche isst, ist es angenehm frisch, die Fenster lassen sich öffnen. Das ganze Dach wird hochgebockt, wenn der Bus steht, er ist dann 70 Zentimeter höher als im fahrbaren Zustand, in dem er immerhin auch vier Meter Höhe misst. Klar, dass der TÜV da genau hinschaut, bevor er so eine Bude auf die Menschheit loslässt. Viermal wurde Marie Curry geprüft.

Anfangs holperte Marie Curry etwas: Wählte man die Internetseite, wurde man auf wundersame Weise mit der Seite des MSV Duisburg verbunden, und auch die Frittenbereitung war nicht immer perfekt, die schön dünnen Pommes waren etwas blass. Diese Kinderkrankheiten hat Marie Curry überwunden, die Internetseite ist informativ, es gibt einen Link zur FC-Hymne, die Fritten sind knusprig. Die Wurst stammt vom Großmetzger Remagen, nichts Besonderes, aber auch nicht übel. Saucen gibt's zweierlei: fruchtig-pikant und feurig, beide sehr lecker. Das Feurige kommt verspätet, eine leichte, schöne Schärfe. Wem das nicht reicht: Auf der Theke stehen diverse Pülverchen in hübschen silbernen Dosen zum Nachwürzen. »Die Sauce stammt vom Kotaska«, berichtet Gaby Lee, die nette Servicekraft. Die Speisekarte ist übersichtlich, einziges herausstechendes Zusatzangebot im Doppeldeckerbus: Feuergriller und Käsegriller, Bratwurst mit Chili bzw. Gouda. Der Käse ist das einzige, was Marie Curry mit dem alten Arbeitsplatz von Frau Lee zu tun hat: Sie hat 20 Jahre lang in einem Käseladen gearbeitet. »Das hätte ich nie gedacht, dass ich mal in einer Imbissbude stehe«, erzählt sie lachend. Doch wie es so ist in Köln: Die Besitzer des Busses sind ihre Freunde. Man kennt sich, man hilft sich.

Currywurst	2,70 €
Mädchen-Pommes	1,70 €
Jungs-Pommes	2,20 €
Käse- oder Feuergriller	2,90 €
CPM	4,70 €
Oskar-Jäger-Straße 52, 50825 Köln	
Internet	www.mariecurry.de
Geöffnet	Mo–Fr 11–19 Uhr
KVB	Weinsbergstraße/Gürtel

Freund's

»Hier war doch früher mal Radio Freund drin?!« »Ja – der Freund bin ich!«, sagt Michael Freund und lächelt hinter der Theke. »Radio Freund gab es 80 Jahre lang. Das war planbar, hat aber keinen Spaß gemacht.« Freund wurde die Branche zuwider, er kam sich zunehmend unglaubwürdig vor, konfrontiert mit dem Internet. Die Leute ließen sich von ihm beraten und kauften dann billiger im Internet. Wenn die Geräte dann kaputt gingen, schickten sie sie ein und mussten ewig auf das reparierte Gerät warten. Das erzählte er seinen Kunden, doch das nutzte nichts, der Frust wurde größer. Irgendwann platzte seiner Frau der Kragen: »Änder was oder hör auf zu meckern!« Das gab den Ausschlag, Freund machte den Elektroladen zu, um ein neues Projekt zu starten. Ein großer Schritt für einen Mann Mitte 40, allerdings wurde die Sache dadurch erleichtert, dass sich das Haus (wie auch noch weitere in der Stadt) im Besitz der Familie befindet. Die Alternative zum Radio lag auf der Hand – die Imbissbudenkultur im Veedel

lag brach: »Ich bin ein alter Braunsfelder. Hier gab's nix.« Mit seinen zwei Kindern ging er öfter in Pommesbuden, doch in Braunsfeld war nichts zu holen. Auf der Aachener Straße gibt es Drogerien und Blumenläden, Bäckereien und Strickläden, zu essen gibt es wenig. So lag es nahe, einen Imbiss zu eröffnen. Binnen drei Monaten baute er seinen Laden um, aus dem Radiogeschäft wurde ein Imbiss auf zwei Ebenen »im Wohnzimmerstil«. Der gewöhnliche Imbiss, in dem man so schnell wie möglich isst und dann sieht, dass man noch schneller wegkommt, war Freund zu langweilig. »Wenn man irgendwo hingeht, soll man Spaß haben, das soll nicht nur Nahrungsaufnahme sein.« So sieht das Freund's aus wie ein Bistro, man kann auch einfach zum Kaffeetrinken kommen und sich in einem der gemütlichen Sessel Fußball ansehen. Drei Großbildschirme sind im Laden verteilt, tagsüber läuft n-tv, das interessiert die Geschäftsleute und ist vor allem nicht gema-pflichtig, samstags läuft Fußball. Normalerweise ist am Wochenende geschlossen, doch wenn der FC spielt, macht Freund auf. So wollte er Zeit für seine Familie behalten, doch schnell musste er feststellen, dass eigentlich an jedem Wochenende irgendwo gespielt wird. Trotzdem ist er sehr zufrieden, der neue Job macht Spaß, seine Frau unterstützt ihn und längst hat der Laden Stammkunden. »Hier isst das Gesundheitsamt. Seitdem die hier kontrolliert haben, kommen die alle zwei Wochen und essen Currywurst.« Die Wurst ist also unbedenklich. Sie ist etwas blass, doch sehr schmackhaft, die Sauce ist angenehm scharf und schmeckt erfreulich stark nach Curry. Die Fritten dazu sind dünn und knusprig, und wer dann noch Hunger hat, kann auf echte Frikandel aus Holland zurückgreifen. Die lässt Freund aus Venlo kommen. »Ich habe welche von hier probiert, die waren furchterregend!« Nach langen Testreihen griff er dann auf das holländische Original zurück.

Im September 2010 ging es los, Freund ließ 20.000 Flyer drucken mit Eröffnungsangeboten, und die Leute rannten ihm die Bude ein. »Da habe ich gedacht: Ich verpachte sofort wieder!« Der erste Schock der Eröffnung ist heute längst verdaut. »Als das Eröffnungsangebot weg war, ging es wieder.« Der Betrieb normalisierte sich, an Verpachtung denkt Freund nicht mehr, dafür träumt er davon, das Geschäft auszubauen. »Ich bin in erster Linie Kaufmann.« So könnte es irgendwann Freund's-Franchise-Imbisse geben. Mit den familieneigenen Ladenlokalen stehen ihm reichlich Möglichkeiten offen. Doch ganz weg vom Radio- und Fernsehgeschäft kommt er nicht. Immer noch kommen Kunden in den Imbiss, halten ihm einen Prospekt unter die Nase und fragen: »Michael, kann man den Fernseher kaufen oder taugt der nichts?«

Currywurst	2,60 €
Fritten	1,70/2,20 €
»Fußball Spezial«: Currywurst + Fritten	3,50 €
Frikandel	1,70 €
Aachener Straße 412, 50933 Köln	
Telefon	0221/5 89 45 07
Geöffnet	Mo–Fr 10–20 Uhr, bei FC-Spielen auch am Wochenende
KVB	Maarweg

Köln 41

»Dä Frittemann rät: vor dem Saufen Fritten kaufen!« So steht's über dem Kühlschrank von »Köln 41«, daneben prangt ein ziemlich schräges Bild vom Besitzer Udo Bieker, und damit ist klar, wo es hier langgeht. Dies ist keine Bude wie die anderen, und Bieker ist kein gewöhnlicher Frittenmann. »Asi-Gastronom« ist seine Idee für eine Visitenkarte. »Ich will ein bisschen provozieren, damit man über mich spricht, auch wenn ich dadurch manche Kundin verliere.« Vor allem das kleine Hinterzimmer seiner Bude wird die eine oder andere Frau in die Flucht geschlagen haben. Dort hängen dutzende Express-Miezen von Seite 1, sauber ausgeschnitten und laminiert. »Ich hatte Zeit ohne Ende und ein Laminiergerät«, erklärt der Chef. Seine Zeit hat der Frittenmann auch dazu genutzt, seinen Laden extrem bunt zu gestalten. Es gibt so viel zu entdecken, dass die Länge einer Frittenportion nicht reicht. Die Wände im vorderen Raum hängen voll mit Postkarten, Frittenfotos und Zeitungen: »Ich wollte immer den Express der ganzen Woche aushängen«, erzählt der Frittenmann, »jetzt hängt er da.« Und dazu der Stadt-Anzeiger. Ein Fernseher klemmt unter der Decke, eingequetscht zwischen einem Schränkchen und der Decke, fixiert mit Bierdeckeln, ein Computer steht auf dem Tisch, und ein wichtiges Bauelement in der Bude sind Bierkästen. Ein großer Kasten und zwei kleine übereinander stapeln, darüber ein Sitzkissen – fertig ist der Hocker. Spitzen-Idee, aber keine einfache Ausführung: »Das war ein typisch rheinländisches Geschäft. Darüber habe ich zwei Schreiner als Kunden verloren. Die haben gesagt: Jaja, ich mach das, und dann habe ich sie nie wieder gesehen.« Bieker selbst

wohnt in der Eifel, er fährt jeden Tag 60 Kilometer hin und wieder zurück. Früher hat er ein Hotel geführt, doch davon hat er genug: »Nie wieder mit Angestellten! Deshalb mache ich die Frittenbude. Eine Kneipe führen geht nicht, da säufst du dich tot!« Anfang 2007 hat er den Imbiss von einem Griechen übernommen, kräftig umgebaut und genau dann eröffnet, als der Gammelfleischskandal losging. »Das war der schwierigste Weg überhaupt!« Dafür hat er sich mit der Fleischauswahl richtig Mühe gegeben. »Ich habe acht Wochen einen Metzger gesucht, der vernünftige Wurst hat und bestes Burgerfleisch.« Dementsprechend gut ist die Currywurst. Die Sauce ist fruchtig, »extra scharf« kommt langsam, aber höchst angenehm. Die Fritten sind ganz ok, die Portionen mächtig. Die Wurst wird erst gemacht, wenn sie bestellt ist. Das dauert etwas länger, ist aber lecker. »Ich habe hier immer 60 Prozent Stammgäste sitzen. Wenn jemand kommt und nervös wird, dann bremsen die den.«

Neben CPM gibt es beim Frittenmann das komplette Imbissprogramm, mit Gyros, Schnitzel, Burgern in allen Größen und Pizza.

Und schließlich kann man im Köln 41 auch Ferienwohnungen in der Eifel mieten oder auch Fahrzeuge. Bieker kauft allerlei merkwürdige Gefährte und verleiht sie an Stammgäste. In der Garage gegenüber, in der für Gäste zwei Parkplätze bereit stehen, parkt ein absurd aufgemotzter Gokart, der ganz ordentlich mit einem Nummernschild ausgestattet ist. Den hat sich mal Miro Varvodic geliehen. Varvodic war ein paar Jahre lang Ersatztorwart beim FC, kam aber nicht an Mondragon und Rensing vorbei. Er lieh sich die Kiste und fuhr damit beim Geißbockheim vor. Als er zurückkam, war er am Boden zerstört. Er hatte zwar für Aufsehen gesorgt, aber nicht so, wie er sich das vorgestellt hatte: Der FC-Manager war wenig begeistert. »Der Ausflug hat ihn 5.000 Euro gekostet«, grinst der Frittenmann, »der Meyer hat nur gebrüllt!«

Anekdoten wie diese hat Bieker viele zu erzählen, und das tut er mit Freude. Auch vergisst er nie zu fragen, ob es geschmeckt hat. Und wenn man es vertragen kann, hat er immer einen blöden Spruch parat. Vor kurzem hat er eine Toilette gebaut: »Jetzt kann hier ordentlich Bier getrunken werden!« Den Spruch über dem Kühlschrank müsste er eigentlich ändern: »Fang doch hier beim Frittenmann zur Currywurst mit Saufen an!«

Currywurst	2,20 €
Currywurst extra scharf	2,40 €
Pommes	1,20/1,70 €
Hans-Sachs-Straße 23, 50931 Köln	
Telefon	0221/2 77 82 21
Geöffnet	Mo–Fr 12–22.30 Uhr Sa–So 15–22.30 Uhr
KVB	Hildegardis-Krankenhaus (Bus) oder Dürener Straße/Gürtel

Bratwurst Manufaktur

So cool muss man erstmal sein: Mit Mitte 40 hat Stefan Schüler sich selbstständig gemacht und einen Laden angemietet, ohne recht zu wissen, was er damit anstellen soll. Er hat das denkbar Beste daraus gemacht: die Bratwurst Manufaktur. »Ich habe den Heimvorteil genutzt«, erzählt er, auf der Dürener Straße kennt er sich aus. Jahrelang hat er nebenan im Haus Schwan gekellnert, dann hörte er, dass das Ladenlokal mal wieder frei wird. Schließlich erkannte er die Marktlücke: Auf der Dürener fehlt eine solide Currywurst. Im Schwan gibt es Hausmannskost, weiter stadteinwärts Döner und Pizza, nur keine Currywurst. Er entschloss sich, auf Qualität zu setzen. Die Wurst kommt vom Bio-Metzger Hennes aus der Südstadt, die Pommes und die wohlklingenden Saucen stammen aus Belgien: Andalouse, Tartare, Blanche, Marocaine und Poivre, dazu diverse Senfsaucen aus der Monschauer Senfmühle, von Honig-Mohn bis Ingwer-Ananas, und schließlich »Hot Mamas«, eine Würzsauce aus Süddeutschland mit dem schönen Slogan »Fühle den Schmerz«. Die Currysauce ist sehr würzig, die Schärfe kommt verzögert. Die Wurst ist klasse, die dicken Fritten ebenfalls. Sie sind frisch, nicht tiefgefroren. Serviert wird in klassischen Frittenschalen – allerdings sind die in der Bratwurst Manufaktur aus Porzellan und die Pommespieker aus Edelstahl. Das ist alles sehr

liebevoll eingerichtet und durchdacht. Das muss auch so sein bei der kleinen Fläche, die Schüler zur Verfügung hat. Das hintere Drittel des winzigen Ladens trennt die Verkaufstheke ab, vorne sind Stehtische an die Wand montiert, ein paar Hocker gibt es auch. Draußen steht eine Bank. Auf der darf man Bier trinken, drinnen nicht. Der Laden ist hell gestrichen mit einem blauen Zierstreifen, der Schülers Leidenschaft zeigt: den Karneval. Seit 13 Jahren ist Schüler ein Blauer Funke, in der Zeit hat er eine Menge Orden gesammelt, die jetzt in seiner Bude hängen. Und auch seine zweite Leidenschaft ist leicht zu erraten: Auf dem Fritz-Kola-Kühlschrank vor der Theke steht ein Geißbock. Eine Tafel verkündet das Speiseangebot, das war's. Zum Mitnehmen und Selbermachen gibt es ein Wurst-Grillpaket, wenn etwas schiefgeht den »Grill-Notruf«, für Stammgäste die Bratwurststempelkarte und seit einiger Zeit macht Schüler auch Kartoffelsalat selber.

Ein sympathischer kleiner Laden mit exzellentem Essen – ein Muss im Kölner Currywurstkosmos. Und anschließend geht man am besten zum Absacker in Schülers alte Wirkungsstätte Haus Schwan an die schöne lange Holztheke, wo der Wirt extrem aufmerksam ist und auf die Ansage des Gastes, gleich gehen zu wollen, aus tiefster Seele antwortet: »Ach Quatsch!«

Currywurst	3,50/4,00 €
Pommes + Sauce	1,50/2,50 €
CPM	5,00 €
Dürener Straße 219, 50931 Köln	
Telefon	0221/78 96 73 30
Internet	www.bratwurst manufaktur.de
Geöffnet	Mo–Fr 12–20 Uhr Sa 12–17 Uhr
KVB	Dürener Straße/Gürtel

Hermeskeiler Grill

Hier kocht ein Meister: die gerahmte Urkunde an der Wand des Hermeskeiler Grills verkündet, dass Herr Heinz-Jürgen Fritz die Meisterprüfung im Fleischer-Handwerk abgelegt hat. Als Fleischer hat Fritz auch lange gearbeitet, doch dann zog sein Betrieb nach Dortmund um und Fritz musste pendeln. Das tat er eine Weile, dann war er es leid. Er begann, sich einen eigenen Laden zu suchen. Eine Metzgerei sollte es sein oder ein eigener Imbiss. Er schrieb auf ein paar Anzeigen und fand schließlich die Bude am Hermeskeiler Platz. Als er sie gerade angezahlt hatte, flatterte das Angebot ins Haus, die Metzgerei Raab in Sülz zu übernehmen. Dafür war es nun zu spät, die Metzger fanden keinen Nachfolger, und so wurde aus der Metzgerei ein Tonstudio für den Metzgersohn Stefan, der gerade bei Viva seinen ersten Moderatorenjob bekommen hatte. Das war 1993, vor genau 20 Jahren. Seitdem arbeitet Raab beim Fernsehen und Fritz hinter der

Theke im Hermeskeiler Grill. Auf die Frage, ob er sein Jubiläum feiert, sagt Fritz nur kurz: »25!«

Jahreszahlen sind nicht wichtig hier im Imbiss, die Bude ist zeitlos: eine einfache Baracke, außen mit Mosaik-Fliesen gekachelt, in den großen Fenstern ganz oben mit einem Muster, das daran erinnert, dass hier vor Urzeiten mal ein Grieche gekocht hat, drinnen eine große Theke, drei helle Tische vor den Fenstern, die mit gelben Gardinen mit Blumen drauf geschmückt sind, Plastik-Paneele im Holzdesign bis unter die Decke und dazu überhaupt nicht passende silberne Hocker, die aus der Bar vom Raumschiff Enterprise stammen könnten. Ein Gast rutscht darauf herum, Fritz ruft: »Rechts ziehen!« Der Gast fummelt am Hebel herum und versinkt, bis sich die Nase auf Tischhöhe befindet. Spitzen-Hydraulik! Für solche Spielereien hat man keine Zeit mehr, wenn die Portion Currywurst mit großen Fritten auf dem Tisch steht. »Große Fritten« ist nicht übertrieben – sehr groß trifft es besser. Die Currywurst ist vollständig unter dem mächtigen Berg Fritten verborgen. Dabei muss sie sich nicht verstecken, sie ist würzig und frisch, die selbstgemachte Sauce süßlich, leicht scharf, hellbraun mit leichter Curry-Färbung. Neben der klassischen Imbisskost bietet Fritz eine Tageskarte, die wöchentlich wechselt, aber jeden Freitag Fisch bietet. Dann hilft seine Frau beim Kochen, und der Kunde kann sich das Markttreiben draußen auf dem Hermeskeiler Platz ansehen.

Früher hat Fritz auch am Samstag im Grill gestanden, doch vor zwei Jahren starben in kurzer Zeit zwei seiner Freunde, und das hat ihn nachdenklich gemacht. Mit seiner Frau beschloss er, einen Tag länger Pause zu machen. Nun ist am Wochenende geschlossen: »Die Freizeit kann einem keiner bezahlen!«

Currywurst	2,30 €
Pommes	1,50/2,00 €
Currywurst + Pommes + Getränk	4,70 €

Simmerer Straße 62, 50935 Köln	
Telefon	0221 / 432065
Internet	
Geöffnet	Mo–Do 11.30–20 Uhr, Fr 11.30–19 Uhr
KVB	Hermeskeiler Platz

Geißbockheim

Kein Buch über Köln ohne den FC! In unserem Fall geht das leicht, denn im Clubhaus des Vereins serviert man die »FC-Currywurst«. Doch nicht nur für Fußball- und Currywurstfans ist das Geißbockheim interessant. Mitten im Grüngürtel gelegen, wenige Meter vom Decksteiner Weiher, sind hier immer Scharen von Spaziergängern anzutreffen, dazu Radfahrer, Familien, Wanderer und alles, was der Wald sonst noch hergibt.

Erbaut wurde das Geißbockheim 1953; der FC war gerade fünf Jahre alt. Kurz zuvor hatte er auf einer Karnevalssitzung (wo sonst?) sein Maskottchen bekommen. Zirkuschefin Carola Williams überreichte dem legendären Präsidenten Franz Kremer (nach dem später die Zufahrt zum Clubhaus sowie das kleine, 12.000 Zuschauer fassende Stadion dahinter benannt wurde) einen Geißbock, den Kremer nach dem damaligen Trainer, dem ebenfalls legendären Hennes Weisweiler, benannte.

All den großen Namen begegnet man, wenn man vom Parkplatz den rechten (Haupt-)Eingang nimmt. Schon im Treppenhaus in den ersten Stock beginnt die Ahnengalerie: Großformatige Fotos zeigen Hans Schäfer, den Kölner Weltmeister von 1954, Wolfgang Overath, den Tünn und den Litti. Im Gastraum oben geht es weiter. Wenn man den imposanten bronzenen Geißbock am Eingang passiert hat, kann sich der Fan an den schönen alten Fotos berauschen und der Ästhet an der Inneneinrichtung, die sicher mal sehr modern war. In einer Ecke läuft ein Fernseher, natürlich mit Fußball. Im November 2012 verkündete der Pächter Eugen Glöckner allerdings, seinen Sky-Vertrag zu kündigen. Für ihn lohnt sich die Übertragung nicht, zumal der FC in der 2. Liga dauernd um 18 Uhr spielt. Zu der Zeit werden Kneipen nicht voll, so dass der Preis für Sky nicht mehr rein kommt. Im Netz witzelte prompt ein Fan: »Der FC zeigt seit Jahren keinen Fußball mehr, warum sollte es der Pächter tun?«

CLUBHAUS DES 1. FC KÖLN
Geißbockheim
RESTAURANT · CAFE · BIERGARTEN
Gaffel Kölsch

150 Leute finden im Geißbockheim Platz, es gibt aber noch Nebenräume, so dass hier sogar Gesellschaften von 600 Personen feiern können. Auf der gefliesten Terrasse können noch mal 100 Besucher sitzen. Zwischen den blauen Klapptischen und -stühlen stehen dekorative Holzbottiche mit Pflanzen. Grün gibt es wirklich reichlich, von der Terrasse sieht man viel Wald, aber leider nicht mehr den Trainingsplatz, der direkt vor der Tür liegt: Vor ein paar Jahren hat der FC sein Clubhaus erweitert, seitdem sitzt man genau auf der Höhe des Dachs des neuen Verwaltungsgebäudes. Auch auf dem Dach des neuen Gebäudes finden sich Grünpflanzen, man kann aber nicht recht entscheiden, ob das Absicht oder Unfall ist.

Für den Pächter ist der Neubau sehr ärgerlich; der Express berichtet über Umsatzeinbußen und dass der Pächter mit dem FC über Ausgleichszahlungen verhandelt. Früher war es in diesem Fall also wirklich besser, mit dem Bier in der Hand (draußen nur 0,3 l) konnte man den Profis beim Training zusehen; heute muss man dafür den schönen Terrassenplatz aufgeben und hinunter gehen. Das ist allerdings auch nicht tragisch, die Jungs trainieren keine Ewigkeiten. Man kann erst zusehen und sich dann mit der Currywurst stärken. Das Zusehen lohnt schon allein wegen der Kommentare der Experten rund um den Platz. Nur die Rentner, die ihren Tisch mit den Stühlen unter einem Busch hinter dem Tor hervorziehen, lassen sich nicht weiter beim Skatspiel stören und kommentieren den letzten Grand genauso gerne wie das Torschusstraining.

Zurück auf der Terrasse, studiert man erst einmal die recht umfangreiche Karte: Kuchen, Schnitzel, Steak, Salate, eine wechselnde Wochenkarte und der schöne Hinweis: »Bitte beachten Sie auch unsere Dicke-Bohnen-Karte.« Das tun wir ausnahmsweise nicht (obwohl Dicke-Bohnen-Karte-beachten sonst unsere Stärke ist), sondern widmen uns der FC-Currywurst. Die ist absolut kinderfreundlich: Die dünne Sauce ist überhaupt nicht scharf und sehr tomatig; ein Hauch von Curry stammt vom Pulver, mit dem die Wurst bestreut ist. Die

Pommes dazu sind lang und dünn wie im Lokal zum Goldenen M, und im Gegensatz zur Frittenbude bekommt man die Wurst hier am Stück. Die Wurst ist das Beste, sie ist ebenfalls lang und dünn und vor allem sehr würzig. Das Gesamtwerk wird abgerundet durch ein Tomaten-Achtel und ein Salatblatt. Optisch ebenfalls ganz vorn: die Geißbockserviette. Mag der FC spielen wo er will: Die FC-Currywurst ist erstligareif. Man merkt: Ein Besuch des Geißbockheims ist ein Muss. Und wenn man Glück hat, isst man seine Currywurst neben einem FC-Altstar oder, noch besser, neben einem kleinen Jungen, der davon träumt, mal im Geißbocktrikot ins Stadion einzulaufen.

FC-Currywurst + Pommes	6,50 €
Geißbockheim – Clubhaus des 1. FC Köln Franz-Kremer-Allee 1–3, 50937 Köln-Sülz	
Telefon	0221/43 35 36
Telefax	0221/43 34 04
Internet	info@geissbockheim-fckoeln.de www.geissbockheim-fckoeln.de www.fc-koeln.de
Geöffnet	Öffnungszeiten täglich 11–21 Uhr
KVB	Klettenbergpark

Ralles Grill-Revier

Mitten auf dem Parkplatz des Toom-Baumarkts knapp hinter dem Zollstockgürtel steht »Ralles Grill-Revier«, eine Bude auf Rädern. Eine Seite wird aufgeklappt, dann kann es losgehen. Vor der Bude ein Biertisch und drei Stehtische, eingefasst von runden, steinernen Blumenkübeln, die sich an Henkeln wegheben lassen, davor ein »Überflurhydrant«. Schon beginnt die wundersame Welt der Baumärkte, in der es Dinge gibt, die man sich nicht ausdenken kann: Doppelstegplatten, Beton-Baumscheiben oder Rasenpflaster.

Seit drei Jahren steht die Bude zwischen Toom und Aldi. In letzter Zeit hat sich viel getan am Gürtel; ein Autohaus, eine Tankstelle und ein Penny-Markt sind in den vergangenen Jahren im Niemandsland

entstanden, für Wohnbebauung ist die Bahn zu nahe. Hier auf dem Parkplatz kommt man sich vor wie weit draußen vor der Stadt, nichts, was an eine Großstadt erinnert. Ringsum hingeworfene Flachbauten, dazwischen stehen Autos herum, riesige Laternenpfähle, kaum Bäume, weiter Himmel – gerade abends herrscht eine surreale Stimmung wie in einem David-Lynch-Film. Sehr viel realer ist da schon das Angebot im Grill-Revier: halbes Hähnchen, Curryfrikadelle und natürlich Currywurst-Pommes. Serviert wird in Plastikschalen, links die Fritten, rechts die Wurst, dazu ein Holzpieker. Die Wurst ist schmackhaft, mit ordentlich Currypulver drauf, die selbstgemachte Sauce ist etwas dünn, aber lecker, mit leichter Schärfe. Die Pommes gibt's mit Paprikapulver: solide. Links und rechts vom Namensschild oben an der Bude sind Flammen aufgemalt. Die schlagen einem nicht aus dem Hals, aber für etwaige Unfälle liegt eine Löschdecke über dem Grill. Sehr praktisch!

Bleibt als letzte Frage natürlich: Wer ist Ralle? Der freundliche türkische Kollege hinter dem Tresen grinst: »Ich bin Ralle!« Klar – wahrscheinlich ist seine Frau auch Ralle. Und nach einiger Zeit auf dem Parkplatz fühle ich mich auch ein bisschen Ralle.

CPM + Getränk	5,30 €
Pommes	1,40/1,90 €
Currywurst	2,50 €
Halbes Hähnchen	3,00 €
Ganzes Hähnchen	5,50 €
Neuer Weierstraßerweg/ Bernkasteler Straße, 50969 Köln	
Geöffnet	Täglich 11–18 Uhr
KVB	Bernkasteler Straße

Schlemmerstube »Zum Spanier«

»Wer hier her kommt, kommt immer wieder, weil es immer was zu lachen gibt!«, erzählt Heike aus der »Schlemmerstube Zum Spanier« in Poll. Das hat sich schnell herumgesprochen, seit die Schlemmerstube im Februar 2010 wieder aufgemacht hat. Den Laden gibt es seit bald 30 Jahren, die ersten 15, 20 Jahre lief er gut, doch dann ging es bergab, bis schließlich der Vorgänger vom Spanier Pleite gemacht hat. Der Spanier, das ist Francisco Bonillo, genannt Paco. Der betreibt direkt neben der Schlemmerstube mit seiner Familie ein Transport-Unternehmen und fand, dass der Imbiss nicht einfach verschwinden sollte. Also hat er ihn renoviert und wieder eröffnet. »Vom ersten Tag

an lief das so gut hier! Ich habe eine Freundin zu Hilfe geholt. Die hat nach drei Wochen erkannt: Das ist ein Fulltime-Job!« Und Paco hat schnell gemerkt, dass zwei Jobs zu viel sind. Also hat er sich wieder rausgezogen, seiner Freundin Myriam Meier den Laden überlassen und kommt nun nur noch gelegentlich, um spanische Gerichte zu kochen und gute Laune zu verbreiten. Sein Lachen ist ansteckend, und die Gamba-Spieße, die er uns serviert hat, sind großartig. Auch seine Paella soll stark sein, doch das Vergnügen hatten wir noch nicht.

Myriam Meier ist zwar Gastronomin, doch was sie ihren Gästen vorsetzt, kann sie gar nicht recht beurteilen: »Ich bin Vegetarierin. Heike muss morgens alles probieren.« Wir haben neben der Currywurst auch noch eine Frikadelle probiert – zu gut sah die am Nebentisch aus.

Erstaunlicherweise ist die Frikadelle schärfer als die Currywurst. Die Currysauce ist lecker, aber etwas dünn, die Wurst ist schön würzig. Auch die dünnen, knackigen Fritten heben die Stimmung. Das Essen bringen die Damen vom Grill an den Tisch, und dabei fällt immer irgendeine nette Bemerkung. Die Witze mit den Stammkunden sind gut eingespielt, man kennt sich, man foppt sich. Die Gespräche im Laden sind Unterhaltung genug, da braucht es den Fernseher und den Spielautomaten gar nicht. Man merkt sofort, dass hier Leute mit Spaß und Begeisterung bei der Sache sind. Das schlägt sich auch in der für Imbissbudenverhältnisse gemütlichen Einrichtung nieder. Sieben große, hölzerne Tische, gepolsterte Bänke und Stühle und wechselnde Dekoration, je nach Anlass. Zur Fußball-WM in Südafrika zierten afrikanische Figürchen, Kaffeetassen mit der deutschen Mannschaft und Fähnchen den Imbiss. Der Berg von Deutschland-Tassen ist so hoch, die werden auch die nächsten drei Turniere noch reichen. Dass es die Schlemmerstube dann noch gibt, bezweifelt hier keiner. Längst hat Myriam Meier eingesehen, dass aus der kurzen Aushilfe für einen guten Freund ein sehr langlebiger Job geworden ist: »Wir sind noch in 40 Jahren hier!« Eine gute Nachricht für die Schäl Sick!

Currywurst	2,50 €
Pommes	1,60/2,00 €
Poll-Vingster Straße 138, 51105 Köln	
Telefon	0221/57 08 98 95
Geöffnet	Mo–Fr 6–15 Uhr
KVB	Haltestelle Gremberg, Linie 153

Curry-Karl

Im Keller der Köln-Arcaden wird man satt, wenn man es satt hat, wenn man genug hat von den dutzenden Läden, die sich in diese riesenhaften Einkaufstempel quetschen und die man bestenfalls am Dialekt der Besucher unterscheiden kann. Dort unten im Keller also, zwischen »Haiky« und dem »Sushi-Drachen«, genau gegenüber der Nordsee, liegt das Geschäft von Curry-Karl – ein Ableger der Schlemmerland GmbH aus Marl. Der Laden ist relativ schmal, fast unscheinbar. Es vermischen sich so viele Gerüche, dass man den schönen Frittenduft erst in der Nase hat, wenn man 20 Zentimeter vor der Theke steht. Dann muss man den Kopf in den Nacken legen, um die Speisekarte anzusehen. Die hat es in sich: die komplizierteste Preistafel aller Frittenbuden; alles ist »Karlmenü«. Bis man das sortiert hat, ist man von den Gerüchen satt. Die Getränke zum Karlmenü sind billiger, es gibt ein Doppelkarlmenü mit Fritten, zweifach Currywurst und zwei Saucen, und die Bedienung zieht es gnadenlos durch mit den Bezeichnungen. Wir bestellen zu den Fritten Zwiebelsauce. Ziemlich scheußliche Wahl, aber wo sie schon mal auf der Karte steht, muss sie auch probiert werden. »Zwiebelsauce? Dann sind es Fritten spezial!« Das ist uns herzlich wurst, bestellen wir also Fritten spezial für 3,20 Euro. Die Bedienung nimmt einen Riesenlöffel,

und ein Berg weichgesottener Zwiebeln landet auf den Pommes. Keine Spur von Sauce; sieht fies aus und schmeckt auch so. Die Fritten solo sind besser, vorfrittiert, entsprechend kross und lecker. Die Wurst ist ok, neben der normalen Bratwurst gibt es Krakauer, Berliner Bratwurst, Puten- und Rindswurst. Ok ist auch die Currysauce, recht dick und ganz leicht scharf. Alternativ geht auch die »Feuersauce«, doch die ist ein Abklatsch der scharfen Sauce vom Dönergrill. Rechts an der Theke vorbei kann man in den Laden gehen und sich an einen der paar Tische setzen, doch den größeren Spaß bringen natürlich die Stehtische draußen, in der Mitte der Freßmeile. Hier kann man sich die gesamte Kalkfolklore ansehen. Ein älteres Ehepaar ruht sich neben seinem vollgepackten Einkaufswagen auf der Bank ein paar Meter weiter aus, Scharen von Teenies ziehen durch die Arkaden, genervte Eltern scheuchen ihre Kinder: Missmut überall, und wenn man mal wieder richtig auf die Fresse kriegen will, hat man hier beste Aussichten. Dat ess Kölle, und wenn man die Arkaden nicht als kabarettistische Veranstaltung ansieht, kann man sich leicht von der schlechten Laune anstecken lassen. Doch ob man die Einkaufszentren liebt oder hasst: Früher oder später landet man beim Curry-Karl.

Currywurst	3,20 €
Pommes	2,40 €
»Karlmenü«: Currywurst + Pommes + Mayo + Ketchup	5,30 €
Curry-frikadelle + Pommes rot/weiß (auch Karl-menü)	5,30 €
Geöffnet	Bis 22 Uhr geöffnet, im Weihnachtsbetrieb auch mal bis 24 Uhr
KVB	Kalk-Post oder Trimbornstraße

Grill-Stübchen

Rustikal – das ist das Wort, das einem zuerst einfällt, wenn man im Grill-Stübchen steht. Seit 45 Jahren gibt es das, und es sieht aus, als habe es schon immer so ausgesehen. Gefliester Boden, Holzdecke mit aufgemalten Blümchen, ein Mix aus Holz und weiß-blauen Fliesen an den Wänden, Plastikefeu, ein langer Tisch in der Mitte, sechs kleine drumherum, und es riecht wie früher auf der Kirmes. In der riesigen Theke liegen die Schnitzel in Tellergröße, darüber hängt die enorme Speisekarte. Einen Vorgeschmack auf die Vielfalt erhält man schon vor der Tür, dort werben unzählige Schilder für Grillhaxe, Hähnchen und Lasagne, Rumpsteak und Pizza. Davor steht noch eine mobile Werbetafel, das Ganze ist angeleuchtet wie eine Autobahnraststätte. Sehr hübsch: Über dem ganzen Gedöns schaut sich eine Armee von Plastiktieren an, wer das Grill-Stübchen besucht. Hier kehren Familien genauso gern ein wie Junggesellen, das Grill-Stübchen ist eine Institution in Buchforst. Was die Idylle ein wenig stört, ist das zu laute

Radiogedudel und das Gedaddel des Spielautomaten. Sonst könnte man sich in die 1950er Jahre zurückversetzt glauben. Wie damals ist auch das Essen gewürzt: Die extra scharfe Currywurst ist extra harmlos, so wie einst, als Chili nur im Deutschunterricht bei Heinrich von Kleist vorkam. Die Sauce ist reichlich und sehr tomatig, die Fritten dazu sind eher unterer Durchschnitt. Nett ist es trotzdem im Grill-Stübchen, der Service ist gut, die vier Damen sind auf Zack. 14 Leute arbeiten insgesamt hier, so viele beschäftigen sonst nur die großen Ketten in der Innenstadt. Wenn also die Schwiegereltern demnächst mal wieder zu Besuch sind – macht einen Ausflug nach Buchforst. Ab ins Grill-Stübchen!

Currywurst	2,40 €
Pommes	1,30/1,70 €
Currywurst XXL + Pommes	4, 90 €
Heidelberger Straße 23, 51065 Köln	
Geöffnet	Täglich 11–22.30 Uhr
KVB	Waldecker Straße

Wurst-Hütte

Das hat man nicht oft: Frittenbuden-Angestellte in Uniform. Am Wiener Platz trägt man ein gelbes Shirt mit »Wurst-Hütte«-Aufdruck, dazu rote Schürze und rotes Halstuch. Gelb und rot finden sich auch in dem dicken Schild über der Bude, und die gleichen Farben prägen auch das Bild der »Hähnchen-Farm« ein paar Meter weiter. Das ist aufeinander abgestimmt, und damit fällt es auf hier am Wiener Platz, wo so wenig zueinander passt. An der »Wiener Platz Galerie« muss ein Wettbewerb stattgefunden haben, wer das größte Schild mit den tollsten Farben hat: Kamps und Lidl kleistern das Haus zu, Rossmann, Burger King und das Parkhaus, das mit »Den ganzen Tag parken für nur 3 Euro« wirbt, aber für die erste Stunde schon zwei Euro kassiert. Der Platz vor der Galerie sieht aus wie ein Bombentrichter, den ein Irrer zugepflastert hat, der Biergarten mittendrauf scheint vom Laster gefallen und einfach liegengeblieben, und rheinwärts führt ein Weg hinab, der vermutlich schnurstracks in die Hölle geht; die KVB hat ihn netterweise mit Rolltreppen versehen. Der ganze Wiener Platz erinnert an das Bonner Loch, den grauenvollen Ausgang des Bonner Bahnhofs. Und tatsächlich finden sich am Wiener Platz Gestalten, die man sonst eher am Bahnhof erwartet. Auf das Publikum angesprochen, verdreht die Bedienung der Wurst-Hütte nur vielsagend die Augen. Es gibt sicher einfachere Arbeitsplätze. Schönere auch: Die Wurst-Hütte

ist unter eine Rolltreppe geklemmt im Eingang zum Einkaufsparadies, die meisten Menschen hasten links und rechts vorbei. Nur die Frittenesser beruhigen die Szene. An drei Stehtischen vor der Hütte verzehren sie ihre Currywurst. Die runden Stehtische haben in der Mitte eine Öffnung für den Müll; sehr praktisch, aber nicht unbedingt jedermanns Sache, beim Essen auf den Müll zu schauen. Man kann sich natürlich auch auf die große Treppe setzen, die hoch zur Bahn führt. Hier darf dann auch geraucht werden; direkt neben der Wurst-Hütte steht ein »Ab hier Nichtraucherzone«-Aufsteller. Eine ganze Reihe Scheußlichkeiten liefern also gute Argumente, den Wiener Platz zu meiden. Doch das beste Argument zählt fürs Kommen: die Wurst-Hütte. Die »original holländischen Pommes« sind dick, außen knackig und innen kartoffelig, mit Salz und Paprikapulver bestreut und schmecken hervorragend. Statt Mayo kann man auf die holländische Joppie-Sauce zurückgreifen, die hier »Hüttensauce« heißt. Die Wurst ist lecker, und die Sauce gibt es erfreulicherweise in zwei Varianten: normal und scharf. Die normale macht ihrem Namen Ehre, die scharfe ist sehr gut: gute Konsistenz, eine schöne Schärfe, die erst nach ein paar Bissen zuschlägt – lecker! Und wenn man dann noch den Preis beachtet, hat man gleich noch einen Grund für einen Ausflug nach Mülheim. Der Extrem-Sparfuchs merkt sich den Juli: dann feiert die Wurst-Hütte ihren achten Geburtstag, und an dem Tag kostet alles einen Euro.

Currywurst	2,00 €
Pommes	1,30/1,80 €
Krakauer	2,20 €
Mayo	0,30 €
Wiener Platz 1, 51063 Köln	
Geöffnet	Mo–Fr 9–20 Uhr Sa 9–18 Uhr
KVB	Wiener Platz

Schwimmbad

Im Herbst 2012 sorgte der Stadt-Anzeiger für Wirbel, als er die Gehälter der städtischen Manager veröffentlichte. Besonders das Gehalt des Bäder-Chefs, das mit 221.000 Euro deutlich über dem des Oberbürgermeisters liegt, empörte viele Leser, zumal zur gleichen Zeit die nächste Preiserhöhung der städtischen Bäder bekannt wurde. Empörung und Proteste im Zusammenhang mit Schwimmbädern gibt es oft; meist wehren sich die Leute gegen Schließungen. Das gelingt nicht immer. So ist das Ehrenfelder Neptunbad erst aufwendig restauriert worden, um dann 1994 doch geschlossen zu werden. Schließlich überließ man es einem privaten Investor, der 2002 ein (immerhin sehr gelungenes) Wellnessbad daraus gemacht hat. Im alten Schwimmbecken, in dem früher Grundschüler schwimmen lernten, stehen heute Fitnessgeräte.

Bereits 1986 beschloss der Stadtrat, das Riehler Freibad direkt am Rhein zu schließen. Die »Rheinlust« war 1902 gebaut und später wegen des Baus der Mülheimer Brücke verlegt worden. In den 1960er Jahren wurde sie erweitert, ein Jahrzehnt später wieder verkleinert, weil das neue Colonia-Hochhaus Platz brauchte. Mitte der Achtziger wurde dann endgültig der Stöpsel gezogen, und erst zehn Jahre später eröffnete der Biergarten. Im ehemaligen Wirtschaftsgebäude des Schwimmbads sind jetzt Küche und Ausschank untergebracht.

Das blaue Gebäude hat an jeder Seite eine Funktion. Vorne ist die große Getränkeausgabe, an der langen Rheinseite eine kleinere Ausgabe, die bei Hochbetrieb öffnet, links, Richtung Wiese, steht man für das Essen an und hinten befindet sich die Toilette. Deren Nähe ist gut für die Blase, schlecht für die Nase. Wenn der Wind ungünstig steht, sitzt man in der hinteren Ecke schlecht. Doch es gibt genug Auswahl: Über 600 Sitzplätze hat das Schwimmbad. Auf den groben Holzdielen sind Klapptische und -stühle sauber aufgereiht. Unordnung entsteht während der großen Fußballturniere, dann rücken alle in Richtung der Fernseher zusammen, auf denen man alle Spiele verfolgen kann. Der ganze Biergarten ist dann geschmückt mit kleinen Wimpeln und großen Fahnen in Schwarz-rot-gold.

Auch ohne Fußball sitzt man, ein paar Schritte vom Rhein entfernt, sehr gut im Biergarten im Grünen. Zwischen den Tischen stehen kleine

Bäumchen in Kübeln, drumherum rauschen deren große Verwandte. Im Schwimmbad erholen sich Familien vom Rheinspaziergang, hier rasten Radfahrer und Skater, man kann Tätowierungen bewundern, Gespräche führen oder belauschen.

Vor dem Gang zur Getränkeausgabe sollte man die Karte studieren. Bestellt man einfach ein Bier, erntet man nur Kopfschütteln: »Wir haben 20 verschiedene!« Die Speisekarte ist nicht so ausgefeilt, es gibt ein paar größere Gerichte wie Schnitzel oder Salatteller zum Bestellen, die Imbiss-Speisen holt man sich am Selbstbedienungsschalter an der hinteren Längsseite. Beliebt bei Familien ist die große Schale mit den langen, dünnen Fritten oder mit American Wedges. Natürlich läuft auch die Currywurst gut; die Sauce ist sehr flüssig, hell und könnte intensiver sein, doch die Wurst ist sehr schmackhaft. Letztlich profitiert der Biergarten vom Standortvorteil: Bei schönem Wetter gibt es wenige Plätze, an denen der Currywurstverzehr mehr Spaß macht.

Currywurst	3,10 €
Pommes	2,30 €
Riesen-schüssel Pommes + Mayo + Ketchup	7,70 €
Currywurst + Pommes	5,10 €
Rheinkilometer 691 An der Schanz 2a, 50735 Köln	
Telefon	0221/7 60 58 10
Internet	www.koeln-biergarten.de
Geöffnet	Mo–Sa 12–23 Uhr So 11–23 Uhr
KVB	Boltensternstraße

Suburbia

Vor den Toren der Stadt

■ Wo hört die Stadt eigentlich auf? Gibt es das noch: das gute alte »Land«? Ist Frechen ein Dorf? Was ist ein Dorf? Ein Dorf liegt auf dem Land. Ach ja? Und was ist mit Müngersdorf, Bickendorf und Co.? Also versuchen wir's mal systematisch: Wo Dorf ist, ist keine Stadt mehr. Ein Dorf – da arbeiten die Menschen in der Landwirtschaft? Sorry, auch dieser Indikator taugt wenig. In den so genannten Dörfern rund um Köln, auch jenen, die im Bergischen Land, im Westerwald, in der Eifel, der Voreifel oder am Niederrhein liegen – dort arbeiten ebenso in der Regel weniger als fünf Prozent der Menschen in der Landwirtschaft, denn auf den Feldern sind es die Maschinen, die arbeiten und von nur wenigen Menschen bedient werden müssen. Die Menschen arbeiten in der Produktion und im Dienstleistungssektor – auf dem Dorf wie in der Stadt. Die Siedlungen rund um die hier besprochenen Buden sind durchaus unterschiedlich hinsichtlich ihrer Funktion. Insgesamt ist dieser ca. zehn Kilometer vom Dom entfernte Ring als Suburbia zu bezeichnen, »Vor den Toren der Stadt« gewissermaßen, und zwar weit davor, und doch funktional oft mit ihr verknüpft. Neben der Verknüpfung mit den innerstädtischen Gebieten entsteht jedoch hier und da auch eine eigene Zentralität, die dann dazu führen kann, dass die Menschen in den Dörfern in der Nähe von Hürth eben nicht mehr auf die Hohe Straße zum Einkaufen fahren, sondern den Samstag im Hürth-Park verbringen. Entsprechend gibt es dort Restaurants, Frisöre, Kneipen, Kinos. In der US-amerikanischen Geographie wird dieses Phänomen mit unterschiedlichen Begriffen bezeichnet. Manche sprechen von Edge-Cities, die an den Grenzen der Einflussbereiche von Städten entstehen, oder auch von einer Post-Suburbia, die funktional auf unterschiedliche Weise untereinander vernetzt ist und nur noch teilweise mit dem Zentrum der nächsten größeren Stadt.

Die Darstellung des suburbanen CPM-Rings beginnt, analog zum ersten Ring der Kölner Vororte, im Nordwesten, also in Bocklemünd.

Bocklemünd und Mengenich: Alte Dörfer werden von der Stadt eingeholt, bis hin zum »Platte machen« – zu »Bei Dimi«

■ Köln ist ja, wie schon angemerkt, eigentlich ein Stein gewordenes Lehrbuch der Allgemeinen Stadtgeographie. Ein Grundprinzip, das hilft, Städte lesen zu lernen, ist das konzentrische Wachstum derselben. Städte wachsen in aller Regel von innen nach außen. Im Fall Kölns gab es zuerst die Siedlung der Ubier und Eburonen, deren Standort dann die Römer für die Stadtgründung nutzten. Im Mittelalter wurde aus dem viereckigen Grundriss ein Halbkreis westlich des Rheins und mit der Industrialisierung fiel die entsprechende Stadtmauer größtenteils, um Ringstraßen und Neubauten Platz zu machen. Die Stadt wuchs weiter nach außen, wie in einigen anderen Kapiteln bereits beschrieben. Dieses Wachstum war an Verkehrsachsen orientiert. Entlang der Nordwest-Achse Venloer Straße wuchs der heutige Stadtbezirk Ehrenfeld. Und das Stadtwachstum erreichte zum Teil zwischen den Kriegen, später nach dem Zweiten Weltkrieg teilweise die ehemals weit vor der Stadt gelegenen Dörfer Bickendorf, Vogelsang, Ossendorf, Bocklemünd und Mengenich, heute allesamt Stadtteile des Bezirks Ehrenfeld.

Die Gegend war seit ihrer Besiedelung stark landwirtschaftlich geprägt – und noch heute fangen hinter Mengenich große Felder an. Endlich hört die Stadt mal auf, möchte man fast sagen. Wie sehr Stadt und Land hier zusammengewachsen sind, verraten nicht nur die Namen heutiger Stadtteile, die auf -dorf enden, sondern zum Beispiel auch eine große Produktionsfläche des WDR in Bocklemünd, der Butzweiler *Hof*, auch bekannt als »Hollymünd«.

Im Zuge des Wiederaufbaus des weitgehend im Zweiten Weltkrieg zerstörten Kölns sollte dann in Zeiten des so genannten Wirtschaftswunders die nach wie vor vorhandene Wohnungsnot endlich gelöst werden. Das Wohnideal war geprägt durch die Charta von Athen (vgl. »Marie Curry«-Text) und die Idee der Funktionstrennung. Das war möglich durch die zunehmende Verbreitung des Automobils und den damit einhergehenden und auch vorauseilenden Straßenbau. Für die,

die es sich leisten konnten, ging es in dieser Zeit also um das Eigenheim, möglichst mit Garten, für die, die sich weniger leisten konnten, mussten andere, billigere Wohnungen her. Der Industrielle Wohnungsbau versprach hier die Lösung: verdichteter Hochhausbau aus vorgefertigten und damit preisgünstigen Bauelementen, mit anderen Worten also Plattenbau. Diese so genannten Großwohnsiedlungen konnten allein aus Platzgründen nur an den Rändern der Stadt entstehen und von der Idee des »Wohnens im Grünen« her passte dies ja ohnehin. Im linksrheinischen Köln besonders erwähnenswert sind Chorweiler im Norden, Meschenisch im Süden und eben Mengenich im Nordwesten. Für Chorweiler gab es bereits Pläne aus den 1920er Jahren, die Siedlung in Mengenich hingegen wurde von der Kölner SPD im Kontext des Kommunalwahlkampfs 1965 recht kurzfristig erdacht. Die CDU hatte zuvor ein Konzept für die Konrad-Adenauer-Siedlung im rechtsrheinischen Neu-Brück vorgestellt und da mussten die Genossinnen und Genossen selbstverständlich dagegenhalten. Zwischen 1965 und 1970 wurde das Projekt realisiert und das Ganze hatte zusammen mit den alten Dörfern rund 12.000 Einwohnerinnen und Einwohner, heute sind es ca. 1.500 weniger. Die Planung lag bei der gewerkschaftseigenen »Neuen Heimat«. Ein Spaziergang macht die Aufteilung in Hochhäuser mit Fußgängerzone und »Zentrum«, Bungalows und Altes Dorf schnell erfahrbar. Die beiden Neubaustile sind nichts anderes als das Ideal der »sozialen Durchmischung«, baulich umgesetzt. Die Hochhäuser werden übrigens gerade renoviert. So taugen sie nicht mehr als Ruhrgebiets-Kulisse für »Schimanski«, für welche Mengenich vor ein paar Jahren herhalten musste.

Und wer mal das Ende der Stadt sehen will: Einfach die Venloer Straße noch ein bisschen weiter hinaus gehen, radeln, fahren. Dann kommt der äußere Ring, also die Autobahn, und dann sieht man endlich Felder – bis nach Pulheim, dem ersten Ort, den das Stadtwachstum zumindest baulich und administrativ nicht mehr erreicht hat und unter den gegebenen und absehbaren Bedingungen wohl auch nicht mehr erreichen wird. Dennoch ist Pulheim selbstverständlich mit Köln verflochten, aber das ist eine andere Geschichte, die im Kapitel »Hürth-Park« und »Ringlok-Lounge« erzählt wird.

Frechen und Hürth: Ist denn das noch Köln? –
zu »Ringlok-Lounge« und »Grillwagen«

■ Zu Fuß ist man locker in drei Stunden, wenn man vom Dom ziemlich genau nach Südwesten geht, am Hürth-Park, bis Frechen etwas weiter nördlich ist es ein ähnlich weiter Weg. Von Frechen bis Hürth geht es sich wohl zwei Stunden an der Landstraße entlang über Felder und an Autobahnauffahrten vorbei. Insgesamt also eine schöne Tagestour mit zwei Currywürsten – die wohl nie jemand gehen wird. Wir haben das mit dem Rad erledigt – und das erscheint schon als echte Tour für Liebhaber der Stadtentwicklung, Segment »Touristisch kaum verwertbar«. Also: Ist das noch Köln? Der Stadtgeograph kann hier nur mit einem eindeutigen: »Ja und Nein« antworten. Fangen wir mit dem *Nein* an: Weder Frechen noch Hürth gehört administrativ oder gar baulich zu Köln. Es sind unabhängige Gemeinden im gebührenden Abstand zur Domstadt. Das *Ja* zu erläutern braucht mehr Platz: Beide Städte sind zur Agglomeration, zum Großraum Köln zu zählen. Viele, die in Frechen und Hürth wohnen, arbeiten in Köln und füllen morgens und abends Einfallstraßen und U- und S-Bahn. Die Pendelei wird extrem am Samstag zum Shoppen. Wer's nicht glaubt: Ich empfehle den Selbstversuch in der Hohen Straße und am Neumarkt, Beruhigungsmittel nicht vergessen! Auch wenn es um Kultur geht, führt der Weg aus Hürth, Frechen und ihresgleichen Richtung Zentrum. Bibliotheken,

Konzertsäle, Kleinkunstbühnen und Universitäten stehen weniger in Kleinstädten, schon gar nicht, wenn die Großstadt (fast) fußläufig zu erreichen ist. Warum zieht hier nach Hürth und Frechen also überhaupt jemand hin, findet und baut ihre und seine »Heimat vor den Toren der Großstadt«, wie Günther Weiss es in den Kölner Geographischen Arbeiten ausgedrückt hat? Das hängt zum einen mit den niedrigeren Bodenpreisen und zum anderen mit dem Ideal vom »Wohnen im Grünen« zusammen. Und in Köln, »in der Stadt«, ist man ja schnell. Aber selbst »mal schnell« kann nerven, besonders wenn ich im Stau stehe oder dichtgedrängt in der Bahn (wie gesagt: Wir plädieren ja für das Zu-Fuß-Gehen und Radfahren). Denn wie hieß es einst im WDR Verkehrsfunk: »Nicht vergessen: Sie stehen nicht im Stau, Sie *sind* der Stau.« Und da die paar Läden in den alten Kleinstadtzentren von Hürth, Frechen usw. für die vielen neu Hinzugezogenen nicht reichen und sich hier ein Geschäft mit Geschäften machen lässt, werden immer wieder große Einkaufszentren in solchen Lagen an der Peripherie der großen Städte errichtet. Geschichts- und gesichtslos mit überall den gleichen Läden (oft große Ketten und/oder Franchise-Unternehmen), sind sie mit einigem Recht als das genaue Gegenteil von dem zu bezeichnen, wofür die Stadt im Positiven steht. Nicht-Orte wie der Hürth-Park bieten sicher niemandem Heimatgefühle im Sinne von Ortsbindung und Identität. Was sie bieten, sind Parkplätze, halbwegs günstige Einkaufsmöglichkeiten ohne die Enge der Hohen Straße, im Fall des Hürth-Parks immerhin hin und wieder den freien Blick auf den Himmel und eben eine gute Currywurst. Diese alte Kutsche, die hier zur Bude wird, ist augenfällig ein identitätsstiftender Ort für den ganzen »Park«. Denn das gibt es wirklich so nur hier – im Gegensatz zu allem anderen.

In den Regionen des Globus, die starkes Stadtwachstum ausweisen, sind diese hier beschriebenen Gebiete der äußeren Agglomeration der Städte jene, die sozial und ökologisch die Problematik des herrschenden Wachstumsideals aufs deutlichste sichtbar machen. Spanien ist in Westeuropa in den letzten 20 Jahren sicher das in dieser Hinsicht erschreckendste Beispiel. Und so schreibt der Globalisierungskritiker und Urbanist Ramón Fernández Durán im Bezug auf die spanische, aber auch auf weltweite Stadt- und Regionalentwicklung treffend:

»Einerseits greift die Multiplikation der großen Verkehrsinfrastrukturen an den metropolitanen Peripherien substantiell die traditionelle Stadtlandschaft an und jene des Territoriums, das sie beherbergt: Hier wird immer mehr Raum der motorisieren Mobilität gewidmet, genauer gesagt allem, was mit Transport zu tun hat. Und dieser der Mobilität gewidmete Raum ist die Antithese des traditionell öffentlichen städtischen Raums, der die Begegnung und den Austausch der Bewohner_innen der Stadt begünstigt. Denn durch ihn streifen zunehmend nomadisierte menschliche Wesen eingekapselt in ihre Vehikel (und Lastwagen) umher, hauptsächlich mittelalte Männer der Mittelklasse; denn der Gebrauch des Privatfahrzeugs ist trotz der Ausbreitung der Motorisierung nicht universal, das Einkommensniveau ist immer noch markant hinsichtlich des Zugangs (wenn auch in abnehmendem Maße), er hat einen starken Genderaspekt, sein Gebrauch ist deutlich über das Alter konditioniert und die eingewanderte Bevölkerung partizipiert im allgemeinen nicht an ihm. Diese mit ›nicht-Orten‹ (Augé 1993) verseuchte ›nicht-Stadt‹ an der Peripherie, die sich in schwindelerregender Geschwindigkeit entwickelt, reißt alle Erinnerungen an die Vergangenheit mit sich, die existierende Kulturlandschaft, die Referenzpunkte von Jahrhunderten, und ist dabei, eine einmalige Plünderung des Öffentlichen zu provozieren und eine beschleunigte Merkantilisierung und Anomie des neuen entwurzelten urbanen Wesens zu schaffen, das in zunehmendem Maß alleine ist und sich dem Konsum und der endlosen Mobilität widmet, wenn es nicht gerade zum Arbeiten an immer weiter von der Wohnung entfernt liegende Orte fährt (Amorós 2005).«[1]

1 Amorós, Miquel: Conferencia en el Centro Social Anarquista La Revuelta. Zaragoza, März 2005. Zitiert nach Fernández Durán, Ramón (2006): El Tsunami urbanizador. Madrid.

Um aber nicht mit dieser finsteren Sicht auf die Stadtentwicklung zu enden, sei der Blick noch einmal auf Frechen gerichtet. Neben der Ringlok, wo wir die Currywurst im Glas konsumierten, steht das »Chimpanzodrom«, eine Kletterhalle in einem alten Industriegebäude, benannt nach einer berühmten Kletterroute in Frankreich. Hierher kommen Menschen, um sich in einer halbwegs umweltfreundlichen Art und Weise zu stärken, oft auch mit Gruppen und Schulklassen, um neue Erfahrungen miteinander zu machen. Es gibt also auch zentrale Orte (Stichwort »Bedeutungsüberschuss«, siehe »Metzger-Grill«) in der Peripherie. Und das sind eben gerade solche, die viel Fläche brauchen und mit relativ wenig Kapital starten. Boden ist eben billiger draußen, vor den Toren der Stadt. Und die Behauptung der Werbung des Hürth-Parks »Hier ist die City« bleibt ein trauriger Witz.

Godorf und Wesseling: Ikea, Chemie und Gewerbesteuern – zum »Godorfer Imbiss«

■ Was im Norden die Autoindustrie (vgl. »Gert's Imbiss«) und vor- und nachgelagerte Betriebe sind, ist im Süden Kölns der größte Chemieindustriegürtel Europas. Diese Industrie ist in besonderem Maße auf das reichliche Vorhandensein von Wasser für die Produktion angewiesen. Auch darum ist es also am Rhein so schön. Mitte der 2000er Jahre spricht das »Große Köln Lexikon« von 70.000 Arbeitsplätzen in der Chemieindustrie der Region (inklusive Leverkusen). Außer an den Verkehrsweg Rhein sind die Werke mittlerweile an ein europaweites Pipelinenetz angeschlossen. Da die Werke der chemischen Industrie wenig Endabnehmer haben, ist Godorf in Köln im kollektiven Bewusstsein wohl eher unter seinem schwedischen Möbelhaus abgespeichert als unter Öl und Benzin. Letzteres wird eher mit Wesseling assoziiert, das sich nahtlos im Süden an Godorf anschließt und eine Silhouette aufweist, die für industriellen Charme wohl unübertroffen ist.

Wenig charmant ist der Vorfall, der seit einiger Zeit die Berichterstattung über das Veedel dominiert: Im Februar 2012 liefen rund eine Million Liter Kerosin aus einer Leitung bei Shell ins Erdreich. Dagegen sind die Gasaustritte, die immer mal für Lackschäden an unvorsichtigerweise in der Nähe abgestellten Autos sorgen, harmlos.

Wesseling gehörte einmal kurz zu Köln. Dazu muss erzählt werden, dass eine der wenigen autochthonen Einnahmequellen der Städte die

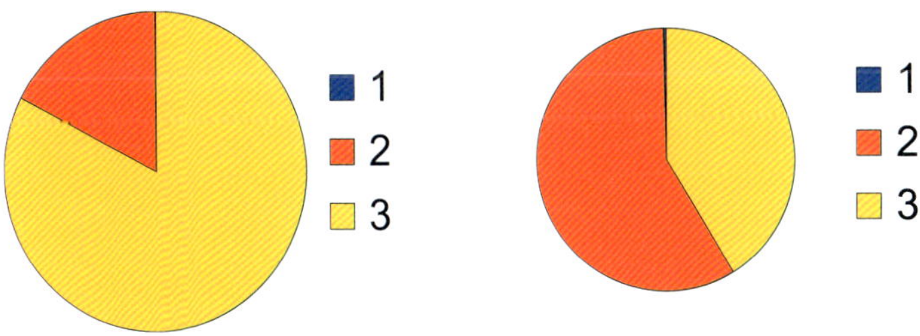

Anteil der Beschäftigten in den drei Wirtschaftssektoren
1 Landwirtschaft, 2 Industrie, 3 Dienstleistungen in Köln (links) und Wesseling.

Gewerbesteuer ist. Dadurch, dass sich große – und damit steuerzahlungskräftige – Unternehmen aus verschiedenen Gründen eben am Rande Kölns und über seine administrativen Grenzen hinaus ansiedeln, entsteht eine große Einnahmequelle für die kleineren Gemeinden jenseits der administrativen Stadtgrenzen (zum Beispiel Wesseling). Viele Unkosten (Bildungseinrichtungen, Gesundheitsversorgung, Sportstätten, kulturelle Einrichtungen) steigen jedoch für die große Stadt Köln, aus der Arbeiterinnen und Arbeiter etwa in den Chemiegürtel Godorf/Wesseling pendeln. Aus Sicht der Großstadt ist es also naheliegend, sich für eine administrative Eingemeindung der Umlandstädte und -dörfer einzusetzen und so Einnahmen für die Stadt zu erlangen. Der Landtag von NRW beschloss eine weitere Etappe der »kommunalen Neuordnung«, in deren Vollzug zum 1. Januar 1975 auch Wesseling nach Köln eingemeindet wurde. Dort gab es jedoch dagegen erfolgreichen Widerstand, und eineinhalb Jahre später wurde die Industriestadt als einziger Fall in NRW wieder ausgemeindet. Neben der Einnahmefrage war das auch symbolisch hoch aufgeladen, wurde Köln doch mit Wesseling zur Millionenstadt. Diesen Status hat es danach, also quasi aus eigener Kraft, erst 2010 wieder erreicht, 34 Jahre später. Die beschriebene Einnahme-Ausgaben-Problematik bleibt bestehen und selbstverständlich sind die Industriegebiete von Wesseling und Godorf auch heute sehr wohl funktional verknüpft, etwa durch die gemeinsame Nutzung des Rheinhafens vor Ort. Das kleine Wesseling (36.000 Einwohnerinnen und Einwohner) hat im Bezirk der Industrie- und Handelskammer Köln den größten Prozentanteil seiner Fläche an Gewerbe, und das ist hauptsächlich (Chemie-)Industrie.

Porz: Ein Nicht-Ort, oder: Autos gehen auch ins Kino – zu »Lucky's Snack«

■ Hier sind Fußgänger nicht vorgesehen. Der große Parkplatz zwischen den großen Fach- und Supermärkten ist über die Autobahn zu erreichen, nebenan dürfen die Autos ins Autokino Porz gehen, Verzeihung: fahren selbstverständlich, und wieder eine Ecke weiter liegen die Deutz Motorenwerke Porz. Laut eigenen Angaben verlässt alle anderthalb Minuten ein fertiggestellter Motor das Werk. Die Motoren werden in Arbeitsmaschinen, in der Landtechnik, in Lastern, Zügen und Schiffen Fahrzeuge voran bringen und die Ölvorräte des Planeten in klimaerwärmende Gase umwandeln. Das hier ist also eine durch und durch dem motorisierten Transport von Menschen und Waren gewidmete Zone.

289.678 Menschen pendeln täglich aus der Suburbia nach Köln, so die letzten offiziellen Zahlen. Und 128.738 wohnen umgekehrt in Köln und pendeln zur Arbeit raus aus Köln. Ein großer Teil dieser Menschen fährt über Straßen wie diese, die hier das Landschaftsbild bestimmen. Im Falle großer Städte wie Köln sind die tatsächlichen Zahlen aber noch viel größer, denn aus den Wohngebieten am Rande, aber noch auf dem Gebiet der Stadt, wird ja auch gependelt. In der hier angesprochenen Region ist das etwa die Hochhaussiedlung Porz-Eil. Doch es wird auch in und aus weiter entfernten Siedlungen nach Köln gependelt. Die Autobahn ist dafür selbstverständlich sehr wichtig. Troisdorf, Siegburg und das rund 40 Kilometer von Köln entfernte Hennef können so zu Wohnsitzen von Menschen werden, die in Köln arbeiten. Ursache der Suburbanisierung des Wohnens ist eine Mischung aus dem Ideal des »Wohnens im Grünen« und den niedrigeren Grundstückspreisen.

Die Siedlungstypen sind dabei durchaus sehr heterogen. Von Hochhausbauten wie dem erwähnten Porz-Eil und gehobeneren Ein- und Zweifamilienhaussiedlungen mit Rheinzugang wie Porz-Westhoven über gemischte Neubaugebiete am Baggerloch bei Troisdorf oder den Versuch, ein künstliches Stadtzentrum zu erbauen (St. Augustin), bis zum alten Dorfkern mit Neubaugebiet und eigener S-Bahn-Haltestelle ist vieles Realität. Alle eint das Angewiesensein auf die Pendelei und damit absurderweise genau das Gegenteil dessen, was »draußen auf dem Land« ursprünglich gesucht wurde: Statt Ruhe und Beschaulichkeit gehört nun Stau und Nerverei fest zum Alltag auch dieser Achse der Suburbanisierung vom Kölner Südosten bis ins Siegtal hinein.

Rennradsport in Köln – zur »Schmitzebud«

■ 2003 blickte das Land auf Köln: Der gefallene, weil beim Drogen- (und, wie wir heute wissen, auch Doping-)Konsum erwischte Tour-de-France-Held Jan Ullrich gewinnt sein Comeback bei … »Rund um Köln«. Nichts gegen das Traditionsrennen – aber es ist einfach international nicht erste Liga. Also ist Ullrichs Sieg ungefähr so zu bewerten wie die Leistung des römischen Zenturios im Asterix, der den Druiden Miraculix entführt hat, ihn erpresst hat, ihm dem Zaubertrank für übermenschliche Kräfte zu brauen, und nicht merkt, dass Miraculix ihn an der Nase herumführt, weil dieser ihm dafür applaudiert, dass er einen lächerlich kleinen Stein in die Höhe heben kann.

Auf den Internetseiten des Rennens heißt es: *»Der Radklassiker Rund um Köln gehört zu den traditionsreichsten deutschen Eintagesrennen. Das über rund 200 Kilometer durch die rheinische Großstadt Köln und deren Umland führende Rennen fand erstmals 1908 statt und ist damit das älteste noch existierende deutsche Straßenrennen.* […] *Seit dem Jahr 2009 steigt im Kölner Rheinauhafen das zweitägige Radsportfest am Rhein mit dem Zieleinlauf der Profis.«* Also ist das Ganze, mindestens in der Selbstwahrnehmung, dann doch ganz schön wichtig.

Jedenfalls führt die Strecke aus der Millionenstadt am Rhein nach Osten ins Bergische Land. Die Rennradlerin und der Rennradler mögen eben Steigungen und Strecken, auf denen zügig und lange über Land gefahren werden kann. Und solche gibt es vom Dom aus gesehen eben am ehesten im Osten. Nach Norden herrscht dichte Stadtlandschaft links und rechts des großen Flusses, nach Westen unendliche flache Weiten bis ans Meer, lediglich nach Süden gibt es Alternativen, nämlich die Eifel, aber die ist nun mal noch ein wenig weiter weg als das Bergische Land. Das heißt übrigens nicht wegen der Berge so, sondern wegen der Grafen von Berg, die hier einst herrschten. Das erste Stück zusammenhängendes Grün ist dann von Köln aus der Königsforst, der gleich hinter der Schmitzebud losgeht. 2.519 Hektar Naturschutzgebiet erwarten den erholungsuchenden Städter, inklusive Wald- und Bodenlehrpfad, Wildgehege, stillgelegte Bahntrasse, Kaisereiche und eigener Webseite: www.königsforst.net.

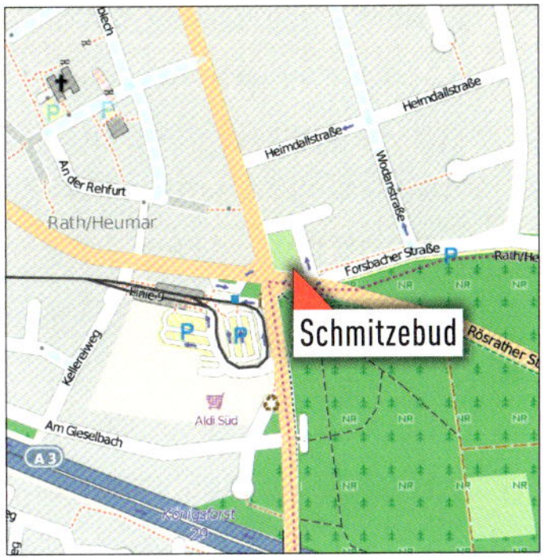

Das Rennen Rund um Köln führt jedenfalls bei der Schmitzebud vorbei hinaus und hinauf ins Bergische. Dabei geht es (zumindest 2012) auch in Spitze vorbei, wo die von uns beschriebene Bergische Wurstbraterei steht.

Radsport hat in der Tat Tradition in und um Köln. In der Stadt gibt es laut Bund deutscher Radfahrer 38 Radsportvereine und im engeren Umland noch einmal 28 davon. Auf der Basis dieses großen Interesses an der Bewegung auf schmalen Reifen hat es immer wieder auch international erfolgreiche Profis gegeben. So zum Beispiel Rolf Wolfshohl. Der wurde dreimal Weltmeister und 14-mal Deutscher Meister im Radcross, einmal auch Deutscher Meister im Straßenrennen.

Er gewann die Spanienrundfahrt 1965, immerhin das drittwichtigste Rennen weltweit und von der Schwierigkeit über drei Wochen gleichzusetzen mit Giro d'Italia und Tour de France. An letzterer nahm Wolfshohl neunmal teil, gewann zwei Etappen und trug zwei Tage das gelbe Trikot. In Frankreich wurde Wolfshohl der Wolf – le loup – genannt. So heißt heute auch ein Radsportverein in Köln-Rath, den Wolfshohl gegründet hat.

Als Wolfshohl 1968 das gelbe Trikot trug, war Marcel Wüst ein Jahr alt. Wüst wuchs auf der anderen Seite Kölns in Klettenberg auf. Seine große Zeit als Radrennfahrer kam in den 1990er Jahren. Er gehört zu den zwei Deutschen, die Etappen bei allen drei dreiwöchigen Landesrundfahrten (Frankreich, Italien, Spanien) gewinnen konnten. Im Jahr 2000 verlor er bei einem schweren Sturz ein Auge und beendete daraufhin seine Karriere.

Köln ist auch eine Stadt des Bahnradsports. Doch dazu wird an anderer Stelle, nämlich zum Geißbockheim, etwas erzählt.

Dellbrück: Verkehrsachsen, Rheinterrassen und Industriesuburbanisierung – zu »Wachter's Imbiss«

■ Seit 1914 gehört Dellbrück zu Köln. Noch 1900 gab es hier lediglich ein kleines Dorf, Güter und Adelssitze. Damals besonders wichtig: der Strunder Bach, an dem bis zur Mündung in Mülheim 15 Mühlen standen. Diese Achse von Dellbrück nach Köln wurde zweifach durch Verkehrswege nachvollzogen: 1842 durch die Befestigung der Bergisch Gladbacher Straße und 1868 durch die Bahnlinie. Die Ausrichtung der Entwicklung war damit klar: Das Ganze hat mit der großen Stadt zu tun, alle Wege führen hinunter zum Rhein. Und das war der Startschuss für Industrieansiedlung in Dellbrück. Auch die Entwicklung von Wohnvororten zwischen Dellbrück und Mülheim wurde erst durch die gute mehrfache Verkehrsanbindung möglich. Aus dem ursprünglichen Haltepunkt Dellbrück wurde schon 1870 ein richtiger Bahnhof. Noch auf der Höhe von Holweide, also ein paar Haltestationen von

Dellbrück in Richtung Mülheim, dominierte die Landwirtschaft. Das hing damit zusammen, dass die Böden dort noch zur so genannten Niederterrasse des Rheins gehören. Nein, bei diesem Begriff geht es nicht um ein Ausflugslokal, sondern um die Frage, welche Ebenen rechts und links vom Fluss zu welchen historischen und prähistorischen Zeiten einmal Teil des Flussbettes waren. Direkt an den heutigen Flusslauf schließen sich links und rechts die Auen an. Mit Aue wird der derzeitige Überschwemmungsbereich des Flusses bezeichnet. Eine Stufe höher folgen dann im Profil des Rheintals die Terrassenstufen. Dabei handelt es sich um ehemalige Flussbetten. Durch unterschiedlich starke Wasserführung während der und nach den Eiszeiten hat der Fluss vielfach seinen Lauf geändert. Immer, wenn er viel Wasser führte, also am Ende von und direkt nach Eiszeiten, hat er viel Gestein, Kies und Sand Richtung Meer transportiert und in Zeiten geringer Wasserführung abgelagert. Durch die Ablagerungen entstanden die Terrassen, in die sich der Fluss dann quasi selbst wieder eingegraben hat und ein neues Flussbett fand. In Holweide sind Böden entstanden, die sich gut für Ackerbau eignen, während Dellbrück bereits in dem Bereich liegt, wo sandige Böden dominieren. So lag es, nachdem die Bahnanbindung bestand, nahe, hier Industrie anzusiedeln. Das geschah so rasch, dass der Bahnhof schon 1908 erweitert werden musste. Einige damals gegründete Unternehmen existieren heute noch, zum Beispiel die Dampfkesselwerke Walther & Cie., deren Besitzer aus der Eifel nach Kalk kam, um seine Fabrik zu gründen. Dort war bald zu wenig Platz für die Expansion und also suchte er ein Gelände mit mehr Flächenreserve. In aller Regel findet die Firmenverlagerung dann aus

der Stadt hinaus statt, so auch hier eben nach Dellbrück. Auch das zweite noch existierende Unternehmen, die »Fabrik feuerfeste Erzeugnisse Möhl & Cie.«, vollzog die Suburbanisierung der Industrie. Möhl wurde die Produktionsfläche in Mülheim zu eng und so verlagerte er den Betrieb nach Dellbrück.

Niehl: Industrialisierung – zu »Gert's Imbiss«

■ Mit der Erfindung der Dampfmaschine ging es in England los. Aus Manufakturen wurden Fabriken. Güter aus Stoff und Metall konnten wesentlich günstiger als zuvor in großer Zahl produziert werden. Fabriken brauchen Platz, sie brauchen arbeitende und konsumierende Bevölkerung. Und zwar in großer Zahl – und was die Arbeitskräfte angeht: Die sollten schon in der Nähe leben, sodass sie, im 18. und 19. Jahrhundert hauptsächlich zu Fuß, rasch zur Fabrik kommen konnten. Die Standorte der Fabriken waren also gerne die Städte, denn hier gab es den erforderlichen Arbeitskräftemarkt und auch die direkte Anbindung an den Absatzmarkt. Außerdem liefen durch die Städte die Verkehrslinien, die die Zufuhr von Rohstoffen und den Abtransport von Fertigwaren auf weiter entfernt liegende Märkte ermöglichten. In Köln kam es Ende des 19. und Anfang des 20. Jahrhunderts zum industriellen Take-Off. Die Stadt wuchs wie nie zuvor durch die Fabriken und Arbeiterquartiere, die sich wie ein Ring um die mittelalterliche Stadt legten, genauer gesagt um den Eisenbahnring, denn zwischen mittelalterlicher Stadt und Eisenbahnring wurde die Neustadt geplant, die Quartiere für diejenigen, die zu Geld gekommen waren. Die Arbeiterfamilien wanderten nach Köln ein, zunächst aus den umliegenden ländlichen Regionen wie Eifel, Bergisches Land, Westerwald und nach 1960 aus den Mittelmeeranrainerstaaten, gelockt mit Anwerbeverträgen und über zwei Generation als »Gastarbeiter« tituliert. Wobei Gäste in aller Regel nicht so schlecht behandelt werden wie diejenigen, die zu Tausenden im »Wirtschaftswunder« den Rücken im buchstäblichen Sinne krumm machten. Denn darin bestand ein wichtiger Teil des Prinzips des Fordismus: Die Arbeitsschritte werden so kleinschrittig aufgeteilt, dass sie eine jede und ein jeder fast ohne Anlernen erledigen kann. In den Fabriken arbeiteten also viele, manchmal tausende Menschen. Die eintönigen und oft gefährlichen Arbeitsbedingungen ließen Solidarität und gewerkschaftliche Organisation wachsen und mit den Jahrzehnten wurden Verbesserungen hinsichtlich Lohn- und Arbeitsbedingungen durchgesetzt. Damit zeigte sich ein wichtiges anderes Prinzip des Fordismus: Ein Arbeiter oder eine Arbeiterin sollte von ihrem Lohn die Produkte des Unternehmens auch realistischerweise konsumieren können, so wurde der Absatzmarkt gesichert. Auch dieses Denken führte zum Ausbau des Sozialstaates. Dieses zeitweise Gleichgewicht zwischen Massenkonsum und Massenproduktion geriet Ende der 1960er Jahre ins Wanken – doch diese Geschichte wird bei einer anderen Bude erzählt (vgl. »Extrawurst« in Ehrenfeld).

Die Ford-Fabrik steht und produziert aber nach wie vor in Köln. 2011 beschäftigte sie 17.300 Menschen. Ford baute 1931 die Fabrik in die Nähe des Rheins in Niehl. Im Krieg beschäftigte die Firma Zwangsarbeiterinnen und -arbeiter. 1961 holte Ford als erstes Unternehmen türkische Arbeitskräfte nach Deutschland.

Dass Autos aus Metall mit Verbrennungsmotor nicht mehr sehr lange produziert werden, ist mit einer nüchternen Sicht auf die Rohstoffvorkommen des Planeten klar. Wie die anstehende Umstrukturierung gestaltet wird, ist in erster Linie eine politische Frage. Es bleibt zu hoffen, dass der Übergang in ein Zeitalter, in dem wir keine fossilen Brennstoffe mehr haben werden, friedlich und einigermaßen gerecht verläuft. Das Ende der Massenproduktion, wie wir sie kennen, ist heute noch nicht eingeläutet, die Produktionsstandorte sind allerdings massenhaft in China angesiedelt, das durchaus als eine Art »Weltfabrik« bezeichnet werden kann. Wir kaufen das Zeug – und da dann ja viel übrig bleibt, steht Gert's Imbiss zwischen den Fordwerken und der »Restmüllverbrennungsanlage«. Diese Dinger wurden in den 1990er Jahren in der BRD erforderlich, weil ein entsprechendes Gesetz ab Mitte der 2000er Jahre das einfache Deponieren von Abfällen verbietet. Der Dreck muss zuerst sortiert, das, was geht, recycelt und das, was nicht geht, verbrannt werden. So versuchen wir in der Konsumgesellschaft unseren Unrat möglichst klein zu halten.

Im Kölner Fall ging der Bau dieser Riesenanlage selbstverständlich nicht ohne eine große Korruptionsaffäre über die Bühne. Die damals regierende SPD wurde zu einer Strafe von einer Million DM verdonnert, weil sie sich hatte bestechen lassen, und zwei Parteihäuptlinge wurden zu Bewährungsstrafen verurteilt.

Ein typischer Imbiss in Suburbia

IMBISS

Die Buden in Suburbia

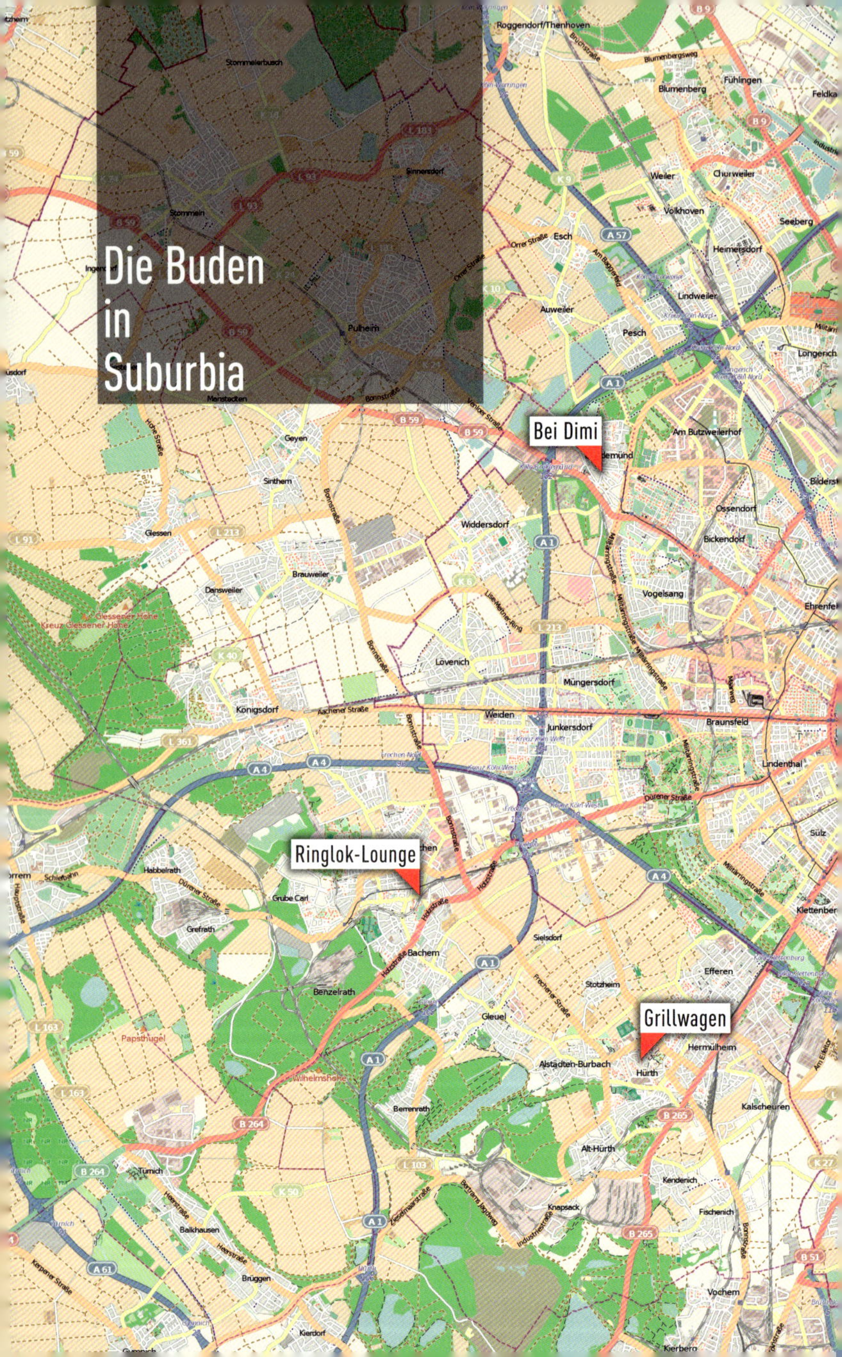

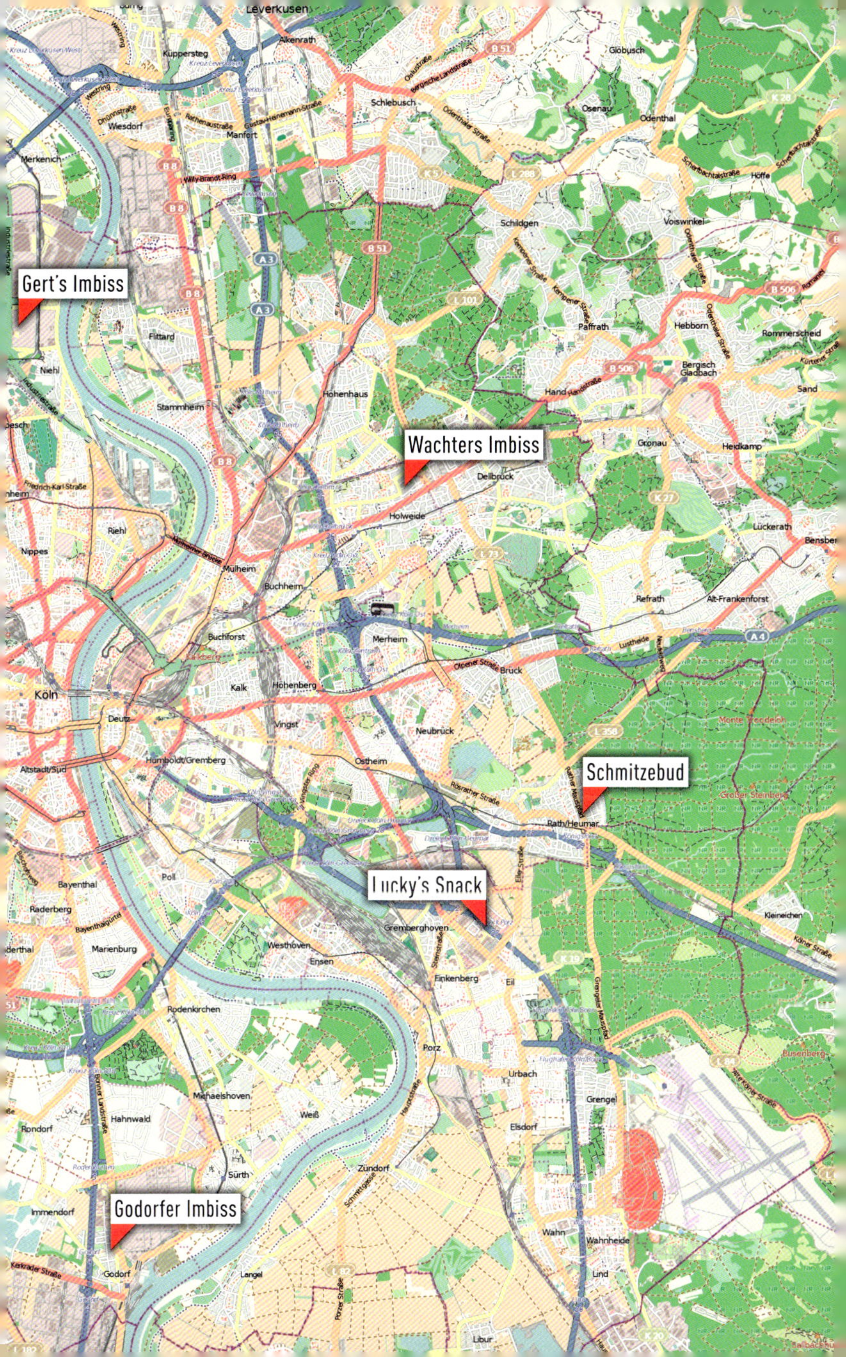
Gert's Imbiss
Wachters Imbiss
Schmitzebud
Lucky's Snack
Godorfer Imbiss
Leverkusen
Alkenrath
Küppersteg
Schlebusch
Glöbusch
Osenau
Odenthal
Wiesdorf
Manfort
Merkenich
Schildgen
Voiswinkel
Paffrath
Hebborn
Rommerscheid
Bergisch Gladbach
Flittard
Niehl
Stammheim
Hohenhaus
Hand
Sand
Gronau
Heidkamp
Dellbrück
Holweide
Riehl
Nippes
Mülheim
Buchheim
Lückerath
Bensberg
Refrath
Alt-Frankenforst
Buchforst
Merheim
Brück
Köln
Deutz
Kalk
Höhenberg
Vingst
Neubrück
Altstadt/Süd
Humboldt/Gremberg
Ostheim
Rath/Heumar
Monte Troodelöh
Großer Steinberg
Poll
Bayenthal
Raderberg
Marienburg
Gremberghoven
Westhoven
Ensen
Kleineichen
Finkenberg
Eil
Rodenkirchen
Porz
Urbach
Michaelshoven
Grengel
Hahnwald
Weiß
Elsdorf
Rondorf
Zündorf
Sürth
Immendorf
Wahn
Wahnheide
Godorf
Langel
Lind
Libur
Busenberg
Lustheide
Opladener Straße
Rösrather Straße
Kölner Straße

Gert's Imbiss

Das ist das Currywurst-Jubiläum des Jahres 2013: Seit 25 Jahren betreibt Gert Kremer seinen Imbiss im Industriegebiet Niehl. Klar, dass er seine Kunden kennt: »Moin, Friedel! Moin, Wolfgang!« Hier wird jeder persönlich begrüßt. Gert erkennt sie schon an ihren Autos. Ein Tankwagen fährt vorbei: »Ah, da kütt dä Wilfried!« Lastwagenfahrer machen einen guten Teil der Kundschaft aus, im Angebot ist ein »Fernfahrerfrühstück: 3 Brötchen nach Wahl mit 0,4 l Kaffee« für 5 Euro. In der Kühltheke liegen morgens um sieben noch dutzende Brötchen, anfangs müssen es über 100 gewesen sein: »Gert's Imbiss« öffnet um 5 Uhr morgens, und hier ist richtig was los.

»Früh aufstehen ist Gewohnheitssache«, sagt Gert, »ich bin schon mit 16 morgens um vier auf dem Schlachthof herumgelaufen.« Aber trotzdem muss er sein Leben danach ausrichten, um Viertel vor vier aufstehen zu können. So findet das FC-Montagsabendspiel ohne ihn statt: »Das gucke ich nicht mal zu Hause – sonst kann ich nicht einschlafen!« Zu sehr regt sich das FC-Mitglied über das Gekicke seiner

Mannschaft auf: »Das kannst du dir nicht ansehen!« Sein Imbiss ist genau der Ort, an dem man darüber diskutieren kann. Hier wird das dämliche Gegentor, die falsche Taktik oder der unglaubliche Egoismus von Adil Chihi in allen Einzelheiten durchgesprochen, bevor es wieder an die Arbeit geht oder der nächste Kunde hereinkommt. Natürlich ist auch der Imbiss entsprechend dekoriert: FC-Aufkleber, ein FC-Kalender und ein Fan-Figürchen, das den Schal schwenkt und die FC-Hymne dudelt. »Wenn mich morgens einer nervt, mache ich das Ding an und sage dem: Quatsch nicht in die Hymne!« Der Umgangston ist freundlich-ruppig, Amtssprache in Gert's Imbiss ist Kölsch. Beim Kaffee diskutieren die Fahrer, durch welche Straßen man fahren kann und was es mit der Sperrung der Leverkusener Autobahnbrücke ein paar Meter weiter auf sich hat: »Die halten uns an, kostet 20 Euro.« – »Für 20 Euro fahr ich drüber – besser als 70 Kilometer Umweg!«

Gerts Bude ist im wahrsten Sinne unterirdisch: Eine schmale Treppe führt ins Souterrain hinab. Auf den paar Stufen stolpert man beinahe über zwei Tafeln, die das Tagesgericht verkünden. Im Imbiss gibt es ein paar Tische und Ablageflächen, knapp die Hälfte des Raums nimmt die große Theke ein. Hier lagern die Brötchen und schöne panierte Schnitzel, obenauf Express, Bild und Rundschau, daneben steht Gerts Kasse. Hinten hängen weitere Angebote und ein wunderbares Werbeplakat vom »Kölsche Trucker«. An einer Wand hängen zwei Kalender vom Fach; darauf wird geworben für Arbeits- und Sicherheitsschulungen, Erdbaumaschinen, Isolierbaustoffe und Gabelstapler. Die Tür zum Damenklo ziert ein Schild von »Nadjas Ponyranch«. Niedlich, aber bei gefühlt 99 Prozent Männern im Laden eher fehl am Platz.

In einer Ecke hantiert Gert an allerlei Alu-Kisten, Friteuse und Mikrowelle. Manchmal verschwindet er in seine riesige Küche im Nebenraum, um kurz darauf seinem Kunden ein frisches Rührei aufzutischen. Morgens gibt es Brötchen und Bockwurst, aber noch keine Fritten. Dafür kommen wir gerne noch mal wieder. Auch mittags ist ordentlich Betrieb bei Gert. Pommes und Schnitzel laufen gut. »Einmal das Nationalgericht!«, sagt Gert und serviert die Currywurst. Die Wurst ist von Remagen (»die gleiche, die du auch im Stadion bekommst«), die Sauce »selbstkomponiert«, süßlich, leicht scharf, mit ordentlich Currypulver darüber. Das Beste sind die Pommes: goldgelb, dünn, knusprig, mit Paprika und Salz gewürzt – optimal!

Dreimal waren wir bei Gert, immer war er freundlich, wir hatten Spaß und gutes Essen. Eine unserer Lieblingsbuden!

Currywurst	2,80 €
Pommes	1,50/2,00 €
Brötchen	1,50/1,60 €
Delmenhorster Straße 20c, 50735 Köln	
Telefon	0177/2 03 67 27
Geöffnet	Mo–Do 5–15 Uhr Fr 5–14 Uhr
KVB	Geestemünder Straße

Imbiss bei Dimi

Der »Imbiss bei Dimi« liegt im alten Teil des Viertels, mitten im Dorf. Aus der Bude blickt man auf eine alte Scheune gegenüber mit windschiefem Dach. Diese Blickrichtung ist die bessere: Das Haus mit Dimis Imbiss ist hässlich. Dimis Fensterscheibe ist blau umrandet, zwei Säulen sind aufgemalt: Klar, hier gibt es »griech. Spezialitäten«. So ist das Kerngeschäft in der Bude denn auch Gyros. Auf der Karte stehen aber auch Pizza, Schnitzel und Cevapcici. Die Currywurst spielt eine untergeordnete Rolle. Dennoch brummt der Laden: Die wenigen Tische sind immer besetzt. Wer ganz viel Glück (und gutes Wetter) hat,

ergattert einen der zwei kleinen Bistrotische vor der Tür. Drinnen stehen die Leute in Zweierreihen vor der Theke und warten auf ihre Bestellung. Die Zeit kann man sich vertreiben, indem man die folkloristischen Griechenlandbilder betrachtet oder den Fußballkalender. Einen Spielautomaten gibt es auch noch, aber der lenkt zu sehr ab, man muss schließlich sehen, dass man seinen Platz an der Theke nicht verliert. Während vor der Theke also viel los ist, herrscht dahinter die größtmögliche Gelassenheit. Der Chef bewältigt den Ansturm mit extremer Entspanntheit, legt sich ein Handtuch um den Nacken, bearbeitet lässig seinen Gyrosspieß und lässt sich auch nicht aus der Ruhe bringen, als ein jugendlicher Heißsporn hinter seiner beleidigten Freundin herrennt, ohne seine Zeche zu begleichen. Neben dem Aufmarsch vor der Theke gilt es nebenbei noch, den Lieferservice abzuwickeln. Dimi versorgt offensichtlich auch den Hochhaus-Teil des Viertels. Dort hatten wir eine Bude gesucht, wurden aber zu Dimi geschickt. Der Weg hat sich gelohnt: Auch wenn Dimi nicht der Hohepriester der Currywurst ist, so ist CPM hier doch grundsolide, die Wurst ist ok, die Fritte knusprig, und bemerkenswert ist die Sauce des Gurkensalats: sehr cremig, wie flüssiges Zaziki.

Currywurst	2,30 €
Pommes	1,50/2,00 €
Fliesteder Straße 1, 50829 Köln	
Telefon	0221/50 36 58
Lieferservice	0221/50 59 61
Geöffnet	Mo–Sa 11.30–22 Uhr Feiertags 15–22 Uhr
KVB	Schaffrathsgasse, Linie 3, oder Grevenbroicher Straße, Linie 126

Ringlok-Lounge

Palim, palim! Ich hätte gern eine Flasche Pommes Frites! Ein Klassiker, der gespielte Witz von Didi Hallervorden. Was Didi in den tiefen 1970ern noch nicht ahnen konnte: Heutzutage kann man Currywurst im Glas essen. In der Ringlok-Lounge in Frechen kommt die Wurst im »Weck-Rundrandglas 100« auf den Tisch. Dazu gibt es selbstgeschnitzte Wedges und Salat. Damit ist klar: Das hier ist keine Pommesbude. Es handelt sich um den schick umgebauten Lokschuppen der Köln-Frechen-Benzelrather Eisenbahn. Wem das bekannt vorkommt: Richtig, aus dem Schuppen wurde in den späten 1970ern »Bios Bahnhof« mit Alfred Biolek gesendet. Inzwischen ist die Lokomotiv-Garage längst geteilt, den weitaus größeren Teil nimmt ein Angelfachgeschäft ein. Vorne, mit Blick auf den alten Kreis, an dem die Loks auf ihre Schuppen verteilt wurden, liegt die Lounge mit ihrem Biergarten. Das Dach des Biergartens wird gestützt von Pfeilern in bestem Achtziger-Türkis, doch drinnen ist die Einrichtung zeitlos. Dunkle Tische, dunkelbraune Lederstühle, hohe Backsteinwände und ein Holzdach sorgen für eine angenehme Atmosphäre. Der Gastraum ist recht klein, es gibt aber eine zweite Etage, in die eine große Wendeltreppe führt. Seit 2009 führen Nico Gaude und Anna-Christin Platter das Lokal und wollen »junge und freche Küche mit regionalem Charme« anbieten. So gibt es neben

der Currywurst unter anderem auch Steak, Zander, Tapas, Salate und eine »Variation von der Erdbeere« für sieben Euro. Hinter »Spaghetti mit Ringlok-Schmieröl« verbergen sich Nudeln mit Öl-Knoblauch-Sauce. Die junge Küche zieht bisher ein eher mittelaltes Publikum an, das von sehr freundlichem Personal bestens bedient wird. Hier kann man, nachdem man auf der einen Seite Frechens Möbel oder auf der anderen Seite Spargel gekauft hat, entspannt sitzen und gespannt auf die Wurst im Einmachglas warten. Sie ist geschnitten und dann noch mal gebraten, so dass die große Seite kross ist, doch die Wurst ist sonst eher langweilig. Dafür ist die Sauce recht gut, schmeckt frisch und überhaupt nicht scharf, sondern ein bisschen senfig. Die Wedges sind sehr heiß, sehr knusprig und äußerst lecker, der Salat mit Grünzeug, Gurke und Sprossen passt prima. Und ein Vorteil der großen Getränkekarte ist zweifellos, dass man nach der Currywurst einen Verdauungsschnaps bekommt, sonst ein großes Manko in der Welt der Currywurstbuden. Insgesamt also ein angenehmes Lokal für den gediegenen Currywurstverzehr.

Currywurst + Wedges + Salat	8,50 €
	Ernst-Heinrich-Geist-Straße 6–16, 50226 Frechen
Telefon	02234/99 33 666
Telefax	02234/99 33 667
Internet	info@ringlok-lounge.de www.ringlok-lounge.de
Geöffnet	Mo Ruhetag Di–Fr 12–14.30 und 17–23 Uhr, Küche 12–14 und 17–22.30 Uhr Sa 17–23 Uhr, Küche 17–22.30 Uhr So 10–22 Uhr Brunch 10–14 Uhr/ Küche 17–21 Uhr
KVB	Frechen Bhf.

Grillwagen Hürth

»Wart ihr schon in Hürth?« Seit wir mit diesem Buch angefangen haben, hören wir diese Frage immer wieder. So war der Besuch im Hürth-Park also Pflicht, auch wenn der Grillwagen keine Pommes anbietet. Tatsächlich ist die Currywurst so gut, dass man ausnahmsweise auch ohne Fritten auskommt. Stattdessen steht eine große Tüte mit klein geschnittenem Fladenbrot auf der Theke. »Nehmt euch Brot so viel ihr wollt!«, fordert Achim Kaulertz auf. »Lasst es euch gut schmecken!« Obwohl der Andrang auf seine Bude riesig ist, bleibt er freundlich und gelassen und plaudert mit seinen Gästen. Der Grillwagen ist an zwei Seiten offen, und zu beiden Seiten wird die Wurst ausgegeben. Drei Leute stehen in dem winzigen Wagen, der einem alten Planwagen nachempfunden ist. Kaum vorstellbar, »aber zu Stoßzeiten arbeiten wir zu fünft, einer macht die zweite Kasse, einer füllt auf.« Zwischen Bestellung und Wurstausgabe liegen höchstens zehn Sekunden, in den 35 Jahren im Grillwagen hat sich Kaulertz eine ungeheure Effizienz angeeignet. Er selbst steht am Grill; über 60 Würstchen in allen Stadien der Zubereitung liegen darauf. Permanent schichtet er um, dreht vier Würste auf einmal und legt neue nach,

zwischendurch wirft er die fertigen Würste in den Häcksler, gibt Sauce darauf und reicht sie weiter. Der Grill ist einzigartig, schwärmt Kaulertz, er hat ihn vor Jahren in Amerika gesehen, nun fährt er alle drei bis vier Jahre nach Kanada, um einen neuen zu besorgen. Die Steine, über denen die Würste grillen, sind aus Keramik, von der schmalen Seite des Wagens aus kann man sie bewundern. Vielleicht ist es der Keramikantrieb, der die Würste so besonders macht, vielleicht ist es das Rezept. Kaulertz lässt sie bei Remagen machen, aber mit eigenen Gewürzen. Sie schmecken jedenfalls viel besser als die durchschnittliche Remagen-Wurst. Auch die Sauce ist das verbesserte Produkt eines Großhändlers; sie ist dicklich, etwas süß und nach einigen Bissen schön scharf. »Die Sauce ist von Hela. Aber mit Patrönchen mit Spezialgewürz.« Das Patrönchen hat früher seine Mutter gefüllt. Sie war es auch, die die Bude damals eröffnet hat, als der Hürth-Park vor 35 Jahren an den Start ging. Achim Kaulertz hatte eigentlich Bäcker gelernt. Da ist es schon etwas verwunderlich, dass er von Anfang an in der Wurstbude dabei war. »Die Mama!«, seufzt er. Sie hat ihn dazu geholt, und bereut hat er es nie: »In der Backstube ist es monoton, so ganz alleine. Hier habe ich Kontakt mit Leuten, und das macht immer noch Spaß.«

Den Spaß merken die Kunden ihm an, und viele behaupten, seine Currywurst sei die beste. »Wenn ich das schon höre – gute Currywurst gibt es so oft! Sogar in Amerika und Kanada habe ich gute gegessen!« Die zahlreichen Besucher seines Grillwagens sehen das wohl anders. Wenn sie nach kurzem Schlangestehen zufrieden ihre Beute in der Hand haben, beginnt die Suche nach einem Platz. Rund um den Wagen gibt es ein paar Stehtische, ein paar Meter weiter einige Bänke. Hier können auch Eltern in Ruhe essen, denn für die Kleinen wartet hier eine Attraktion: Bobbi der Bagger, ein Spielgerät, mit dem Kinder richtig baggern können. Eine schöne Stelle in eher trister Umgebung. Der Hürth-Park sieht von außen an einigen Stellen aus wie kurz nach einem Bürgerkrieg, was durch den Kontrast zum modernen Busbahnhof vor der Tür noch verstärkt wird. Innen ähnelt er ein wenig einem Labyrinth für Ratten im Versuchslabor. Doch immerhin sieht man im Labyrinth – im Gegensatz zu neueren Einkaufsparadiesen – den Himmel, und schließlich bietet er einen unschätzbaren Vorteil, mit dem shoppingfreudige Frauen ihre unwilligen Männer von einem Besuch überzeugen können: Achim Kaulerz' Currywurst.

Currywurst	2,20 €
Selbstgemachter Nudel- und Kartoffelsalat	1,60 €
Hürth-Park, Theresienhöhe, 50354 Hürth	
Geöffnet	Mo–Sa 9.30–20 Uhr
KVB	Hürth-Hermühlheim

Godorfer Imbiss

»Mit jedem Pächterwechsel wird es schwerer«, erzählt Ottmar Jäger, der den Godorfer Imbiss im Sommer 2012 übernommen hat. Viele Anwohner beobachten erstmal, ob sich der Laden diesmal hält, bevor sie ihn testen. Das Misstrauen ist berechtigt, wenn man die wechselhafte Geschichte der Bude betrachtet. Jäger berichtet von einem Pächter, der das Gyros drei Tage lang am Spieß hängen ließ, bis den Kunden vom Geruch schlecht wurde. Die Currysauce war ebenso bemerkenswert: Curryketchup von Aldi mit Wasser verdünnt und ab in die Mikrowelle. Der nächste Pächter hielt sich gerade mal drei Monate und benutzte die Küche vor allem als Zigarettenlager. Der Imbiss war Umschlagplatz für geschmuggelte Kippen. Jägers direkter Vorgänger schließlich hat nach einer Woche schon wieder aufgegeben. Als die Lebensmittelkontrolleure kamen, sagte er, sie könnten wieder gehen, er gebe auf. Im Zuge der EU-Angleichung sind die Auflagen sehr lasch geworden, bedauert Jäger. »Zur Belehrung am Gesundheitsamt gibt es einen 18-Minuten-Film, dann gibt es die Bescheinigung, nach einer halben Stunde bist du draußen und darfst einen Imbiss aufmachen.«

Zwischen den verschiedenen Besitzern blieb die Bude natürlich monatelang zu. Der Automatenhersteller setzte sie dann in die Zeitung. Jäger, der sie seit 30 Jahren kennt, griff zu. »Früher war das eine Goldgrube!« Dann hörte der Besitzer nach 15 Jahren auf und das Konzept ging verloren. Nun versucht Jäger, wieder in die Spur zu kommen. »Die erste Zeit habe ich überlegt: Machst du es wie die anderen oder hältst du durch?« Er blieb hartnäckig und überlegte sich immer wieder Neues. So gibt es seit kurzem Schaschlik, ein vom Aussterben bedrohtes Gericht: »Ich kenne in Köln nur drei Buden mit Schaschlik.« Außerdem bietet der Godorfer Imbiss wechselnde Tagesgerichte für maximal fünf Euro an (»das ist die Grenze«), um die Arbeiter aus den umliegenden Industriebetrieben nicht zu langweilen. Jäger hat schnell erkannt, dass er von den Godorfer Einwohnern allein nicht leben kann. Er braucht die Shell-Monteure, die Jungs vom Werkschutz und die Lkw-Fahrer, die bei ihm die Mittagspause verbringen. Der Godorfer Imbiss ist einer der wenigen, die ihre Internetseite häufig aktualisieren, um die Wochenkarte zu veröffentlichen. Dort finden sich auch Witze wie dieser hier: Frittenfachverkäufer zum Kunden: »Auf die Fritten was drauf?« Kunde: »Was kostet das?« »30 Cent.« Kunde: »Dann bitte ein halbes Hähnchen drauf.« Auch die Anwohner hat Jäger inzwischen überzeugt. »Ich kenne jede Familiengeschichte und die Wehwehchen vom Hund. Das ist wie beim Friseur hier.« Das kann man sich vorstellen, wenn Jäger sich auf seine Theke lehnt und in den Laden grinst. Das Gespräch mit den Kunden liegt ihm, und so war es eine gute Entscheidung, die »Event-Bude«, die er vorher betrieb, seinem Kumpel zu überlassen und eine feste Bleibe zu übernehmen, wo er nicht nur für Polterabende und Möbelzentrums-Eröffnungen kocht. Er kocht nämlich tatsächlich selber: »Ich habe weitgehend keine Industrieprodukte.« Deshalb steht er morgens zwei Stunden in der Küche und macht die Jäger (!)-, Schaschlik- und Currysauce. Die kocht er nach dem gleichen Rezept wie Curry B. in der Innenstadt. Dieser Imbiss, der sich auf Wurst und Fritten konzentriert, gefällt ihm gut: »Daneben eine Bude nur mit Schaschlik, das wär's!« Seine Currysauce ist schön dunkelbraun, leicht süßlich, mit wenig Schärfe und nicht so dick wie bei Curry B. Er nimmt die dicken Fritten, die schön kartoffelig schmecken und mit einem Hauch Paprika bestreut werden. Die auch recht dicke Wurst schmeckt gut dazu. In der Bude ist der Platz begrenzt, zwei Campingtische mit je vier Stühlen stehen vor der Theke, das war's. In einer Ecke hängt ein Spielautomat, in der anderen steht der Getränkekühlschrank. Im Sommer kann man draußen sitzen, links von der Bude stehen ein paar Tische vor einem Toilettencontainer. Hier kann man auf die Kreuzung oder die Tankstelle gegenüber schauen und die Lkw beobachten, die um die Ecke knattern. Ein sehr eigener Anblick. Muss man mögen!

Currywurst	2,30 €
Pommes	1,60/2,00 €
Currywurst + Pommes	3,90 €
Schaschlik	3,80 €
Godorfer Hauptstraße 119, 50997 Köln	
Telefon	0157/77 59 25 26
Internet	www.imbiss-godorf.de
Geöffnet	Mo–Sa 11–21 Uhr So und Fei geschlossen
KVB	Bahnhof Godorf

Lucky's Snack

Einen der trostlosesten Standorte schlechthin hat sich Lucky's Imbiss in Porz ausgesucht: hinter dem uralten Autokino auf einem riesengroßen Parkplatz, vor Discountern und McDonald's. Daraus macht er das Beste. Hier geht keiner wegen der schönen Aussicht hin; steht man an einem der acht cocacolaroten Stehtische, dann schaut man auf toten Asphalt, endlose Autoreihen, Werbetafeln, Einkaufswagen – und dahinter die Autobahn. Man kann auch auf Bierbänken Platz nehmen, doch das macht es auch nicht besser. Da muss es das Essen bringen. Das tut es auch. Die Theke passt sich den Dimensionen des Parkplatzes an, groß wie kaum eine andere Imbissauslage. Die Auswahl steht in fast schon charmantem Gegensatz zur Ödnis der Umgebung. Neben Fritten und Wurst gibt es Backfisch, Fischbrötchen, Salat, Haxe, Bratkartoffeln und Reibekuchen. Die Currywurst ist anständig, besser noch ist die Curry-Krakauer, knackig und lecker, mit

recht tomatiger, nicht scharfer, guter Sauce. Die Fritten sehen blass aus, doch das täuscht gewaltig. Hier wird durchdacht frittiert: Es gibt zwei Friteusen, in der rechten wird vorfrittiert, links geht es weiter. Während die Fritten links den letzten Schliff bekommen, wird der rechte Korb wieder aufgefüllt. So soll es sein. Die Fritten sind immer knusprig und köstlich. Hier wird gute Imbisskunst geboten; anders hätte Lucky's die Konkurrenz zum wenige Meter entfernten McDonald's so lange Zeit nicht überlebt; seit 35 Jahren gibt es Lucky's, seit 20 Jahren auf dem Parkplatz. Die Burgerbraterei kostet natürlich trotzdem Kunden – vor allem junge: »Die Eltern essen hier und schicken die Kinder zu McDonald's«, hat Frau Osmanovic beobachtet, die seit 27 Jahren bei Lucky's arbeitet. Wenn die Kleinen ihrer Vorliebe treu bleiben, hat das Folgen, meint sie: »Reibekuchen und Schaschlik sterben aus!« Dass es sich dabei um jetzt schon gefährdete Arten handelt, kann man an den Speisekarten der meisten Imbisse ablesen. Bei Lucky's dagegen werden Traditionen aufrechterhalten. Hier gehen schon morgens früh die Haxen über die Theke. »Wir haben hier früher Frühstück angeboten. Dann wartest du … und keiner isst es«, erinnert sich Osmanovic. Sie ist trotz der langen Zeit an der Friteuse noch immer mit Eifer bei der Sache: »Die Leute schreien nach Liebe. Wenn einer mit so 'nem Gesicht kommt«, erzählt sie und zeigt ein mächtig langes Gesicht, »dann sage ich mir: Den hole ich da raus!« Die Augen blitzen, wenn sie das sagt, und während der kurzen Zeit unserer Currywurst hat sie schon für

Currywurst	2,60 €
Pommes	1,50/2,70 €
Rudolf-Diesel-Straße 32, 51149 Köln	
Telefon	02203/1 80 03 96
geöffnet	Mo–Sa 8–20 Uhr
KVB	Rudolf-Diesel-Straße, Linie 154

viele Kunden nette Worte übrig. Das Publikum ist bunt gemischt; eine Gruppe in den Arbeitsoveralls einer Autoglaserei belegt einen Stehtisch, ein älteres Ehepaar im Pelz, das aus dem benachbarten Möbelgeschäft kommt, den nächsten. Ein Gast bestellt Currywurst, aber ohne Pommes, denn die machen dick, sagt er grinsend und streicht sich die beträchtliche Wampe. Zwölf Stunden hat Lucky's geöffnet jeden Tag, genau wie die angrenzenden Läden, sechs Leute bewältigen das im Schichtdienst, und wenn sich herumspricht, wie gut sie das machen, dann werden sie dem goldenen M noch lange trotzen.

Schmitzebud

Diese Bude hat wirklich Tradition: Seit 1898 gibt es die Schmitzebud in Rath, direkt am Königsforst. Damit ist sie mit Abstand die älteste Bude unseres Currywurstwanderwegs. Sie wurde eröffnet, als die Stadtbahn bis zum Königsforst ausgebaut wurde. Nach dem Krieg führte die Familie Schmitz die Bud, 1982 übernahmen die Wimmers. Als Marita Wimmer die Bude nach 25 Jahren aufgab, wurde es schwierig. Es fand sich kein neuer Besitzer, beinahe wäre die Schmitzebud abgerissen worden. Doch eine Bürgerinitiative setzte sich für den Erhalt der Bude ein. Dabei waren auch viele Radsportler wie Rolf Wolfshohl, der mehrfache Weltmeister und Tour-de-France-Etappensieger. Schon in den 1930er Jahren war die Bude ein beliebter Treffpunkt für Radsportler. Alles, was im Kölner Radsport Rang und Namen hat, ist schon in der Schmitzebud eingekehrt. Die Initiative hatte Erfolg, die Schmitzebud wurde erhalten und nach großer Renovierung im September 2009 wiedereröffnet. Nun kann man nicht nur vor, sondern auch in der Bude sitzen. Allerdings hatten die neuen Pächter kein Glück, immer wieder machte die Bude dicht und stand monatelang leer. Seit Mai 2012 versucht es Dirk Kleber, der auch das Dellbrücker »Em Höttche« betreibt.

Inzwischen hat auch sein Geschäftsführer Jörg Deichmüller erfahren, warum die Schmitzebud so schwierig ist: »Ich bin seit 16 Jahren in der Gastronomie, aber so etwas wie hier habe ich noch nie erlebt. Im Winter ist nur fünf Prozent von dem los, was im Sommer los ist, da stehen am Sonntag 250 Leute vor dem Laden!« Überraschenderweise ist der Samstag der schlechteste Tag, weshalb die Schmitzebud im Winter samstags geschlossen bleibt. Dabei sollte man meinen, dass die Radfahrer vor allem am Wochenende unterwegs sind, doch anscheinend haben sie samstags Besseres vor. Außerdem treffen sich die Radler an, aber nicht in der Schmitzebud. »Hier ist wirklich nur ein Treffpunkt«, erzählt Christian Scharfenberger, der zweite Mann in der Bude. »Es kommen nur wenige auf einen Kaffee rein.« So blieb auch der Versuch, kohlenhydratreiche Nudelgerichte anzubieten, erfolglos. Stattdessen laufen eher gutbürgerliche Gerichte wie Grünkohl. Wir bleiben natürlich bei Currywurst mit Pommes. Die Wurst ist etwas dünner, aber auch leckerer als gewöhnlich, die Sauce ist die süßliche Hela-Sauce, die in sehr vielen Buden verwendet wird. Es gibt auch noch »Currywurst spezial«, eine minimal schärfe Variante, die sehr dunkel ist und von Zwiebeln so sehr dominiert wird, dass sie mit Currywurst nicht viel zu tun hat. Die Fritten sind goldgelb, sehr knusprig und lecker. Hübsch ist die Frittenschale aus Porzellan, auf der hier serviert wird. Überhaupt ist die Schmitzebud schön eingerichtet, innen sieht sie aus wie ein Bistro, mit Weinregal und Kuchenvitrine. Aber natürlich hat auch der Radsport deutliche Spuren in der Bude hinterlassen. Vor der Tür steht ein Automat, an dem man Fahrradschläuche ziehen kann. Im Fenster hängt das braune Fahrradtrikot mit »Schmitzebud«-Aufdruck (das man natürlich auch kaufen kann), darunter liegt ein 25 Zentimeter großes Stück getrockneter weißer Farbe: der »Original-Zielstrich der 1. Sprintwertung ›Rund um Köln‹ 2010 an der Schmitzebud, Ostermontag, 5.4.2010«. Der Radklassiker führt immer an der Bude vorbei. Wer die 67 Kilometer lange Strecke nachfährt, kommt übrigens auch an der Bergischen Wurstbraterei in Spitze vorbei. Ein Weg, zwei Buden – optimal!

Currywurst	2,50 €
Pommes	1,50/2,50 €
Currywurst spezial + Pommes	4,50 €
Rather Mauspfad 2/Ecke Rösrather Straße, 51107 Köln	
Telefon	0221/56 09 36 71
Internet	www.schmitzebud.info www.schmitzebud.com (Fan-Seite mit schönen historischen Fotos)
Geöffnet	Mi–So 9–20 Uhr, im Winter stark eingeschränkt
KVB	Endhaltestelle Königsforst, Linie 9

Wachter's Imbiss

Erstaunlich, wie gemütlich man eine kleine Imbissbude einrichten kann: Bei Wachters Imbiss in Dellbrück sitzt man tatsächlich sehr nett. Die Wand ist halbhoch dunkelbraun getäfelt (Laminat vermutlich, leicht zweckentfremdet), an den drei hellbraunen Holztischen sitzt man auf dick gepolsterten dunkelbraunen Stühlen oder auf den ebenfalls gepolsterten Sitzbänken. Beleuchtet wird das Ganze von Lampen mit geflochtenen Bastschirmen, an deren Kabeln sich Plastik-Efeu rankt. Auf den Tischen stehen hölzerne Besteckkästchen. 15 oder 16 Leute können hier gleichzeitig essen. Im Hintergrund dudelt WDR 4, und wie man so am Tisch auf seine Currywurst wartet, hat man Muße, die rechte Hälfte von Wachters Imbiss zu inspizieren. Da hat man zu tun: In keinem anderen Imbiss gibt es so viel zu lesen. Allein auf der Theke stehen neun Kärtchen mit Angeboten, über der Theke hängen unzählige

weitere, daneben die große Speisekarte. Schnitzel gibt es in zahllosen Varianten, die Standards ebenso wie »Spezialschnitzel«, die so schöne Namen tragen wie »Kölner Dom«, »Tünnes und Schäl« oder »Geißbock«. Auch schön: der »Dell-Burger im Pommes-Bett«.

Klar also, dass es hier auch nicht nur eine Sorte Currysauce gibt. Außer der normalen Sauce kann man wählen zwischen »Samurai«, »Inferno« und »Ironman«, in aufsteigender Schärfe. Wer sich nicht entscheiden kann, nimmt den Teller mit dreierlei Saucen, das normale Samurai-Inferno, das konsequenterweise »Trio Arnöldche« heißt. Dabei muss man natürlich streng darauf achten, sich schärfemäßig hochzuarbeiten. Das Inferno ist schön tiefrot und tomatig und vor allem so scharf, dass weniger Scharfes danach eher laff schmeckt. Das Inferno also bitte zuletzt essen. Einen schönen Kontrast zum roten Inferno

bietet der Samurai: Quietschgelb, fruchtig und immer noch scharf kommt der daher. Chili- und Mango-Chutney stechen hervor, und auf beiden Saucen liegen Stückchen von sauer-scharf eingelegten grünen Paprika. Das hat beides eine so schöne Schärfe, dass die Nase anfängt zu laufen. Den noch brutaleren Ironman möchte man gar nicht mehr testen.

Die Wurst zur Sauce ist dick und schmeckt wie die Bratwurst zu Hause, die Pommes sind sehr gut: herrlich knusprig und es gibt ordentlich viel von den kleinen Kartoffelstückchen, die immer besonders knusprig sind. Als Kind hätte ich mich da reinsetzen können.

Einen schönen Laden haben Karl-Heinz und Karin Wachter hier aufgebaut. Die beiden wohnen um die Ecke und haben 2005 das lange Zeit leer stehende Lokal übernommen. Mit Erfolg: 2011 haben sie auch die Eisdiele Apollonia im Nachbarhaus an der Ecke zur Bergisch Gladbacher Straße übernommen. Nach der Currywurst kann man die Schärfe also mit einem Eis oder einem Cocktail löschen. Doch das steht in einem anderen Buch.

Currywurst	2,50 €
Pommes	1,60/2,00 €
Mayo	0,40 €
Dellbrücker Hauptstraße 163, 51069 Köln	
Telefon	0221/6 80 24 89
Internet	www.wachters-imbiss.de
Geöffnet	Mo–Sa 11.30–21 Uhr So 13–21 Uhr (Winter), 17–21 Uhr (Sommer)
KVB	Köln-Dellbrück (S-Bahn) oder Dellbrücker Hauptstraße (U-Bahn)

Bonn
mal
anders

Drei Currywürste für ne Bundesstadt

■ 20 Minuten sind es von Köln nach Bonn. Das lohnt sich, und zwar nicht nur wegen des Blicks auf das Siebengebirge. Das heißt übrigens nicht so, weil es sieben Berge sind (schließlich sind auch keine sieben Zwerge da), sondern weil es dort häufiger regnet als im linksrheinischen Teil. Irgendwoher muss die Schäl Sick, die hier auch so heißt, ihren Namen ja haben. Im Ernst: Es regnet häufiger, weil der Westwind, hat er es bis dorthin trockenen Fußes geschafft, nochmal aufsteigen muss, und das ist eben häufig zu viel des Guten. Daher heißt das Gebirge Siebengebirge, weil es da so oft sifft, und durch irgendeine Sprachwindung wurde daraus Sieben. Vielleicht war es aber auch die Tourizentrale von Königswinter, die das veranlasst hat. Zurück in die Bundesstadt. Die heißt wirklich so, und zwar seit dem Bonn-Berlin-Vertrag von 1992 (s. u.). Bonn war immer weit mehr als die Regierung, was alle wissen, die hier waren oder leben. Die Innenstadt und die beiden gründerzeitlichen Ausbauviertel (Nord- und Südstadt) sind fußläufig verbunden, auch der Rhein ist prima zugänglich. Was stimmt – und auch zum Ruf Bonns beiträgt: Die Stadt ist manchmal unerträglich bürgerlich. Nirgendwo scheint es mehr Gymnasien zu geben. Aber der schön in der Domstadt geschulte CPM-Geographenblick offenbart natürlich schnell, dass es das Anti-Bonn sehr wohl gibt. Wir empfehlen Besuche in Dransdorf, Hardtberg und Tannenbusch, um das eigene Bonn-Bild zu vervollständigen.

Bezüglich CPM halten wir uns aber an drei Standorte in oder nahe dem Zentrum: Addi in der Südstadt, Elena in der Weststadt (ziemlich tourismusunverdächtig) und den Rheinbiss – am Rhein, wie der Name schon sagt. Mahlzeit.

Paralleluniversen in Bonn – zum »Lennésnack beim Addi«

■ Ein Blick auf den Stadtplan offenbart nördlich und südlich der Bonner City (die hier, wie in Köln auch, der alten mittelalterlich ummauerten Stadt entspricht) in 15 Minuten Fußentfernung sehr Unterschiedliches: Hier Prinz-Albert-, Kaiser- und Königstraßen – dort Max-, Dorotheen- und Franzstraße. Bürgertum gegen Adel? Bonn war schon lange Residenzstadt, und auch zu Zeiten der Industrialisierung setzten die Stadtherren nicht auf das schmutzige neue und potenziell mit Gewerkschaften und Linken versetzte Industriezeitalter, sondern förderten statt dessen den Ausbau der Universität und eines entsprechenden Viertels für die feine Gesellschaft. Das ist heute die Südstadt, ein gründerzeitliches Ausbauviertel der besseren Art. Hier gab es von Anfang an Bäume in den breiten Straßen, Hintergärten und Balkone. Das Dienstpersonal wohnte auch im Haus, daher oft zu sehen: eine obere Etage mit winzigen Fenstern oder alternativ ein dunkles Souterrain. Das muss reichen. Sonst kann das Gesindel ja auch woanders wohnen. Zum Beispiel in der Nordstadt.

Dieser Teil Bonns liegt auf der anderen Seite der Innenstadt. 1850 ist hier noch nichts zu merken von einer Nordstadt – genauso wenig wie von einer Bonner Südstadt. Weiden, Äcker und Gärten liegen vor den nördlichen Toren des damaligen Bonn. Bedingt durch die Industrialisierung kommt es in Deutschland wie in großen Teilen Europas in der zweiten Hälfte des 19. Jahrhunderts zu einer großen Landflucht (ein Prozess, der heute im Zuge eines Besuchs bei der Bude in Peking sicher live mitzuerleben ist). Die ländlichen Gebiete bieten der rasch wachsenden Bevölkerung keine ausreichende Lebensgrundlage mehr. Die Industrien siedeln sich in den Städten an. Hier gibt es die ersehnten Arbeitsplätze. Im Falle von Bonn kann allerdings nicht von Industrialisierung in großem Umfang gesprochen werden. Vielmehr folgt die Stadt ihrer Tradition als Residenzstadt. Eine planmäßige Stadterweiterung nach Süden wird angestrebt und realisiert. Ein repräsentatives Viertel für Bessergestellte – zum Beispiel Professoren (das -innen ist noch in weiter Ferne) – entsteht, die Südstadt. Die Baukräfte kommen aus der Eifel und anderen ländlichen Gebieten nach Bonn. Sie bauen sich – ungeplant – ihr eigenes Viertel: die Nordstadt. Das Stück zwischen Breite Straße und Heerstraße entsteht zwischen 1862 und 1910, die weiter außen gelegenen Teile der Nordstadt werden später gebaut. Wer offenen Auges die Straßenverläufe von Nord- und Südstadt vergleicht, kann die Geschichte der Stadtteile leicht aus den Steinen lesen: Während in der Südstadt gerade, schachbrettartig angelegte Straßenmuster dominieren, geht mensch durch die Nordstadt auf verschlungenen Pfaden.

In der Periode des Wiederaufbaus und des so genannten Wirtschaftswunders der 1950er und 1960er Jahre sinken die gründerzeitlichen Arbeiterviertel, wie die Bonner Nordstadt oder Köln-Ehrenfeld, Nippes, Kalk, Mülheim ..., sehr stark im Ansehen. Ihre alte Bausubstanz und die damit verbundenen Einbußen an Wohnqualität lassen sie zu einem Gebiet niedriger Mieten werden. Investiert wird eher vor den Toren der Stadt. Das Wohnideal liegt in Einzelheimen im Grünen. Mami hütet Kinder, Haus und Garten, Papi fährt mit dem Käfer (er läuft und läuft ...) zur Arbeit.

Teil zwei der Einwanderungsgeschichte der Nordstadt: Der billige, innenstadtnahe Wohnraum wird von zwei neu hinzuziehenden Bevölkerungsgruppen genutzt: Studierenden und den aus den Mittelmeerländern angeworbenen Arbeitern – später auch ihren Familien. Die Bonner Zuwanderung war wieder durch die Bauindustrie bedingt: Wieder wurde gen Süden ein neues Viertel gebaut, das zu Zuzug in die Nordstadt führte: Damals war es der Ausbau der Südstadt, die den Leuten aus der Eifel und anderen nahen ländlichen Gebieten Anlass gab, die Nordstadt als Wohnquartier für sich selbst zu bauen, jetzt ist es der Ausbau des Regierungsviertels, der die Menschen aus der Türkei und anderen Mittelmeeranrainerstaaten in die Nordstadt lockt. Hier finden sie die preiswerten Wohnmöglichkeiten, die sie suchen. Es gilt, möglichst viel Geld nach Hause zu überweisen. Das Viertel behält seinen Handwerker- und Arbeitercharakter, die Nationalitäten wechseln.

In den späten Sechzigern und frühen Siebzigern erreichte der Imageverlust der gründerzeitlichen Arbeiterviertel seinen Höhepunkt. Noch waren die Kassen der öffentlichen Hände durch das »Wirtschaftswunder« voll und es wurde kräftig geplant: Flächensanierung hieß die drohende Gefahr für die Nordstadt. Eine größere Durchgangsstraße sollte zu einem Stadthaus führen, das in der ursprünglichen Planung einen großen Teil der Nordstadt zum Opfer der Bagger gemacht hätte.

Das Geld ging mit der Ölkrise aus und durch Häuserkampf anderswo und Widerstand in der Bevölkerung keimte bei den Entscheidungsträgern wohl doch die Erkenntnis, dass Konzepte der Flächensanierung nicht durchzusetzen seien. Statt dessen wurden die Straßen der Nordstadt anlässlich der Feiern zu 2000 Jahren Bonn 1989 gepflastert und die Nordstadt bekam Laternen und neue Straßenbäume, so das sich ein wenig Südstadtflair verbreitete.

Heute ist es wieder schick, in solchen Vierteln wie der Bonner Nordstadt zu wohnen. Die vielfach sanierten Wohnungen entsprechen wieder dem Standard und die gründerzeitlichen Häuser gelten als schön. Außerdem verbreiten die türkischen Läden mit ihrem Gemüseangebot auf der Straße mediterrane Urlaubsatmosphäre, und den Bioladen und die Galerie nimmt die neue aufgeklärte moderne Stadtbewohnerin auch gerne mit. Resultat: Auch Menschen mit höherem Einkommen ziehen wieder in Viertel wie die Nordstadt. Diesen Prozess und die damit zusammenhängenden problematischen Veränderungen wie Anpassung des Mietniveaus nach oben und Verdrängung von einkommensschwächerer Bevölkerung nennen Geographie und Soziologie »Gentrification« oder eingedeutscht Gentrifizierung.

Die Südstadt ist in diesem Sinne nicht der Gentrifizierung unterlegen, da sie nie abgewertet wurde und hier reiches, besserverdienendes Milieu sein Habitat findet und schafft. Wer einen Beleg braucht, schaue mal in den Immobilienteil einer Bonner Zeitung und achte auf die Preise. Auch der Anteil nicht-deutscher Bevölkerung ist in der Südstadt auffällig geringer als in der Nordstadt. Aber: Die Nationalität ist nicht entscheidend, es ist der Geldbeutel. Dass der nicht immer durch eigenen Fleiß gefüllt wird, belegen die vielen Burschenschaften, die die eigentlich hohe Aufenthaltsqualität der Südstadt durch das Verhalten ihrer Bewohner doch ab und an stark einschränken.

Bonn West: Auch die Bundesstadt hat Rückseiten – zu »Elena«

■ Den meisten wird zu Bonn wohl als erstes »ehemalige Bundeshauptstadt« einfallen. Denen, die sich auskennen und die sich für Stadtentwicklung interessieren, wohl auch das nach dem Regierungswegzug boomende Bonn mit Telekom, Posttower, Kameha-Grand 5-Sterne-Hotel, t-mobile Campus usw.

Aber die Weststadt? Man glaubt es kaum, aber auch Bonn hat Ecken, deren touristische und auch sonstige Aufenthaltsqualität doch sehr zu wünschen übrig lässt. Und mit dem anhand der Kölner Beispiele Erlernten über die Stadt und das, was wir Menschen daraus machen, ist fast schon an zwei Fingern auszurechnen, wo diese Stadtgebiete liegen. In der mittelalterlichen Stadt war alles, was Stadt war, in die Mauern gesperrt und behütet. In Bonn ist das heute die City, die weitgehend durch Einzelhandel bestimmt ist. Die Märkte lagen zum Teil aber damals außerhalb der Stadt, besonders die Viehmärkte. In Bonn ist das vor dem Sterntor am Straßennamen »Vievatsgasse« (Viehpfad) deutlich. Mit der Industrialisierung wurde auch das Fleischproduzieren industrialisiert, und so entstanden große Schlachthöfe an den Rändern der bisherigen Städte. Im Falle Bonns war das jenseits der gerade in das feuchte Gebiet eines ehemaligen Rheinarms gelegten Eisenbahn Richtung Westen. So lag das Ziel des letzten Gangs von Rindviechern und Säuen nahe zur Stadt und mit Schienenanschluss an den Güterbahnhof.

Die Arbeiterinnen und Arbeiter (wahrscheinlich auch des Schlachthofs), besonders aber Handwerkerinnen und Handwerker wohnten in der Nordstadt in einem Viertel, das sie weitgehend selber bauten – was die Enge und das Fehlen von öffentlichen Plätzen erklärt. Ein Großteil der Menschen, die zu Zeiten der Industrialisierung nach Bonn in die Nordstadt zogen, fand zunächst Arbeit beim Bau und der Ausstattung der geplant angelegten Bonner Südstadt. Anstatt Industrie anzusiedeln, wollte Bonn die Universität ausbauen und entsprechend feine Leute anlocken. Für dieses Publikum wurde ein bürgerliches Ausbauviertel geplant und gebaut. Dazu gehörte auch ein Teil der Weststadt (womit wir uns wieder der Wurstbude von Elena annähern), und zwar jener Teil südlich der Endenicher Straße. Es ist frappierend, wie deutlich Bebauung und Nutzung entlang dieser Achse wechseln. Industrie, Baumärkte, Einkaufszentren, Eroscenter und die trotz jahrelangen Widerstands mitten ins Stadtgebiet gebaute Müllverbrennungsanlage finden sich im Dreieck zwischen Endenicher Straße, Autobahn und Eisenbahn. All das, was niemand in der Nachbarschaft haben will und das daher am Rand der Stadt errichtet wird. Und dieser Rand ist mittlerweile eben keiner mehr, jenseits der Autobahn geht Bonn noch weiter. Aber es ist dennoch ein Bereich außerhalb dessen, was auch Bonner Bürgerinnen und Bürger unter ihrer Stadt im Kopf haben. Ließen wir die Leute kognitive Karten von dem zeichnen, was für sie Bonn ist, ich wette, die Weststadt wäre immer zu klein gezeichnet, wenn sie überhaupt vorkäme. Und das ist ja auch kein Wunder, denn die wenigsten haben hier etwas zu tun. Der Schlachthof, gewissermaßen Keimzelle dieses Quartiers, wurde vor mehr als 100 Jahren als eines der ältesten Gewerbegebiete Bonns gegründet. Vor rund 30 Jahren begann der Niedergang. Es wurde weniger und weniger geschlachtet.

1992 wurde der Schlachthof geschlossen. Die Flächen wurden zu Ladenlokalen umfunktioniert und genutzt. Ende der 1990er Jahre installierte die Stadt hier zusätzlich ein Existenzgründerzentrum. Seit 2012 wird das Gelände erneut geschlossen, da die Anlagen insgesamt einen hohen Renovierungsbedarf aufweisen. Was hier entsteht, ist eine spannende Frage. Einerseits liegt das Gelände im Off der Stadt

(Nachbarn sind das Eros-Center und die Müllverbrennungsanlage), andererseits liegt das Ganze sehr innenstadtnah und durch Autobahn und Eisenbahn sehr gut erreichbar von außerhalb. Der aufmerksame Stadtspaziergänger mit CPM-Neigung wird in den kommenden Jahren verfolgen, wessen Interessen bezüglich der Nutzung dieses Stadt-Raumes sich durchsetzen, und vielleicht mit Elena an ihrem Imbiss diskutieren. Denn dies ist ohne Zweifel ein besonders gastlicher Ort in der Bonner Weststadt.

Kalkfabrik, Kanzleramt, Konzernzentrale: Bonns Entwicklung seit dem Zweiten Weltkrieg – zum »Rheinbiss«

■ »Bonn boomt«, schreibt Claus Christian Wiegand 2006 in der Geographischen Rundschau. Und das war durchaus nicht immer klar. 1991 hatte der zu dieser Zeit ca. 100 Meter neben unserer Bude im Alten Wasserwerk tagende Bundestag die (Rück-)Verlegung der Hauptstadt nach Berlin mit 338 zu 320 Stimmen beschlossen. Das Wehklagen in Bonn war groß. Kabarettisten sahen die Bonner Bürger schon verarmt an Suppenküchen anstehen. Das war wohl nicht ernsthaft zu befürchten, aber die Lage war auf den ersten Blick durchaus angespannt. Durch ein paar Zufälle nach dem Krieg zur provisorischen Bundeshauptstadt erkoren, begann der »endgültige« Ausbau Bonns zu einer solchen erst in den 1980er Jahren. Die Stadt wurde vielerorts renoviert, die so genannte »Museumsmeile« um das Kunstmuseum Bonn und die Kunst- und Ausstellungshalle der Bundesrepublik Deutschland erweitert. Bonns Wirtschaft damals kann als zweipolig beschrieben werden: Zum einen waren da die Bundesregierung und alle nachgelagerten Dienstleistungen inklusive Nachfrage nach repräsentativen Immobilien, etwa für die Botschaften in Godesberg oder für Lobbyverbände überall in der Stadt. Zum andern gab es die für das Ausmaß der Stadt (rund 300.000 Menschen) recht große und alte Universität, für die Ende des 19. und zu Beginn des 20. Jahrhunderts die Südstadt hauptsächlich gebaut wurde – und auch deren nachgelagerte Dienstleistungen von den Putzdiensten im Professorenbüro über den Copyshop bis zum Repetitorium für vorerst gescheiterte Juristinnen und Juristen. Wenn also der gesamte Regierungsbereich wegfiele – das wäre in der Tat ein schwerer Schlag für Bonn geworden.

Es kam anders, und wer heute auf Bonn sieht, wird schnell feststellen: Bonn hat seine Interessen gut durchsetzen können. 1992 wurde das Bonn-Berlin-Gesetz verabschiedet und damit war klar, dass sich der Regierungsumzug nur auf einen Teil der Bundesministerien bezieht und dass andere sogar ihren Hauptsitz in Bonn behalten. Auch darf Bonn sich seither rechtmäßig »Bundesstadt« nennen. 2012 hatten neun Ministerien ihren ersten Sitz in Berlin und sechs in Bonn. Als Ausgleich wurden die Sitze von einigen Bundeseinrichtungen nach Bonn verlagert. Mitte der 2000er Jahre machte allein das fast 8.000 Arbeitsplätze aus. Dazu flossen in den Jahren 1994 bis 2004 Ausgleichsmittel in Höhe von insgesamt 1,47 Milliarden Euro nach Bonn, die größten Brocken darunter mit über 860 Millionen für den Wissenschaftsstandort Bonn und 256 Millionen für den ICE-Anschluss (der allerdings 20 Kilometer von Bonn entfernt durch den Bahnhof »Siegburg/Bonn« gelegt wurde).

Die Mittel für den »Wissenschaftsstandort« wurden zum Beispiel in den Ausbau eines Zentrums für Entwicklungsforschung gesteckt, das mit dem in Bonn verbliebenen Ministerium für wirtschaftliche Zusammenarbeit gute Connections vor Ort hat.

In den 1990er und 2000er Jahren kam die Entwicklung des Telekommunikationssektors Bonn stark zugute: Die Deutsche Post und die Deutsche Telekom hatten nach ihrer Privatisierung Bonn als Firmenzentralen belassen und beide Unternehmen müssen mittlerweile als »Global Player« bezeichnet werden. Die Telekom hat international 150 Millionen Kundinnen und Kunden und bezeichnet sich als sechstgrößten Mobilfunkanbieter des Globus. So haben sie sich denn auch architektonische Denkmäler unterschiedlicher Couleur gesetzt, alle in einem Kilometer Umkreis um unsere Bude: den Posttower von Architekt

Helmut Jahn gleich nebenan, auf der anderen Rheinseite die T-Mobile-City und entlang der Friedrich-Ebert-Allee zwischen Bonn und Bad Godesberg zahlreiche Gebäude der Telekom. Flagschiff-Architektur wird sowas im Standortwettbewerb- und Globalisierungssprech genannt.

Wer als eine/r der zahlreichen Joggerinnen und Jogger über die unserer Bude benachbarte Bonner Südbrücke in Richtung Bude (und Bonner Innenstadt) blickt, sieht mittlerweile eine richtige kleine Hochhauskulisse, die aus zweimal alt und zweimal neu besteht: Alt ist der Lange Eugen, der als Abgeordnetenbürohochhaus des Bundestages nach den Plänen von Egon Eirmann gebaut und 1969 eingeweiht wurde. Der Name »Langer Eugen« kommt vom damaligen Bundestagspräsidenten Eugen Gerstenmaier. Alt ist auch das Hochhaus im Tulpenfeld, zeitgleich wenige Straßen weiter fertig gestellt, damals Sitz von Abgeordnetenbüros sowie der Bundespressekonferenz, von daher also viel in Funk- und Fernsehen. Neu sind der schon erwähnte Posttower sowie ein 2012 immer noch leerstehender Neubau, der zum World-Conference-Center gehört, in das auch der in den 1990er Jahren neu gebaute und sehr sehenswerte Plenarsaal des Bundestags am Rhein einbezogen ist (Architekten: Behnisch & Partner). Die letztgenannten drei Hochhäuser stehen für einen weiteren Entwicklungsstrang Bonns nach dem Regierungs(teil)wegzug: das Bemühen, UNO-Standort und Sitz internationaler Konferenzen zu werden. Das ist durchaus geglückt, einige UNO-Sekretariate mit insgesamt ca. 500 Beschäftigten sind nach Bonn gezogen, einige UN-Konferenzen haben am Rhein getagt, so zum Beispiel eine größere Klimakonferenz. Das 2012 immer noch leerstehende Hochhaus steht jedoch für eines der wohl größten finanziellen Desaster in der Stadtgeschichte. In einer Mischung aus Leichtgläubigkeit, Ignoranz und krimineller Energie wurde einem dubiosen Geldgeber vertraut bzw. die Stadt betrogen. Der Geldgeber wurde mit nicht unerheblichen Krediten ausgestattet, floh außer Landes, wurde mit internationalem Haftbefehl gesucht und gestellt. Zur Zeit des Verfassens dieser Zeilen läuft das Verfahren gegen den Investor und auch eines gegen die damalige Bonner Oberbürgermeisterin. Das erwähnte Hochhaus soll einmal das Hotel zum Tagungszentrum werden. Von Abriss (Ende-mit-Schrecken-Strategie) bis zum Kauf durch die Stadt wurden bereits verschiedene »Lösungen« diskutiert.

Doch lassen wir zum Ende dieses Textes unsere Joggerin noch einen Blick von der Brücke nach Süden werfen, in Richtung Siebengebirge. Auf der Ramersdorfer Seite fällt dort nämlich der vornehm »Bonner Bogen« genannte neue Stadtteil Bonns auf dem Gelände der ehemaligen Kalkfabrik auf. Noch mehr Büros der Telekom, ein Restaurant am Fluss und ein Fünf-Sterne-Hotel schlängeln sich um die Reste der Industriearchitektur. Und hier schließt sich dann der Kreis. Unser Budenbesitzer berichtete von seinem Vorgänger, der sein Kleinod 50 Jahre betrieb, dass der Ursprung so war, dass Menschen von drüben mit einer Fähre »zum Tanzen« dahin kamen, wo später der Bundestag eingerichtet wurde. Wenn da mal nicht die Familien der Arbeiterinnen und Arbeiter des Kalkwerks darunter waren! Und heute ist es doch sehr zu begrüßen, dass neben dem Golfplatzambiente des Bonner Bogens noch eine handfeste Frittenbude auf der anderen Seite ausharrt (hat, so gesehen, fast was Asterix-mäßiges). Bonn hat sich auf Kosten der Republik saniert und modernisiert, Resultat unter anderem niedrige Arbeitslosigkeit und Zuzug von Bevölkerung (mit entsprechend hohen Immobilienpreisen), aber eins bleibt, wie es war: die Bude am Langen Eugen.

Imbiss Elena
Kreuz Bonn-Nord
Lievelingsweg
Drosselweg
Nordstadt
Karlschule
Ellerstraße
Sachsenweg
Nonnstraße
Perthesanlage
Chlodwigplatz
LVR-Klinik
Kölnstraße
Georgstraße
Im Krausfeld
Paulstraße
Dorotheenstraße
Maxstraße
Franzstraße
Heerstraße
Adolfstraße
B 56
Pestalozzischule
Thomas-Mann-Straße
Herwarthstraße
Mozartstraße
Bachstraße
Wittelsbacherring
Brühler Straße
Propsthof Nord
Dransdorf
Betriebshof Dransdorf
Bonn Güterbahnhof
Wesselbahn
McFit
Bonn-West
Am Propsthof
Auf dem Hügel
Verweyenstraße
Pfaffenweiherweg
Verdistraße
Weststadt
Haydnstraße
Colmantstraße
Baumschulallee
Beethovenstraße
Meckenheimer Allee
Poppelsdorfer
Bonn-Poppelsdorf
Steinweg
Brahmsstraße
Wiesenweg
Endenich
Nußallee
Hörsaal Anatomie
Uni Campus Poppelsdorf (im Bau)
Katzenburgweg
Biozentrum LIMES
Lyrabecken
Venusbergweg
Heerweg
Karl-Simrock-Hauptschule
Kollegienweg
Hainstraße
Flodelingsweg
Kapellenstraße
Dohmstraße
Sebastianstraße
Poppelsdorf
Kirschallee
Jagdweg
Bennauerstraße
Blücherstraße
Heinrich-Lützeler-Straße
Provinzialstraße
Schieffelingsweg
Im Weiler
Im Feldpütz
Am Fahrweg
Röckumstraße
Zur Marterkapelle
Lengsdorf
Stationsweg
Wallfahrtsweg
Im Wingert
Nachtigallenweg
Rheinhöhenweg
Trierer Straße
Melbweg
Bonn-Lengsdorf
An der Gracht
Kreuzbergstraße

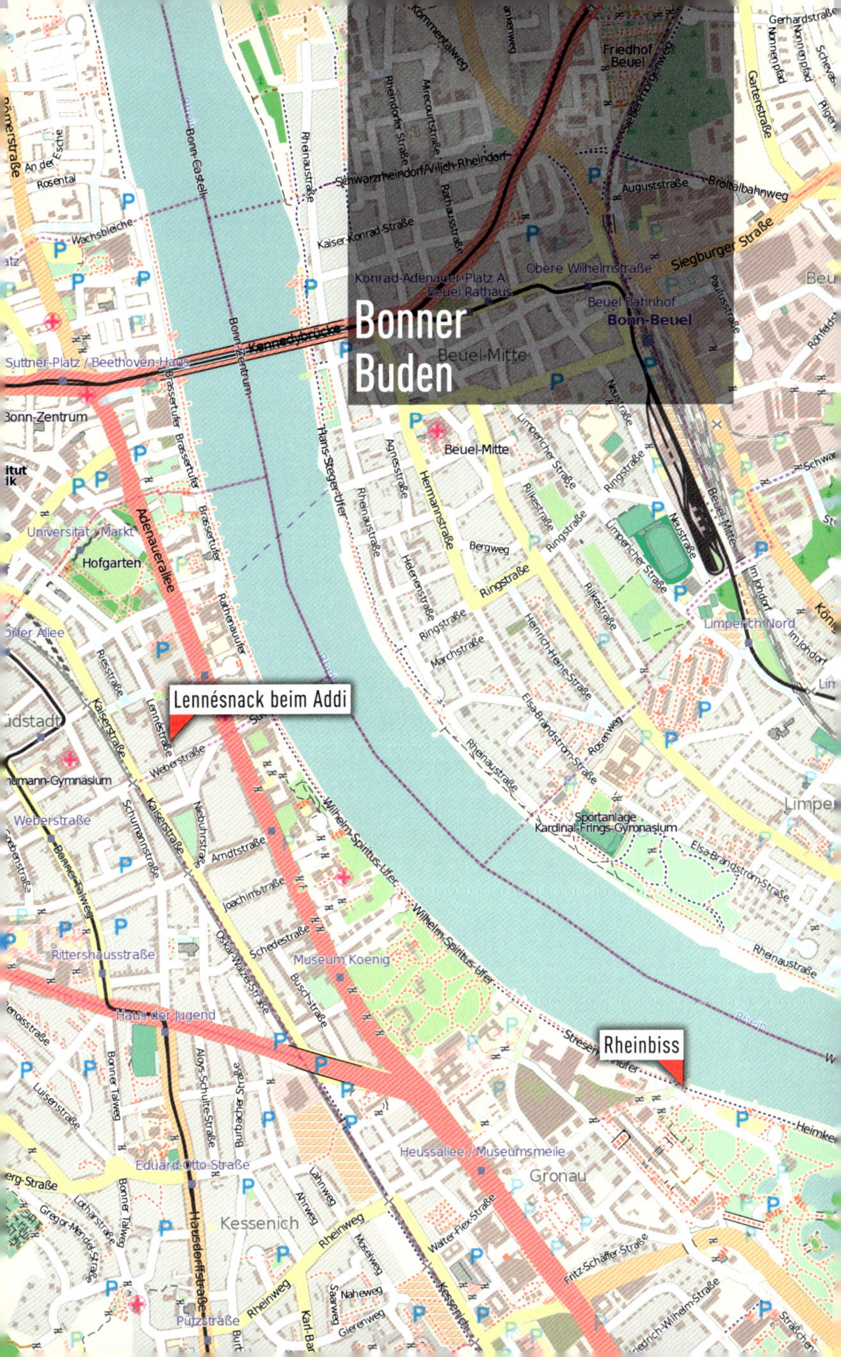
Bonner
Buden
Lennésnack beim Addi
Rheinbiss

Lennésnack beim Addi

Eine Bonner Institution: der Lennésnack in der Südstadt, nicht weit von der Universität. Seit 1972 gibt es diesen Imbiss, und die Einrichtung hat sich seitdem erhalten. Bunte Plastikstühle, Holztische, alles dicht gedrängt innen, etwas geräumiger draußen unter der riesigen Markise. 32 Plätze kommen so zusammen. Vor dem Imbiss verkünden vier Aufsteller die aktuellen Angebote, und ein großer Stand bietet Tüten mit Äpfeln aus dem Siebengebirge. Ein buntes Sammelsurium also, das Adrian »Addi« Plonka hier zusammengetragen hat. 1985 hat er den Lennésnack übernommen, und vor nicht allzu langer Zeit hat er die Zukunft der Bude gesichert: 2011 ist sein Sohn Maik eingestiegen.

»Neue Zaubereien von Addi« verspricht die Speisekarte, die alles bietet, was ein Imbiss leisten kann, und darüber hinaus einige

polnische Spezialitäten wie Piroggi. Addi serviert Schnitzel, Gyros, das er selbst aufschichtet, Steak, Spaghetti, Calamares, Strauß, Burger und mehr, dazu gibt es auch Bier und Wein. Die Fritten sehen etwas blass aus, sind aber sehr schmackhaft, die Wurst ebenfalls. Sie ist dick mit Currypulver bestäubt.

Aus den Lautsprechern tönt Achtziger-Jahre-Musik, manches Uni-Seminar findet hier seine Fortsetzung, und Addi liebt es, mit seinen Gästen zu plaudern. Der gelernte Metzger und Koch mit seinen bunt tätowierten Armen hat dem Laden unzweifelhaft seinen eigenen Stil gegeben. Im Internet läuft so etwas natürlich schnell unter »Kult«. Ausnahmsweise wollen wir da mal nicht widersprechen.

Currywurst	2,10 €
Pommes	1,30/1,80 €
Lennéstraße 57, 53113 Bonn	
Telefon	0228/22 43 28
Internet	www.lenne-snack.de
Geöffnet	Mo–Sa 11–21 Uhr
U-Bahn	Juridicum

Imbiss Elena

»Cevapcici – ist das nicht rumänisch?«, fragt der Vater, der mit seinem Sohn direkt vor der Bude parkt und mit laufendem Motor auf die Pommes wartet. Naja, fast. Rumänisch ist jedenfalls die Besitzerin, Elena. Sie kam vor 21 Jahren aus Bukarest nach Deutschland. Bevor sie ihre Bude aufgemacht hat, arbeitete sie jahrelang im Fischlokal Nordsee. Ihr Kind war alleine zu Hause, die Arbeitszeiten waren schlecht, das Geld noch schlechter, und so wurde ihr irgendwann klar: »Ich will selbstständig werden!« Zuerst stand sie mit einem Imbisswagen in Friesdorf, doch der Standort war ungünstig, man konnte nicht vor dem Imbiss parken, und zu Fuß kamen zu wenig Leute. So fing sie an, sich nach einer Alternative umzusehen. Wenn sie nachmittags ihren Wagen zugemacht hatte, fuhr sie in Bonn herum und suchte, acht Monate lang. Dann hatte sie die richtige Straße gefunden: Am Dickobskreuz, mitten im Industriegebiet. »Ich habe hier an jeder Tür geklingelt: Haben Sie Platz? Die haben gelacht. Aber ich gebe nicht auf – und jetzt habe ich es geschafft. Wenn man kämpft, gibt Gott!«

Parkplatzsorgen kennt sie hier nicht, links und rechts könnten Lkw halten. Die Straße ist breit, jedes Gebäude ringsum hat eigene Parkplätze. Gegenüber sind das Technische Hilfswerk und der »Verein für Gefährdetenhilfe« mit dem großen »Helfen statt wegsehen«-Banner, dahinter die Autobahn. Man kommt sich ein wenig vor wie in einer amerikanischen Kleinstadt, wie sie in diversen Road-movies vorkommt. Neben den Lkw könnten hier auch Dennis Hopper und Peter Fonda auf ihren Motorrädern vorbeiknattern. Der Schnellimbiss steht direkt vor der Müllverbrennungsanlage, deren altrosa gestreifter Schornstein die Gegend überragt. In der Mittagspause kommen die Arbeiter rüber und sitzen, noch mit dem Helm auf dem Kopf, unter dem angebauten Holzdach. Auch vor der Bude ist ein Dach aufgesetzt und eine Seitenwand eingezogen, Elena baut ständig um.

Auch bei der Wurst ist Handarbeit gefragt: Elena schneidet sie mit dem Messer. Sie ist lecker (die Wurst), mit kräftigem Eigengeschmack, die Sauce dazu ist honigsüß, dicklich und kaum scharf. Die Pommes sind klasse: dunkel und kross und innen schön kartoffelig. Die Bude selbst hat Elena erst seit einem halben Jahr. Sie hat sie von einem Konkurrenten um die Ecke übernommen, der schließen musste, als der Schlachthof zumachte. Zu dem Zeitpunkt hatte sie ihren Standort schon seit einem Jahr und war sich sicher, dass er funktioniert. Jetzt hat sie einen guten Platz, eine bessere Bude und keine Konkurrenz mehr. »Dafür habe ich gekämpft!«, erzählt sie stolz. »Jetzt bleibe ich!«

CPM	3,80 €
Cevapcici + Pommes	5,80 €
Am Dickobskreuz, 53121 Bonn	
U-Bahn	Probsthof-Nord

Rheinbiss Bonn

»Ich habe hier schon einiges erlebt!«, erzählt Klaus Dolff, der Chef des Imbiss am Langen Eugen. Seit 35 Jahren betreibt er seinen Laden, nach einer Lehre zum Einzelhandelskaufmann hat er sich mit 20 gleich selbstständig gemacht. Seine ganze Familie hat mit Gastronomie zu tun, so lag es nahe für ihn, in die eigene Tasche zu wirtschaften. Mit den bekannten Nachteilen: »Meinen ersten Urlaub hatte ich 1987.« Er übernahm eine traditionsreiche Bude: Sein Vorgänger konnte noch 50-Jähriges feiern. Und auch die Zukunft der Currywurst am Rhein ist gesichert, Dolffs Tochter wird übernehmen. Sie betreibt gerade die Filiale in Kripp (Rheinkilometer 629), seine Frau die in Godesberg bei Kilometer 648. Doch die »Rheinbiss«-Zentrale liegt am Kilometer 652, zwischen Ufer und Schürmann-Bau. In dem einst abgesoffenen Gebäude ist heute die Deutsche Welle untergebracht. Kundschaft

kommt von dort kaum: »Die Kantine verkauft billiger als wir einkaufen.« Natürlich kann auch Dolff ein Lied singen vom Umsatzeinbruch, von der Wirtschaftslage im Allgemeinen und dem Regierungsumzug im Besonderen. Früher lag seine Bude im Zentrum der Macht. »Beim G7-Treffen waren wir hier die einzigen Zivilisten«, erinnert er sich und erzählt, wie die Regierungschefs nebenan aus ihren Hubschraubern kletterten. »Der Reagan war am Winken, aber es war gar keiner da.« Viel Prominenz hat die Bude erlebt im Laufe der Jahre, beim jährlichen Kanzlerfest kamen Politiker, aber auch Berti und Franz. Noch häufiger als die Politiker kamen deren Chauffeure. Besonders lukrativ für Dolff war die Bewirtungsregel für Abgeordnete: Jeder durfte im Jahr 500 Gäste zum Essen einladen. Da blieb einiges im Rheinbiss hängen.

Doch längst sind die Abgeordneten in Berlin, und Klaus Dolff erinnert an die Zeit, bevor sie nach Bonn kamen. Nach dem Zweiten Weltkrieg war im späteren Bundestag ein Tanzlokal, zu dem die Leute von der anderen Rheinseite mit einer der Fähren kamen, die damals auch noch viel zahlreicher fuhren. Heute lebt der Imbiss vor allem von den Ausflüglern. Im April und Mai brummt der Laden, wenn die Bonner die ersten Sonnenstrahlen nutzen und scharenweise am Rhein spazieren gehen. Wenn um die Zeit der Rhein über die Ufer tritt, trifft das den Imbiss besonders. Klaus Dolff erzählt von den vier Hochwassern um die Jahrtausendwende: »Da guckten hier nur noch die Schirme raus!«

Der Imbiss ist ganz auf die Spaziergänger eingerichtet: An zwei Tischen kann man draußen in der Sonne sitzen und die Jogger bewundern, in den vier Kühlschränken gibt es alles von der Erdbeermilch bis zum Jägermeister, an der Wand hängt eine Eiskarte, der Marmorkuchen auf der Theke schmeckt lecker, und auf dem Heizstrahler davor stehen Milch und Zucker für den Kaffee bereit. Doch unser Interesse gilt dem Deftigen: Auf dem Herd köcheln Erbsen- und Linsensuppe vor sich hin, wir gehen an einen der vier Stehtische, werfen unser Kleingeld in den Spielautomaten und essen ausnahmsweise Currywurst mit Fritten. Die Fritten sind prima, die Wurst schmeckt, die Sauce ist sehr dick und süßlich, selbst das Currypulver darauf sorgt nicht für Schärfe. Hier können auch die kleinen Kinder, die von ihren Eltern das Rheinufer entlang gezerrt werden, gefahrlos in die Wurst beißen.

Currywurst	2,50 €
Pommes	2,00/3,50 €
Erbsen- und Linsensuppe	4,50 €
Rheinkilometer 652 Charles de Gaulle-Straße, 53111 Bonn	
Geöffnet	Mo–Fr 10–20 Uhr Sa 10–18 Uhr
U-Bahn	Heussallee/ Museumsmeile

Überregionale Empfehlungen

Bergische Wurstbraterei in Spitze

»Herzlich willkommen in Spitze«, grüßt ein Schild der »Kapellengemeinschaft St. Jakobus e.V.« an der Dorfkreuzung. Daneben werben die Karnevalsfreunde Bechen für ihren Hausfrauennachmittag. Auf der anderen Seite der Kreuzung stehen zwei weitere Schilder: Die Bushaltestelle weist immerhin vier Buslinien auf, die Wanderkarte informiert über die Sehenswürdigkeiten und Wanderwege in Spitze, Dürscheid, Biesfeld und Offermannsheide. Doch der eigentliche Höhepunkt wartet direkt hinter der Wanderkarte: die Bergische Wurstbraterei. Vor einem kleinen Parkplatz steht die große rot-weiße Bude mit den angedeuteten Fachwerkbalken. Sie hat eine riesige überdachte Verkaufstheke und einen kleinen Gastraum. Darin ist Platz für zwei Stehtische, sechs Hocker, eine Ablage ringsum, einen Spielautomaten und eine Heizung. So kann man sich nach der Wanderung aufwärmen und das Geschehen auf dem Parkplatz beobachten. Eine Familie mit Hund parkt, die Mutter holt Wurst für alle, der Hund auf dem Rücksitz schnuppert in Richtung Bude und wird zusehends unruhiger. Als die Mutter die Wurst bringt, läuft ihm das Wasser im Maul zusammen – aber für ihn ist nichts dabei. Er muss schier verrückt werden mit dem

Wurstgeruch im Auto, bleibt aber bemerkenswert diszipliniert und schaut beim Essen zu. Wir haben mehr Glück, für uns gibt es Currywurst und die sieht hervorragend aus. Die Sauce hat eine wunderschöne dunkelrote Farbe und tolle Konsistenz, die Wurst ist gut gewürzt, einige Kräuter sieht man ihr an. In der Bergischen Wurstbraterei kommt erst das Curry, dann die Sauce auf die Wurst. Scharf ist sie allerdings gar nicht, sondern sehr süß. Die Pommes sind klasse, dünn, etwas kross, aber nicht so, dass sie austrocknen, und sie schmecken deutlich nach Kartoffeln. Obendrauf hat die nette junge Frau hinter der Theke einen Riesenberg Mayonnaise gepumpt. »Wir haben Currywürste von hier bis nach Paris verkauft«, erzählt sie. Mit ihr ist die Familie Klein nun schon in der dritten Generation an der Wurst aktiv. Ihre Großeltern haben in den 1970er Jahren angefangen. Als sie den Laden aufgaben, hat ihr Metzger Sprenger ausgerechnet, dass die von ihnen verkauften Würste aneinandergelegt die Strecke bis Paris ergaben. »Wir hoffen, dass wir noch bis Barcelona kommen«, grinst die Enkelin. Sie hilft nur sonntags aus, ansonsten ist sie mit ihrem Abitur beschäftigt. Die Wurstbraterei führt ihr Onkel. Mit ihm hat die Bude als erster Betrieb im Rheinisch-Bergischen und als sechster Betrieb 2007 in NRW den »Smiley« für überdurchschnittliche Qualität und Hygiene bekommen, verraten die Urkunden, die an der Wand hängen. Genug Gründe also, sich nach Spitze zu begeben. Von Köln aus immer die L286 entlang, nach ca. 25 Kilometern erreicht man die Wurstbraterei – oder, wie es der Metzger umrechnen würde: nach ungefähr 125.000 Wurstlängen.

Currywurst	2,70 €
Pommes	2,00/2,50 €
Spitzer Aue 3, 51515 Spitze (Gemeinde Kürten)	
Geöffnet	Mo–Sa 10.30–21 Uhr So 11–21 Uhr

Maier-Peveling in Aachen

Einer der ersten Sterneköche, die eine Frittenbude aufmachten, war Christoph Lang. Er betreibt das mehrfach ausgezeichnete Restaurant La Bécasse in der Hanbrucher Straße in Aachen und brät seit dem Sommer 2003 auch Currywürste, und zwar ein paar Schritte vom Theater entfernt in »Aachens schickster Frittenbude«, wie er auf seiner Speisekarte verkündet. Das muss niemanden abschrecken, hier braucht man keine Abendgarderobe, um an die Wurst zu kommen. Das »Maier-Peveling«, benannt nach Langs Großmutter, ist schlicht, modern und elegant eingerichtet, mit hellen Wänden, großen Lampen und vielen Fenstern, aber übermäßig schick ist es nicht. Draußen im großen Innenhof des »Kapuziner Karrees« sitzt man auf schlichten Bierbänken, drinnen an einer langen Tafel, die durch den ganzen Raum geht. 24 Leute haben daran Platz; eine schöne Idee, um Menschen miteinander ins Gespräch zu bringen. Gesprächsstoff gibt es hier reichlich,

zum Beispiel: Welche Sauce ist die beste? 15 Saucen zählt die Speisekarte auf, außer Ketchup und Senf sind sie selbstgemacht: Trüffelmayonnaise, fruchtige Senfcurrysauce, Champignon-Rosmarinsauce oder Grüne Pfeffersahnesauce sind eine echte Alternative zur Mayo. Sehr leicht und frisch schmeckt die Kräuterremouladensauce. Wer sich nicht entscheiden kann, nimmt die Saucenschale: sechs Saucen für 3,50 Euro. Die überaus freundliche Bedienung zählt sie alle auf.

Auch bei der Currywurst gibt es Auswahl, es gibt sie in den vier Varianten normal, fruchtig, scharf oder extrascharf. Die scharfe Sauce ist eher unscharf, aber trotzdem lecker und appetitlich anzusehen mit Silberzwiebeln und Paprikaschnipseln. Die Wurst selbst ist würzig, die Fritten sind so knusprig, dass sie fast von der Gabel springen.

Natürlich wird hier auch Champagner zu den Pommes gereicht, aber auch, noch wichtiger und leider nicht selbstverständlich für Frittenbuden, der Zerhacker für danach: Underberg, Fernet, Averna, Vodka, Grappa, Cognac. Die Getränkekarte ist genauso lang wie die Speisekarte. Das ist alles irgendwie doch sehr schick, zugegeben. Wer in Aachen ist, sollte bei Maier-Peveling vorbeischauen, und wer einen Grund sucht, um nach Aachen zu fahren: das Maier-Peveling ist einer.

Currywurst	2,80 €
Fritten	2,30 €
Kalte Saucen	0,60 €
Warme Saucen	0,60/1,00 €
Alter Posthof 16 (im Kapuziner Karree), 52062 Aachen	
Telefon	0241/40 99 68 38
Internet	www.maier-pevelings.com
Geöffnet	11.30–23 Uhr, Fr + Sa bis 23.30 Uhr

Schiller's in Peking

*»Wenn ich su an ming Heimat denke
un sinn d'r Dom su vür mer stonn,
mööch ich tireck op Heim ahn schwenke,
ich mööch zo Fooß noh Kölle jonn«*

Eines der schönsten Kölschen Lieder ist »Heimweh nach Köln« von Willi Ostermann. Wenn das Heimweh zu groß wird und der Weg in die Heimat einfach viel zu weit ist, dann kann vielleicht das Nationalgericht Trost spenden und einem für kurze Zeit ein Gefühl von Heimat geben: die Currywurst! Die gibt es inzwischen fast überall auf der Welt, sogar in China. In Peking leben viele deutschsprachige Menschen in der Nähe der Deutschen Botschaft im Osten der Innenstadt. Außer der Botschaft gibt es in diesem Viertel eine deutsche Schule, Supermärkte, einen deutschen Bäcker und zwei Kneipen, beide sehr nahe beieinander: Schindlers Anlegestelle und das Schiller's. Wer in Peking Deutsch hören will, muss hier hingehen. Und Currywurst gibt es dort

auch. Das Schiller's liegt schöner, direkt am Kanal. Man sitzt draußen im Garten, nur durch eine kleine wenig befahrene Straße vom Wasser getrennt, an dem alte Chinesen unter Bäumen sitzen und angeln und in dem bisweilen auch jemand schwimmen geht. Am Straßenrand parken manchmal Taxis, dann stehen die Schuhe des Fahrers vor der Wagentür, während er ein Nickerchen hält.

Innen sieht das Schiller's aus wie ein englischer Pub, mit viel dunklem Holz und langer Theke. Das ist nobler als eine Imbissbude, und entsprechend wird hier auch die Currywurst präsentiert: Die Currysauce wird getrennt in einer Sauciere serviert, zur Wurst gibt es einen Beilagensalat. Die Wurst kommt paarweise und ist eher Weißwurst als Thüringer. Darüber ist etwas Ketchup geschnörkelt und ordentlich Currypulver. Die Fritten sind aus dem Backofen, Mayonnaise gibt es hier nicht. Auch erwähnenswert: Man bekommt Messer und Gabel vorgelegt, was in Peking eher selten vorkommt. Doch bis man zu Schiller's Currywurst vordringt, hat man längst gelernt, mit Stäbchen zu essen, denn das Essen in Peking ist grandios. Vor allem hat es wenig mit dem zu tun, was man in Deutschland beim Chinesen bekommt. In Peking gibt es eine sagenhafte Vielzahl von Gerichten, und in den seltensten Fällen wird automatisch Reis dazu serviert. Es gibt Gemüse in allen möglichen Varianten, und man braucht Wochen, um die verschiedenen Regionalküchen Chinas auch nur annähernd kennen zu lernen. Doch das steht in einem anderen Buch …

So verläuft sich also eher selten ein Tourist in das Schiller's, sondern eher ein Auswanderer, der für eine halbe Stunde seiner Heimat nah sein will.

Currywurst + Pommes + Salat	50 Yuan
Liangmahe Nanlu 1, 100027 Peking	

Buden ohne Ortsbindung

Wurstbraterei – Bratort – Tatort-Bude

Die bekannteste Wurstbude Kölns gibt es gar nicht, jedenfalls gab es sie nicht in den vergangenen drei Jahren. Damals musste die Wurstbraterei aus dem Rheinauhafen verschwinden, weil sie angeblich nicht in das umgestaltete Viertel passte. So stand sie seitdem nur noch drei- bis viermal im Jahr an der Deutzer Brücke: wenn die Tatort-Kommissare Schenk und Ballauf sich zum Abschluss eines Falls die obligatorischen Fritten mit Domblick gönnen. Außerhalb der Dreharbeiten blieb die Bude in Pesch, bei ihren Besitzern auf dem Hof. Alle Versuche, einen anderen, attraktiven Standort zu finden, waren gescheitert. Doch seit Anfang Mai 2013 hat die Bude eine neue Bleibe: am Südkai im Rheinauhafen. Geöffnet ist sie Dienstag bis Sonntag 11 bis 20 Uhr – die vielen Fans wird es freuen!

Begonnen hat die Popularität mit einem Zufall: Ein WDR-Requisiteur fuhr durch die Gegend auf der Suche nach einer Kegelbahn, da sah er

Szene aus: TATORT: Rückspiel (Fernsehfilm, Deutschland 2002), © WDR, Michael Böhme

die Wurstbraterei. Auf dem Rückweg hielt er, sah sie sich genauer an, und acht Tage später rief der WDR an. Seitdem verzehren Schenk und Ballauf Currywürste, und wenn ein Tatort nicht an der Wurstbraterei endet, ist das immer eine Zeitungsmeldung wert.

Die Bratort-Bude ist nicht der einzige Wagen der Vosens. Seit Jahrzehnten sind sie auch auf Kölner Weihnachtsmärkten vertreten. 36 Jahre lang stand die Vosensche Reibekuchenbude auf dem Neumarkt, dann sollte dort ein neuer Betreiber her. Nun braten sie ihre Reibekuchen am Heumarkt. Die Wurstbuden kann man mieten für Veranstaltungen und Straßenfeste. Ein fester Platz ist selten. Eine Zeit lang stand ihr Imbiss auf dem Parkplatz eines Baumarkts. Dann gab es Probleme mit dem Mietvertrag, sie gingen und hätten wenig später für das gleiche Geld mit einer kleineren Bude wiederkommen können. Das sahen sie nicht ein. Die Familie ist schon lange im Geschäft und hat feste Vorstellungen. Eva Vosen hat schon während ihrer Schulzeit ausgeholfen: »Ich bin da reingeboren, und die Tochter und mein Lebenspartner machen heute auch mit.« Die Buden werden nur vermietet, wenn es möglich ist, dass einer aus der Familie dabei ist, nie nur mit Personal. »Ich möchte so bedienen, wie ich selbst bedient werden möchte.« Das klappt nur, wenn einer dabei ist, hat Frau Vosen festgestellt. Trotzdem macht sie ihren Beruf noch gerne: »Der Job ist anstrengend, aber macht Spaß. Wenn ein frisch getrautes Paar kommt und will lieber Currywurst statt teurem Buffet, oder ein Geburtstagskind steht vor uns, das macht doppelt Freude!«

Internet	www.vosen-imbiss.de www.bratort.de

* Die Wurstbraterei hat erst kurz vor Redaktionsschluss eine neue Bleibe gefunden – darum hat sie hier noch einen Sonderplatz und ist nicht im entsprechenden Stadtteil zugeordnet!

Bratwerk

»Schatz, heute führe ich dich groß aus: zu einem Sternekoch!« Dass die Reise zu einer Frittenbude geht, muss man ja nicht gleich dazusagen. Der inzwischen auch im Fernsehen tätige Koch Mario Kotaska brauchte drei Jahre, bis sein Restaurant La Société 2006 mit einem Stern dekoriert wurde. Weitere drei Jahre später zog er aus, die Frittenbuden-Ess-Kultur »auf die nächste Ebene zu bringen« und »Imbissklassiker in absoluter Topqualität herzustellen und zu vermarkten«, wie er auf der Bratwerk-Internetseite schreibt. Das mit dem Vermarkten klappt ganz gut: Die Bratwerk-Sauce gibt's inzwischen im 10-Kilo-Eimer bei der Metro. Das Bratwerk ist eine mobile schwarze Bude mit orangen Flammen und der Aufschrift »bratwerk by mario kotaska«. Im Inneren des Wagens hängt ein Großbildfernseher, auf dem genau ein Programm läuft: Mario Kontaska. Aus Sicht des Werbefachmanns ist das wahrscheinlich nicht blöd, mit einem bekannten Fernseh-

Sterne-Koch zu werben, aber so gehäuft wirkt es doch recht eitel. Immerhin läuft der Fernseher ohne Ton, man quatscht uns also nicht in die Currywurst. Bevor wir die probieren, werfen wir noch einen Blick auf Bratwerk.de: »Nach monatelangem ›Finetuning‹ bringen wir eine geheime Wurstrezeptur an den Start. Dazu wurden für diese exklusive Bratwurst speziell abgestimmte Currywurstsoßen entwickelt: ohne Konservierungs- und Süßstoffe, sowie mit eigens für die ›bratwerk by mario kotaska‹ sorgfältig ausgesuchten Gewürzen.« Das Bratwerk kocht also zwei Saucen für uns: »Zum Einen gibt es ›Das Original‹ mit vollmundigem Madras- und schärfebetontem Anapurna-Curry, zum Anderen ›Die Exotische‹, die mit ausgewogener Fruchtigkeit und reduzierter Schärfe besticht.« Die Meinungen an unserem Tisch waren geteilt, die Bewertungen gingen von »super!« bis »langweilig«, scharf fand die Saucen keiner. Die Fritten dagegen sind sehr gut, außen knusprig, innen mehlig; nicht einfach, bessere zu finden. Nicht einfach ist es mittlerweile auch, das Bratwerk zu finden. Nachdem die Bude eine Zeit lang auf der Dasselstraße auf einem brachliegenden Grundstück stand, gibt es heute keinen festen Standort mehr. Als Gunter von Hagens mit seiner umstrittenen »Körperwelten«-Ausstellung in Deutz gastierte, stand das Bratwerk vor der Tür. Mutig: Viele, die die Ausstellung gesehen haben, würden unmittelbar danach sicher kein Fleisch essen, und mit vollem Magen in die Ausstellung zu gehen ist taktisch unklug. Heute steht das Bratwerk auf Messen und auch bei Bayer Leverkusen am Stadion. Das wirkt für den FC-Fan natürlich ähnlich magenfreundlich wie die Körperwelten. Guten Appetit!

Currywurst	3,00 €
Pommes	1,80/3,00 €
Internet	www.bratwerk.de

Selbstversuch

In jedem Supermarkt liegen sie herum: fertig zubereitete Currywürste zum Warmmachen. An sich ein sinnloser Ansatz, macht doch gerade die Bude einen Teil des Genusses aus. Aber manchmal trinkt man schließlich auch ein Bier zu Hause. Also wagen wir den Selbstversuch und besorgen vier verschiedene Fertig-Currywürste und zwei unterschiedliche Tiefkühlfritten. Die einen sind dick und bio, die anderen lang und dünn. Bio ist prinzipiell prima, aber knackig werden die nicht. Die dünnen sind am ehesten essbar. Von »genießbar« wollen wir mal nicht sprechen. Kein Vergleich zur Budenkost. Der Gang zum Fachmann lohnt!

Die Currywürste entpuppen sich als echte Herausforderung. Von außen geht es noch, das Frittenschalen-Design ist schön in Plastik nachgeahmt. Doch wenn man die Verpackung öffnet, ist es vorbei: Eine rötliche Pampe, nein, vier rötliche Pampen laden zum Weglaufen ein.

Es gibt Regionen in Deutschland, in denen man Bockwurst statt Bratwurst zur Currywurst veredelt. So haben wir es mit zwei Bockwürsten und zwei Bratwürsten zu tun. Natürlich sind wir voreingenommen:

Auf Bockwurst gehört Senf, sonst nix. Wir probieren sie trotzdem: verheerend! Der Ketchup ist wässrig, die Wurst laff – tragisch, dass dafür ein Tier sterben musste. Auch das beigelegte Currypulver kann da nichts mehr rausreißen, es schmeckt intensiv nach nichts.

Die Bratwurst ist nicht viel besser: »Rostbratwurst knusprig gebraten« wird da angekündigt. Mag sein, dass die Wurst mal knusprig war, aber nach Wochen im beigepackten Curryketchup ist sie knusprig wie Vanilleeis. Besser, man liest den Aufdruck gar nicht erst durch. Denn will man wirklich wissen, dass man sich gerade 224 sinnlose Kalorien reinschaufelt? Dass man Di-, Tri- und Polyphosphate verzehrt? Dass man es mit E 331, E 262, E 412 und neun weiteren E zu tun hat?

Noch besser: Man kauft sich eine Bratwurst, und während die Fritten im Ofen brutzeln, schmeißt man sie in die Pfanne und würzt später mit dem Ketchup seines Vertrauens und Curry. Das schmeckt allemal besser als die Fertigpackung und ist obendrein billiger.

Nachtrag

Eine Packung war doppelt. Haltbarkeitsdatum in ferner Zukunft. Das Zeug lag monatelang im Kühlschrank herum. Dann habe ich es weggeschmissen.

Alphabetisches Register der Buden

In Mönchengladbach (!) aufgewachsen, war Köln schön früh das Tor zur großen Welt für mich. Im Studium wurden dann Städte und ihre Entwicklung wichtig – und ein Resultat ist eben das Buch hier. Deutlich ist wohl auch, dass mir die touristisch vermarktete angebliche Schokoladenseite der Städte eher nicht so wichtig erscheint, sondern mehr die Straßen und Viertel, in denen Menschen leben und arbeiten, in denen der Alltag seine Orte hat, zum Beispiel im Soziotop Currybude an der Ecke. Und zusammen mit Frank drei Jahre immer wieder kreuz und quer durch das geliebte Köln zu radeln, gehen, fahren – das war einfach großartig!
Stefan Padberg

Als meine Mutter mit mir schwanger war, überfiel sie fast täglich ein Heißhunger auf Currywurst. Das muss mich geprägt haben. Als ich dann vor 20 Jahren anfing, für den Kölner Stadt-Anzeiger zu schreiben, handelte einer meiner ersten Artikel von Pommes. Dabei stieß ich auf das epochale Werk »Kartoffeln und Pommes Frites in der gewerblichen Speisenbereitung«. Dort wird das frittierte »Knollenmaterial« beschrieben: »Der Geschmack soll arttypisch, frei von Fremdgeschmack, Ranzigkeit und Bitterkeit sein. Die Krustenknusprigkeit soll ohne Härte, Ledrigkeit oder gummiartige Beschaffenheit sein.« Das hat mich tief bewegt, das sprach mir aus der Seele. Klar, dass ich irgendwann ein ganzes Buch zum Thema schreiben musste.

Frank Schergel

R FÜR SIE DA
54
elefon 01 71/4 24 98 53